톰 이스턴 지음
임현석 옮김

BOYS DON'T KNIT

뜨개질 소년

톰 이스턴 지음
임현석 옮김

북핀

나의 아들 테오에게.

7월 1일

또 시작이다. 이럴 때면 엄마 아빠는 꼭 음식을 이용한 중의법을 사용하신다. 그것이 나와 여동생은 절대 알아챌 수 없는 암호라도 되는 듯이 말이다. 동생 몰리는 그 암호를 해독하지 못할 거다. 이제 6살이니까. 어차피 몰리는 부모님 말을 귀담아듣지도 않는다. 나도 어렸을 때는 엄마 아빠가 무슨 암호를 주고받는지 몰랐다. 하지만 이제 나도 클 만큼 컸고, 알 만큼 안다. 지금은 둘만의 암호가 실시간으로 해독되어 머릿속에 들리고 나를 거북하게 만든다.

금요일 밤에 우리는 키예프식 닭튀김과 구운 감자를 먹었다. 엄마가 음식을 나르며 아빠에게 말했다. "여보, 감자 좀 꺼내줄래?"

그러면 아빠가 말한다. "내 감자야 당신을 위해서라면 언제나 기꺼이 꺼내드리지요."

이런 식의 농담이 집에서 늘 오고간다. 그래도 이 정도는 오늘 공원에서 바비큐를 하면서 오고간 농담에 비하면 약과다. 차에서 너무 많은 빵을 한꺼번에 옮기던 엄마가 버거용 빵 한 묶음을 거의 떨어뜨릴 뻔했다.

"여보, 내가 당신 빵을 잡아줄게." 아빠가 말했다.

"너무 꽉 움켜쥐지는 말아줘." 엄마가 키득거리며 응대했다.

도대체 어떻게 해야 저 짓을 못 하게 할까? 여동생 몰리는 아직 어려서 모르니까 그렇다고 치자. 하지만 내가 중의법을 모를 리 없다는 것은 부모님도 분명 아실 것이다. 아빠가 '빵 농담'을 하면서, 내게 윙크도 했으니까. 이런 농담에 나를 참여시키려는 의도가 분명하다. '롤리팝 안내원(＊영국의 자원 교통안내원은 표지판을 직접 들고 다니는데, 그 모양이 막대 사탕을 닮아서 이렇게 부른다) 사건' 이후로 두 분 모두 날 부쩍 챙긴다. 아마도 엄마 아빠는 서로 이야기를 나눈 뒤 그 사건이 자신들의 잘못 때문에 일어났다고 결론을 내리신 것 같다. 그러니 이제부터라도 아들에게 더 관심을 가지고 챙기자고 말이다. 솔직히 나는 엄마 아빠가 내게 신경 쓰지 않았던 때가 더 좋았다.

엄마 아빠는 '롤리팝 안내원 사건'에 대해서 내게 전혀 화를 내지 않았다. 그 일로 두 분이 '효과적 양육법'에 관한 강좌에 참석해야 할 거라는 이야기를 경찰에게서 들었을 때도 그랬다. 내가 경범죄 법원에 가야 했을 때도. 심지어 12개월의 보호관찰을 선고 받았을 때도. 내가 사고라는 것을 친 것은 이번이 처음이다. 사실 아빠는 아들이 드디어 말썽을 부려서 오히려 대견해하는 것 같기도 하다. 아빠는 어렸을 적 친구들과 벌였던 수많은 말썽들을 자랑삼아 이야기하곤 했다.

어쨌든, 이날 나를 진짜 부끄럽게 만든 것은 빵 농담이 전부가 아니었다. 아빠가 기어코 우겨서 올림픽 성화대에나 쓰일 것 같은 대형 바비큐 솥을 가지고 왔다. 얼마나 큰지 엄마의 미니 밴에는 실을 수도 없어서, 우리는 아빠의 작업용 트럭을 타고 와야만 했다. 아빠는 트럭에 땔감용 목재와 숯, 착화제도 함께 실었다. 다행히 몰리는 동물을 찾으러 강가에 갔는지 자리에 없었다.

"진짜 여기서 불을 피워도 되는 거예요?" 나는 미심쩍게 물었다.

"안내판에는 잔디에서 떨어져서 하는 바비큐는 허용한다고 되어 있던데?" 엄마가 말했다. 엄마는 공원 벤치에 앉아서 긴 손가락을 꼬아가며 손에서 삶은 달걀을 하나씩 사라지게 하는 마술을 연습하고 있었다.

"엄마, 그건 소형 불판을 말하는 거겠죠. 우리가 가져온 바비큐 솥은 무슨 원자로처럼 크잖아요. 먹을 거라곤 소시지랑 닭 다리 조금 가져온 게 전부인데, 이걸로는 여기서 뷔페도 하겠어요."

아빠는 역시 내 말을 무시했다. 언제나 나의 걱정을 호들갑으로 치부한다. 하지만 내 걱정은 호들갑이 아니라 이성적인 우려다. 내 주위의 사람들은 항상 엉뚱한 사고를 치기 때문이다.

메건 후퍼와 그녀의 가족들이 눈에 보인 건 바로 그때였다. 그들은 여기에서 100미터 가량 떨어진 피크닉 테이블에 앉아 있었다. 남부럽지 않은 가슴을 가진 귀여운 메건과 묘하게 섹시한 그녀의 엄마가 함께 앉아 있었고, 맞은편에는 평범하게 생긴 그녀의 아빠와 아기 사슴처럼 눈이 커다란 어린 남동생이 있었다. 일반 상점에서 파는 작은 바비큐그릴이 놓여 있었고, 온 가족이 웃으며 즐겁게 고급 비스킷을 하나씩 먹고 있었다. 그 모습이 너무 깔끔하고 정돈되어 보였다. 내가 저 가족의 일원이라면 얼마나 좋을까?

"아빠, 정말로 그걸 다…" 나는 머뭇거리며 말했다. 아빠가 착화제를 아예 통째로 들이부었다. "아무래도 좀 덜어내야 될 것 같은데요?"

"모르는 소리! 괜찮아, 벤. 바비큐를 할 때는 화력이 생명이야. 음식 속안까지 제대로 익혀야 하니까. 알겠지?"

물론 너무 잘 안다. 앞으로 무슨 일이 벌어질지. 나는 한 걸음 뒤로 물러섰다. 아빠는 바비큐 솥에 가까이 다가가 불을 붙인 성냥을 떨어트렸다.

펑! 이때 솟아 오른 불구덩이는 우주에서도 보이지 않았을까.

뭐 어쨌든 우리는 무사하다. 엄마는 그 이후 한동안 아이라이너로 눈썹을 매번 그려야 했지만. 바비큐 솥을 식히느라 우리는 45분을 기다린 후에야 다시 음식을 할 수 있었다. 그래도 화력이 너무 세서 닭고기를 태우는 데 26초밖에 걸리지 않았다. 그래도 소시지는 먹음직스럽게 구워진 것 같았다. 아빠의 농담이 내 식욕을 사라지게 하기 전까지는 말이다.

"거기에 있는 건 엄마에게 드리렴. 엄마는 단단하고 긴 소시지를 좋아하시거든."

이 모든 소동이 벌어지는 동안 나는 차마 메건 가족이 있는 곳을 쳐다볼 수 없었다. 하지만 그녀의 가족들이 우리 바비큐 솥이 베

수비오 화산처럼 폭발하는 것을 목격했다는 것은 분명하다. 내 등에 쏟아지는 그들의 시선이 내 앞의 바비큐 솥보다 뜨겁게 느껴졌다.

왜 아무도 내 말을 듣지 않는 거지? 내가 겪고 있는 모든 문제는 애초에 그렇게 시작되었다. 아무도 내 말을 듣지 않아서.

7월 3일

오늘 웨스트 메온 보호관찰소의 클라우디아 건터 씨로부터 편지가 한 통 왔다. 편지에 따르면, 나는 보호관찰 기간 동안 나의 일상에 관한 일기를 써야만 한다.

편지에는 일기 쓰기에 도움이 될 서식도 함께 들어 있었다. 내가 문맹이라도 되는 듯이.

좀 짜증스럽다. 나는 반평생 일기를 써왔다. 처음 쓴 일기들은 좀 조잡했다. 스누커(*당구 종목 중 하나) 경기를 보지 못하게 해서 속상했던 일, 수집한 우표 분류를 끝내지 못하고 잠자리에 들었던 일 같이 사소한 이야기들을 적었다. 일기를 쓰는 것이 조금 여성스럽게 보일지 모르지만, 내 가족들과 친구들 속에서 이것마저 없었더라면 나는 살아남지 못했을 것이다.

어찌 되었든 간에, 나는 법정에서 건터 씨와 면담을 할 때 일기를 쓰고 있다고 확실히 말했었다. 틀림없이 무슨 착오가 있는 것이라고 생각했다. 편지 아래쪽에 적힌 건터 씨의 전화번호로 전화를 걸었다. 통화가 연결되기까지 오랜 시간이 걸렸다. 내 이름을 말했을 때, 담당자인 그녀는 내가 누구인지 기억하지 못하는 것 같았다.

"누구라고? 플레처? 아, 그래. 벤! 어떻게 지내니?"

"잘 지내요. 음. 그런데 편지에 착오가 좀 있는 것 같아서요."

"무슨 편지?" 그녀가 물었다.

"일기를 쓰라고 한 편지를 오늘 받았거든요."

"아, 그래. 컴퓨터가 자동으로 보냈을 거야. 그냥 잊지 말라고 보내는 거야."

"지난 6월 7일에 면담할 때 저는 이미 일기를 쓰고 있다고 말씀드렸는데요."

잠시 침묵이 흘렀다. 그녀의 한숨 소리를 들은 것도 같다.

"그러면 잘됐네. 그냥 쓰던 대로 일기를 쓰면 되겠네." 그녀가 말했다.

"그런데 편지에 참고용 서식도 함께 들어 있었거든요. 그리고 편지 내용에 보호관찰 기간이 끝날 때 일기를 함께 제출하라고 써 있더라고요."

"그래." 그녀는 천천히 대답했다. "그런데 그게 왜 문제인 거지? 벤?"

클라우디아 건터 씨는 확실히 바쁜 사람이다. 아마 다른 일을 함께 처리 중이라 응답이 좀 늦는 것 같다. 나는 일기장을 제출하면 내가 간직할 수 없게 된다고 설명했다. 내 일기장은 가죽 장정이다.

"제 일기장에 쓰지 말아야 할까요?" 나는 계속 물었다. "대신에 참고용 서식에 적어야 하나요?"

"두 개 다 쓰면 안 될까?" 그녀의 대답에서 약간의 피로함이 느껴졌다.

"이것 말고도 쓸 게 많아요. AS 레벨 시험(＊영국 학생들이 17세 무렵에 치르는 시험)도 준비해야 하고."

"그럼 받은 서식에 직접 쓰면 되잖아."

"그건 제출해야 하잖아요." 내가 대답했다. "그럼 저는 어떻게 일기를 간직해요?"

"그럼 복사하면 되지 않을까?" 그녀의 말이 빨라졌다. "벤, 너는 좋은 애 같아. 좀 유별난 데가 있지만 말이야. 솔직히 말해서, 난 네가 걱정이 되지는 않아. 내가 담당하는 다른 사람들 중 대다수는 영어도 할 줄 몰라. 게다가 살인을 한 사람들도 있고. 그중 한 명은 아이스크림 상인을 죽이고는, 그 사람의 신장을 와플 사이에 넣어서 먹었어. 무슨 말인지 알겠지?"

나는 알았다고 대답하고는 전화를 끊었다.

벤 플레처
햄프턴, 스탠디시 플레이스 3번가
6월 28일

벤 씨에게

귀하는 교화를 위한 관찰 프로그램의 일환으로 일기를 써야 함을 알려드립니다. 일기는 귀하의 일상에서 일어나는 일을 기술하고, 사적으로 느끼는 생각, 감정, 걱정 등을 비교적 세세하게 작성해야 합니다. 보호관찰 기간(12달) 동안 최소한 한 주에 2회 이상 작성해야 하며, 기간이 끝나는 날에는 작성한 일기를 귀하의 보호관찰 담당자에게 제출하셔야 합니다. 귀하가 작성한 일기의 내용은 외부에 공개되거나 유출되지 않게 관리됩니다. 본사에서 통계 및 연구목적을 위해 일부 정보를 사용할 수도 있음을 알려드리며, 그 경우에도 문서에 이름이 기재되지 않습니다. 따라서 안심하고 사적인 내용, 학교, 가족 그리고 친구들에 관해 기록해주시길 당부 드립니다.

조사에 따르면 십 대의 소수만이 일기를 쓴다고 하며, 이는 바람직하지 못한 현상이라고 여겨집니다. 일기를 처음 쓰는 사람들을 위한 안내용 서식을 함께 동봉합니다. 일기를 쓰는 것에 자신이 있다면 굳이 우리가 제안한 서식에 맞출 필요는 없으며 적절히 활용하거나 무시하시기 바랍니다. 하지만 반드시 기억하셨으면 합니다. 일기는 당신과 당신의 일기장 사이의 아주 사적인 대화입니다. 판독에 지장이 없는 글씨라면 형식은 원하는 대로 하셔도 좋습니다.

당신의 노력에 좋은 성과가 있기를 기대하며.

클라우디아 건터
웨스트 메온 보호관찰소

7월 4일

일기장에 자신을 소개해 보세요. 기억하세요. 일기장은 당신이 누구인지 모릅니다. 당신을 볼 수도 없습니다. 당신이 일기장에 쓰는 것만이 일기장이 당신에 대해서 알게 될 전부입니다.

말해줘서 고맙긴 한데, 내 일기장은 나를 아주 잘 안다. 하지만 이 활동의 목적을 생각해서 지시한 대로 따르겠다. 나는 서식을 정말 좋아한다. 이것은 진짜다. 나를 '서식남'이라고 불러도 좋다. 그만큼 난 정해진 틀과 형식을 좋아하고 그것을 벗어나는 것을 좋아하지 않는다.

내 이름은 벤 플레처이다. 하지만 친구들은 나를 종종 '빙구 벤'이라고 부른다. 나는 이 별명이 영 마음에 들지 않는다. 몸은 작고 말랐으며 머리칼은 검은색이고 눈동자는 갈색이다. 엄마는 내가 축구를 좋아한다고 생각하지만, 나는 스포츠가 싫다. 아빠는 내가 제레미 클락슨(*자동차를 다루는 영국 프로그램 '탑 기어'의 진행자)을 좋아한다고 생각하지만, 나는 차를 싫어한다. 학교에서 로이드 매닝은 내가 뒤통수 얻어맞기를 즐긴다고 생각하는 것 같지만, 나는 싸움이 싫다. 내가 좋아하는 것? 나는 독서와 글쓰기를 좋아하고, 정리하는 것을 좋아한다. 친구들과 어울리는 것도 그럭저럭 좋아하는 편이다. 녀석들이 매번 말썽을 부려서 나를 곤란하게 만들어 늘 마음을 졸여야 하지만 말이다.

왜 일기를 쓰기로 결심했나요?

계속 같은 말을 장황하게 하는 것 같지만, 나는 오랫동안 일기를 써왔다. 그런데도 웨스트 메온 보호관찰소는 나에게 이렇게 멋진 서식을 보내줬다. 일기를 쓰게 된 이유는 내가 생각도 걱정도 너무 많아서 어쩔 때는 너무 혼란스럽기 때문이다. 이런 복잡한 생각들을 일기장의 반듯한 선 안에 적어 내려가면 무엇인가 정리가 되어가는 느낌이다. 그리고 일단 이렇게 걱정들을 일기장에 적어두면 이곳에 그것들을 가둬두는 것 같아 조금은 걱정을 덜하게 된다. 하지만 내가 일기를 쓰는 가장 중요한 이유는 제정신이 아닌 나의 삶에 질서가 생기는 것 같기 때문일 거다.

7월 5일

어떻게 해서 보호관찰 대상자가 되었나요? 그런 일이 일어나게 만든 환경이 있나요?

우선 내 친구들의 문제는 뇌를 전혀 사용하지 않는다는 것이다. 나와는 정반대다. 그래서 내 역할은 녀석들이 사고를 칠 기미가 보이면 그것이 얼마나 위험하고, 미친 짓이고, 불법적인지를 알려주는 것이다. 그렇다고 내 친구들이 나쁜 애들은 아니다. 그냥 멍청할 뿐이다. 그리고 당연히 그들은 나의 조언을 전혀 듣지 않는다. 그런데 항상 그 뒷감당은 내 차지가 된다.

내가 보호관찰 대상자가 된 사연은 이렇다. 때는 목요일이었다. 마침 엄마 아빠 모두 외출 중이라 내가 여동생 몰리를 돌보게 되었고, 그래서 집으로 온 녀석들과 나는 정원에서 놀고 있었다. 몰리는 그물을 들고는 슬금슬금 정원의 가장자리에 다가갔다. 그 정원 울타리 밑에는 둥지를 튼 찌르레기 새끼들이 있었다. 친구들과 나는 아나야 아나부시가 학기종료 파티를 금요일에 열기로 했는데 우리는 아무도 초대받지 못한 사태에 대한 대책 회의를 하고 있었다. 그런데 젝스 말로는 아나야 아나부시의 동생인 세네이라가 자기를 짝사랑하기 때문에 우리 모두를 파티에 넣어줄 수 있단다.

"나는 정말 가고 싶지 않아. 나는 파티도 안 좋아하고." 내가 말했다.

번잡하고 사람이 많은 곳에 가면 난 늘 긴장이 된다. 그리고 파티에 가봤자, 어차피 내가 어울리게 될 애들은 조즈, 젝스, 프레디일 텐데, 굳이 남의 집에까지 가서 생고생을 해야 할 필요가 있을까?

"술 한 병씩 챙겨가지 않는 한, 우리를 안 들여 보내줄걸." 프레디가 말했다.

"그럼 다 끝난 이야기네." 나는 안도하며 말했다. "우리 중에 돈 가진 사람도 없고. 그냥 여기에서 시간이나 보내자."

하지만 젝스는 계획을 가지고 있었다. 이 친구가 이럴 때마다 나는 뭔가 불길하다. 녀석의 계획은 이렇다. 먼저 시내에 있는 웨이트로즈(*영국의 프리미엄 마트 중 하나)에서 술을 슬쩍하는 것이다.

그곳은 리들(*대형 마트 브랜드 중 하나)만큼 경비가 삼엄하지 않다는 것이 녀석의 주장이다. 리들의 보안 책임자인 로드 호건 씨는 전직 나이트클럽의 보안요원이었다고 한다.

"어떻게 슬쩍하는 게 해결책이 될 수 있어?" 내가 물었다.

"그럼 헤르미온느, 너는 더 쌈박한 생각이라도 있어?" 프레디가 물었다. 녀석은 복고풍 선글라스를 쓰고 삐걱거리는 접이용 의자에 몸을 널브러지듯 앉아서는 나를 쳐다봤다. 녀석의 얼굴이 벌게지기 시작했다. "파머스 마켓에서 요정 케이크를 팔아서 돈이라도 벌자는 거야?"

조즈가 웃었다. 나는 녀석을 째려봤다. 왜 이럴 때 조즈는 내 편이 되어주지 않는 거지? 분명히 녀석도 나만큼이나 법을 어기고 싶어 하지 않을 텐데 말이다.

"내 말은 우리가 좀 더 도덕적일 필요가 있다는 이야기야. 슬쩍하는 것은 도둑질이야. 찾아보면 정직하게 돈을 모으는 방법이 분명히 있을 거야." 내가 말했다.

"벤 말이 맞아." 마침내 조즈가 입을 열었다. "프레디! 내가 지난

주에 너한테 준 마리화나 가지고 있지? 그거 팔면 어떨까?"

"없어. 벌써 다 피웠지." 프레디가 대답했고, 나는 두 손으로 얼굴을 감쌌다.

"미치겠다. 이건 정말 좋은 생각이 아닌 것 같아." 나는 칭얼거리듯 말했다.

"진정해, 빙구야. 너는 계집애 같이 겁이 많으니까 그냥 망만 보라고. 어때?" 젝스가 말했다.

나는 한숨을 쉬었다. 늘 그렇듯 젝스는 내 말을 제대로 알아 듣는 법이 없다. 나는 절도와는 전혀 맞지 않는 인물이다. 나는 모든 것이 공정하고 원칙대로 움직이길 원한다. 나는 저녁 식사 시간에 다른 사람보다 아이스크림을 좀 더 먹는 것으로도 양심의 가책을 느낀다. 한번은 길에서 25파운드가 든 지갑을 주워서 경찰서에 가져간 적도 있다. 나는 선량한 사람이고 모범 시민이다.

"나는 특히나 웨이트로즈에서 물건을 훔친다는 것이 마음에 걸려." 나는 농담처럼 말했다. "아가일 스트리트에 있는 99p 숍(*다양한 품목을 싸게 파는 마켓)에서 한두 개 슬쩍하는 거는 재고를 줄여주는 거라 생각할 수 있겠지만, 웨이트로즈라고? 그건 정말 아닌 것 같아."

"99p 숍에선 술을 안 판다고. 그럼 어떻게 훔쳐?" 늘 그렇듯 프레디는 젝스보다 더 말귀를 못 알아듣는다. 프레디는 사실 생각처럼 똑똑하지 않다. 지난 학기 프랑스어 수업에서 녀석은 '동사 변화(conjugate)'를 '마술사(conjurer)'와 관련한 '스캔들(gate)'이라고 생각했었다.

"그나저나 너는 왜 파티에 가고 싶은 건데? 세네이라한테는 관심도 없잖아. 네가 그랬잖아. 머리 모양이 꼭 〈당혹스러운 신체를 가진 사람들〉에서 나오는 크리스티앙 박사 같다고." 나는 이들의 관심을 다른 곳으로 돌려보기로 했다.

"치마만 둘렀으면 됐지." 오늘 조즈는 전혀 도움이 안 된다.

"야! 어차피 어두우면 아무것도 안 보여!" 프레디가 동의했다.

"지당한 말씀!" 젝스가 말했다. "그리고 이건 내가 나서서 너희를 파티에 데리고 가려는 거지. 알지?"

"아무렴. 넌 이게 다 우리를 위해서 그러는 거구나." 내가 말했다.

"너희들을 위해서라면 이 한 몸쯤이야." 젝스가 말했다.

어쨌든, 부모님이 집에 오신 후, 나는 자전거를 끌고 언덕을 넘어 시내로 갔다. 그리고 드디어 웨이트로즈의 계산대 뒤에 있는 벤치에 자리를 잡았다. 심장이 두근거렸다. 문자를 보내는 척하고 있었지만 사실 경비원의 동태를 살피고 있었다. 그들이 나타나면 난 녀석들에게 경고의 문자를 보내는 것이 내가 맡은 일이었다. 녀석들은 핸드폰을 진동으로 설정해 뒀다. 일단 계획은 이렇다. 먼저 프레디와 조즈가 각각 술 몇 병을 챙기고, 카트에 온갖 것들을 채운다. 그러다 주위에 아무도 없을 때 술병을 조용히 카트 앞바퀴 앞에 내려놓고는 그대로 계산대까지 끌고 간다. 술병을 자연스럽게 굴리면서. 만약 누군가가 이것을 본다면 바로 놀라는 연기에 돌입한다. '아니 이게 왜 여기 떨어져 있지?' 하면서. 걸리지 않는다면 전진하다가 계산대 앞에서 갑자기 멈춘다. 그럼 관성의 법칙에 따라 병은 계속 굴러서 계산대가 있는 통로를 지나 맞은편에서 대기하고 있는 젝스의 의자 밑으로 들어간다. 그럼 젝스는 병들을 재빠르게 가방에 집어넣어서 밖으로 나온다. 프레디와 조즈는 카트를 그곳에 둔 채 몸만 다른 쪽 문을 통해서 나온다.

여전히 범법 행위를 한다는 게 마음에 걸렸지만, 계획대로 성공할지도 모른다는 생각이 들기 시작했다. 그녀의 목소리를 듣기 전까지는.

"안녕, 벤. 네가 여기 웬일이야?"

메건 후퍼였다. 조즈는 그녀를 '왕가슴'이라고 부른다. 그녀는 9번 통로의 계산대에 앉아서 다음 손님을 기다리고 있었다. 메건은 꽤 예쁘다. 그래도 우리 학교 퀸카로 꼽을 수는 없겠지만. 메건의 엄마인 후퍼 아주머니의 눈부신 미모를 생각하면, 가족 중에서 최고의 미인이라고 말할 수도 없다. 하지만 난 오히려 그게 더 좋다. 너무 아름다운 여성은 무섭다. 내가 메건을 좋아하는 한 가지 이유가 더 있다. 나를 '빙구'라고 부르지 않는다는 것.

"어… 내일 아나야네 파티에 가져갈 것 좀 사느라고." 애써 프레디와 조즈를 쳐다보지 않으면서 말했다. 반면에 프레디와 조즈는 애써 CCTV 카메라를 쳐다보지 않으려고 노력하고 있었다.

"아, 거기 가려고? 나도 초대 받긴 했는데, 가야 할지 아직 마음을 못 정했어." 메건이 말했다.

"어... 음..." 녀석들에게 신경 쓰느라 그녀가 하는 말에 집중하기 어려웠다. 녀석들이 계획대로 갑자기 카트를 멈추고는 무작위로 카트 안에 음식을 집어넣기 시작했다. 물건들이 카트 안에서 서로 부딪치며 요란한 소리가 나서 쇼핑을 하던 사람들이 돌아보았다. 나는 움찔했지만 일은 순조롭게 진행되었다. 사람들의 관심이 생각 없는 '요즘 것들'에게 집중되는 바람에 아무도 7번과 8번 계산대 사이로 유유히 굴러가는 벨즈 위스키를 보지는 못했다. 병의 종착지는 의자에 앉아서 주키니 파스타 오븐구이의 레시피 카드를 심각하게 읽고 있는 젝스의 배낭 속이었다.

"나도 가야 할까? 어떻게 생각해?" 메건이 물었다. 나는 그녀에게 몸을 돌렸다. 메건은 나를 보고 미소를 짓고 있었다. 여자가 나를 보고 미소를 짓다니, 내게는 좀처럼 일어나지 않는 일이다. 내 코끝에 개똥이 묻어 있지 않는 한 말이다.

"그럼, 그럼. 가야지. 재미있을 것 같던데." 내가 대답했다.

"그래, 그럼 거기서 보자." 그녀가 말했다.

"그래, 그럼 거기서 보자." 나는 바보처럼 그녀의 말을 똑같이 반복했다.

그때 한 손님이 계산하려고 계산대로 다가왔고 나는 다른 벤치 쪽으로 이동해 앉아서 그녀가 손님에게 웃으면서 일하는 것을 지켜봤다. 잠시 후 또 요란한 카트 소리가 났고 두 번째 병이 젝스의 가방 속으로 조용히 굴러갔다. 이어서 세 번째 병이 힘차게 계산대 사이를 굴러가는 것을 보면서 모든 것이 계획대로 진행된 것은 아니지만 오늘 운이 그리 나쁘지 않다고 생각했다. '대열차 강도' 아니, '대카트 강도'가 별 탈 없이 진행 중이었고, 생각지도 못한 실제 여자애와의 데이트 약속도 생겼다. 그것도 말도 못 걸 정도의 비현실적인 외모는 아니지만 충분히 매력적인. 그래서 나에게 더 이상적인 여자와의 데이트이다.

그러나 이 모든 상황을 바꿔놓은 것은 프레디였다. 녀석이 진 한 병을 손에 들고 있는 것이 보였다. 문제는 술 종류가 아니라 술병의 모양이었다. 평범한 둥근 병이 아니라 각이 진 병이었다. 프레디는 병을 바퀴 밑에 놓고는 이전처럼 카트를 밀기 시작했다. 나는 다급하게 녀석에게 경고의 문자를 보냈지만, 이미 카트는 계산대 쪽으로 한참 달려가다가 갑자기 멈췄다. 병은 제대로 굴러갈 리 없었다. 대신 미끄러지면서 바닥을 가로질러 계산대에 있는 손님 바로 뒤에서 멈췄다. 그런데 하필 한 발짝 뒤로 물러서던 손님이 그 병을 밟고 미끄러지면서 넘어졌다. 병은 장바구니를 모아둔 곳으로 날아가 산산조각이 나버렸다. 직원들은 청소도구를 가지러 뛰어 가고 매장 관리자는 달려와서 손님이 다치지 않았는지 살펴보았다. 경비원들은 어떤 상황인지 파악하기 위해 분주해졌다. 그때 한 아기가 울기 시작했다. 모두 다 심리상담과 법률 자문이 필요해 보였다. 이 아비규환 속에서 프레디와 조즈는 자리를 떴다. 젝스의 가방에는 술 세 병이 들어 있었다. 한 병이 부족했다.

"네가 해내야 해. 친구." 젝스가 머리로 주류 코너를 가리키며 말했다. "우리는 아직 한 병이 더 필요해."

"난 못해. 난 도둑이 아니야." 내가 말했다.

"안 하면 빙구 너는 파티에 못 가는 거야, 알겠어?" 그가 낮은 목소리로 쏘아 붙였다.

"왜 내가 빠져야 하는데?" 나도 쏘아붙이듯 말했다. 원래부터 파티는 가고 싶지도 않았다는 사실은 잊은 채. "나는 도망가지도 않고 내 자리를 지키고 있었잖아."

"쟤네들은 들어가서 한 병씩 가져왔는데, 너는 아무것도 안 했잖아." 젝스가 말했다.

나는 그냥 자리를 뜨려고 했다. 바로 그때 메건이 생각이 났다. 나는 그녀에게 파티에 간다고 약속을 한 셈이었다. 그녀는 오직 나 때문에 파티에 참석하는 것이다. 그녀를 실망시킬 수는 없었다. 물론 다른 이유도 있다. 당시 내 심리 상태가 정상이 아니었다. 전에는 느껴본 적 없는 일종의 흥분 상태에 있었다. 평소에 느낄 수 없던 자신감도 솟구쳤다. 모든 것이 뜻대로 잘될 것 같은 느낌이 들었다. 갑자기 모든 것이 선명해지고 머릿속이 깔끔하게 정리되었다. 내게 좀처럼 오지 않는 기분이었다. 그래, 하자!

그래서 나는 안으로 들어갔다. 그래봤자 얼마나 어렵겠어?

마음을 다잡고 곧장 상점 뒤쪽을 향해 걸어갔다. 그리고 프레디와 조즈가 버려둔 카트를 끌고서 태연하게 주류 코너로 갔다.

하지만 손을 뻗어 술병을 잡았을 때 코너를 돌아 걸어온 직원 한 명이 나를 약간 이상한 눈으로 쳐다보았다. 잠시 당황했지만 직원이 사라지자마자 손에 잡히는 술 한 병을 들고는 재빨리 다시 치즈 코너가 있는 통로로 돌아왔다. 아무도 보지 않을 때 얼른 술병을 카트 앞 바퀴 앞에 두었다. 그러곤 계산대까지 밀고 가기 시작했다. 점점 속도가 붙어서 카트가 곧 달려 나갈 것 같았다. 젝스가 보지 않는 척하고 있었다. 됐다!

그러나 바로 그때 문제가 터졌다. 어디서 갑자기 한 여자가 유모차를 밀며 나타났다. 난 갑자기 카트를 멈췄다. 목표로 삼은 계산대까지는 너무 멀리 떨어져 있었고 카트의 방향도 조금 틀어졌다. 병은 데굴데굴 굴러가 포크파이 진열대에 살짝 닿으며 방향이 꺾여서, 9번 계산대에 앉아 있는 메건의 발에 부딪쳤다. 메건이 고개를 숙여 그 병을 내려다보았다. 그러곤 그녀가 고개를 들어 나를 보았다. 그녀가 이마를 찡그리며 물었다.

"이 술 네 거야?"

부정했어야 했는데 왠지 그녀에게 거짓말을 할 수가 없었다. 나는 바닥을 보면서 고개를 끄덕였다. 나는 매장 관리자만 너무 의식하고 있었는데, 경비원이 불과 계산대 몇 개를 두고서 떨어져 있었다.

"마티니 루소를 좋아하나 보네?" 그녀가 물었다.

나는 어깨를 으쓱 올렸다. "잘 몰라. 한 번도 안 마셔 봐서."

"나도 그래." 그녀가 웃으며 말했다. "내 것도 좀 남겨 줄래? 파티에서 같이 마시면 되겠다." 그러고는 젝스가 앉아 있는 곳으로 병을 차주었다. 녀석은 여전히 정면을 응시하고 있다가 재빨리 병을 배낭에 밀어 넣고는 걸어 나갔다. 후드를 올리고 고개를 숙인 채.

"이렇게까지 안 해줘도 되는데... 고마워." 내가 말했다.

"나에게 신세 진 거야. 내일 밤에 봐." 그녀가 웃었다.

"내일 밤에 보자." 나도 웃었다. 그러고 나서 황급히 자리를 떴다. 젝스를 길 아래에서 따라잡았다.

"넌 정말 빙구 같은 놈이야!" 녀석이 머리를 가로저으며 내게 말했다.

지금은 너무 피곤하다. 손도 아프고. 아직 롤리팝 안내원 이야기는 시작도 못했다. 오늘 밤에는 아이튠즈 노래들에 평점 주기도 끝내야 한다. 아직 절반 밖에 끝내지 못해서 계속 신경이 쓰인다.

나머지 이야기는 내일 써야겠다.

7월 7일

그래, 롤리팝 안내원. 어제 거기까지 이야기했었다.

마티니 강도 짓이 끝난 후 우리는 다시 조즈와 프레디를 만났다.

"어, 이게 누구이신가? 바람처럼 토껴버린 우사인 볼트와 제시카 에니스 아니신가?" 빈둥거리며 나타난 녀석들을 보고 내가 한 마디 했다.

"너 걸렸냐?" 조즈가 물었다.

젝스가 술병을 내밀자, 우리 모두 씩 웃었다. 불안하긴 했지만,

나도 분명 즐기고 있었다는 사실을 고백해야겠다. 머릿속에서 〈소프라노스〉(*마피아 이야기를 다룬 미국 드라마)의 주제곡이 흐르고 있었다.

"쉿!" 프레디가 조용하라고 하더니 수상쩍은 것이 없다는 듯한 몸동작을 했다. 잠시 후, 배꼽이 드러나는 크롭탑을 입은 매력적인 두 명의 여자가 우리 앞을 지나갔고, 우리는 모두 말을 멈췄다. 무의식적으로 그녀들에게 몸을 돌린 조즈는 그녀들이 완전히 사라지기 전까지 눈을 떼지 못했다.

"조즈!" 나는 한숨을 쉬며 말했다. "티 좀 안 내고 볼 수 없겠냐?"

"이건 매너지. 여자들이 왜 저런 옷을 입었겠어? 남자들의 시선을 받고 싶은 거라고." 조즈가 대꾸했다.

"너 보라고는 아닌 거 같다." 프레디가 말했다.

"이건 네가 챙겨라." 젝스가 술병이 담긴 가방을 내게 내밀었다.

"왜 내가 가져가야 하는데?"

"그거야 네 자전거엔 실을 수 있잖아. 안 그러냐?"

녀석이 말이 맞다. 다른 아이들의 자전거는 모두 BMX 자전거라 선반은커녕 뒷좌석도 기어도 없었다. 반면에 내 자전거는 12변속 하이브리드에 짐 바구니까지 달려있었다. 나는 자전거 타기에 진심이다.

나는 가방을 자전거에 싣고 친구들과 함께 언덕 아래로 내려가기 시작했다. 랩턴 스트리트는 언덕 아래의 시내 중심가를 거쳐 강으로 쭉 이어진다. 우리 집은 그 아래 어디쯤에 있었다. 언덕을 반쯤 내려왔을 때 몰리가 다니는 유아 학교 앞 횡단보도를 보행자 한 명이 건너고 있는 것이 보였다. 일단 속력이 붙자 프레디, 조즈, 젝스는 비탈길을 쏜살같이 내려갔다. 보통은 내가 애들보다 몇 마일 앞서게 되기 마련이어서, 너무 빨리 달리지 않으려고 신경 썼다. 애들의 작은 자전거로 나를 따라오려면 쉴 새 없이 페달을 밟아야 하니까. 하지만 이번에는 내리막길의 이점을 살려 세 명이 내 앞에서 달리기 시작했다. 나는 오히려 느긋하게 내려갔다. 경사가 상당해서 속도가 너무 붙을 수 있어서였다.

녀석들과 길을 건너는 보행자의 거리가 가까워지자 문제가 생길 것이라는 직감이 들었다. 한 노인이 전동 스쿠터를 타고 느릿느릿 길을 건너고 있었고, '미친 롤리팝 안내원'으로 불리는 프렌샴 아주머니가 우리 쪽 도로의 차 두 대와 반대쪽에서 접근하는 차를 막고 교통 통제를 하고 있었다. 프렌샴 아주머니는 자신의 일을 진지하게 여겼다. 솔직히 진지해도 너무 진지했다. 프렌샴 아주머니는 차를 싫어했다. 그리고 자전거는 차보다 더 싫어했다. 미치광이처럼 산발한 머리에 손에 든 교통안내표지판 때문에 무척이나 키가 커 보였다. 그녀가 횡단보도 앞에 서 있었다. 마치 거대한 창을 든 이케니 부족의 전사처럼 보였다. 창끝에 둥그런 표지판이 붙어 있는 것만 빼고. 그녀는 마치 로마 정복군을 보듯이 운전자들을 무섭게 노려보았다. 감히 지나가 볼 테면 지나가 보라는 듯이. 그녀의 신호를 기다리며 차들은 무한정 서 있었다.

문제는 나의 머저리 친구들이 전혀 멈출 기미를 보이지 않는 것이다. 녀석들은 프렌샵 아주머니 때문에 얌전히 기다리고 있을 애들이 아니었다. 횡단보도를 12미터쯤 앞두고 선두에 선 조즈가 인도로 껑충 뛰어올랐고 나머지 두 명이 그 뒤를 따랐다. 스쿠터를 탄 노인이 우리 쪽 길가에 도착하기 전에 녀석들이 지나갈 시간은 충분해 보였다.

이젠 내가 선택할 차례였다. 옳은 선택을 할 수도 있었다. 속도를 줄여 자전거를 차들 뒤에 세우고 그녀가 길을 비키고 다시 차량이 움직이기를 기다렸다가 가는 것이다. 아니면 친구들을 따라서 인도로 자전거를 몰고 가는 수도 있었다. 불법이긴 하지만 보행자에게는 어떤 위험도 없었기에 완벽하게 안전했다.

결국 나는 잘못된 판단을 했다. 나는 무모한 행동을 한 흥분이 여전한 상태였다. 그날은 어떤 짓을 해도 괜찮을 것 같았다. 그것이 법을 어기는 것이라도. 그래서 나는 한 번도 해보지 않았던 짓을 했다. 나는 인도 위로 방향을 틀어 달렸다.

저기다! 나는 멋지게 성공했다...고 생각했다.

불행히도 프렌샵 아주머니는 다른 아이들이 같은 방식으로 인도를 빠르게 지나가는 것을 보았다. "이 불량배 놈들!" 그녀가 소리를 지르며 인도로 뛰어왔다. 녀석들은 무사히 빠져나갔지만 나는 달랐다. 페달을 밟으면서도 이미 나는 내가 한 선택을 후회했다. 그녀가 고함을 지르며 롤리팝을 도끼마냥 휘둘러 내 머리를 강타했다. 헬멧을 쓰고 있었음에도 충격이 머리에 느껴졌다. 나는 왼편의 울타리를 스치며 도로로 다시 튕겨져 나와 건너편 차선으로 진입했다. 다가오던 포르쉐 카이엔이 끼익 소리를 대며 방향을 틀어 스코다 차량과 부딪쳤다. 나는 통제력을 잃은 채 도로를 크게 한 바퀴 돌면서 내 뒤를 쫓아오던 프렌샴 아주머니와 정면으로 충돌했다. 우리는 자전거 바퀴, 팔다리, 교통안내 표지판들이 한 데 뒤섞이며 바닥에 쓰러졌다. 내 밑으로 유리가 깨지는 소리가 들렸다.

나는 멍하고 혼란스러운 채 그렇게 거기 몇 초간 누워있었다. 가까스로 정신을 차리고 몸을 일으켰을 때, 나는 심장이 멎는 것 같았다. 사방이 온통 피였다. 나의 자전거에도 길 위에도 그리고 교통안내 표지판과 프렌샴 아주머니 위에도.

맙소사! 모든 게 비현실적이고 무서운 그 순간 나는 생각했다. 내가 롤리팝 안내원을 죽였다고. 정말 큰일 났다. 경찰을 죽인 것보다 더 큰 일이다.

하지만 그때 그녀가 신음을 내며 머리를 들었다. 나는 안도의 한숨을 쉬었다.

"괜찮으세요?" 나는 잔뜩 긴장하며 물었다.

그녀는 나를 얼떨떨한 눈빛으로 쳐다보다가 입술에 묻은 피를 핥았다.

"마티니 루소?" 그녀는 그렇게 말하곤, 다시 푹 쓰러지며 의식을 잃었다.

완전 망했다! 경찰은 술병들이 담긴 가방에서 웨이트로즈의 주키니 파스타 오븐구이의 레시피 카드를 찾아냈고, 웨이트로즈의 CCTV를 확인했다. 조즈, 프레디와 젝스는 경고를 받는 선에서 끝이 났다. 하지만 난 포르쉐와 스코다 차량, 그리고 롤리팝 안내원에게 13,000파운드의 손해를 입혔기 때문에 보호관찰을 선고 받았다.

나는 확실히 조직적인 범죄와는 맞지 않는다. 앞으로는 바르게 살리라. 더 이상의 일탈은 없다. 다시는!!

7월 8일

오전 6시 37분이고, 이제 막 잠에서 깼다. 또 첼시의 미드필더인 프랭크 램파드 꿈을 꿨다. 잊기 전에 여기에 적어 두는 게 좋겠다. 그가 우리 집 다락방에 함께 살았는데(꿈에서 그렇다는 말이다), 누군가 혹은 뭔가에 쫓기는 것이 분명했다. 이리저리 뛰어다니는지 그가 신은 축구화 징에서 쿵쿵거리는 소리가 들렸다.

만약에 그가 뭔가에 쫓기는 것인지 안다면 꿈의 의미가 좀 더 명확해지지 않을까 궁금해졌다. 이 꿈에 대한 해몽이 아주 흥미로웠다. 어제 꿈과 관련한 무료 전자책을 다운로드 받았다. 롤리팝 안내원 사건 이후 최근에 내가 꾸는 꿈들은 전부 생생하다. 책에 따르면 인생을 바꿀 만큼 큰 스트레스를 받는 상황에 처하면 뇌는 그것들을 이해하려고 하고, 이때 생생하고 강렬한 꿈을 꾸는 것은 흔한 일이라고 한다. 꿈들은 어느 정도 해석이 되기도 하지만 명쾌하게 이해되는 경우는 없다. 확실히 꿈의 모든 것은 비유나 은유나 상징으로 이루어져 애매하고 모호하다. 물론 내 꿈의 단골손님인 제니퍼 로렌스(＊영화 '헝거 게임'의 주인공 역의 여배우)의 꿈을 해몽하는 것은 그렇게 어렵지 않다. 꿈에 나왔던 오일 마사지에 다른 해석의 여지가 있을까?

7월 9일

직계가족의 구성원에 대해서 묘사해보세요. 외모는 어떤지 당신이 생각하는 구성원들의 개성과 성격은 어떤지 기술해주세요. 그리고 그 각각의 가족 구성원과의 관계를 다음과 같이 분류해 보세요.
(매우 좋음 / 좋음 / 괜찮음 / 나쁨 / 매우 나쁨)

가족 구성원 1 – 아빠
관계: 괜찮음

아빠는 눈썹이 없다. 아빠는 나보다 키가 조금 더 크지만 그다지 큰 차이는 없다. 그래서 사실 난 좀 불안하다. 내가 더 이상 키가 크지 않는 것은 아닐까 해서. 조즈가 책에서 읽었다며 주장하기를 자식은 엄마 아빠의 평균 키가 된다고 한다. 내게는 별로 설득력이 없어 보인다.

"너네 아빠는 너보다 작잖아." 내가 지적했다.

"나도 알아. 그래서 친아빠가 아닌 것 같아." 조즈가 대답했다.

"그래, 네가 무슨 생각인 줄 알겠어. 그런데 좀 근거가 부족하지 않아? 괜히 크리스마스에 가족들 전부 모인 곳에서 그걸 증거랍시고 드라마 찍지는 말아."

조즈는 아무 대꾸도 하지 않았다. 설마 크리스마스에 친아빠가 누구냐고 난리를 치지는 않겠지? 하지만 녀석이라면 그렇게 하고도 남는다. 그리고 또 아는가? 정말 녀석의 직감이 맞을지. 녀석의 삶은 알버트 광장(＊영국 드라마 '이스트엔더스'에 나오는 가상의 공간)에서 벌어지는 한 편의 막장 드라마와 같다. 녀석에게는 세 명의 누나가 있는데, 서로의 남자 친구와 바람을 피우기 일쑤고, 물어보지도 않고 서로의 옷을 빌려 간다. 그런 일들로 녀석의 집은 전쟁터를 방불케 하는데, 고성이 오가고 툭하면 방문을 박차고 나가는 바람에 하루도 조용할 날이 없다.

아빠도 나처럼 머리칼이 검은색이다. 그러나 나이가 있으시니 곧 회색이 되겠지. 아빠와의 사이는 대체로 좋은 편이다. 축구 경기를 보여준다고 나를 술집에 데려가 놓고선 까맣게 잊어버린 것을 빼고. 그날 난 술집에서 벌어진 싸움판에 휘말려 코가 깨졌다. 그날 아빠와의 사이는 '매우 나쁨'이었다.

아빠는 축구광이자 프랭크 램파드의 열혈 팬이다. 사실 난 잘 모르겠다. 도대체 프랭크 램파드의 어디가 좋다는 것인지? 나는 그가 골을 넣는 것을 본 적이 없다. 내가 본 것이라고는 공을 하늘 높이 차서 관중석 가장 높은 곳으로 보내고는 머리를 부여잡고 마치 간발의 차이로 골이 빗나간 것처럼 아쉬워하는 모습뿐이다.

아빠는 자동차 정비공이다. 하지만 풀타임으로 일하지는 않는데, 아빠는 오히려 이게 게으른 자신에게 더 맞는다고 좋아하신다. 아빠는 그렇게 자동차 정비소에서 주 3회 일을 하고, 별도의 친분을 통해 개인적으로 자동차를 맡아서 집에서 수리를 하기도 한다. 말인즉, 우리 집 차고와 진입로에는 낯선 차들이 놓여 있고 길 위로 여기저기 기름이 새기도 한다. 집 뒤편에 놓인 우리의 오래된 캠핑카 때문에 우리 집은 마치 시의회가 승인한 캠핑 장소처럼 보일 때도 있다. 아빠가 늘 여행객들에 대해 험담하는 것을 생각하면 아이러니하다.

"나는 자동차 집시들은 딱 질색이야." 지난주에 아빠가 말했다.

"낭만적이잖아요." 내가 말했다.

"낭만은 무슨. 저 사람들 자리 잡은 지 한 달도 더 되었다고." 아빠가 말했다.

"우리 집 캠핑카도 2009년 7월 이후 계속 같은 자리에 있는 걸!" 엄마가 지적했다.

"그냥 그렇다고." 아빠가 투덜댔다.

아빠가 이렇게 '그냥' 말하는 것은 정말 많다. 엄마의 표현에 따르면 아빠는 '총체적인 구제 불능'이다. 재건축은 손댈 수도 없는 코페성(*Corfe Castle, 언덕 위에 건설된 난공불락의 성이었지만 지금은 파괴되고 유적으로 남아 있다)처럼.

주말이면 종종 아빠는 내게 자동차 수리 일을 돕게 한다. 워낙 손재주가 없다 보니 내가 하는 일이라고는 차에 앉아서 아빠가 시키는 대로 시동을 걸고 끄는 것이 전부지만 말이다. 때로는 일이 끝나면 아빠는 나를 데리고 축구장으로 향한다. 첼시의 광팬이지만 프리미어 리그의 표는 워낙 비싸서 주로 지역 팀인 햄프턴 FC의 경기를 보러 간다. 이름이 좀 촌스럽지만 실력은 그럭저럭 볼만하다. 이번 시즌에는 새로 조 보일이라는 선수가 들어왔다. 부상을 입기 전에는 포츠머스에서 뛰었고 현재 이곳으로 이적한 뒤 나름 인기를 얻고 있다. 그리고 하필이면 우리 학교의 영어 선생님인 너무나도 아름다운 스왈로 선생님의 남자 친구이기도 하다. 그는 인기와 아름다운 여자 친구라는 양쪽 날개로 도약 중이다.

대화 주제가 언제나 축구와 〈탑 기어〉 뿐인 것만 빼고는 그래도 아빠는 괜찮은 편이다. 아! 그리고 제2차 세계대전도 주요 화제이다. 책 선반에 꽂혀있는 책들 전부가 제2차 세계대전에 관한 것이다.(프랭크 램파드의 자서전도 있는데, 나는 아직 읽어보지 않았다)

"다른 세계대전들도 있잖아요, 아빠."

"다른 세계대전이 하나 있지. 다른 세계대전들이 아니라. 그리고 그건 별로야." 아빠가 나의 말을 바로잡았다.

"그 다른 세계 대전에는 왜 관심이 없는데요? 사람이 덜 죽어서요?"

"글쎄다. 재미가 없어. 그냥 참호 안에서 주구장창 기다리다가 기관총 앞으로 돌진하는 게 전부라고." 아빠가 어깨를 으쓱 들어 올렸다.

말은 그렇게 하지만 진짜 이유는 나치 때문일 거다. 남자들은 나이가 드는 어느 시점에 모두 나치에 빠져서 '히틀러의 개들', '벨젠 수용소의 해방' 또는 '익스트림 나치 사냥꾼' 같은 역사 채널 프로그램을 끊임없이 보기 시작한다. 조즈에 따르면 비디오 게임을 하기에 너무 늦은 나이가 되면 남자들은 나치에 관한 프로그램을 보기 시작한다고 한다.

이미 말했지만 나는 축구를 좋아하지 않는다. 차도 그렇다. 물론 제2차 세계대전도 그렇다. 아빠가 만약 그 사실을 안다면 무척 실망하실 게 분명하다. 그리고 나를 게이라고 생각할지도 모른다.(물론 나는 게이가 아니다) 그래서 아빠가 크리스마스트리 포메이션(＊축구 포메이션)이나 디퍼렌셜(＊자동차 부품) 또는 오프사이드 트랩(＊축구 전술)을 이야기하면 그냥 아는 척 연기를 한다. 아빠와 미국 드라마 〈밴드 오브 브라더스〉 전편을 보았다. 잔인한 장면에 속이 메스껍고 애도의 트럼펫이 울릴 때마다 죽고 싶은 심정이었다.

아빠가 오늘 밤 새로 시작하는 자동차 광을 위한 프로그램인 〈탑기어〉 시리즈를 같이 보자고 한다. "클락슨(＊탑기어의 진행자)이 스티그(＊복면을 쓴 레이서)의 정체를 드디어 공개한다고 했어!" 아빠는 잔뜩 흥분한 목소리로 말했다.

"정말 잘됐네요." 나는 힘없는 목소리로 아빠에게 엄지를 치켜세웠다.

"잡지에서 그러는데, 방송사 직원 중에는 이미 클락슨의 스티그

(＊스티그Stig의 발음을 남성의 성기를 뜻하는 은어인 stick으로 표현한 것이다)

를 본 사람이 몇 명 있다더라고."

아빠는 중의법이 아니면 농담을 할 줄 모르는 걸까?

아빠는 정말로 저질이다.

가족 구성원 2 – 엄마
관계: 좋음

엄마는 조금 괴짜다. 엄마는 무대 위에서 공연하는 마술사이다. 멋져 보이지만 꼭 그렇지도 않다. 누구나 데이비드 카퍼필드와 같이 큰 무대와 특수효과를 누릴 수 있는 것은 아니다. 엄마는 작은 클럽이나 술집에서 공연을 하고 사기꾼 업주들과 호응 없는 관객들을 상대해야 하며 공연에 쓸 하얀 비둘기를 항상 챙겨야 한다. 엄마는 '순회공연'을 다녀서 얼굴 보기가 쉽지 않다. 엄마가 집에 있을 때 엄마와의 관계는 괜찮다. 하지만 엄마는 요리도 청소도 하지 않는다. 사실 보통 엄마들이 할 법한 일들은 전혀 할 줄 모른다. 그래도 내 귀에서 프링글스를 꺼내서 주시기는 한다.

엄마의 외양? 엄마는 키가 크고 말랐다. 안경을 쓰고 머리칼은 검은색에 곱슬이다. 그리고 거의 청바지 차림이다. 또 뭐가 남았더라?

맞다. 엄마도 아빠만큼이나 저질이다.

엄마와 아빠는 대부분 사이가 좋은 편이다. 가끔 대판 싸울 때가 있는데, 그러면 보통 아빠가 잠시 집을 나간다. 그냥 하룻밤 정도. 그래도 요즘은 내가 어렸을 때처럼 일 년간 집에 안 들어온다던가 하지는 않는다. 솔직히 말하면 엄마 아빠가 만난 것 자체가 나에겐 미스터리다. 엄마는 대학교로 진학했지만, 아빠는 직업학교를 수료하는 데만 8년이 걸렸다. 그 이유는 NVQ시험(＊영국의 직업 자격시험)을 계속 떨어졌기 때문이다. 아빠 주장에 따르면 자신이 난독증이 심해서 QVN(＊영국의 쇼핑 채널)을 해야 하는 줄 알고 밤새도록 TV만 보았다고 한다. 말했듯이 아빠는 구제 불능이다.

엄마도 나처럼 책벌레다. 〈호빗〉과 〈헝거 게임〉을 내게 소개한 것도 킨들 파이어(＊전자책 단말기의 일종)를 사준 것도 엄마였다. 아빠였다면 1972년형 포드 카프리 차주를 위한 매뉴얼 같은 책이나 휴대용 토치를 사주셨을 거다.

엄마는 스코틀랜드의 짧은 순회공연을 마치고 지금 집에 있다. 엄마의 코에 작은 상처가 생겼다. 글라스고에서 공연할 때 누군가가 무대로 병을 던졌기 때문이다. 그래서 안경이 깨져서 지금 집에서 여기저기 부딪치고 다니신다. 덕분에 엄마는 집안 정리를 안 해도 될 그럴듯한 핑계를 하나 얻은 셈이다. 엄마의 시력은 매우 나쁘다. 마이너스 8인데 이 정도면 심해에 사는 물고기의 시력에 견주어 볼 만하다. 그래서 지금 엄마는 테스코에 가면 장애인 지정 주차 자리에 주차해도 된다고 우기신다. 글쎄, 자리가 보이기나 하실까.

가족 구성원 3 – 동생 몰리
관계: 괜찮음

몰리는 내 여동생이다. 이제 6살인데 똘기가 있다. 〈찰리와 롤라〉(＊4살 롤라와 7살 찰리의 남매 이야기를 다룬 어린이 애니메이션)의 롤라 같다고 할까. 내 동생이 벌이는 일이 그렇게 재미있지 않다는 점과 무지 이상하다는 점만 빼면 말이다. 한 번은 자신의 이를 무지개 색깔로 칠했다. 동생은 먼저 이를 건조시키려고 오랜 시간 동안 앉아서 입을 벌린 채 있었다. 그 후 거울에 비춰보면서 아크릴로 이를 칠했다. 곧 자신이 반대 순서로 색칠했다는 것을 깨닫고는 무척 화를 냈다. 동생은 패혈증 때문에 병원에 가야 했다. 또 한 번은 두꺼비를 먹었다. 정확하게 말하면 이제 막 뒷다리가 나온 올챙이를 먹었다. 동생은 올챙이가 목구멍을 지나 미끄러져 내려갈 때의 느낌이 어떨지 궁금했단다. 어린 나이에 벌써 정신이 육체를 넘어섰다.

동생은 자신을 일종의 야생 동물 구조대원이라고 생각한다. 하지만 언젠가 동생에게도 말해줬지만 동물 구조는 이미 부모를 잃거나 버려진 새끼들을 구조하는 것이지 부모가 먹이를 구하러 간 사이에 혼자 있는 새끼들을 데리고 오는 것이 아니다. 이건 사람으로 치자면 테스코 밖에서 잠시 혼자 있는 유아를 유괴하는 것과 같은 일이다.

집은 언제나 새끼 고슴도치나 떠돌이 고양이들로 넘쳐난다.(그리

고 고양이들이 새끼 고슴도치를 잡아먹곤 한다) 한 번은 올빼미를 데리고
온 적도 있다.

동생은 정말 극도로 칠칠치 못하다. 하지만 엄마 아빠는 조금도
신경을 쓰지 않는다. 그래서 내가 동생의 방을 치운다. 오직 나만.

친구 1 - 젝스
관계: 괜찮음에서 나쁨으로

젝스는 자신이 흑인이라고 생각한다. 하지만 생김새는 크리스 록
이 아니라 키드 록에 가깝다. 작년에 이전에 다니던 학교에서 퇴학
당한 후, 우리 학교로 오게 되었다. 친구가 한 명도 없었던 녀석이
나와 어울리게 된 것은 나도 친구 하나 없었기 때문이었다. 그래서
그날부터 우리는 세트로 괴롭힘을 당했다. 괴롭히는 입장에선 따로
괴롭히기보다 한 번에 괴롭히는 게 더 수월하니까. 그런데 어찌 된
일인지, 시간이 지나면서 모두들 젝스가 흑인인 척 구는 것을 받아들
이는 것 같았고, 더는 녀석을 괴롭히지도 않았다. 또 어찌 된 일인지
녀석은 점점 인기를 얻게 되었고, 덩달아 함께 있던 나도 그렇게 되
었다. 그러니 나는 녀석에게 빚이 있는 셈이고, 이놈이 저지르는 온
갖 꼴통 짓의 뒤처리를 하게 된 것이다. 하지만 녀석은 해도 너무한
다. 전학 온 이후로 녀석은 세 번이나 정학을 당했다. 녀석은 월요일
오전의 더블 잉글리시 코스를 빠지려고 부모님께 자신의 정학 사실

을 말했다.

젝스는 나보다 컸고(다들 나보다는 크다), 금발과 촉촉한 눈 그리고 창백하고 투명한 피부를 가졌다. 딱히 봐줄 만한 외모가 아니었음에도 신기하게 여자들에겐 인기가 있었다. 녀석의 거침없는 행동을 보면서 여자들은 그가 분명 무슨 생각을 가지고 그러는 거라고 생각하는 것 같다. 사실 녀석은 생각이라는 것이 전혀 없다. 커스틴 해튼도 분명히 그렇게 생각했겠지. 번화가에 있는 핸드폰 매장 옆 골목에서 녀석이 30분 넘게 키스를 제대로 못해 그녀의 입술을 깨물고 있었을 때 말이다. 어쨌든 중요한 것은 녀석이 핸드폰 매장에서 여자를 꼬시는 데 성공했다는 것이다. 핸드폰 매장에서 여자를 꼬신다고? 나로선 상상도 할 수 없는 일이다.

친구 2 - 조즈
관계: 좋음

먼저 외모부터 짚고 넘어가자. 후드티에 발목까지 내려오는 바지, 그리고 주머니에는 스프레이 페인트를 넣고 다닌다. 그림이 그려지지? 게다가 지금은 잠을 전혀 자지 않아서 생긴 커다란 다크서클까지 눈 밑에 달고 있어서 트와일라잇의 에드워드 같은 느낌이다. 물론 다크서클만 그렇단 거다. 녀석은 가늘게 뻗은 머리칼에 여드름 투성이다.

주택 단지에서 엄마와 누나들과 함께 살고 있다. 나는 녀석이 새우 맛 칩스 외에 다른 음식을 먹는 것을 본 적이 없다.

조즈는 말이 거의 없다. 그나마 가끔 하는 말은 공격적이기 일쑤다. 여자들에게 무례하기 그지없다. 그리고 남자들한테도. 그러니까 모든 사람들에게. 그래피티를 자신을 표현하는 수단이라고 말하지만, 정작 그렇게 표현하는 것이라곤 다른 사람은 알아볼 수도 없는 자신만의 낙서 뿐이다. 그림은 꽤 잘 그린다. 언젠가 종이 위에 직접 그린 것을 본 적이 있다. 하지만 절대 벽에는 그림을 그리지 않는다. 녀석도 젝스가 나타나기 전까지는 늘 혼자였다. 어쩌다가 한 번 우리들과 어울린 적이 있는데, 그 이후로 어디든 우리를 쭉 따라다닌다. 사교성이 좀 부족하긴 해도, 나와는 비교적 잘 지낸다. 젝스와 비교하면 말이다.

친구 3 – 프레디
관계: 괜찮음

(조즈에게 젝스나 프레디보다 높은 관계 평점을 준 것이 맘에 걸린다. 그렇다고 다시 수정할 정도로 신경 쓰이지는 않지만 그래도 두 녀석에게 조금 미안하다.)

프레디가 할리우드 영화배우라면 사랑스러운 한량으로 단골 캐스팅될 것이다. 말도 안 되는 상황을 뚫고 성공과 여자를 거머쥐는 그런 인물로. 이미지가 그렇다는 것이지 현실은 전혀 그렇지 않다.

녀석은 사랑스러움과는 거리가 멀다. 난관 극복은커녕 신발 끈 묶는 것도 어려워하고, 내가 아는 한 멋진 여자 친구는 고사하고 어떤 여자도 사귀어 본 적이 없다.

평소 남들보다 이해력이 떨어져서 늘 한발 늦는 편이지만, 가끔은 남들이 생각지도 못한 흥미로운 생각을 툭 던지기도 한다. 녀석이 아무렇게나 던지는 듯한 말은 한편으론 매우 깊고 똑똑한 것 같기도 하지만 동시에 아주 바보 같기도 하다. 한번은 영문학 수업 시간에 동음이의어에 대해 질문을 하겠다면서, 스왈로 선생님에게 phonetics(음성학)는 fonetics로 표기해야 하지 않느냐며 따졌다. "정말 제대로 하려면 그렇게 해야죠."라면서. 동음이의어가 무엇인지 알고나 있는 것일까.

어쩌면 약간 자폐 증상이 있는지도 모르겠다. 이 경우에는 숫자가 아니라 단어에 집착하는 것이지만. 내 생각에 녀석의 천직은 SNS에서 스팸 봇(*자동으로 댓글과 게시물을 생산하는 스팸 전송 프로그램)이 아님을 검증할 때 필요한 두 단어로 된 이상한 말을 만들어 내는 일이다. 비스듬한 일요일, 수건 지배자, 골짜기 탄젠트 등과 같은.

사실 젝스가 오기 전부터 프레디와 나는 친구였다. 우리 아빠와 프레디의 아빠가 서로 친구였기 때문에 어릴 때부터 자주 만나서 함께 보냈다. 대개는 햄프턴 FC 경기장의 지붕 없는 좌석에서 얼어붙어 있었지만. 프레디와 나는 서로의 의사와 상관없이 그냥 친구가 되어버린 셈이다. 녀석의 사촌이 현재 우리 지역의 축구 영웅인 조 보일이라는 사실 때문에 덩달아 학교에서 조금 인정을 받고 있다.

그리고 나는 그런 녀석의 친구라는 이유로 그 조금의 명성에서 또 조금을 받고 있다.

지금 다시 내가 쓴 글을 읽어보았다. 솔직히 내가 건터 씨라면 이 장에 요주의 표시를 해놓을 것 같다. 내 가족과 친구들 모두 하나 같이 소시오패스처럼 보일 테니.

7월 10일

플레처 씨에게

보호관찰 기간의 일정 중 하나는 적당한 과외 활동에 참여하는 것입니다. 연구에 따르면 어린 남자들은 방과 후 활동을 하면 범죄를 저지를 가능성이 많이 줄어든다고 합니다. 인터뷰에서 스포츠와 게임은 관심이 없다고 하셔서, 목요일 저녁에 있는 수업 중에서 적당한 것에 참여하는 것이 좋겠다는 결론을 내렸습니다. 이미 대부분의 수업들은 참가인원이 다 찬 상태이지만 햄프턴 커뮤니티 칼리지에서 감사하게도 다음과 같은 수업에 참석할 수 있게 배려해 주셨습니다. 수업은 7월 26일부터 시작이며 이메일로 어떤 수업에 듣고 싶은지 알려주시면 대신 등록해드리겠습니다.

저녁 7:00 ~ 7:55 : 자동차 정비 -- 니겔 플레처 담당

저녁 7:00 ~ 7:55 : 뜨개질 -- 제시카 스왈로 담당

저녁 7:00 ~ 7:55 : 도예 -- 나오미 후퍼 담당

저녁 6:00 ~ 6:55 : 마이크로소프트 오피스 (기초 과정) -- 프랭크 가빈

클라우디아 건터

웨스트 메온 보호관찰소

어쩜 이리도 하나 같이 환상적인 수업들만 남았을까! 모두 다 들을 수는 없나?

어디 한번 살펴보자. 니겔 플레처 씨가 진행하는 자동차 정비 수업? 이건 자동차를 고치는 일이다. 그것도 아빠와 함께! 내가 하기 싫어하는 일이고 주말마다 아빠가 시켜서 해야 하는 일이기도 하다.

다음은 뜨개질이다. 뜨개질?! 이게 나한테 적절한 수업이라고? 건터 씨는 나를 어떻게 생각하는 걸까? 위험한 범죄자에게 뜨개질바늘을 사용하게 해도 되는 걸까? 아이스크림 상인을 죽이고 신장을 꺼내서 먹었다는 그 범죄자에게 코바늘을 준다고? 그럴 리 없겠지. 잠깐, 그러고 보니 수업 담당이 영어 선생님인 스왈로 선생님이다. 이전에도 이야기했지만 스왈로 선생님은 엄청 섹시하다. 여기서 조즈가 그녀에 대해 언급한 내용을 다시 말하고 싶지는 않다. 특히 휘핑크림에 관해서는.

다음은 마이크로소프트 오피스다. 나는 이미 이 프로그램을 사용할 줄 안다. 사실 마이크로소프트 오피스는 전 국민이 사용할 줄 알거다. 아마 웨인 루니도 할 줄 알 거다. 이 수업에 적합한 대상은 아마 컴맹인 할머니들과 애팔래치아 산맥에서 늑대에 의해 길러졌다가 이제야 문명 세계를 접하게 된 사람 정도가 아닐까. 55분 동안 노트북 전원 코드를 어떻게 꽂아야 하는지를 가르치는 수업을 들을 생각은 없다.

마지막으로 도예 수업이다. 처음 봤을 땐 그나마 가장 나은 것처럼 보였다. 하지만 나는 이미 일주일 중 삼일은 손톱 밑에 스며든 엔진오일을 빼내느라고 애를 먹고 있다. 매주 목요일 저녁마다 손으로 적지 않은 점토를 긁어내는 것은 영 마음에 내키지 않는다. 그리고 내가 도예를 선택할 수 없는 한 가지 이유가 더 있다. 수업 담당이 바로 메건의 엄마인 나오미 후퍼 아주머니라는 것. 물론 후퍼 아주머니한테 끌리는 매력이 없다는 뜻이 아니라, 내가 수업을 듣는다면 자연히 메건도 내가 이 수업을 듣는다는 것을 알게 될 것이고, 내가 만든 우스꽝스러운 화분을 보면서 키득거리는 모습은 상상하고 싶지도 않다. 그 반대는 아닐 것이다.

수업이 전부 다 환상적이네. 왜 컴퓨터 게임 디자인이나 울타리 공사, 육고기 손질하기와 같은 괜찮은 수업은 없는 것일까? 생각해 보니, 자전거 정비 같은 수업이 있다면 내게 딱 맞을 것 같다. 마침내 자전거의 앞 변속기에 뭔가 문제가 있는 것 같다.

7월 18일

제시카 스왈로 선생님이 내가 처음으로 짝사랑한 선생님은 아니었다. 나는 나를 가르치는 대부분의 선생님에게 마음을 빼앗겼다. 당연히 여자 선생님들만. 아빠는 내가 학년이 올라갈수록 담당 선생님들의 미모도 덩달아 올라가는 거라고 주장하셨다. 하지만 엄마는 선생님들이 더 매력적이 되는 것이 아니라 단지 아빠에 비해 선생님들의 나이가 더 어려지기 때문이란다. 4학년 때 헌트 선생님은 그렇게 미인은 아니었지만 속이 비치는 얇은 면 옷을 즐겨 입었다. 6학년 때 영 선생님은 이름과는 다르게 젊지는 않았지만 정말 예쁘셨다. 갑상선종이 없었다면 완벽했겠지만 나는 오히려 그녀의 그런 결함이 심리적 장벽을 낮춰서 더 좋았다.

나는 하나 정도의 결함은 여자를 더 매력적으로 보이게 만들어준다고 생각한다. 스왈로 선생님의 경우에, 그건 송곳니이다. 조금 이상한 각도로 이가 나왔고 미묘하게 다른 이와 색이 달랐다. 나에게 그 송곳니는 그녀의 아름다움을 퇴색시키기보다는 오히려 더해주는 존재였다. 물론 스왈로 선생님이라면 송곳니 대신 일각고래 마냥 이마에 뿔을 가지고 있어도 여전히 아름다울 것이다.

그녀는 정말 매력적이디. 아담한 키에 커다란 초록색 눈농자, 약간 회색빛이 도는 금발에 하얀 피부는 매끈하고 투명해서 빛이 나는 것 같다.

내가 그녀를 묘사한 것을 지금 다시 읽어보니 영락없는 외계인이다. 만약 그녀가 외계인이라면 나를 언제든지 납치해 가도 좋다. 마침 어제 비슷한 꿈을 꿨다. 잠이 들기 전 침대에서 나는 이런 저런 상상을 한다. 그 상상 속의 나는 백만장자이거나 만능 스포츠맨 또는 유명한 작가다. 또 종종 진짜 끝내주는 여자 친구랑 사귀고 있는 상상도 한다. 그 대상은 메건이나 홀리 오스먼이거나, 아침마다 우리 집을 지나쳐 학교로 가는 검은 머리칼의 여대생 등이다. 하지만, 그중 제일 많이 등장하는 대상은 제시카 스왈로 선생님이다. 문제는 내가 환상도 일관성 있는 것을 좋아한다는 것이다. 한마디로 그들이 현실처럼 그럼직해야 한다. 또한 윤리적이어야 한다. 약물 복용 같은 것은 꿈속에서도 안 될 말이다.

당연히 상상에서처럼 그녀가 나와 사랑에 빠지는 일은 없을 것이다. 그녀는 열두 살 연상이다. 게다가 탄탄한 몸에 키도 크고 세미프로 축구선수이면서 멋진 차를 끌고 다니는 남자 친구가 있다. 그리고 그녀는 정말 아름답다. 또한, 그녀는 내 선생님이다! 스왈로 선생님은 교직을 천직으로 생각한다. 나를 위해서 그녀가 이 모든 것을 포기할 일은 없을 것이다.

그래서 어떻게 내가 부자가 되고 성공해서 연상의 여인들이 매력을 느끼게 하지? 아니면 연하라도? 아니면 16세 이상의 그 어떤 여성들로부터라도? 내가 자주 하는 상상은 이렇다. 우선 엄마가 조나단 크릭(*영국의 미스터리 범죄 드라마 제목이자 주인공 이름)처럼 새로운 마술 트릭을 만드는 거다. 그렇게 엄마가 엄청 유명해지면 데이비드 블레인처럼 방송에도 나오게 된다. 물론 그보다는 좀 덜 재수 없게. 엄마가 떼돈을 벌면 나는 영국 최고의 대학에서 비즈니스를 배워서 열일곱 살에 억만장자가 되는 거다. 그리고 많은 돈을 자선단체에 기부한다. 그러면 제시카 스왈로 선생님은 나의 패기와 선행에 홀딱 반하고 세미프로 축구선수와 헤어진다. 솔직히 그쯤 되면 그는 나의 상대가 되지 않는다. 물론 그에게는 큰 충격이겠지만 어른답게 현실을 받아들이고 우여곡절 끝에 나와 그는 서로 친한 친구가 된다. 그는 내게 축구도 가르쳐주고 그의 멋진 차도 운전하게 해준다. 그렇게 그는 나에게 없었던 형과 같은 사람이 된다.

나의 상상은 현실성이 있어야 하기에 전개가 매우 더디다. 그래서 실제 여자와 사귀게 되는 단계까지 이르지 못하고 잠들어 버린다. 하지만 어젯밤 나는 그 모든 긴 망상의 절차를 한 번에 가로지르는 꿈을 꾼 것이다. 나는 스왈로 선생님과 열다섯 명의 연상의 여자들과 함께 뜨개질을 하고 있었다. 그때 갑자기 나타난 외계인의 비행체가 우리 모두를 빔으로 올려서 비행체에 태우고는 그들의 행성 동물원에 가뒀다. 거기선 내가 유일한 남자니까 스왈로 선생님은 내키지 않아도 선택의 여지가 거의 없다. 우리는 뜨개질 여인들이 우리를 위해 만들어 준 침대시트 위에 함께 눕는다. 거기서 내 상상은 멈췄다. 이 이상의 상상은 내게 무리다. 감당할 자신이 없다. 어쨌든 털실로 만든 시트라서 좀 간지러울 것 같다.

덧붙여 말하자면 나는 그 꿈을 뜨개질 수업을 선택해야만 하는 계시로 받아들였다.

7월 19일

웨스트 메온 보호관찰소의 클라우디아 건터 씨에게 이메일을 보냈다. 지금 난 내가 메일을 너무 냉소적으로 쓴 것 같아서 큰 충격에 빠졌다. 재미있게 보이려는 의도로 쓴 건데 보내고 나서 다시 읽어보니 마치 내가 상대방을 조롱하는 것처럼 보인다. 도대체 내가 왜 이랬을까?

내가 보낸 메일은 다음과 같다.

건터 씨에게

7월 18일에 보내주신 이메일에 감사합니다.

자기 계발을 할 수 있는 이런 기회를 주셔서 몸 둘 바를 모르겠습니다.

추천해주신 수업들이 하나 같이 매혹적이라 그중 하나를 고르는 것이 매우 곤혹스러웠습니다.

고심을 거듭한 끝에 저에게 가장 적절한 수업을 결정하였습니다.

저녁 7:00 ~ 7:55 - 제시카 스왈로 담당의 뜨개질 수업입니다.

본 문건 상기에 언급한 수업을 즉시 등록해 주신다면 저는 감사할

따름입니다.

벤 플레처 배상

내가 좀 지나친 것 같다. 하지만 와플에 신장을 넣어 먹는 살인마에게는 더한 이메일도 받아 봤겠지.

아빠에게는 뜨개질 수업을 받기로 한 것을 아직 말하지 않았다. 거짓말을 했다. 아빠에게는 도예를 할 거라고 말했다. 아빠는 별로 탐탁해 하지 않았다.

"도예라..." 아침 식사 중 아빠는 나를 쳐다보았다. "도예라니..."

"별로 선택의 여지가 없었어요."

"내 수업도 있잖아? 그럼 부자지간에 같이 시간을 보낼 수도 있고." 아빠가 말했다.

"이해 상충!" 나는 재빨리 말했다.

"이해... 뭐라고?"

"그건 이해 상충이라고요. 아빠가 가르치는 수업이잖아요. 보호 관찰 담당자가 수업 담당자로부터 출석, 행동 등에 대한 보고서를 요구할 거라고 했어요. 아빠가 공정할 수 있는 입장이 아니잖아요."

"무슨 소리야. 나는 아주 공정하게 할 거야. 네가 수업에 말썽부렸다간 국물도 없어. 내가 다 말해 줄 거야. 하나도 빠짐없이."

"고마워요, 아빠. 저야 아빠를 믿죠. 하지만 보호관찰관은 납득하지 않을 거예요."

"망할!" 아빠가 한숨을 쉬었다.

"그러게요. 저도 안타까워요."

"그럼 컴퓨터는 어때?" 아빠가 물었다.

"너무 기초적인 수업이에요."

"그럼 나머지는?"

"뜨개질 수업이요."

아빠가 웃음을 터트렸다.

"그건 당연히 제외했을 거고."

"왜요?" 나는 일부러 밝게 물어보았다.

아빠가 다시 웃었다. "그거야... 뜨개질은... 좀..."

나는 아빠가 문장을 끝마치기를 기다렸다.

"좀 뭐랄까..."

"게이 같다고요?"

"무슨! 나는 그렇게 말 안 했다." 아빠가 재빨리 말했다. 아빠는 집안에서 동성애에 대한 편견을 드러낼 때마다 엄마한테 혼나느라 곤혹을 치른다.

"내 말은 그냥 좀..."

"여성스럽다고요?"

"그래, 바로 그거다. 여자애들이나 하는 거지."

어쨌든 아빠는 내가 지어낸 도예 수업 이야기를 그대로 믿었다. 아마 자신의 아들이 '선생님이 귀여워하는 애'라는 소리를 듣게 될까 봐 걱정이 되었을 거다. 아빠에게 그건 '계집애 같은 놈'과 동의어니까.

반면에 엄마는 내가 전화로 도예 수업을 선택한 것을 말했을 때 기뻐했다. 엄마는 허니톤 지역 외곽의 한 호텔에 묵고 있었다. 오늘은 엄마에게는 운이 없는 날이었다. 비둘기들 중 한 마리가 죽었고 나머지 비둘기들은 우울해져서 아무것도 하려 하지 않았다. 그래서 시간을 메우기 위해서 엄마는 관중석의 한 명을 무대로 불러 톱으로 몸을 반으로 자르고 복원시키는 마술을 해야만 했다. 저번에 이 마술을 했을 때 조금 불미스러운 사고가 있었다. 덕분에 엄마의 보험료가 두 배로 올랐다.

"이번에는 진짜 톱을 쓰지 마세요, 엄마." 내가 조언했다.

"알았다니까." 엄마가 툴툴댔다.

"엄마에게 물어봐. 금요일에 돌아오면 저녁에 뭘 먹고 싶은지." 아빠가 부엌에서 소리쳤다.

"아빠가 금요일 저녁에 뭘 드시고 싶은지 알고 싶대요."

"그래? 아빠에게 전해줘. 나는 아주 멋진 돼지고기 한 덩이가 좋겠다고."

"그런 건 안 전해요."

"그렇지만, 그게 내가 원하는 거야."

"엄마, 나한테 왜 이래요." 내가 낮은 목소리로 말했다.

"아빠에게 전하라니까." 엄마가 고집을 꺾지 않았다.

"엄마가 돼지고기 한 덩이가 먹고 싶으시데요." 니는 큰맘 믹고 아빠에게 소리쳤다.

"오케이! 그건 그렇고. 그럼 저녁은 뭘 먹고 싶다니?" 아빠가 자지러지게 웃으며 대답했다.

엄마가 침착해지자 나는 오늘 아빠에게 했던 말을 엄마에게 들려주었다.

"그래서... 뜨개질을 선택했구나. 그거 손재주 익히는 데 아주 좋아. 손가락 힘도 좋아지고 집중력도 높일 수 있어. 모두 마술사가 되려면 필요한 능력들이네."

"졸업 후에 제가 하려는 콜센터 업무에도 딱 좋은 훈련이고요." 내가 말했다.

"아니면 전투기 조종사가 되는 것에도?" 엄마가 말했다.

"맞아요. 그것도 제가 희망하는 직업란에 적었던 세 가지 중 하나죠. 마술사, 콜센터 직원, 그리고 전투기 조종사." 내가 말했다.

"그거 잘 되었네. 저기, 이제 나 가봐야겠다. 내 칼들을 갈아놔야 하거든." 엄마가 말했다.

7월 21일

젝스, 프레디 그리고 조즈가 공원에 있는 게 보였다. 녀석들은 낮은 돌담에 일렬로 앉아서는 '로버트 디아즈' 상점 뒤편의 주차장을 바라보고 있었다.

"여기서 뭐 하냐?" 내가 다가가면서 물었다. 녀석들은 대꾸도 하지 않았다.

"뭘 보는데?" 내가 물었다.

"저기!" 조즈가 서둘러 손으로 가리키며 말했다.

그들이 보고 있는 방향을 따라 고개를 돌려보았지만, 특별한 것을 찾지 못했다.

"도대체 뭘 보고 있는 건데?"

"잠깐 기다려." 프레디가 말했다.

"저기 짧은 치마 입은 여자를 말하는 거야?"

"그래!" 프레디가 대답했다.

"한 발에 깁스한 아이 말이지?"

"그래!"

"목발 짚고 서 있는?"

"그래!"

"차 트렁크에 짐 싣고 있는?"

"그렇다니까!"

"도대체 왜?"

"좀 기다려, 이 빙구야!" 젝스가 쏘아 붙였다.

나는 한숨을 쉬고는 옆자리에 앉아서 기다렸다. 곧 녀석들이 무엇을 기다렸는지 알 수 있었다. 그 불쌍한 여자는 목발로 고군분투 중이었다. 기둥과 차 사이에 놓인 카트 때문에 공간이 거의 없었다. 그녀는 카트까지 가기 위해서 목발을 이용했는데, 그렇게 카트로 이동해서 짐을 빼서는 몇 번 한 발로 뛰어서 차 트렁크로 가서 짐을 옮겼다. 그리고 다시 같은 동작으로 카트로 이동했다. 문제는 그녀가 자꾸 목발을 놓쳤는데, 그것을 집기 위해 몸을 앞으로 숙이는 찰나의 순간 깁스한 다리 때문에 짧은 치마가 출렁거리며 올라갔고, 녀석들은 그 순간은 놓치지 않았다. 그녀는 검은 색 속바지를 입고 있었다.

"이 또라이들!" 나는 시선을 옆으로 돌리면서 말했다.

"끝내준다." 조즈가 말했다.

"너희들, 지금 다리를 다쳐서 약한 여자애의 약점을 이용하고 있다는 거 알지?" 내가 지적했다. "도와주지는 못할망정."

"우리가 보고 있는 줄도 모를걸. 그리고 혼자서 잘하고 있는데, 뭐." 프레디가 말했다. "또 떨어뜨렸다!"

"정말 서툴구만." 젝스가 즐겁다는 듯 말했다.

"저 깁스한 발로 운전은 어떻게 하는 거지?" 조즈가 궁금하다는 듯이 말했다.

"멋진 여자야." 젝스가 말했다.

"그래, 아름다운 여자야. 그리고 우아하고." 나도 인정했다.

이게 오늘 우리 일과의 전부였다. 프레디가 장면을 살짝 녹화했다. 불쌍한 그녀가 차를 타고 가버리자 우리는 핸드폰 배터리가 나갈 때까지, 거기에 앉아서 녹화된 것을 봤다.

나는 정말 건전한 친구들이 필요하다.

7월 25일

내가 상상한 시나리오는 이렇다. 뜨개질 수업을 몇 번 하고 나면, 스왈로 선생님은 고군분투하는 내가 눈에 띄겠지. 뜨개질에 서툰 것은 상관없다. 나는 남자니까. 중요한 것은 남자답게 절대 포기하지 않는 나의 모습이다. 즉, 그녀에게 난 거친 남성성과 동시에 뜨개질을 할 만큼 섬세함을 가진 사람으로 보이겠지. 게다가 혹시 모를 나의 예술 감각이 눈을 뜨기라도 한다면... 스왈로 선생님은 이런 모습들을 보고 나에게 점점 빠져들게 된다. 우리 사이에 나이는 아무런 장벽이 되지 않는다.

수업이 끝나면 그녀는 나에게 수업 후 잠시 남아달라고 말한다. 그러곤 실을 다시 감는 것이나 뜨개질바늘을 분류하는 것을 도와달라고 하겠지. 아니면 양털을 함께 깎자고 하던지... 그럼 나는 비싼 손목시계로 시간을 슬쩍 확인하고는 바로 그러자고 하는 거다. 우리는 수다를 떨게 되고, 뜨개질 농담도 주고받으며 함께 웃게 되겠지. 〈월간 뜨개질〉 최신호에 대해서 서로 담소를 나누다가, 내가 그녀에게 실뭉치를 건네고 우연히 서로의 손이 닿는다. 그러면 그녀가 수줍게 고개를 돌리고...

그래. 아무래도 이거 좀 아닌 것 같다. 실현 가능한 것을 생각해야 한다. 어쩌면 일어날지도 모르는 것 말고. '어쩌면'은 어차피 희망

고문일 뿐이다.

첫 뜨개질 수업은 내일 저녁이다. 약간 긴장된다. 프레디가 방과 후에 집에서 새로 나온 연쇄살인 공포 영화를 보겠냐고 물었다. 적당한 핑계를 생각해야 했다. 나는 간디스토마에 걸렸다고 말했다.

7월 26일

이보다 더 나쁠 순 없다. 나는 이제 막 집에 왔다. 오늘 첫 뜨개질 수업이 있었는데, 시작부터 끝까지 모든 것이 꼬였다. 아빠도 커뮤니티 칼리지에서 진행하는 수업이 있었기에, 차로 태워주겠다고 했다.

아빠와 나는 다행히 조금 일찍 칼리지에 도착했다. 메건을 혹시 마주칠까 봐 걱정했기에 조금 안심이 되었다. 그녀가 이곳에 있을 이유가 없지만, 그녀의 엄마가 여기에서 도예 수업을 진행하니까. 나는 이게 꽤 마음에 걸린다. 내가 뜨개질을 한다는 사실을 아무도 알게 하고 싶지 않았고, 특히 그녀에게는 더 그랬다. 그래서 그녀의 엄마에게도 들키지 않기 위해 서둘러 뜨개질 교실로 달려가 얼른 문을 열고 들어갔다.

"뭘 도와줄까요?" 교실 안 뒤편에서 누군가가 말을 걸었다. 몸을 돌려보니 후퍼 아주머니가 열린 선반 아래 서 있었다. 내가 아주머니를 보고 놀란 것만큼이나 아주머니도 나를 보고 놀란 것 같았다. 그녀는 사랑스러운 메건의 엄마다. 그녀는 스왈로 선생님만큼은 아니지만, 그녀 나이대의 여자들에서는 미인에 속한다. 그래서인지 그녀에게 말을 해야 할 때마다, 나는 말을 더듬곤 했다.

"죄송해요. 여기가 뜨개질 교실인 줄 알았어요."

내가 말할 때, 그녀는 선반에서 실뭉치로 가득 찬 골판지 상자를 불안정하게 꺼내고 있었다.

틀어 올린 머리에 뜨개질바늘 한 쌍을 꽂고, 오른손에는 뜨개 도안 한 묶음을 움켜쥔 것이 보였다.

"그래, 여기가 뜨개질 교실이야." 그녀는 '얘가 지금 뭐라는 거지?' 하는 눈빛으로 나를 보며 말했다.

"저는 스왈로 선생님이 담당이신 줄 알았는데요."

"아닌데. 이것 좀 들고 있으렴." 그녀가 말했다.

후퍼 아주머니는 나에게 골판지 상자를 넘기고는, 각 책상마다 뜨개 도안을 한 장씩 놓기 시작하셨다.

"제시카 스왈로 씨는 도예 수업 담당이야. 아마 뜨개질로는 스카프도 못 뜰걸." 그녀는 코웃음을 치며 말했다. 뜨개질에서 스카프도 못 뜬다는 것은 영어에서 알파벳도 모른다는 말인 것 같다.

"또 수강 신청표가 잘못 쓰여 졌나 보네." 그녀가 하던 일을 잠시 멈추고 미소를 지었다. "안됐구나. 근데 내가 가르치면 안 되겠니?"

나는 당황한 채, 그녀를 바라봤다. 물론 된다! 하지만 그러면 메건이 나의 비밀을 아는 것은 시간문제다. 젠장. 도예를 신청했었어야 했다. 도예를. 하지만 돌이키기에는 너무 늦었다.

"뜨개질 배워야죠." 나는 최대한 밝은 목소리로 대답했다.

7월 27일

목요일 일기 도입부를 다시 읽어 보니 내가 너무 과격하게 말한 것 같다. 그날 저녁이 아주 끔찍하고 슬프고 절망적인 것만은 아니었다. 어쨌든 아직 제대로 수업을 받아본 것은 아니니까. 그리고 솔직히 뜨개질 수업이니까 라벤더와 좀약 냄새를 풍기는 할머니들로 가득 찰 것이라고 예상했었다. 하지만 할머니들은 새삼 뜨개질을 배울 필요가 없으시겠지. 물론 수업을 듣는 모든 여자들이 나보다 나이가 많다. 하지만 대부분 엄마와 같은 연령대로 보였고, 20대와 30대도 몇 명 있었다. 누구도 몸에서 좀약 냄새가 나지 않았다. 이 수업 참가자 중 한 명에게서 아주 약하게라도 남성용 바디 스프레이 향이 나는 게 오히려 이상한 일일 게다. 이 수업의 유일한 남성이다 보니 나를 이상하게 바라보거나 수군거렸다. 특히 20대 여자들이 더 그랬는데 혹시 내게 관심이 있는 것이 아닐까 하는 생각도 든다. 물론 여기에서 내가 유일한 남자라는 점을 이용할 수도 있겠지만, 그들 전부 내 타입은 아니다. 그들은 아침으로 나를 한입에 삼킬 수 있을 것 같이 보였다. 뚱뚱하다는 뜻은 아니다. 풍만하다고 할 수는 있겠다. 물론 조즈는 단박에 그게 뚱뚱한 것이라고 말하겠지. 녀석은 무식하고 멍청하니까.

후퍼 아주머니가 수업을 시작하면서 우리에게 이런 저런 이야기를 했다. 이를테면 뜨개질의 기원 같은 것인데, 나는 그 일부를 적어 두었다. 그녀의 설명은 대략 이렇다.

뜨개질(knitting)이라는 단어는 옛말 'cnyttan'에서 온 것인데 '매듭을 짓다'라는 의미였다. 고대 이집트인들도 무려 2천 년 전부터 뜨개질을 했다고 전해지는데 실제로 꽤 복잡한 뜨개 도안을 사용했다고 한다.

다음 이야기를 이어가면서, 그녀는 나를 살짝 쳐다봤다. 뜨개질은 원래 남자만이 할 수 있는 일이었다고 한다.

그녀가 그 설명을 할 때, 나는 미소를 지었다. 내 마음을 편하게 해주려는 의도가 보였다. 게다가 그것은 내가 뜨개질을 한다고 해서 나의 남성성에 대해 어떠한 의심도 할 필요가 없다는 것을 모두에게 분명하게 해주는 것이었다. 아주머니의 마음이 고마웠다.

최초의 뜨개질 무역 조합은 1527년 파리에서 시작되었다. 하지만 편직기가 발명된 이후 뜨개질은 취미의 하나가 되고 말았다.

그렇게 뜨개질은 지난 200년간 유행의 부침을 겪었고, 21세기에 들어서서 다시 부활했다. 현대의 뜨개질은 1940년대와 50년대 초의 '고쳐서 오래 쓰자'는 실용적인 목적과는 다르게 개성의 표현과 공동체 안의 소통과 교감의 수단이 주된 동기라고 한다.

그 이후 그녀는 여러 크기의 바늘들을 보여주었다. 아주 단순하게 말한다면 큰 바늘은 큰 뜨개코, 작은 바늘은 작은 뜨개코를 위한 것이다. 그다음 그녀는 그 바늘로 안뜨기와 겉뜨기의 차이점을 보여주었다.

"이 두 가지가 뜨개질에서 가장 기본적이고 가장 중요한 기술이야. 일단 이것들만 잘 익혀도 벌써 뜨개질의 세계에 발을 들여놓았다고 봐도 좋아. 안뜨기와 겉뜨기만으로도 만들고 싶은 것은 거의 다 만들 수 있을 거야." 그녀가 말했다.

그래서 시도해 보기로 했다. 우선 실과 바늘을 잠시 쳐다봤다. 이 작은 두 개의 바늘이 어떻게 일차원의 실을 이차원의 직물로 바꿔놓을 수 있는지 이해하려고 노력했다. 나는 눈을 감고 후퍼 아주머니의 말을 되새기며 그것을 머릿속에 그려보았다. 잠시 후 나는 눈을 뜨고 손을 움직이기 시작했다.

생각지도 못한 일이 일어났다. 내가 능숙하게 뜨개질을 하는 것이 아닌가? 처음 뜨개코를 만들기까지는 몇 번의 착오가 있었으나, 곧 요령을 익혔고 어느새 한 단을 끝내버렸다.

"정말 빨리 익히는구나." 후퍼 아주머니가 다음 두 번째 단을 시작하는 방법을 보여주면서 말했다. "타고난 것 같은데?"

나는 얼굴이 빨개졌다. 칭찬을 들어서라기보다는 아주머니가 내 앞으로 몸을 숙였을 때 그녀의 상의를 내려다본 것을 그녀가 알아챘을 거 같아서다.

"이 수업에 남자가 있다는 게 나는 너무 기뻐. 뜨개질은 여자만 하는 거라는 고정관념을 깨주는 좋은 방법이잖아." 후퍼 아주머니가 말했다.

"그렇죠, 그래서 말인데요..." 나는 그녀를 올려다보며 말을 꺼냈다. 수업의 다른 사람들 모두 손을 바쁘게 움직이고 있었고 간혹 욕을 하는 소리도 들렸다. "제 친구들이 그 고정관념을 깰 수 있을지는 확신이 잘 들지 않아서요... 그래서 여기서 일어나는 일을 기밀에 붙이면 어떨까요?" 나는 얼굴이 달아올랐다. 그 와중에도 나는 뜨개질을 하는 손을 멈추지 않고 위아래로 현란하게 움직이고 있었다.

"고해성사하는 신도와 신부님 사이 같은 걸 말하는 거니?" 그녀가 물었다.

"네, 아니면 의사와 환자처럼요?" 나는 기대하며 응답했다.

"음... 아니야, 아니야. 그건 사실이 아닌걸."

"이런..." 나는 크게 낙담했다.

"하지만 네가 말하는 것이 네가 이 수업에 계속 참석하려는데 그걸 비밀로 해달라는 거라면, 그건 기꺼이 내가 해줄 수 있지."

"고마워요. 그런데 혹시 계속 그 비밀을 지켜주실 수 있나요? 집에서도?"

그녀는 눈을 끔벅이며 나를 바라보다가 곧 무슨 말인지 깨달았다. "걱정 마. 메건에게도 비밀로 할게."

내 얼굴은 아까보다 더 새빨개졌다.

그녀가 자신의 코를 가볍게 두드리며 말했다.(*영국에서 코를 두드리는 행위는 우리끼리의 비밀이란 의미가 있다) "그럼. 나도 이해하지."

처음엔 내가 뜨개질을 싫어할 거라고 생각했다. 늘 그렇듯이 제대로 할 리가 없고 사고를 치지 않을까 걱정했다. 어쩌면 뜨개질바늘로 옆 동료의 눈을 찌르는 실수를 하지 않을까 말이다. 하지만 예상은 빗나갔다. 나는 뜨개질에 '타고 난' 소질이 있었다.

나는 뜨개질 기술의 신비로움을 단번에 꿰뚫어버렸다. 수다를 떨며 하는 작업 뒤에 숨겨진 기계적이면서도 체계적인 작동 원리를 밝혀낸 것이다. 한 마디로 말하자면, 내가 단연 에이스였다. 이건 마치 프리메이슨(내가 이 멤버는 아니지만 지루한 모임이라고 확신한다)에 관한 기대감에 가득 차 있다가 그 실체가 별 게 아니라는 것을 깨닫게 된 느낌이랄까. 하지만, 이제 와 생각해보면 '매듭'과 관련한 비슷한 경험은 보이 스카우트에서도 있었다. 나는 부싯돌로 쉽게 불을 붙이지 못했고, 서툴게 노를 저어 배가 네 번이나 뒤집혔다. 국제 보이 스카우트 대회인 잼버리에선 실수로 데니얼 제이콥을 캠프파이어 안으로 밀어 버린 적도 있다. 난 이렇게 늘 서툴렀지만 '매듭'에서 만큼은 처음부터 자연스러웠다. 나는 머릿속으로 매듭을 HD급 화질의 3차원 영상으로 그려낼 수 있었다. 설명하기 힘들지만, 내게는 그런 재능이 있었다. 여기서 이것을 너무 깊게 분석하고 싶지는 않다.

어쨌든, 일단 흐름을 타고 안뜨기와 겉뜨기를 반복하면서, 나는 뜨개질에 완전 빠져들었다. 딱 들어맞는 깔끔함, 같은 일을 하고 또 하는 반복, 이 모든 것이 마음에 들었다. 뜨개질을 하는 동안은 아무 생각도 하지 않을 수 있었다. 그저 바느질 소리와 너울대는 실의 움직임만 있을 뿐. 그리고 한 코씩 뜰 때마다 무에서 유가 생겨났다.

마치 엄마가 손가락을 튕기면 아무것도 없는 곳에서 무언가 갑자기 나타나는 마술 같았다. 하지만 지금 그 마술을 부리는 것은 엄마가 아니라 나였다.

수업이 끝나자마자 나는 다시 당황하기 시작했다. 메건이 혹시 엄마를 밖에서 기다리고 있지 않을까 하는 멍청한 생각 때문이었다. 아무도 없다는 것이 확실해질 때까지 두리번거리며 시간을 끌다가 아빠가 운영하는 교실로 내려갔다. 내가 들어갔을 때, 교실에는 아빠 혼자였다. 기계 오일 때문인지 남자의 냄새가 가득했다. 그리고 그건 상대적으로 내가 선택한 수업이 얼마나 여성적인지를 실감하게 했다. 아빠를 속이는 것이 자꾸 마음에 걸렸다. 지난 판결 이후 아빠는 줄곧 내 편에서 힘써주셨다. 그래. 지금이 바로 사실을 털어놓고 홀가분해질 시간이다.

"도예 수업은 어땠니?" 아빠가 싱크대에서 손에 묻은 기름을 씻어내며 물었다.

"좋았어요!" 나는 재빨리 대답했다. "아빠 수업을 들었으면 더 좋았겠지만 그래도 나쁘지 않은 대안이었어요."

나는 왜 이러는 걸까? 왜 항상 거짓말을 할 수밖에 없는 거지?

"너도 손 씻을래?" 아빠가 기름이 잔뜩 묻은 비누를 들어 보이며 물었다.

나는 멍해졌다. 손을 씻으라고? 왜?

아빠는 의아한 듯 나의 깨끗한 손을 쳐다보며 말했다. "이미 화상실에서 씻었구나?"

이런 멍청이! 점토다. 아빠는 내 손이 당연히 점토로 지저분할 거라고 생각하신 거다.

"네. 그럼요. 그랬죠. 전 이미 완전히 박박 깔끔하게 씻었어요."

"손톱 밑도 확인했어?" 아빠가 의심스럽다는 듯 물었다.

"당연하죠." 내가 깨끗한 손을 들어 보이며 대답했다.

"잘했다. 하지만 다음 시간부터는 이리로 곧장 와서 여기서 손을 씻도록 해. 흙이 잔뜩 묻은 손을 위층에서 씻으면 배수관이 막힐 수도 있거든."

망했다. 다음 시간까지 좋은 수를 생각해 내야 한다. 퍼뜩 든 생각은 내가 일을 자꾸 더 꼬이게 만들고 있는 것은 아닐까 하는 것이었다. 내 무덤을 파고 있는 건 아닐까? 어쩌면 수의를 만들고 있는지도? 어느 쪽이건 간에 나는 바보다. 하지만 내가 바보 같은 결정을 했더라도 돌이키기에는 너무 멀리 왔다. 그건 분명하다.

집에 오면서 아빠가 집요하게 내가 도예 시간에 만든 것을 좀 보여줄 수 없냐고 물으셨다. 이럴 때는 어떻게 대답해야 하지? 결국 생각해 낸 변명은 꽃병을 만들려고 했는데 도중에 망쳐버렸다고 해버렸다. 사실 아빠가 내 도예 수업에 이렇게 관심을 보일 거라곤 예측하지 못했다. 아빠가 계속 이렇게 나온다면 결국 집에 뭔가를 들고 가기는 해야겠다. 그런데 뭘 가져가지? 마트에서 산 머그잔? 다른 집 정원에서 화분이라도 가져와야 할까? 그도 아니면 이케아에서 그레이비소스 그릇이 더해진 48 피스 디너 테이블 세트라도?

집에 들어가니까 안은 어둡고 추웠다. 갑자기 엄마가 걱정되었다. 그리고 거미줄처럼 엉켜버린 나의 거짓말들도. 몇 주 전만 해도 나는 범법자도 거짓말쟁이도 아니었다. 그런데 지금 나는 거짓말쟁이 범법자가 되어버렸다. 내가 목요일 일기에 이보다 더 나쁠 순 없다고 쓴 것은 그날 저녁 바로 이층으로 올라가 그런 기분에서 썼기 때문이다.

하지만 그렇게 나쁘지 않았다. 정말로 그랬다. 벌써 다음 주 수업이 조금은 기다려질 정도로 말이다.

7월 29일

제니퍼 로렌스가 또 꿈에 나왔다. 여기에 자세히 적기에는 좀 부적절하다. 그래도 활과 화살은 몸에 걸치고 있었다.

8월 1일

비디오 게임을 하려고 조즈네 집에 갔다. 그 녀석은 자신의 성적 망상을 소설로 쓰고 있었는데, 〈그레이엄의 50가지 그림자〉라고 불렀다.

"책 이름 자체가 끝내주는 마케팅이라고." 그가 우쭐대며 말했다. "〈그레이의 50가지 그림자〉를 찾는 사람들이 착각하고 내 책을 사게 되는 거야."

"그러겠냐?" 내가 말했다.

"뭐라고?"

"아무것도 아니야."

"내 돈으로 출판을 할 생각이야." 그가 자신 있다는 듯이 말했다.

"정말로? 여러 출판사들의 좋은 제안도 거절하면서?"

"내 돈을 들여 직접 출판하면 수익을 더 많이 가져갈 수 있거든." 그가 아는 척하며 말했다.

"그래, 근데 수익의 100퍼센트를 챙기더라도 한 권도 안 팔리면 그건 그냥 0인 거지."

"100퍼센트가 아니야. 수익률은 65퍼센트 정도에 가깝지." 그가 대답했다.

"아, 그렇다면..." 나는 그의 말을 인정하는 듯 고개를 끄덕이며 물었다. "지금까지 쓴 것을 내가 좀 봐도 될까?"

조즈가 나를 수상하게 쳐다봤다.

"그냥 친구로서 조언을 해 주려고."

"그럼 좋아." 그가 조금 고민을 하더니 승낙했다. "하지만 저작권이 나에게 있다는 것은 잊지 마!"

"걱정하지 마. 친구의 지적 재산권을 침해하지는 않을 테니까." 나는 그를 안심시켰다.

"그러면 네가 그거 하면 되겠다. 그 철자 확인해 주고 하는." 그가 말했다.

"교정 편집? 그래, 뭐 봐서."

조즈는 지금까지 쓴 것을 내게 이메일로 보내주겠다고 말했다. 나는 진심으로 그가 어떻게 썼을지 궁금했다. 그리고 진심으로 뭘 썼을지 확인하는 것이 무서웠다.

8월 2일

내가 정말 이걸 할 수 있을까. 이건 저작권 문제가 아니라 취향의 문제다. 게다가 내 머리 속 한편으로는 이 일기장을 웨스트 메온 보호관찰소의 누군가가 읽게 되리라는 것도 마음에 걸린다. 후세의 학자들이 내 일기를 읽는다면 나를 어떻게 생각하겠는가? 그래서 이 글을 공개하기 전에 나의 헌신적인 독자들을 염두에 둘 수밖에 없다. 물론 그렇다고 안 쓸 내가 아니다. 여기 〈그레이엄의 50가지 그림자〉의 1장 초고가 있다.

내가 화장실 옆을 지나가게 된 것은 내 일에 신경 쓰면서 집으로 향하던 중이었다. 화장실 안쪽에서 목소리가 들렸다. 로이드 매닝의 사건이 여기서 벌어진 이후로 이 화장실은 아무도 사용하지 않았다. 그래서

나는 놀랐다. 나는 멈춰서 귀를 기울였다. 누군가가 흐느끼거나 우는 소리 같았다.

나는 들어가 소리쳤다. "여보세요? 거기 누구 있나요?"

소리가 갑자기 멈췄다. 나는 더 안쪽으로 들어갔다. 그곳은 조명이 고장 난 냉장고처럼 어두웠다. 하지만 전자레인지 안처럼 따뜻했다.

나는 슥슥 움직이는 소리를 들었고 화장실 칸의 문 하나를 활짝 열어젖혔다.

내가 본 여자 중 가장 아름다운 여자가 그곳에 앉아 울고 있었다. 그녀는 아주 짧은 스커트를 입고 있었고 섹시한 다리와 큰 가슴을 가졌다.

"무슨 일인가요? 용변을 봐야하는 건가요?" 내가 물었다.

그녀는 고개를 저었다.

"나는 매우 슬퍼. 내 개가 죽었어. 그리고 고양이도."

"아! 불쌍해라. 이리와요." 나는 그녀에게 말했다.

나는 그녀가 울음을 멈출 때까지 아주 오래 안아 주었다. 그러자 그녀가 나를 올려 다 보았다.

"정말로 고마워." 그녀가 말했다.

"이제 괜찮아요. 당신은 안전하니까." 내가 말했다.

"이름이 뭐야?" 그녀가 물었다.

"그레이엄이에요."

"키스해줘. 그레이엄." 그녀가 말했다.

오늘은 이쯤 하자. 읽는 것이 피곤할 때도 있다. 특히 자기 이름 철자도 제대로 쓰지 못하는 사람이 쓴 글이라면 더욱 그렇다. 그래도 그레이엄과 화장실 여자 사이에 앞으로 무슨 일이 벌어질지 조금 궁금하기는 하다. 채널 고정하시길.

8월 3일

어제저녁 두 번째 뜨개질 수업이 있었다.

아빠가 태워다주면서 프랭크 램파드 이야기를 또 꺼내셨다.

"정말 대단한 선수인 것 같아요." 내가 말했다. "골을 넣는 모습을 제가 본 적은 없지만요. 늘 골대를 맞추거나 공이 하늘로 치솟더라고요."

"네가 집중해서 안 보니까 그렇지. 지난 시즌에 첼시에서 16골을 넣었어." 아빠가 진지하게 대꾸하셨다.

"빗나간 것은 몇 번이나 되죠, 아빠?"

"그게 말이지. 프랭크의 철학이 '슈팅이 없으면 골도 없다'거든. 그래서 일단 기회가 오면 차고 보는 거지. 슛이 골로 이어지는 확률이 좀 떨어지긴 하지만, 결국은 여전히 많은 골을 기록하고 있다고." 아빠가 침착하게 설명하셨다.

"누가 뭐라 그러나요. 그냥 안타깝게도 골을 넣는 장면을 제가 직접 본 적이 없다는 것뿐이에요."

"그래, 알았다. 이번 시즌에는 꼭 너를 데리고 경기를 보러 가마. 런던에서 열리는 리그 시합에!" 아빠가 말했다.

"아녜요, 아빠. 스템포드 로드 경기가 얼마나 비싼데요." 내가 당황하며 말했다.

"스템포드 브릿지(＊첼시 FC의 홈구장 이름이다)야!"

"네, 그 스템포드 브릿지요."

"돈 걱정은 내가 할게. 이번 시즌 경기 관람권을 가진 친구들도 있어. 어떻게 해서든 한번 추진해 볼 거야."

"우와, 좋아요." 나는 작은 목소리로 대답했다. "정말 멋지네요."

수업이 시작하기 전, 나는 스왈로 선생님이 도예 수업을 하시는 3E 반에 들렀다. 고개를 내밀고 교실 안을 살펴보니 다행히 아무도 없다. 나는 반색하며 살며시 들어가 테이블 중앙에 놓인 밝은 갈색의 점토 덩어리에 다가갔다. 그 앞에 잠시 서서 인디아나 존슨이라도 된 것처럼 점토를 한 움큼 떼어가려는 바로 그 순간, 뒤에서 문이 크게 열렸다. 나는 화들짝 놀라며 물러섰다.

"뭐 필요한 것 있니?"

돌아보니 거기에 아름답고 섹시한 스왈로 선생님이 서 있었다. 상의 첫 단추는 잠그지 않았고, 머리는 포니테일 스타일로 뒤로 묶었다.

"네… 저는… 네." 최대한 밝게 아무렇지도 않게 대답하려고 했다.

"안녕, 벤. 너는 이 수업이 아니지 않니?" 그녀가 친근하게 물었다.

"아니에요." 내가 대답했다.

"뜨개질 수업이지? 아마?" 그녀가 물었다.

그녀가 어떻게 알고 있지? 어떻게?

나는 말없이 고개를 끄덕였다.

"거기는 복도를 따라 더 내려가서 3G 반이야." 그녀가 환하게 웃으며 말했다.

"네!" 나는 대답하면서, 이번 기회를 놓치면 안 되겠다고 생각했다. "그 전에 점토를 좀 가져가도 될까요?"

"어? 그럼... 괜찮지." 그녀는 나의 갑작스러운 요구에 좀 놀란 것 같았다. 그녀는 양쪽에 손잡이가 달린 얇은 철선을 잡고는 능숙하게 큰 덩어리에서 점토 한 움큼을 잘라냈다. 이때 그녀의 팔꿈치가 나를 스쳤고 나는 그녀의 향수 냄새를 맡았다. 나는 눈을 감고 깊게 숨을 들이마시지 않으려 애썼다.

"그런데 뭐에 쓰려고?" 그녀가 물었다.

"학교 과제에 필요해서요." 점토가 필요한 그럴듯한 이유를 바로 찾아낸 것에 조금 기분이 좋았다.

"아, 그렇구나." 그녀가 플라스틱 용기에 점토를 담아 싸주면서 물었다. "무슨 과제인데?"

나의 눈이 미친 듯이 방안을 헤매기 시작했다. 그럴듯한 물건을 찾아야 한다. 눈이 방안 한 바퀴를 돌았을 때, 나는 다시 쌓여 있는 점토에 눈이 갔다. 점토는 상자 위에 놓여 있었고, 상자는 테이블 위에 올려 있었다. 피라미드처럼.

"지구라트요!" 나도 모르게 말이 나왔다. "마야 문명의 지구라트를 만들려고요. 사제들하고 희생자들도 모두 만들 생각이에요."

"와! 정말 근사하겠는걸. 그러려면 그걸로 되겠어? 점토가 부족할 것 같은데. 잠깐만 내가 더 잘라 줄게."

"아니에요. 지금은 이걸로 충분해요." 나는 급하게 말했다. "필요하면 다시 오면 되죠."

"그래. 그러면 되겠다." 그녀의 미소에 가슴이 또 두근거렸다. "필요하면 언제든지 와. 하지만 완성되면 내게도 꼭 보여주기다. 알았지?"

"넵! 스왈로 선생님."

"학교 밖에선 그냥 제시카 라고 불러도 괜찮아, 벤."

"알겠어요. 제시카." 나는 미소를 지으며 대답하고는 바로 자리를 떠났다.

물론 스왈로 선생님이 나를 유혹하려고 한 것은 전혀 아닐 거다. 현실에서 그런 일은 일어날 리 없다. 그런 장면은 조즈가 〈그레이엄의 50가지 그림자〉를 쓸 때도 망설일만한 설정이니까.

뜨개질 교실에 도착하니, 후퍼 아주머니는 이미 와 있었다. 나는 얼른 점토를 가방에 숨겼다. 아주머니가 보았는지는 모르지만 내게 아무 말도 하지 않았다. 그러고 보니 이번에도 내가 수업에 가장 먼저 도착한 학생이었다. 아주머니는 내게 지난 수업에 제출한 다른 학생들의 작품을 각각의 자리에 놓아주길 부탁했다. 본의 아니게 다른 사람들의 작품과 내 것이 비교가 되었는데, 내 것이 단연 깔끔했다.

"다시 올지는 몰랐는데. 반가워." 그녀가 따뜻하게 웃으며 말했다.

"왜 제가 안 오겠어요?" 내가 반문했다. 그러고 보니 수업을 바꿔야겠다는 생각이 한 적이 없었다. 도예 수업으로 옮길 수도 있었을 거다. 건터 담당관에게 전화해서 읍소를 하며 화요일에 가능한 수업을 알려달라고 요구할 수도 있었을 텐데.

"예전에 이 수업에 신청했던 남자들은 오래 못 버텼거든." 그녀가 어깨를 들어 올렸다.

"근성이 부족하네요." 내가 말했다. 그녀가 나를 소년이 아닌 남자의 범주에 넣어준 것에 괜히 기분이 좋아졌다. 내가 식스폼 칼리지이기 때문이겠지.

사람들이 하나씩 교실로 들어오기 시작했고 나는 한 명 한 명에게 인사를 했다. 그중에는 풍만한 체형의 나타샤와 아멜리아도 있었다.

"밥! 우리 옆에 앉을래?" 나타샤가 물었다.

"벤이에요." 나는 얼굴을 붉히며 대답했다. "네. 좋아요." 둘 다, 특히 나타샤는 꽤 예쁜 얼굴이었지만, 그녀들에게 이성으로 관심이 있지는 않았다. 나타샤는 사생활을 캐묻는 스타일이었고 아멜리아는 상식이 전혀 없었다. 그녀들의 이야기를 들으며 알게 된 사실인데, 둘 다 모두 고양이를 좋아하고 뱀파이어 소설의 팬이다.

수업이 진행되자, 후퍼 아주머니는 원형을 뜨는 법을 보여주었다. 목이나 소매 부분을 뜰 때 필요한 것이 원형 뜨기이다. 뜨개질에서 원형의 공간을 만든다는 것은 결국 두 개의 면이 만나 원통을 만드는 것이다. 수업을 하면서 내가 점점 깨닫게 된 것이 있다. 그건 뜨개질은 기본적으로 수학이라는 것이다. 기하학! 일단 바늘을 이용하는 법을 숙달하게 되면 나머지는 머릿속에 명확한 기하학의 형상을 떠올린 채, 그것을 실현시키기 위해 필요한 횟수만큼 손을 반복해서 움직이는 것뿐이다.

시간이 쏜살같이 지나갔다. 어느새 다들 짐을 싸고 있었다. 나타샤가 끝내주는 뜨개질 팟캐스트가 있다고 말해주었다. 그녀에게 이메일 주소를 알려주면서 링크를 보내달라고 부탁했다. 함께 중앙 홀로 걸어가는 도중 나는 슬쩍 옆길로 빠져서는, 점토를 한 움큼 떼어내서 손가락에 골고루 문질렀다. 아빠의 작업실로 내려가기 전에 더 그럴 듯 보이기 위해 뺨에도 조금 묻혔다.

왠지 사람들을 속이는 것에 점점 능숙해지는 것 같다.

8월 5일

언젠가 실수로 조즈에게 내가 스왈로 선생님을 좋아한다고 말했었다.

"그 선생님을 안 좋아하는 애가 있냐?" 녀석이 손에서 게임기를 떼지 않은 채 말했다.

"그래, 그런데 나는 좀 달라." 내가 너무 깊이 생각에 잠겨서, 위험하게 속마음을 말해 버렸다. "진짜 좋아하는 것 같아."

"그럼 고백을 해야지." 녀석이 좀비의 머리를 날리면서 대꾸했다.

"훌륭한 조언, 고맙다."

"아니, 진짜로!" 녀석이 게임을 잠시 멈추더니 나를 진지하게 바라봤다. "야! 너 늙은 남자들이 얼마나 어린 여자를 좋아하는지 알지?"

"음... 그거야 그렇지."

"그럼 늙은 여자들이 어린 남자를 어떻게 생각하겠어?"

"스왈로 선생님이 왜 늙은 여자야!"

"주름이 있잖아." 그가 지적했다. 그 말은 맞다. 그녀가 웃을 때, 눈가에 작은 주름이 생긴다. 그럴 때마다 가슴이 두근거린다.

"너 쿠거(＊연하의 남성과 데이트하는 여성을 가리키는 속어이다)라고 들어봤어?" 녀석이 물었다.

"들어봤지." 아빠의 DVD 컬렉션 중에 그런 단어를 본 것 같다.

"조슈아 월킨슨이 말해줬는데, 스왈로 선생님을 2주 전 쯤 나이트클럽에 봤대. 거기서 가레스 사이먼과 프랭키 벨 하고 섹시 댄스를 췄다더라. 걔네들도 막 작년에 졸업한 애들이야."

"하지만 선생님은 남자 친구도 있는데?" 나는 놀랐다.

"남자 친구가 몇 살인데?" 조즈가 눈을 치켜뜨면서 물었다.

"글쎄, 잘 몰라. 34살 정도?"

"그럼 더 젊은 남자로 바꾸러 갔나 보네." 녀석이 내게 '뻔한 것 아니냐'는 눈빛으로 말하고는 다시 게임을 시작했다.

정말일까? 그녀가 진짜 쿠거라고??

8월 7일

뜨개질을 온라인에서 찾아봤다. 꽤 흥미로웠다. 우선 그렇게 많은 사람들이 뜨개질을 하는지 몰랐다. '뜨개질과 입질'이라는 모임도 있었다. 그들은 커피숍에서 정기적으로 모여서 뜨개질을 하면서 남의 흉을 보며 씹어대는 모임이었다. '안뜨기와 얼뜨기'라는 모임도 있었는데 그들은 주로 술집에 모여서 술을 마시면서 뜨개질을 한다. 회원이 남성들로만 이루어진 '뜨개질과 주먹질'이란 모임도 있는데 창고에서 모여서 뜨개질과 싸움을 하는 거였다. 그들의 웹사이트엔 영화 〈파이트 클럽〉의 대사를 흉내 낸 문구가 적혀 있었다.

'우리 클럽'의 첫 번째 규칙은 절대로 '우리 클럽'에 대해서 말하지 않는다.

'우리 클럽'의 두 번째 규칙은 페어아일 스웨터는 절대 뜨지 않는다.

뜨개질을 위한 팟캐스트도 있었다. 나타샤가 추천했던 '니트 위트'라는 방송을 내려받아보았다. 두 명의 미국인 뜨개질 오타쿠들이 진행했는데, 좀 들어보니 코미디 프로그램을 패러디해서 진행하는 느낌이었는데, 뜨개질에 대해서는 정말 진지했다. 농담이 아니다. 뜨개질은 장난이 아니다.

누군가 문을 열고 내 방에 들어왔을 때, 나는 코 만들기와 코 마무리 짓기, 가장자리 코 뜨기에 관한 끝내주는 글을 읽느라 정신이 팔려 있었다. 나는 재빠르게 노트북을 닫고 잘못한 것을 들킨 사람처럼 올려보았다.

엄마였다. 엄마는 무척 당황했다.

"엄마, 엄마가 지금 무슨 생각을 하실 줄 아는데... 절대 그런 거 아니에요."

"괜찮아. 나도 〈신세대 엄마〉에서 이것에 관한 기사를 읽었어." 엄마가 말했다.

"엄마가? 언제부터 〈신세대 엄마〉 잡지를 읽으셨는데요?" 상황에 맞지 않게 갑자기 궁금해졌다.

"종종 인터뷰 기사나 유인물들을 무료로 보내주기도 해." 엄마가 설명을 이어갔다. "어쨌든... 네 나이 때는 여자들에게, 아니면 남자들... 이것도 사실 뭐 남자같이 보이는 여자지만... 어쨌든 호기심을 갖는 것은 지극히 자연스러운 거야."

"오, 이런. 엄마, 제발 그만 해요." 나는 신음을 내뱉으며 말했다.

"너무 손 쓸 수 없게 빠지지만 말아." 엄마가 웃으며 말했다.

"지금 그 말이 중의적으로 한 것이 아니었길 바라요, 엄마." 나는 엄마에게 의심의 눈초리를 보내며 말했다.

"내 말은 네가 부끄러워해야 할 일은 전혀 아니라는 거야. 너 자신과 너의 관심들을 탐험하는 것은..."

"뜨개질 관련 사이트였어요, 엄마. 보세요. 뜨개질과 관련한 것을 보고 있었다고요."

나는 노트북을 다시 열어서 엄마가 볼 수 있게 돌렸다. 엄마가 잠시 움찔 놀라더니 자세히 보기 시작했다.

"아, 그렇구나." 왠지 엄마의 목소리에서 실망감이 느껴졌다. "그래... 그런데 너 정말 뜨개질을 진지하게 배워보려고 그러는 거니?"

"아직 그 정도는 아니에요." 나는 억지웃음을 지으며 대답했다.

"그런데 그런 것 있잖아요. 실제로 해보니까 의외로 상당히 흥미가 생기는... 그리고 이왕 할 거면 최선을 다하는 게 맞잖아요. 그렇죠?"

엄마가 잠시 생각에 잠겨 나를 바라보더니 고개를 끄덕였다. "무슨 말인지 알겠다, 벤. 예전에 나도 뜨개질을 배워본 적이 있거든."

"엄마도요?"

"그래. 소질은 없었지만, 너를 가졌을 때 한번 해보자 했지. 아기용 털신하고 모자를 떴어. 근데 너무 작게 만들었어. 너를 낳기 전이라 그때는 아기 머리가 그렇게 클지 몰랐거든." 어렴풋이 출산의 기억이 떠올랐는지 엄마는 얼굴을 찌푸렸다. 엄마는 안경을 벗어서 렌즈를 닦았다.

"다락방에 혹시 옛날에 쓰던 바늘이 있는지 찾아봐야겠다. 괜찮은 실도 좀 있을 것 같은데. 실이 상하기도 하나?" 엄마가 말했다.

나는 미소를 지었다. 엄마는 가끔씩 참 실없다.

"그것참 잘됐네요. 그런데 엄마…"

"왜?"

"지금은 이거, 우리끼리의 비밀로 해주실래요?"

"그래. 그러자."

"친구들이 이 사실을 안다면, 엄마처럼 이해해줄 것 같지 않아서요." 엄마와 나, 우리 둘 다 이것이 그저 친구들을 염두에 둔 말이 아니라는 것은 알고 있다.

엄마가 이해한다는 듯 고개를 끄덕였다.

우리는 서로에게 미소를 지어 보였다. 서로 무엇인가를 공유하는 순간.

"엄마?" 내가 물었다.

"응?"

"제 방에는 무슨 일로 오셨어요?"

"아! 그래. 내 매니저가 순회공연을 연장해서 다시 2주 정도 집을 비우게 될 거야. 그거 말해주려고 왔어."

"언제 떠나시는데요?"

"바로 내일." 엄마가 불쌍한 표정으로 얼굴을 찡그렸다.

"네. 알았어요." 나는 실망감을 보이지 않으려 애쓰며 말했다. 엄마를 위해 잘된 일이다. 이제 엄마의 능력이 빛을 보기 시작했으니까. 하지만 엄마가 자리를 비우는 것이 나를 외롭게 한다. 계속 함께 있을 수 없다는 것이 싫다.

난 돌아버릴 것만 같다. 엄마가 그리운 빙구 벤은 침대 밑에 뜨개질바늘을 숨겼다.

8월 9일

플레처 씨에게

귀하의 보호관찰 기간의 일정 중 하나는 '되갚기' 피해자 지원 프로그램에 참여하는 것입니다. 앞으로 12개월간 100시간 이상을 당신의 범죄로 피해를 받은 사람을 지원하고 돕는 데 써야 합니다. 우리는 이미 당신 범죄의 피해자인 글로리아 프렌샵 여사에게 의사를 타진했습니다. 그리고 그녀는 당신이 그녀의 거주지인 햄프턴 파크뷰 47번지에서 기본적인 유지보수와 정리 업무를 수행하는 것으로 '되갚기' 프로그램을 진행하기를 희망한다는 의사를 명확히 전달해주셨습니다.

귀하는 프렌샵 여사의 거주지에 매주 월요일 오후 4시 30분부터 6시 30분까지 두 시간씩 방문하셔야 합니다. 귀하는 대중에게 위험한

존재로 판단되지는 아니하므로 별도의 감독원이 함께하지는 않을 것입니다. 하지만 명심하셔야 할 것은 우리가 프렌샴 여사에게 연락하여 당신의 행동, 근태, 태도를 평가하게 된다는 점입니다. 시간 준수, 정중함 그리고 실질적 도움의 측면에서 평가를 통과하지 못하면 보호관찰의 조건을 위배하는 것으로 간주된다는 것도 아울러 알려드립니다.

클라우디아 건터
웨스트 메온 보호관찰소

　한숨이 절로 나왔다. '되갚기' 프로그램에 불만은 없다. 하지만 하필 왜 그 대상이 프렌샴 아주머니여야만 하는 걸까? 그 아주머니는 마티니 루소 병에 머리를 부딪치기 전부터 이미 제정신이 아니었고 나를 싫어했었다. 그 소동 속에서 사람들이 까맣게 잊은 사실이 있다. 바로 그 미친 아주머니가 휘두른 안내표지판에 내 머리가 떨어져 나갈 뻔했었다는 것이다. 다른 노인에게 '되갚기'를 할 수 있다면 얼마나 좋을까? 케이크를 내오고 내 손에 용돈을 쥐어주면서 내가 젊은 시절의 남편을 닮았다고 말해주는 그런 할머니면 대환영이다. 그리고 다른 사람이 나 대신 프렌샴 아주머니에게 '되갚기'를 하면 해결되는 문제 아니겠는가?
　바로 와플 살인자 같은 사람이 제격일 것이다.

8월 11일

오늘 배운 뜨개질은 좀 까다로웠다. 중간에 다른 색으로 바꾸는 작업이었다. 처음에는 몇 번 실수를 했지만 곧 요령을 터득했다. 내가 즐기고 있다는 것을 느낀다. 이것을 아무에게도 말할 수 없다니.

8월 15일

위층 변기가 또 막혔다. 아빠는 내가 너무 많은 화장지를 사용해서 그렇다며 타박하셨다. 하지만 나는 오수관을 아빠가 직접 설치한 것이 자꾸 마음에 걸린다.

"아빠, 화장실을 제대로 고칠 배관공이 필요해요."

"내가 제대로 된 배관공이야." 아빠가 대답했다.

"아빠는 자동차 정비공이죠. 배관공하고는 엄연히 다르다고요."

"너 수력학이라고 들어 봤어? 그게 바로 자동차 정비를 위한 배관작업이야. 파이프에 유체가 잘 흘러가게만 하면 되는 거잖아. 화장실이나 자동차나 그 원리는 똑같다니까."

"그럼 위층 화장실 고칠 때까지 난 아빠 차에서 큰일을 보면 되겠

네요. 아빠가 수력학으로 처리하실 테니까요.'

"또 까분다!" 아빠가 말했다. 그렇게 대화는 끝이 났다.

아, 정말 지루하다. 나는 한 단에 들어가는 뜨개콧수를 점차적으로 늘리거나 줄이는 작업을 하고 있다. 그럼 자동적으로 직물은 커지거나 줄어들게 된다. 예를 들어 소매 끝에서 더 얇게 떠야 할 때 혹은 상단 보다 얇게 하단을 마무리하고 싶을 때 사용하는 방식이다.

그런데 우습게도 뜨개질을 시작하자마자 언제 그랬냐는 듯 푹 빠져버렸고, 또 한 시간이 후딱 지나가 버렸다. 뜨개질을 할 때는 왠지 마음이 차분해진다. 머릿속의 잡다한 걱정들도 사라져 버린다.

내가 점점 뜨개질쟁이가 되어가고 있는 것 같다.

8월 27일

드디어 오늘 나는 프렌샵 아주머니를 보러 갔다. 별일 없었다. 아니, 그럴 리가. 그녀는 근처에 공원park도 없고 볼만한view 것도 없지만 파크뷰라는 이름을 가진 동네의 테라스가 있는 집에서 살고 있다. 파크가 주차장을 뜻하는 것이라면 세인즈버리 마트 주차장이 있기는 하다.

오늘 어디에 가는지를 아빠에게 말했을 때 아빠는 나를 무척 자랑스러워하셨다. 마치 내가 '국제 청소년 성취 포상제'에서 수상이라도 한 것처럼 말이다. 하지만 현실은 정반대이다. 오늘 내가 해야 하는 일은 보호관찰소의 규정에 따라, 하마터면 나 때문에 죽을 뻔한 아주머니의 집을 방문해서 가사를 돕는 것이다. 아빠에게 지지를 받는다는 것은 좋은 일이긴 하지만, 아빠가 이런 일로 나를 자랑스러워하는 것은 아빠의 기대치가 매우 낮다는 의미이다. 그건 내가 아빠에게 존중을 받기 위해서 굳이 많은 노력을 할 필요가 없다는 뜻이기도 하다. 만약 내가 베이싱스토크 형사 법원에서 세 명을 살해한 혐의로 30년형을 선고받아도, 아빠는 분명 방청석에서 눈물을 닦으면서 내 앞가림을 스스로 했다며 자랑스러워할 거다.

어쨌든, 아주머니의 집이 점점 가까워지자, 솔직히 좀 긴장되었다. 클라우디아 건터 씨가 프렌샴 아주머니에게 미리 나의 방문을 알리는 편지를 보냈다지만, 또 누가 아는가? 아주머니가 내가 방문해 문을 열었을 때 기습을 하려고 단단히 벼르고 있는지도 모른다. 만약 그렇다면 이번에 그녀가 휘두를 것은 롤리팝 표지판이 아닐 것이다. 더 거대한 캔디를 휘두르는 건 아닐까? 8피트짜리 컬리월리나 맘모스 튜브 크기의 스마티즈를 던질지도?

나는 현관 앞으로 가서 문을 톡톡 두드렸다. 갑자기 안에서 사납게 짖어대는 소리가 들렸다. 이런 망할, 성질 더러운 개를 키우고 있는 게 분명하다.

그녀가 문 앞에 나타나기까지 한참이 걸렸다. 반투명 창으로 그녀의 그림자가 점점 크게 다가오는 것을 볼 수 있었다.

"누구요?" 그녀가 소리쳤다.

"벤 플레처예요." 긴장한 탓인지 끝 음이 이상하게 크게 올라갔다. 나는 멈췄다.

"뭐라고? 누구? 뭐요?" 그녀가 계속 되물었다. "나는 무신론자니까 그냥 가요!"

'컹, 컹, 컹.' 개가 짖었다.

나는 목소리를 가다듬고, 다시 한번 말했다. "저는 벤 플레처예요." 이번에는 너무 깊고 낮게 깔리는 목소리가 나왔다. 지금 와서 생각해 보면 조금 위협적으로 들렸을 수도 있겠다.

'컹, 컹, 컹.' 개가 계속 짖었다.

"플레처? 플레처라고? 그게 누군데?"

"네, 지난번 마티니 루소 술병 그 사건의…"

그녀가 숨을 급히 들이쉬는 소리를 들은 것도 같았지만, 그 이후로 아무런 반응도 없었다. 심지어 개도 조용해졌다. 나는 그림자가 다시 집안으로 사라지는 것을 보았다.

"여보세요?" 나는 다시 불러보았다. 나는 잠시 눈을 굴리며 그곳에 서 있었다. "프렌샵 부인?"

나는 정원의 나무를 손질하는 일, 또는 창문을 윤이 나게 닦는 일 같은 것들을 할 각오로 여기에 왔다. 그런데 이 늙은이는 어디론가 사라졌다.

갑자기 2층에서 창문 열리는 소리가 들려 위를 올려다보았더니 무엇인지 무거운 물건이 내 머리 위로 떨어졌다. 나는 이마에 강한 통증을 느끼며 땅에 쓰러졌다. 깜짝 놀라 바닥에 떨어진 물건을 보니 그건 자명종이었다. 아주 오래된 큰 자명종이었다. 내가 놀라서 위를 쳐다보자 휙 하고 뭔가가 내 머리 위를 스쳐서 길 위에 떨어져 박살이 났다. 도자기 종류인 것 같았다.

그녀는 손에 또 뭔가를 들고 있었다. 얼핏 보니 헤어브러시 같았다. 그것도 던지려는 듯 그녀가 팔을 뒤로 재꼈고 나는 황급히 문 쪽으로 몸을 피했다. 심장이 요동쳤다.

"이 미친 할망구야!" 나는 소리쳤다. 지나가던 몇몇 사람들이 걸음을 멈추고 나를 쳐다봤다. "저 수상한 사람이 아니에요."

"왜? 그때 다치게 한 걸로 성이 차지 않아서 왔냐?" 그녀가 소리를 지르며 브러시를 내게 던졌다. 나는 가까스로 피했다. "후디 녀석아!"(*범죄나나 불량배들이 주로 얼굴을 가리는 용도로 후드티를 입는 것에서 비롯한 말이다)

나는 당시 후드티도 입고 있지 않았다.

"제가 오늘 여기 오기로 되어 있었잖아요! 클라우디아 건터 씨가 편지도 보냈잖아요!" 나는 소리쳤다.

"나는 그런 편지 따위 받은 적 없어!" 그녀가 소리쳤다. 그러고는 다른 던질 것을 찾는지 잠시 모습이 보이지 않았다.

"그만 아주머니를 내버려 둬." 세인즈버리 장바구니를 든 한 남성이 나에게 말했다.

"저는 여기 오기로 되어 있었어요. 제 보호관찰 담당자가 저를 여기로 보낸 거라고요." 나는 항변했다.

"아주머니를 위협하고 있잖아요." 행인 중 한 여성이 말했다.

"누가 누구를 위협해요? 여기 이 물건들을 던진 게 누군데요!" 나는 씩씩거리며 대답했다.

"부끄러운 줄 아세요!" 그 여성이 말했다.

말이 통하지 않는 상황이었다. 나는 그냥 몸에 있는 먼지를 털고 그 자리를 떠났다. 핸드크림 통이 날아와 내 어깨를 강타했다.

8월 28일

건터 씨에게

아무래도 행정적인 착오가 있었던 것 같습니다. 저는 '되갚기' 프로그램에 따라 첫 번째로 프렌샵 아주머니 댁에 방문했었습니다. '되갚기'를 위한 만반의 준비를 하고 갔으나, 돌아온 것은 위층에서 날아오는 온갖 잡동사니였습니다. 저는 마치 노르만 성에 공성을 하는 헤롤드 왕이 된 것 같았습니다. 치질용 크림이 담긴 길고 얇은 튜브 병에 눈을 맞고는 더욱 그런 기분이었습니다.

아주머니가 제게 되갚아 던지기를 하고 있는 이런 상황에서, 제가 '되갚기' 프로그램을 이행하는 것은 어려울 것 같습니다.

프렌샵 아주머니는 보호관찰소로부터 어떤 편지를 받지 못했다고 말했고, 제가 방문한 사실에 놀라고 당황한 듯 보였습니다. 저는 보호관찰소가 제게 맡긴 소명을 성공적으로 완수하기를 원하며, 이를 위해서 같은 불상사가 발생하지 않게 미리 조처를 해주셨으면 합니다.

감사합니다.

벤

9월 4일

벤에게

네가 프로그램 과정에서 그런 고초를 겪었다니 너무 미안하구나. 그리고 그렇게 생생하게 상황을 묘사해줘서 고마워. 우리가 이번에는 확실히 편지를 보냈단다. 보통은 편지를 보내고 전화로 확인을 하는데, 저번엔 인원 부족으로 그렇게 하지 못했어.

너의 인내심과 보호관찰에서의 요구사항을 완수하겠다는 의지를 고맙게 생각해.

프렌샵 부인과 확실하게 연락을 취해서 새로 일정을 잡도록 할게. 이번에는 그녀가 명확하게 이 과정을 이해할 수 있게 말씀 드릴 거야.

네게 혼선을 줘서 미안해. 그리고 이번에는 너의 절망으로 끝난 공

성전이 꼭 성공하기를 기원할게.

클라우디아 건터

웨스트 메온 보호관찰소

9월 9일

내일 학교에 가기가 많이 두렵다. 학교에서 놀림을 당하거나 누군가 괴롭혀도 나는 보통 신경 쓰지 않는다. 학교 밖에서 내 사고뭉치 친구들에게 받는 스트레스도 그 보다 적지는 않을 테니까. 젝스가 나타나기 전까지, 나는 '사이코' 로이드 매닝과 그 똘마니들을 나름의 방식으로 대응하고 있었다. 그런데 젝스가 끼어들었고 일이 커졌다. 나는 아직도 믿기지 않는다. 내 머리를 변기에 밀어 넣은 것은 로이드와 그의 똘마니들인데 변기가 금이 간 것이 왜 내 책임이 되었는지 말이다. 도와준 젝스에게 할 말은 아니지만, 최근 일어난 사고들 뒷수습에 골치가 아프다. 나의 친구들은 내 인생의 자산이 아니라 부채가 아닐까 하는 생각이 든다.

프레야 포터가 이미 중간 방학에 자기네 집에서 파티를 크게 열거라고 여기저기 광고를 하고 다녔다. 학생들 모두가 초대 받았다. 심지어 나도 말이다. 그렇다면 나의 사고뭉치 친구들도 초대받았다는 뜻이다. 젝스, 조즈, 프레디가 파티에 간다면 조용히 넘어갈 리가 없다. 뭔가 멍청하고 불법적인 사고를 또 칠 게 틀림없고, 그러면 또 내가 재수 없게 잡혀서 웨스트 메온 보호관찰소에 다시 보내질지도 모른다. 그러면 난 앞으로 10년간 소년원에서 악몽을 꾸다가 깨어나 겠지. 저 바보 셋하고 어울린 대가로 나의 젊은 시절은 영원히 사라 지는 거다.

하지만 메건이 프레야의 파티에 온다. 그리고 조즈가 왠지 메건 에게 관심을 가지고 있는 것 같다. 그렇다면 녀석이 메건에게 〈그레 이엄의 50가지 그림자〉의 기술을 사용하게 내버려 둘 수는 없다.

9월 10일

오늘은 새 학기 첫날이다. 나는 올해 AS 레벨 시험에서 고급 수 학과 영어를 치르기로 결심했다. 물리학 외에도 화학, 생물학, 지리 학, 컴퓨터 공학 과목을 시험 봐야 한다.

젠장! 적어 놓고 보니 끔찍하다.

중앙 홀에 들어갈 때 쯤 프레디와 마주쳤다. 거기서 우리는 거대 한 플라즈마 스크린을 마주한 채 잠시 걸음을 멈추었다. 중앙 홀에 설치된 스크린이 전 세계 여덟 개의 시간대와 실시간으로 세계 주요 뉴스를 보여주고 있었다. 우리는 잠시 거기 서서 정신없이 지나가는 헤드라인을 넣 놓고 바라보았다. 우리가 헤드라인을 읽고 있는 그 시간에 멕시코시티의 사람들은 한참 잠을 자고 있을 때라는 사실에 신기해하면서.

"이게 다 뭐지?" 프레디가 물었다.

"방학 기간 동안에 새로운 누군가가 학교를 인수했나 봐." 내가 말했다.

우리 학교는 별도의 건물에 있는 식스폼 칼리지를 포함하여 3년 전에 민간 운영 사립학교로 바뀌었다. 기본적으로 지역의 사무기기 공급회사가 콜라 자판기들과 아이패드 네 대를 기부해줬다. 이후 의류회사인 '유리피디아'가 우리 학교에 투자를 좀 해서 지분을 가지게 되었고, 새로운 화장실도 만들어줬다. 도대체 누가 로이드 매닝이 사용한 변기의 지분을 얻고 싶어 하는지는 여전히 이해가 가지 않지만 말이다. 불행히도 유리피디아는 사업을 접고 지분을 한 미국 은행에 팔았는데, 그 은행 또한 파산해서 작년에 학교의 변기를 포함한 모든 소유권이 브라질의 헤지펀드 회사로 이전되었다. 그때 조즈가 '브라질리언 헤지'를 가지고 쉴 새 없이 썰렁한 농담을 쏟아냈었다.

어쨌든 누군가가 학교와 고장 난 변기들을 산 모양이다. 그리고 이 근사한 최첨단 시설도 설치해준 듯하다. 프레디에게 알아들을 수 있게 쉽게 설명해줬다. 녀석은 머리를 끄덕이며 물었다. "그런데 저기에 있는 시계들은 다 뭐야?"

나도 그 이유를 알지 못해 대답할 수 없었다. 각각의 시계 위에 글귀가 적인 명판이 있었다.

비릴리아 -- 미래의 기업가에게 투자합니다.

"젊은 사업가들을 찾고 있나 봐." 프레디에게 좀 큰 소리로 말했다. 다른 학생들과 함께 우리는 계단을 오르며 수업할 교실로 향했다. 계단을 오르는 사람들의 시끄러운 발소리가 너무 커서 우리의 목소리는 점점 커져만 갔다.

"무슨 사업가? 마커스 파울러가 9학년 애들한테 '약' 파는 것 같은 거?" 프레디가 물었다.

"그런 것은 안 될걸." 내가 답했다.

"아니면 홀리 오스먼이 한다는 장사... 왜 있잖아, 그거." 녀석이 주위를 슬쩍 살피며 말했다.

"그 애가 뭘 파는데?" 내가 물었다.

"그거 있잖아. 거기 고장 난 변기가 있는 화장실 구역에서..." 녀석이 속삭이듯 말했다.

"무슨 말인지 통 모르겠어." 나는 걸음을 멈추고 말했다. 계단을 오르는 다른 학생들이 계속 나와 부딪치며 지나갔다. 왜 나만 모르는 것 같지? "걔가 도대체 거기서 뭘 파는데?"

갑자기 녀석이 당황스럽게 섬세한 바디랭귀지를 하기 시작했다. 녀석은 홀리 오스먼과 그녀의 고객 모두를 흉내 냈다. 그 적나라한 묘사로 그녀가 화장실에서 무슨 장사를 하는지 분명해졌다. 나는 충격을 받고 혼란스러웠다. 한때 홀리 오스먼을 속으로 좀 좋아했었다. 나는 그녀가 그런 짓을 하고 있는지는 전혀 몰랐다.

"그래서 그러고 얼마를 받는데?" 내가 물었다.

"뭐? 이거 해주고?" 녀석이 망할 바디랭귀지를 또 하기 시작했다.

"아니, 그거 말고." 내가 말했다.

"10파운드."

"참 적당한 가격이네." 나는 비꼬듯 말했다.

"그리고 이거 하려면 15파운드." 그가 말했다.

"그만 좀! 꼭 동작으로 해야 하냐?" 토할 것 같은 기분이었다.

"걔가 말을 걸어올 때까지 기다려야 해." 계속 걸으면서 그가 말했다.

"네가 한 말들 다 진짜야?" 내가 물었다.

"당연하지." 녀석이 나의 의심에 기분이 좀 상한 듯했다. "너만 빼곤 모르는 사람이 없다고."

9월 15일

모처럼 온 가족이 함께 있게 된 토요일, 우리는 테스코에 가는 것으로 이 날을 기념했다. 식품매장에서 장 본 것을 차에다 실은 우리는 시내 중심가를 좀 걷기로 했다. 요즘에는 빈 상점들이 눈에 많이 띄었다. 정육점도 문을 닫았다. 엄마는 서점도 오래 버티지 못할 것 같다고 말했다. 나는 몰리와 '문 닫은 상점 찾기'라고 이름 붙인 게임을 만들어서 했다. 게임은 간단해서, 문 닫은 자선용 중고품 가게를 발견할 때마다 내가 1점을, 핸드폰 상점이 나오면 동생이 1점을 얻는 식이다. 내가 9대 6으로 이겼다.

그런데 오래 전부터 이 거리를 다녔지만 이전에는 내 관심을 끌지 못했던 한 상점에 눈이 갔다. '풀링거스'라는 이름의 취미 용품 상점이었다. 워크레프트나 토이 솔져스 같은 것을 취급하는 상점이 아니었다. 대신 비행기나 배 모형 같은 것들이 있었고 진열창에는 수없이 많은 직소 퍼즐이 놓여 있었다. 혼자 사는 사람들, 맥코트를 입은 할머니들, 아노락을 입은 중년의 어르신들이나 자주 찾을만한 곳이었다. 문에는 옛날 방식으로 상점 이름을 철자 하나하나 달아놓았는데 나는 그게 왠지 마음에 들었다. 대문자와 구두점이 힘겹게 붙어 있었는데, 마치 자신들이 떨어져 상점의 이름이 바뀌는 것에 필사적으로 저항하는 것 같았다.

그때 진열해 놓은 뜨개질바늘과 화려한 털실이 눈에 들어왔다. 바로 마음을 뺏겨버린 나는 걸음을 멈추고 쳐다보았다.

나는 진열된 뜨개질을 보는 데 완전히 빠져버려서 엄마가 팔꿈치로 나를 찌르는 전까지 엄마가 내 옆에 와 있던 것도 몰랐다.

"들어가 보지 그래? 나중에 따라오면 되잖아." 엄마가 말했다.

"거길 뭐 하러 들어가는데?" 아빠가 눈치 없이 물어보았다.

"프렌샴 아주머니에게 줄 선물을 골라야 한대. 그렇지, 아들?" 엄마가 대답을 했다. 엄마가 손가락을 튕기자, 10파운드 지폐가 나타났다. 엄마는 그 돈을 내 손에 쥐어주었다.

난 엄마를 사랑한다. 나는 아빠가 더 물어보기 전에 얼른 상점으로 피했다. 문에 달린 종에서 딸랑 소리가 났고, 나는 가게 안으로 들어왔다.

"벤?" 상점 안쪽에서 소리가 들렸다.

나는 소리가 나는 방향으로 눈을 돌렸지만, 실내에 눈이 적응하는 데 약간의 시간이 걸렸다. 나를 부른 사람이 누군지 확인했을 때, 나는 마음이 놓였다.

"나타샤?"

그녀가 통로에서 나오며 나를 반겼다.

"여기서 일해요?" 내가 물었다.

"응, 주중 3일하고 토요일. 그런데 여기서 널 본 적은 없었는데." 그녀가 물었다.

"처음 와 봤어요."

"어서 오시지요." 나타샤가 갑자기 모로코의 양탄자 상인이라도 된 듯 팔을 길게 뻗고 허리를 숙이며 말했다. "둘러보고, 혹시 궁금한 것이 있으면 언제든지 불러."

그러고 보니 이 가게를 16년 동안 지나다녔는데, 한 번도 들어와 본 적은 없었다. 상점에는 온갖 것들이 다 있었다. 정말 놀라웠다. 높은 선반에 있는 서랍과 상자들을 살펴보려면 옛날 방식으로 필히 사다리를 사용해야 했다. 뜨개질 관련 물품은 안쪽 깊숙이 들어가야 있었는데, 마치 알라딘의 동굴 안에 들어와 있는 것 같았다. 차이라면 보물 대신 화려하고 다양한 털실들이 가득하다는 것. 나는 거기에서 오랜 시간 수백 종의 뜨개질 전용 바늘들을 살펴보았다. 유럽과 영국 사이즈뿐만 아니라 미국 사이즈 바늘도 있었다.

뜨개질 방의 중앙에는 온갖 패턴들이 잔뜩 놓여 있었다. 새 것과 중고품이 섞여 있어서 마치 LP판을 파는 오래된 레코드 가게 같았다.

내가 어쩌고 있는지 궁금해서 나타샤가 다가왔을 때, 나는 패턴들을 살피느라 정신이 없었다.

"그건 레트로야." 내가 들고 있는 탱크 탑 패턴을 슬쩍 본 그녀가 말했다. "바로 그거."

"이게요?" 내가 패턴을 바라보며 물었다. 내가 이것을 고른 것은 우선 저렴하고 간단해 보여서다. 마침 탱크 탑도 필요했고.

"당근!" 그녀는 '당근'을 아주 빠르게 말했다. 의심의 여지가 전혀 없다는 듯. "그걸 만들려면 물세탁이 가능한 털실을 써야 해. 얇은 걸로."

"그런 실은 아주 많은 것 같은데요." 나는 털실로 가득 찬 벽들을 둘러보며 말했다.

"저쪽은 새끼 양 털실이야." 그녀가 손으로 가리켰다. "이쪽은 메리노, 셰틀랜드, 아이슬란딕, 플리스야. 요즘 나오는 털실들은 다른 벽면에 있어. 새로운 셔닐을 좀 들여왔거든. 하지만 요즘 나오는 실은 초보자가 하기에는 좀 까다로울 거야."

"정말 대단해요!" 나는 그녀의 안내에 따라 천천히 한 바퀴를 돌아보며 말했다. 선반에 실들을 색깔별로 배치한 방식이 정말 맘에 들었다. 예전에 나도 집안의 책들을 색깔별로 배열하려고 했었다. 공황 상태에 빠지기 전에 포기해야 했지만. 하지만 내가 원한 이상적 배치가 이곳에서는 현실로 존재하고 있었다. 옅은 파랑은 점점 진한 청색로 이어지며 곧이어 남색이 되고, 다시 서서히 보라색을 거쳐 빨강으로 변했다. 녹색은 열두 단계를 거쳐 노랑으로 바뀌고, 갈색과 검은색은 그 옆에 수직으로 연달아 배치되어 있었다. 나는 모든 것이 자신이 있어야 할 자리에 있는 것 같아서 깊은 안정감을 느꼈다.

"이쪽이 세탁이 가능한 실들이야." 그녀가 구석에 높은 선반을 가리키며 말했다. "화학적으로 실 표면에 일부러 손상을 준 거야. 안 그러면 털이 너무 뽀송해서 먼지가 쉽게 달라붙어. 그러면 금방 더러워지겠지."

그녀는 계속해서 다른 많은 것들을 보여주었다. 지금은 잘 기억이 나지 않지만, 그녀가 가게에 자부심을 느낀다는 것을 알 수 있었다. 순간 그녀가 제임스 본드에게 온갖 비밀무기와 시험용 발명품을 보여주는 Q처럼 보였다.

"이건 양털이네요, 맞죠?" 나는 양모에 대해 뭘 좀 아는 것처럼 물었다.

"당근! 염소털하고 앙고라도 몇 종류 있어."

"앙고라가 염소털 아닌가요?"

"앙고라 염소털은 따로 있어. 그건 캐시미어라고 해." 나타샤가 말했다. "그리고 그냥 앙고라는 토끼털이야."

"처음 알았어요."

나타샤와 함께 많은 종류의 섬세한 털실을 감상하다가, 퍼뜩 뭔가가 떠올랐다.

"그런데 수업 몇 번 들은 초보라기엔 뜨개질에 대해 모르는 게 없잖아요." 내가 의심스러운 듯 물었다.

나타샤가 어깨를 으쓱 올리며 말했다. "십자수하고 코바늘 뜨개질은 많이 해봤어. 그건 대바늘 뜨개질만큼 어렵지는 않거든. 지금은 좀 제대로 배워보고 싶어서. 부끄럽지만 사실 이 수업이 처음은 아니야. 2년 전쯤 여기 일을 시작하면서 뜨개질 수업을 처음 들었었는데, 연습할 시간도 없고 해서 그만 중도 포기했지 뭐."

그녀가 내 쪽으로 몸을 기울이더니 조용히 속삭였다. "남자 친구 문제. 결국 헤어지자고 했지."

"아... 저런." 내가 말했다.

"괜찮아. 난 싱글인 게 더 좋아." 그녀가 말했다. 그리고 나에게 살짝 윙크를 했다. 맹세하건데 진짜다. "어쨌든, 내 말은 나는 뜨개질을 좋아하고, 그래서 잡지도 보고, 팟캐스트도 찾아 듣는데, 영 소질이 없다는 거지. 너랑은 다르게. 너는 타고났잖아."

"무슨... 됐어요." 나는 얼굴이 빨개졌다.

"진짜라니까. 너는 타고났어."

잠시 묘한 침묵이 흘렀다. 잠시 후 그녀가 밝은 목소리로 말했다.

"그럼 안내를 계속 이어가 볼까요?" 그녀는 다양한 크기의 뜨개질바늘을 모아 놓은 곳으로 가서 손을 흔들어 보였다. "어때? 멋지지?"

"멋져요!" 나는 진심으로 감탄하며 고개를 끄덕였다.

상점에 들어설 때만 해도 뭔가를 살 생각은 없었다. 하지만 어느새 나타샤의 판매 기술에 넘어가 감청색의 메리노 실과 셔닐 실뭉치 몇 개를 함께 구매했다. 할머니를 위한 옷을 뜰 때 유용할 것 같았다. 다행히 가지고 있는 돈이 모자라지는 않았다.

나탸샤가 구매한 물품을 담아서 건네며 물었다. "뜨개질 진짜로 좋아하는 거지. 그런 거지?"

"네?"

"그러니까 좋아서 하는 것 같다고. 어쩔 수 없어서 하는 게 아니고."

나는 몸이 굳어졌다. "그게 무슨 말이에요. 왜 내가 어쩔 수 없이..."

나타샤가 조금 당황한 것 같았다.

"미안해. 하지 말았어야 하는 말인데... 보호관찰 말이야."

"그걸 어떻게 알아요?"

이제 그녀의 얼굴이 빨개졌다.

"그게... 내 친구 베로니카가 거기서 서류 승인 업무를 하고 있거든."

"잘됐네요. 그럼 이제 모두가 알고 있는 건가요?"

"아니야. 그건." 그녀가 재빨리 말했다. 아직도 얼굴이 달아올라 있었다. "나하고 아멜리아만 알아."

"잘됐네요." 나는 똑같은 대답을 반복했다.

이렇게 나의 비밀을 아는 사람이 늘어가는 것에 마음이 불편했지만, 또 한편으로는 나탸샤와 그녀의 친구가 나의 숨겨진 과거에 대해서 속삭이며 이야기를 나눴다는 사실에 왠지 기분이 좋기도 했다.

"미안해. 위안이 될지는 모르겠지만, 우리는 꽤 근사하다고 생각했어."

"너무 신경 쓰지 마요." 나는 무덤덤하게 말했지만, 속으로 그녀를 '예쁜이'라고 부르고 싶은 것을 꾹 참았다.

"그럼 목요일에 보자!" 그녀가 떠나는 나에게 소리쳤다.

"네. 목요일에 봐요." 등 뒤로 닫히는 문의 벨에서 딸랑 소리가 들렸다.

9월 19일

건터 씨로부터 '되갚기'의 일정에 관한 새로운 소식은 없었다. 나는 프렌샴 아주머니와 보호관찰소와의 조정이 안 되기를 간절히 바랐다. 나를 다른 곳에 보내주는 것이 내 신변안전에도 더 이로울 테니까. 결정이 나기 전까지는 월요일은 온전히 나의 날이다. 감청색 메리노 실을 사용해서 탱크 탑 뜨개질을 시작해 보았다. 평소보다 아주 천천히 진행 중이다. 코 하나도 빠트리지 않겠다. 서두를 필요가 없다. 숙제를 끝내고 시작했는데 잠자리에 들기 전까지 겨우 여섯 일곱 단 정도 한 게 전부다. 뜨개질은 스트레스 해소에 정말 탁월하다.

하지만 등 통증은 심하다. 계속 이렇게 뜨개질을 한다면 스물한 살에는 꼽추가 될지도 모른다. 요가 수업이라도 들어야겠다. 별 볼 일 없는 인생이겠지만, 어쨌든 살아가긴 해야 하니까.

9월 20일

우리 집 배관에 문제가 있는 것이 분명하다. 수도꼭지가 켁켁거리는 이상한 소리를 내며 우유 같은 흰색 물질을 토해냈다.

주전자도 제대로 작동을 안 해서 어젯밤 엄마는 탄산수 제조기를 작동시킬 수 없었다. 물론 이것은 또다시 엄마 아빠 둘만의 중의법 소재가 되었다.

"노즐에서 거품이 나오질 않아!" 엄마가 아빠에게 소리쳤다.

"그건 어젯밤에 나한테 한 말이 아닌걸?" 아빠가 응답했다.

"그만 해요!" 나는 손으로 귀를 막고 소리를 질렀다. "제발 좀 그만하시라고요."

아빠가 웃느라 흘린 눈물을 훔치며 엄마에게 파이프를 점검하겠다고 말했다.

"그럼 당신 파이프는 내가 점검해줄게." 엄마가 또 받아치기 시작했다.

나는 그때 그냥 내 방으로 올라갔다. 이후 두 사람의 만담이 어떻게 진행되었는지는 알 길이 없다.

9월 21일

나타샤는 한번 터진 웃음이 멈추지 않는지 계속해서 낄낄대며 웃고 있었다. 내가 어제저녁에 있었던 뜨개질 수업에서 그녀에게 '프렌샴 아주머니의 육탄 방어전'에 관해서 이야기한 이후로 줄곧.

"벤! 너 정말 재밌다. 너 정말 웃긴 것 같아."

기분이 좋았다. 뜨개질 수업에 등록하는 순간 여자들에게 비호감은 따 놓은 당상이라고 생각했는데, 생각지도 못한 칭찬에 마음이 들뜨는 것은 어쩔 수가 없었다.

"고마워요." 나는 너무 좋아하는 티를 안 내려고 애쓰며 말했다.

수업이 끝난 후 복도를 걸어갈 때도 기분이 붕 떠 있었다. 그때 스왈로 선생님이 교실에서 나오면서 지구라트는 잘되고 있는지 물었다.

"아주 잘되고 있어요." 이제 거짓말이 술술 나온다. "지금은 제물로 바쳐진 사람을 만들고 있어요. 피의 제단이요."

"점토 더 필요하지 않아?"

"어, 네?" 마침 주머니 속에는 점토를 조금 가지고 있었다. 지금까지 가져온 점토는 젖은 신문지에 몇 덩어리를 싸서 침대 밑에 보관하고 있었다. 바로 그 옆에는 나의 뜨개질바늘과 실을 넣어둔 골판지 상자를 두었는데, 나만이 아는 부끄러움을 담은 '비밀 상자'가 되었다. 그녀에게 이런 사실을 말해줄 수는 없는 일이다.

그녀는 재빨리 교실 안으로 돌아 들어가더니 잠시 후 비닐봉지로 감싼 점토 덩어리를 가지고 나왔다.

"고마워요." 나는 그걸 다른 주머니에 밀어 넣었다.

"그래서, 언제쯤 구경할 수 있는 거야?" 그녀가 문틀에 몸을 기댄 채 물어보는 모습이 좀 도발적인 느낌이었다.

"네? 무엇을요?"

"지구라트 말이야."

"아, 그거요. 너무 커서 가져오기가 좀 곤란해요." 내가 생각해도 기가 막힌 답변이다.

"그럼 사진을 찍으면 되잖아." 그녀가 말했다.

"사진이요? 그건 찍을 수 있죠."

"다음 주!" 그녀가 완벽하게 예쁜 형태의 손가락으로 나를 가리키며 말했다.

"네. 다음 주."

멍청한 녀석. 다음 주까지 무슨 수로 그 망할 지구라트를 만들란 말인가?

9월 22일

오늘 절체절명의 위기를 넘겼다. 아침에 언덕을 넘어 시내로 들어갔다. 아름답고 서늘한 날이었다. 맑고 푸른 하늘에는 교차로 가로지른 비행운이 선명했다. 마치 거인이 제트기를 바늘 삼아 뜨개질을 하는 것처럼 보였다. 아주 형편없는 솜씨로.

조즈와 프레디도 오늘 이곳에 올 거라고 했었다. 최근 전혀 모습을 드러내지 않는 비밀스러운 젝스도 이번에는 나타날지도 모른다. 오랫동안 녀석들과 어울려 놀던 장소들을 둘러보았다. 로버트 디아즈 마트 뒤에 있는 낮은 돌담, 교회 옆 오크나무 아래 있는 낡고 오래된 공원 벤치 그리고 테스코 메트로 상점 입구. 자동문 입구에 서는 것을 좋아하는 프레디가 계속해서 자동문의 열고 닫기를 반복하면서 상점 안 계산대 직원들을 미치게 만들곤 했다. 하지만 이곳도 지금은 수많은 빈 포장 상자들과 빈 병들 뿐, 사람도 없고 아무것도 발견할 수 없었다. 나는 스미스 상점에 가서 〈월간 뜨개질 10월호〉가 아직 나오지 않았는지 확인하러 갔다.

있었다! 선반에서 잡지 한 권을 꺼내 들고는 책 표지에 적힌 주요 내용을 살펴보았다.

가을 뜨개실 – 가을에 어울리는 여덟 종의 새로운 실

기계 속 염소들 – 산업용 실 생산 과정의 동물 복지를 조사하다

케이블 니트 – 산업부 장관 빈스 케이블은 빨간 가방(＊영국의 장관들이 공문서를 옮길 때 전통적으로 쓰는 빨간색 가방)은 내려놓고 빨간 실을 들어 자신이 무엇을 할 수 있는지를 우리에게 보여야 한다

일반 패턴 – 규칙적인 문양이 돌아오다. 이것 없이는 할 수 없는 올해의 네 가지 패턴

물 만난 고기처럼 빠르게 잡지를 휘리릭 넘기며 살펴보기 시작했다. 〈월간 뜨개질〉의 값은 싼 편이 아니지만, 내가 봤을 땐 뜨개질 분야에서 최고의 잡지이다. 생각보다 뜨개질 분야의 경쟁은 치열하다. 〈월간 뜨개질〉의 글들은 자극적이기보다는 생각할 거리를 던진다. 심층 취재 기사도 있다. 염소 이야기는 충격적이었다. 지난 호에는 인도의 아동 노동 현장과 뜨개질 기계 산업의 경기 침체에 대해서 다뤘다.

누군가 상점 문 앞에서 크게 내 이름을 불렀을 때, 나는 산업용 양털 염료가 생태환경에 어떤 피해를 주고 있는지에 관한 글을 읽는 데 빠져 있었다.

"빙구야!" 나는 조즈, 프레디, 젝스가 나를 향해 빠르게 다가오는

것을 보고 맥박이 빨라지기 시작했다. 어떻게 이렇게 무방비 상태로 잡지에 빠져 있었을까? 이대로 있다가는 딱 걸리게 생겼다.

나는 재빠르게 판단했다. 서둘러 손을 뻗어 선반 위의 성인 잡지를 〈월간 뜨개질〉 사이에 끼어 넣었다.

"그게 뭐야?" 프레디가 내 손의 잡지를 낚아채며 물었다. "월간 뜨개질? 너 뜨개질 책 보고 있었냐?"

나는 윙크를 하며 잡지를 열어서 그 안에 있는 성인 잡지를 보여 줬다. 녀석은 날 돌아이 마냥 쳐다봤다.

"그걸 뭐 하러 숨기는데?" 그가 물었다.

젝스와 조즈가 녀석의 어깨 너머로 머리를 내밀며 무슨 일인지 궁금해 했다.

"엄마가 갑자기 들어왔을 때를 대비해서지. 엄마는 이런 잡지들이 젊은 여성을 상품화하는 거라고 생각하시거든."

"어떤 면에서?" 조즈가 이해가 안 된다는 표정을 지었다.

프레디와 젝스조차 조즈의 멍청한 질문에 놀란 것처럼 보였다. 나한테는 좋은 일이다. 조즈 녀석이 바보인 게 날 살렸다.

"글쎄, 이런 면에서?" 나는 잡지를 펼쳐서 그에게 사진을 보여줬다. 잡지 속에는 한 여자가 창고 같은 곳에서 나무 의자 위로 몸을 숙이고 있었는데, 춥고 불편해 보였다.

"어디 보자." 프레디가 사진을 보려고 목을 늘리며 말했다. 녀석은 고개를 저었다. "그 정도를 가지고 상품화라고 하면 되겠냐."

녀석이 선반 맨 위에서 잡지 하나를 꺼내서는 포장된 비닐을 찢었다. 녀석은 능숙한 손놀림으로 잡지를 펼치더니 손가락으로 딱 가리켰다. "이 정도는 되어야지."

그렇게 우리는 거기 서서 삼십 분 동안 온갖 야한 잡지들을 감상하였다. 그것도 휴식을 마치고 돌아온 관리인이 그만 치우라고 소리쳤기 때문이다. 나라고 이런 류의 잡지를 싫어하는 것은 아니지만 시간이 좀 지나자 다 똑같은 사진들의 반복일 뿐이었다. 그래서 녀석들이 거기 서서 마치 다빈치 코드라도 푸는 것처럼 여자들의 가슴과 엉덩이를 뚫어져라 쳐다보고 있을 때, 정작 나의 눈은 자꾸 〈월간 뜨개질〉로 향했다. 소심하게 곁눈질로 살펴본 잡지에는 이달의 패턴들이 소개되어 있었다.

어서 집에 가서 그 탱크 탑을 떠보고 싶은 마음만이 간절했다.

9월 24일

어젯밤 꿈을 꿨다. 나는 초고층 빌딩의 꼭대기 층에 있었다. 나는 어두운 사무실 안을 몇 시간 째 돌아다니다가 눈길을 끄는 것을 발견했다. 창밖에 종이가 하나 붙어 있었는데, 강한 바람이 불면서 종이가 창문에 붙게 된 것 같았다. 가까이 다가가 보니 그것은 뜨개질 패턴이었다. 하지만 여느 평범한 패턴이 아니었다. 정신을 차릴 수 없을 정도로 복잡한 패턴이었다. 한참을 살펴보니 어떻게 짜면 그런 패턴을 만들 수 있을지 감이 왔다. 쉽지 않은 일이었지만 할 수 있을 것 같았고, 완성만 된다면 진짜 멋진 문양이 될 것이 분명해 보였다. 단지 굉장히 복잡할 뿐이었다. 그나저나 창밖에 있는 저 패턴을 어떻게 손에 넣을지 좋은 수가 떠오르지 않았다.

그때 뒤에서 누군가의 소리가 들렸다. 돌아보니 프랭크 램파드였다. 그가 조용히 웃으며 머리를 끄덕였다.

"어서! 벤. 가서 패턴을 가져오라고, 친구." 그가 특유의 블랙컨트리 억양으로 말했다.

그 후 갑자기 모든 것이 뒤죽박죽되었다. 램파드는 온데간데없고 나는 비상착륙을 시도하는 우주선에 타고 있었다. 내 사이클 헬멧을 쓴 몰리와 함께. 나머지는 잘 기억이 나지 않는다.

하지만 이건 뭔가 메시지가 있는 꿈일지도 모른다. 무엇에 관한 걸까? 뜨개질 패턴? 아니면 프랭크 램파드?

9월 26일

드디어 〈그레이엄의 50가지 그림자〉의 편집본을 조즈에게 넘겼다. 우리는 공부를 한답시고는 학생 휴게실에 있었다. 날씨는 끔찍했다. 밖에는 얼음처럼 차가운 비가 내리고 있었다.

녀석은 빨리 내가 편집한 글을 읽어보고 싶어 했다.

"고맙다, 고마워!" 녀석이 편집본을 읽으며 쉴 새 없이 말했다. "이거 대단한데!"

"너무 오버할 것 없어." 내가 말했다.

"우리 둘이 힘을 합치니까 걸작이 탄생했어!" 녀석은 아랑곳 않고 감탄을 쏟아냈다.

"너 책 제목 정말 그렇게 할 생각이야?" 내가 물었다.

"당연하지!" 조즈가 고개를 격하게 흔들었다. "내가 책을 한 권 읽었는데 말이야. 어떻게 해야 자가 출판한 e북을 킨들 차트 상위에 올릴 수 있는지 노하우가 적혀 있었어." 그가 말했다.

"거기에 남의 책 제목을 대놓고 베끼라고 써 있었나 보지?"

"바로 그거야. 사람들이 책을 검색하는 방식에서 착안한 거야."

"사람들이 뭐라고 검색란에 입력하는데? 어설프게 베껴 쓴 야한 책?"

"뭐 그런 거야."

"잘됐네."

녀석이 나를 보며 미소를 지었다. "아무튼 도와줘서 고맙다. 네가 없었으면 나는 절대 이 명작을 쓸 수 없었을 거야."

"아니야. 무슨 소리. 다 네가 쓴 거야." 녀석의 칭찬이 뭔가 찜찜했다.

"아니야. 진심이야. 나는 내가 가진 모든 잠재력을 드러내고 싶어. 단지 그 뿐이야."

나는 조즈의 어깨에 손을 얹고는 고개를 끄덕였다. "넌 이미 그렇게 했어. 네가 도달할 수 있는 최고의 경지에 이미 있다는 말이야."
내가 말했다.

"고마워." 녀석이 긴가민가하며 대답했다.

"다만... 좀..." 나는 말끝을 흐리며 말을 꺼냈다.

"다만 뭐?"

"다만... 주인공의 이름이 그레이엄이라는 게..."

"그게 왜? 그레이와 비슷하잖아. 그레이~~엄."

"나도 그건 알아. 왜 이름을 그렇게 정했는지는. 그런데 그레이엄
이라는 이름은 그다지 섹시하지가... 않아."

"야! 너는 편집이나 신경 써. 브레이니악(＊만화 '슈퍼맨'에 나오는 지
능 높은 악당) 같은 놈아! 섹시 쪽은 내 담당이니까."

어쨌든 이후 나는 기분이 조금 상해서 밖으로 나왔다.

9월 27일

오늘은 뜨개질 수업이 있었다. 후퍼 아주머니께서 오늘은 테스트
를 보겠다고 말씀하셨다. 만약 통과한다면 뜨개질 공식 자격증 입문
용 1급을 받을 수 있다. 이런 것에 나는 이미 익숙하다. 요즘은 죄다
시험을 보고 테스트를 한다. 학교에서 10분 전에 뭔가를 배웠다면 5
분 전쯤엔 이미 테스트를 보았을 거다.

평가는 두 가지 방식으로 진행된다. 하나는 주로 객관식으로 이루어진 아주 간단한 필기시험이다. 다른 하나는 중급 초반에 해당하는 난도의 옷을 만들어 제출해야 한다. 자신이 직접 만든 패턴을 사용하면 가산점이 주어진다.

나는 당연히 패턴을 만들어 쓸 생각이다. 이제야 엊그제 꾼 꿈의 의미를 알 것 같다. 내 머릿속에 끝내주는 패턴이 이미 들어있다. 다만 기억의 어딘가에 갇혀 있을 뿐이다. 내가 그 암호를 풀어 낼 수만 있다면 머릿속에서 그 패턴을 끄집어낼 수 있을 것이다. 내일은 백지를 앞에 두고 이것저것 시도를 해봐야겠다. 머릿속에 뭔가 떠오를지 두고 봐야겠다. 서두를 필요는 없다. 마감일은 크리스마스 이전이니까 시간은 충분하다.

9월 28일

벤에게

드디어 프렌샵 아주머니와 '되갚기' 프로그램에 대한 일정을 다시 잡았단다. 첫날 약속 시간은 10월 8일 월요일 오후 4시 30분으로 정해졌어. 내가 직접 프렌샵 아주머니에게 이야기를 했어. 네가 오기를 기다리실 거야. 그리고 약속해주셨단다. 절대로 치질 연고를 너에게 던지지 않

겠다고.

모든 일이 잘 풀리기를 바란다.

클라우디아 건터

웨스트 메온 보호관찰소

9월 29일

아빠는 내가 축구에 관심을 갖게 만들려고 또 일을 벌이셨다. 기어코 오늘 또 햄프턴 FC 경기에 나를 데리고 갔다. 경기장은 도심에서 1마일 이상 떨어져 있다. 원래 도심 한 가운데 있던 경기장은 운영위원회에서 테스코에 팔아버렸고, 클럽은 여기까지 오게 되었다. 사우스다운스의 가장자리에 위치한 이곳은 반경 몇 마일 내에 나무가 전혀 없었다. 그래서 10월에서 4월 사이 바다에서 불어 닥치는 바람에 속수무책이다. 이렇게 먼 곳까지 마다하지 않고 올 팬들은 많지 않다. 그 사람들도 제대로 된 바람막이도 없는 관중석의 한군데 모여 있었는데, 마치 알을 지키는 수컷 황제펭귄들이 한 데 모여서 암컷이 돌아오기만을 기다리는 것 같았다. 아쉽게도 프레디의 모습은 보이지 않았다. 경기장에서 다른 선수들을 압도하는 조 보일의 모습을 보면서 아빠와 대화를 하게 되었다.

"저 친구는 무릎을 다치지 않았다면 아직 포츠머스에서 뛰고 있었을 거야." 아빠가 말했다.

"제가 보기엔 무릎은 문제없어 보이는데요." 조가 수비수를 속이고 햄프턴 팀의 세 번째 골을 터트리는 것을 보면서 내가 말했다. 그는 비행기처럼 양팔을 뻗어서 골 세리머니를 했다. 그의 얼굴엔 기쁨이 넘쳤다. 세상에서 가장 행복한 남자처럼 보였다.

"잘했다, 내 새끼!" 아빠가 환호를 지르며 벌떡 일어나서 손뼉을 쳤다.

"아빠, 좀 진정해요." 내가 옆에서 낮은 목소리로 말했다.

"몸을 돌리는 것이 예전만큼 빠르지는 못해." 아빠가 나지막한 소리로 말했다. "부상 후 활약이 신통치 못했거든. 두 시즌을 통째로 쉬었으니까. 예전만 한 기량은 못 찾을 거야. 서른다섯 살의 나이로는."

"안타깝네요." 내가 중얼거리듯 말했다.

"그래도 잘하고 있어. 아주 큰돈은 못 만지지만 버는 돈을 현명하게 투자한다고 들었어."

"여자 친구도 미인이에요." 몸을 앞으로 빼 맨 앞줄에 앉아 있는 스왈로 선생님을 바라보았다.

"그래, 훌륭하지!" 조 보일에게서 잠시 눈을 떼며 아빠도 동의했다.

스왈로 선생님은 매력적인 스웨터를 입었는데, 꽤 힐링했다. 우리가 앉은 자리에서 내려다보면, 적절한 크기의 가슴골을 살짝 볼 수 있었다. 우리 부자는 동시에 탄식을 하고는 다시 경기로 관심을 돌렸다.

"어제 첼시 경기는 볼만했다." 아빠가 말했다.

"램파드는 잘했어요?" 관심은 없었지만 아빠를 위해 물어봤다.

"아슬아슬하게 빗나간 슈팅이 한두 개 있었지." 아빠는 조금 당황해하며 말했다. "하지만 그게 바로 첼시의 정신이지. 누군가의 부족한 부분을 다른 누군가가 채워 결과를 만들지."

"최고의 선수들이 모인 팀이 아니라 선수들이 모여 최고의 팀을 만드는 것!" 나는 만족스럽다는 느낌으로 말했다.

아빠가 고개를 끄덕였다. "언제 첼시 경기 보러 런던에 가지 않을래?"

"네. 봐서요." 가슴이 철렁했다. 지난번 아빠가 나를 런던에 데려갔을 때의 악몽이 떠올랐다. 시합 후 아빠는 술집에서 나를 함께 데려갔다는 사실을 까맣게 잊고 있었다. 그러다 술집에서 싸움이 벌어지자 아빠는 혼자 내빼셨다. 나를 그곳에 두고서. 가까스로 빠져나오기 했지만 그 과정에서 맨시티 팬에게 얼굴을 한 대 걷어차였다.

하지만 아빠는 끈질긴 성격이니, 아빠가 원하는 대로 되겠지. 아빠는 친구에게 부탁해서 꼭 첼시 경기 표를 구하겠다고 호언장담을 했다.

"그렇게만 되면 정말 좋겠네요!" 나는 거짓말을 했다. 축구는 너무 지루하다. 경기장에서 뭔가 더 재미있는 것을 할 수 있다면 모르겠지만. 예를 들어 좀 더 흥미로운 구경거리를 만드는 거다. 음... 전

반전에 관중석에서 내가 뜨개질을 하기 시작하면 어떤 일이 일어날까? 볼만하겠지만, 아빠한테 그런 잔인한 일을 할 수는 없다.

뜨개질 이야기가 나와서 하는 말인데, 탱크 탑 만들기는 순조롭게 진행 중이다. 단순한 패턴을 생각한 것이 제대로 들어맞았다. 시간이 좀 걸리긴 했다. 실이 너무 얇아서 촘촘하게 뜨려면 작은 바늘을 써야 하기 때문이다. 탱크 탑은 푹신푹신한 느낌이어서는 안 된다. 얇은 실로 촘촘하게 떠야 만졌을 때 부드럽고 매끈하다. 어두운 색을 고른 것도 잘한 결정인 것 같다.

아빠와 뜨개질에 관한 대화를 할 수 있다면, 만약 그럴 수만 있다면 지금처럼 상투적인 대답으로 아빠와 대화를 하지는 않을 것이다.

경기 결과는 헤슬미어를 상대로 햄프턴의 6대 1 승리.

10월 1일

내 자전거는 수리에 들어가 있다. 다시 말해 아빠 차고에 있다는 말인데, 아빠가 자전거를 언제 고쳐주실지 알 수가 없다. 지난번에 자전거가 고장 났을 때를 참고하면, 이번 학기 내 자전거 타기는 글렀다. 아빠는 짠돌이다. 도대체 왜 자전거 수리점에 맡기지 않는 걸까?

"수리비 네가 낼래?" 내가 자전거 수리점에 맡기자고 하니, 돌아온 아빠의 대답이다.

"제가 돈이 어디 있어요."

"용돈은 어떻게 하고?"

"아빠가 마지막으로 용돈 준 적이 언제인지나 아세요? 존 테리가 활약하던 때라고요."

"엄마는 용돈을 안 주니?"

"마술사 엄마는 가끔 내 귀에서 돈을 꺼내서 줄 때도 있죠."

"그게 보통 얼마인데?"

"보통 50펜스나 가끔 1파운드 정도. 돈이 아니라 엄마가 쓰는 물건을 줄 때도 많다고요. 엄마가 내 귀에서 마지막으로 꺼낸 것이 식기세척기 세제였어요."

"그럼 아르바이트라도 하면 되잖아!" 아빠도 슬슬 부아가 나는 것처럼 보였다.

"제가 일할 시간이 어디에 있어요?" 나는 되물었다. "월요일은 프렌샵 아주머니를 방문하고, 목요일은 뜨개... 아니, 도예 수업을 들어야 하죠. 토요일은 아빠가 정비일 돕는 거 시키잖아요. 그리고 저는 아직 학생이에요. 올해는 AS 레벨 시험 준비도 해야 한다고요."

"신문 배달을 해보는 것은 어때?" 아빠가 제안을 했다. "아침에 조금만 일찍 일어나면 할 수 있는 일이잖아."

"망할 자전거가 있어야 신문 배달을 하죠!" 내가 소리쳤다.

아빠가 동작을 멈추고 돌아보며 버터가 묻은 칼로 나를 가리키며 말했다.

"넌 신문을 돌려. 그러면 자전거를 고쳐줄 테니까. 이렇게 타협하지?"

"으아아아!" 나는 소리를 지르며 거친 발걸음으로 내 방으로 올라갔다.

엄마는 또 집을 비웠다. 집에서 아빠와 몰리 하고만 지낼 때면 마음이 불편하다. 하루빨리 엄마가 돌아왔으면 좋겠다. 셋이서 며칠 보내는 것은 견딜 수 있다. 아빠가 나에게 남성성을 과시하는 것도 참을 수 있다. 하루 이틀 일도 아니니까. 하지만 이런 시간이 길어지면 서로에게 짜증이 나기 시작하고 크고 작은 언쟁이 일어난다. 엄마는 마술처럼 이 모든 것을 부드럽고 조화롭게 정리한다.

10월 3일

드디어 오늘 밤, 탱크 탑 하나를 끝냈다. 꽤 멋지고, 나에게도 딱 맞는다.

10월 4일

뜨개질 수업에 앞서 도예 수업 교실에 잠깐 들렸다. 내가 만드는 척하고 있는 지구라트에 필요한 새로운 점토를 얻기 위해서다.

"너 사진 찍어서 보여준다고 했잖아. 지구라트." 스왈로 선생님이 말했다. "나 정말 궁금하다니까."

"완성되기 전까지 안 보여드리려고요." 내가 말했다. "제가 완벽주의자라서요."

"좋아. 대신 근사하게 만들어야 해." 그녀가 말했다.

아주 잠깐, 그녀에게 내 집에 와서 직접 보라고 말하면 어떻게 될까 하는 상상을 했다. 그녀가 내 침실에서 나의 지구라트를 찾고 있는 상상을. 물론 내게 그럴 배짱이 있을 리 없다.

"지금까지 뜨개질을 해 둔 것은 있니?" 그녀가 랩으로 싼 점토 한 덩어리를 내게 내밀며 물었다.

"이거 내가 짠 거예요." 나는 내가 입고 있는 탱크 탑을 가리키며 대답했다.

"네가 이걸 짰다고?" 촉감이 궁금했는지 그녀는 손가락으로 가볍게 내 가슴을 쓸었다.

"우와. 대단한데! 너 멋지다." 그녀가 나를 바라보면서 지금까지 보지 못한 커다란 미소를 지어 보였다. 그녀의 조금은 불완벽한 치아가 드러나 보였다. '아니요. 선생님이 멋져요.' 이렇게 말해주고 싶었다.

그녀는 뭔가를 잠시 생각하는 듯하더니 말을 꺼냈다.

"나도 하나 만들어 줄래? 언제? 내가 돈은 줄게. 얼마쯤 할까? 25파운드 쯤?"

"탱크 탑이 필요 하시다고요?"

"내가 아니라 내 남자 친구 거."

"아…" 김이 샜다.

"네 것 보다 조금 크면 좋겠다." 그녀가 말했다.

나는 고개를 끄덕였다. 그래 맞다. 그녀의 남자 친구는 크고 나는 작으니까. 아픈 한 방이 더 들어왔다.

"사실, 가슴 부분은 좀 더 많이 크게 만들어줘야 될 것 같다."

"네, 알겠어요." 난 약간 퉁명스럽게 대답했다. "그분 가슴 치수를 알려주실 수 있어요?"

"그럼." 그녀가 또 한껏 미소를 지어 보였다. 그러곤 다시 도기들로 몸을 돌렸다. 내가 막 문밖으로 벗어날 때 그녀가 나를 불렀다.

"벤?" 그녀가 말했다. "지금 생각난 건데, 나는 여기서 만든 것들을 엣시Etsy에 올려서 팔기도 해. 알고 있어?"

"음… 엣시요?"

"그거 웹사이트야. 이베이 같은 건데, 특히 직접 만든 것을 사고 파는 사람들을 위한 곳이야. 거기에 페이지를 한 번 만들어 봐. 탱크 탑이나 아니면 뭐든… 그럼 네가 만든 것을 팔 수 있어. 직접 만든 것을 사고 싶어 하는 사람이 많거든."

"한 번 살펴볼게요." 기분이 좀 좋아졌다.

스왈로 선생님의 격려에 힘입어 후퍼 아주머니에게도 탱크탑을 보여드렸다. 아주머니는 깜짝 놀라셨다.

"벤, 너 소질이 있다. 촘촘하게 뜬 것 좀 봐. 기계로 만들었다고 해도 믿겠는데?"

"아니에요…" 나는 일단 겸손하게 말했다.

"진짜야, 벤. 넌 재능을 타고났어. 자부심을 가져도 좋아."

내가 그만 교실을 뜨려고 할 때도 아주머니는 계속 나의 '타고난 재능'을 칭찬했다. 마음이 조금 불편해지기 시작했다. 이불에 오줌을 싸지 않게 되었을 때 이후로 이 정도의 칭찬을 받아본 적이 없다.

"이전에도 말했지만, 천부적인 재능이야. 그래서 하는 말인데… 네가 관심이 없을 수도 있고 시간이 부족하다 생각할 수도 있겠지만, '영국 뜨개질 챔피언십 대회'가 곧 열리거든. 지역 예선도 있고 주니어 부문도 있어."

"챔피언십 대회요? 진심이세요? 저는 이제 막 시작했는데요." 내가 말했다.

"벤. 여기 네가 디자인한 이 패턴들은 정말 인상적이야. 손기술도 놀랍고. 복잡한 것을 만들 필요가 없어. 주니어 부문에서는 기본적인 것들을 보거든. 거기에선 손기술, 패턴 디자인 그리고 속도가 관건이야."

"그래서요? 그냥 제가 만든 것을 제출하면 심사해주는 건가요?"

"그래. 그리고 쇼 케이스 행사도 있어. 방에 들어가서 다른 경쟁자들과 함께 뜨개질을 해야 돼. 무슨 패턴을 하게 될지는 대회 직전까지 알 수가 없어. 그리고 두 시간이 주어지는데, 그 안에 완성을 해야 해."

"〈마스터 셰프〉 같네요."

"그래, 맞아. 방송 카메라가 없는 것만 빼고는."

"하지만 관람하는 사람들은 있고요?"

"그럼, 당연하지." 아주머니가 고개를 끄덕였다. 마치 그것이 좋은 일인 냥.

"관중들이 현장에서 바로 지켜볼 거야."

아주머니는 뜨개질 대회에 관한 책자 하나를 건넸다. 책자 사진 속 컨벤션 센터에는 많은 참가자들이 몸을 웅크리고 일렬로 앉아 뜨개질을 하고 있었다. 솔직히 그다지 매력적인 모습은 아니었다. 몇몇은 요가 수업에서나 볼 수 있을법한 자세였다.

하지만 다시 생각해 보면 끌리는 제안이기도 했다. 내 나이 또래의 다른 이들과 경쟁해서 자신을 증명할 수 있는 흔치 않은 기회였다. 그리고 스왈로 선생님이 이야기한 뜨개질 판매를 진지하게 고려한다면, 대회 우승은 말할 것도 없이 결승전 진출만으로도 홍보에 큰 도움이 될지도 모른다.

하지만 또 다시 생각해보면 나는 사람들 앞에 나설 준비가 되어 있는 것일까? 만에 하나 정말 성공이라도 한다면 내가 뜨개질을 한다는 사실을 감추기는 어려울 것이 분명하다.

이 수업은 내 정신없는 삶의 조용한 탈출구가 되어 주었다. 내가 이 수업에서 그 이상의 것을 바란 적이 있었나? 내가 원하는 것은 이런 소소한 즐거움이 아니었을까? 이렇게 한 방에 좋은 사람들과 함께 앉아 아무도 입지 않을 것 같은 것을 뜨고 있는 즐거움. 어쩌면 성공은 이 모든 것을 바꿔버릴지 모른다. 목표 지향적으로 변하게 될지도 모른다. 내가 정말로 원하는 것이 뜨개질계의 프랭크 램파드가 되는 것일까?

"어쨌든 한번 잘 생각해봐!" 골똘히 생각하는 내 얼굴을 살피면서 그녀가 눈썹을 약간 추켜세우며 말했다.

"그럴게요." 주머니에 넣은 손으로 점토를 꽉 움켜쥐면서 대답했다. "생각해 볼게요."

10월 5일

오늘 학교에서의 일진은 좋다가 망했다. 아침에 수학 수업을 할 때까지만 해도 모든 것이 좋았다. 이차 방정식은 나의 적성에 맞았다. 어떤 면에서는 뜨개질과 비슷하다. 우선 간단한 도구(뜨개질은 바늘, 여기서는 연필)를 사용하여 수학의 기본 값들을 완전한 패턴으로 바꾸는 것이다. 계산을 할 때는 모든 잡념이 사라지고 외부로부터 단절되어 오직 방정식에만 집중한다. 이럴 때는 어떤 것도 나를 방해할 수 없다. 완전히 몰입해서 단 한 가지에 전념하게 되는 것이다.

일진이 바뀐 것은 점심을 먹기 위해서 밖으로 나올 때였다. 나는 조즈를 찾고 있었다. 과학관을 지나서 내려오다가 로이드 매닝과 쿵 하고 정면으로 충돌했다. 녀석이 나를 세게 밀쳤다.

"눈 똑바로 뜨고 다녀. 빙구야!" 녀석이 크게 소리쳤다.

"미안해." 나는 뒷걸음치며 말했다. 하지만 이번엔 뒤에서 올라오고 있던 몸집이 큰 녀석의 똘마니 저메인과 부딪쳤다. 녀석이 뒤에서 나를 밀쳤다.

"뭐 하자는 거야. 너 눈이 없어? 이 멍청한 새끼야!" 저메인이 말했다.

"아니야... 미안해, 애들아. 뭘 하자는 게 전혀 아니야."

심장이 미친 듯이 뛰었다. 지난 학기에 조지 폭스웰이 매닝 녀석이 관여하는 화장실 사업에 관한 소문을 냈다가 네트볼 코트를 가로질러 끌려가면서 코뼈가 부러지고 얼굴이 엉망이 되었다.

"그러면 눈앞에서 알짱거리지 마. 등신아." 매닝이 으르렁거렸다.

녀석은 나를 벽에 밀쳤다. 녀석도, 그리고 세 명의 똘마니들도 모두 나보다 한 학년이 낮았지만, 나보다 키도 덩치도 컸다. 나는 굴욕감에 얼굴이 벌게졌다.

그 후 녀석들은 더 이상 나를 괴롭히지는 않고 자리를 떴다. 저메인이 지나가면서 주먹으로 때리는 시늉을 해서 움찔하기는 했지만. 녀석들은 낄낄거리며 모퉁이를 돌아 사라졌다. 몸을 털고 다시 움직이려 하는 순간 나는 맞은편에 서 있는 메건을 보았다. 그녀는 내 쪽을 보고 있었다. 아마도 이 모든 것을 다 보았겠지. 정말 끝내주는군.

그동안 나는 계속해서 메건에게 다가가 말을 걸 기회를 보고 있었다. 그녀의 페이스북에 친구 요청도 했다. 하지만 아직 그녀가 수락하지는 않았다. 그녀가 수락해준다면 개별 쪽지도 주고받을 수 있고 그러면 우리 둘 사이에도 진전이 있을지도 모른다. 하지만 오늘 매닝과 그의 똘마니들에게 당하는 못 볼 꼴을 보이고 말았다. 오늘은 좋은 타이밍이 아니다.

10월 7일

아빠가 드디어 인정했다. 배관에 대해서 아는 것이 아무것도 없다는 것을. 그리고 제대로 된 배관공에게 수도관 문제를 의뢰했다. 정말 엉망이었다. 수압은 너무 약했고 조금 나오는 물조차 모두 더러웠다.

오늘 나만의 패턴 디자인을 시작했다. 문득 생각해 낸 패턴에 '패턴 Mk1'이라는 이름을 붙였다. 조금 헐렁한 느낌의 상의지만 그 짜임은 촘촘하고 복잡했다. 다만 목을 많이 드러내는 디자인이 되었는데, 이 점은 아직 확신이 서지 않았다. 남녀공용으로 기획했는데 아무래도 여성스러운 옷이 되어가는 것 같다. 내가 그림을 좀 더 잘 그리면 좋으련만, 머릿속으로 상상한 작품과 손으로 그려놓은 것은 전혀 다른 느낌이다. 그림을 잘 그리는 조즈에게 부탁을 해보는 것도 좋겠다. 그래도 디자인 작업에 약간의 진전이 있었고 느낌은 좋다.

10월 8일

자전거는 없지만 헬멧을 챙겼다. 프렌샴 아주머니 집이 가까워지자, 만일을 대비해 머리에 썼다. 저번 같은 일이 벌어지면 머리를 보호해야 하니까. 단단히 마음먹었지만 문 앞에서 노크를 할 때는 다시 긴장이 되었다. 어김없이 집 안의 개가 사납게 짖기 시작했다. 나는 개가 걱정됐다. 집안에서 프렌샴 아주머니가 발을 끌며 복도를 지나오는 소리가 들렸다. 그리고 문이 열렸다.

"안녕하세..." 나는 말을 끝마치지 못한 채, 아주머니가 매섭게 휘두르는 지팡이를 비틀거리며 가까스로 피했다. 동시에 조그만 개가 달려들어 나의 발목을 물었다. 나는 아파서 비명을 지르며 개를 걷어차 떨어뜨리려 했다.

"개를 그냥 내버려 두지 못해! 이 불한당 녀석!!" 억울하게도 아주머니는 나에게 호통을 쳤다. 그리고 다시 지팡이로 공격하기 시작했다.

"프렌샴 아주머니, 저예요. 벤 플래처예요." 나는 손을 들어 항복을 표시했다. "오늘 되갚을 게 있어서 온 거예요."

"오냐. 내가 먼저 갚아주마!" 아주머니는 소리치며 나에게 최후의 일격을 가하려는 듯 지팡이를 높이 치켜들었다. 〈헝거 게임〉의 캣니

127

스라면 어떻게 했을까? 나는 눈을 감고 그녀의 일격을 기다리며 생각했다.

하지만 기다리던 일격은 없었다.

"플레처라고 했니?" 그녀는 마치 전사의 여왕처럼 무기를 높이 들고 서 있었다.

"전화로 방문할 거라고 말했던 그 애야?"

"네!" 나는 머리를 격하게 끄덕였다. "보호관찰소에서요." 개는 여전히 으르렁거리며 내 발목을 아프게 물고 있었다.

"재스퍼, 떨어져, 그만!" 아주머니가 지팡이로 개를 겨누며 말했다. 재스퍼는 실망한 듯 뒤로 물러섰다.

아주머니는 드디어 지팡이를 든 손을 내리고 고개를 끄덕였다. "들어와서 얘기해라."

나는 헬멧을 그대로 쓴 채 그녀를 따라서 집으로 들어갔다.

라벤더와 포푸리와 고기 삶는 냄새가 났다. 사람 고기는 아니겠지?

그녀를 쫓아 걸어서 곧장 뒷마당으로 나왔다. 그녀는 헛간으로 향했다. 나는 절뚝거리며 그녀를 쫓았다. 발목이 아프고 약간 축축한 느낌이었다. 그것이 재스퍼의 침 때문인지 피가 난 것인지 알 수 없었지만 확인할 용기도 나지 않았다. 왜 아주머니는 나를 헛간으로 데리고 가는 거지? 갑자기 여러 생각이 들었다. 저 안에 무엇이 있는 것일까? 토막 난 시체?

프렌샵 아주머니가 문을 열었다. 나는 조심스레 안을 보았다. 시체는 없었다. 여러 잡동사니들과 잔뜩 쌓인 종이 뭉치들이 전부였다. 아주 오랜 시간 묵혀 있던 것들 같았다.

"죽은 남편이 워낙 모아두길 좋아하는 양반이었어. 이 헛간은 남편이 관리하던 거였는데, 그가 떠난 뒤로 아무도 손을 안 댔어."

"제가 이걸 정리하면 되나요?"

그녀가 고개를 끄덕였다. "내 손으론 못하겠더라고. 하지만 이것을 이렇게 계속 두는 것도 바보 같은 짓이고."

"제가 어떻게 할까요? 다 버려버릴까요?"

"편지와 사진들만 챙겨. 그리고 중요해 보이는 것들만 빼고 다 버려라."

"중요한 것이란 게?"

"상식적으로 생각하면 된다." 그녀가 툭 쏘듯이 덧붙였다. "하기야 상식이 없을지도."

"저는 상식 덩어리예요." 나도 좀 퉁명스럽게 대답했다.

"두고 보면 알겠지." 그녀는 그렇게 말하고는 쓰레기봉투를 건네고선 재빨리 집으로 들어가 버렸다. 재스퍼가 나를 경멸하듯 쳐다보고는 어슬렁거리며 그녀의 뒤를 따라 들어갔다.

나는 뒤돌아 헛간을 살펴보았다. 먼지가 가득한 신문들, 부서진 가구들, 낡은 자전거 부품들, 곰팡이가 핀 골판지 상자들 그리고 여기저기 널려 있는 수많은 쥐똥들! 입에서 신음이 나왔다.

이제 비까지 내리기 시작했다.

나는 한숨을 쉬고는 일을 시작했다. 밖에서 비를 맞지 않으려면 우선 헛간 안에 내가 들어 설 공간을 만들어야 했다. 일단 시작하자 나는 쉬지 않고 두 시간을 넘게 치웠다. 중간에 프렌샵 아주머니가 감시하듯 잠시 나를 살피고 돌아갔다. 문 주위에 둔 종이 뭉치들이 신문만 있는 것이 아니라 서류 등이 섞여 있어서 시간이 꽤 걸렸다. 오래된 장부, 업무 서신, 잡지 스크랩 등. 이것들을 하나하나 중요한 것인지 확인했다. 확신이 서지 않는 것은 비에 젖지 않도록 다른 박스에 넣어 따로 분류했다. 프렌샵 아주머니가 나의 영혼을 앗아갈 사신처럼 나타나 헛간에 그림자를 드리웠을 때, 열두어 개의 쓰레기 봉투가 가득 찼다.

"좋아. 이제 집에 가도 좋다." 그녀가 말했다.

그렇게 끝이 났다. 집에 왔을 때 몸을 많이 숙인 탓인지 등이 쑤셨다. 종이 정리에 손가락 이곳저곳이 베였고 얼굴엔 먼지를 잔뜩 뒤집어써서 시커메졌고 몸에서 냄새도 났다. 하지만 상관없었다. 드디어 '되갚기'를 했으니까.

10월 9일

학교에서 집으로 가는 길에 메건과 마주쳤다. 자전거가 없어서 좋은 일도 있다니. 그녀가 100야드 뒤에서 걸어오고 있었다. 나는 걸음을 멈추고 신발 끈을 묶는 척하며, 시간을 끌었다. 아주 오랜 시간 동안. 그녀가 가까이 왔을 때쯤, 신발을 다 묶은 척 몸을 일으켰다. 그러곤 그녀를 마주친 것에 놀라는 척했다.

"오, 안녕, 메건."

"너 나 기다린 거니?" 그녀가 물었다.

"어... 그런 것도 같은데."

"신발 끈 묶는 척하면서?"

"뭐... 그런 거지."

"너무 오래 묶었어."

"맞아. 근데 네 걸음이 너무 느렸어."

"네가 있는 거 보고, 일부러 걸음을 늦췄어. 네가 여기서 뭐 하나 하고 조금 놀랐거든."

"아, 그건... 신발 끈 묶는 척하면서 네가 오기를 기다린 거지."

"그래."

잠시 둘 다 아무 말도 없었다.

"함께 걸을래?" 내가 물었다.

"좋아." 그녀가 미소를 지었다.

"한동안 널 못 본 것 같은데." 내가 말했다.

"나는 오늘 역사 수업 때 널 봤는데." 그녀가 대꾸했다.

"그래, 근데 말은 안 걸었잖아."

"응, 말은 안 걸었지." 그녀가 인정했다.

"웨이트로즈 때 이후로."

"풋." 그녀가 나오는 웃음을 얼른 손으로 막았다.

"비웃어도 괜찮아." 나는 웃으며 말했다.

"세네이라네 파티에서 널 보고 싶었어." 그녀가 말했다.

"그래. 그랬었다면 좋았을 텐데."

"그날은 좀 과격했지." 그녀가 미묘한 어조로 말했다. 누구와 과격했는지 묻고 싶었지만 끝내 묻지 않았다.

"그거 알아? 프레야 포터가 또 파티를 연다던대?" 그녀가 말했다.

"나도 들었어. 너도 갈 생각이니?" 나는 최대한 조심스럽게 물었다.

"응. 그러려고 생각 중이야. 너는?" 그녀가 나를 정면으로 응시했다.

"혹시... 그래. 나도 갈 거야."

같이 가자고 말해! 같이 가자고 말해, 벤!

"나는 다 왔어." 그녀가 말했다.

그녀의 집 앞에 도착했다. 완벽한 정원을 갖춘 깔끔하고 산뜻한 2가구 주택이었고, 집 앞에는 차들도 세워져 있지 않아서 고급스러움이 느껴졌다.

"그럼... 나중에 보는 걸로..." 내가 말했다.

"그래, 나중에 보자." 그녀가 말했다.

좀 없어 보이는 거 같아서 끝내 파티에 함께 가자는 말을 하지 못했다. 잠깐 주고받는 대화에서 내가 더 잘 할 수 있는 게 없기도 했다. 하지만 어쨌든 전혀 진전을 이루지 못했다. 최소한 전화번호를 물어봤어야 했다.

그래도 괜찮다. 우리는 곧 같은 날, 같은 파티에서 만날 테니까. 그리고 세네이라네 파티에서 내가 보고 싶었다고 했다.

그녀는 내가 보고 싶었다.

10월 10일

방금 맛없는 귤을 먹었다. 바로 전에 먹었던 귤은 끝내줬다. 달고 즙이 많았다. 어떻게 이럴 수 있지? 요새 나의 날들은 딱 50% 확률의 귤이다. 좋을 수도 있고 나쁠 수도 있는. 사람들도 그런 것 같다. 오늘은 별 다른 일이 일어나지 않았다. 내일은 엄마가 집에 오는 날이다. 신이여, 감사합니다! 마치 귤과 같이 이어진 아빠와 나의 대화도 심각하게 바닥을 보이고 있다.

스왈로 선생님의 탱크 탑을 만들면서 작은 틈도 없이 매끄럽게 만들려고 노력 중이다. 마치 기계가 했다고 생각할 정도로 완벽하게 만들고 싶다. 그렇게 할 수 있으면 엣시 사이트에 정말 팔 수 있을지도 모른다.

10월 11일

두 손 두 발 다 들었다. 엄마가 돌아온 지 하루가 지나기 전에 두 사람은 그 놈의 끔찍한 중의법 대화를 또 시작했다. 두 분이 계속 이렇게 나온다면 아동 상담 센터에 전화를 해야 할 지도 모르겠다.

엄마: 내가 집 비운 사이에 이 남자들이 제대로 챙겨 먹었을 리가 없지. 오늘 밤은 내가 실컷 먹게 해줄게. 뭐가 먹고 싶나요, 아저씨들?

나: 파이와 으깬 감자가 어때요? 엄청 당기네요.

아빠: 그거 좋은 생각이네. 나는 너희 엄마의 파이를 무척 좋아하거든.

나: (뭔가 수상쩍어 하는 침묵)

엄마: 거기에 뭘 넣어 줬으면 좋겠어?

아빠: 당신 파이에 뭘 넣어야 할지는 내가 아주 잘 알지, 사라.

나: 끔찍해요. 그만 해요!

아빠와 엄마: 뭘 그만해?

동생 몰리: 그래. 뭘 그만해?

나: 파이 얘기요. 파이 얘기는 그만 해요.

엄마: 넌 내가 만든 파이가 싫어?

아빠: 나는 당신 파이가 좋아.

나: 난 내 방에 갑니다.

말은 그렇게 했지만, 사실 엄마의 파이가 너무 먹고 싶었다. 엄마가 만들어준 파이는 정말 맛이 좋았다. 비록 먹으면서 아빠의 눈을 보는 것이 힘들었지만.

"디저트 좀 먹을래?" 내가 식사를 끝내자, 엄마가 물었다.

"그래. 엄마가 오늘 밤에 엄마의 머핀을 꺼내 놓을 거거든." 아빠는 입에 음식을 가득 담은 채 말했다.

나는 역겹다는 표정을 지으며 항의의 표시로 자리에서 일어났다.

"당신, 이제 그만 좀 해. 벤도 자리에 앉고." 엄마가 정리했다. "우리가 단 2분도 한자리에서 함께 식사할 수는 없는 거야?"

나는 아빠에게 경고의 눈빛을 보내며 거칠게 자리에 앉았다.

"도예는 잘 되어가니?" 아빠가 물었고, 처음으로 보인 괜찮은 행동이었다. 엄마가 순간 빠르게 나를 쳐다보았다.

"네. 하지만 다음 수업에 나갈지는 잘 모르겠어요." 나는 잠시 말을 멈췄다가 이어 말했다. "세상에 유명한 도예가(포터)도 없고요."

"해리 포터는?" 동생 몰리가 얼른 말했다.

"베아트릭스 포터(*영국의 유명 아동 문학 작가)는?" 엄마도 말했다.

"그런 포터가 아니라, 내 말은 항아리 같은 것 만드는 사람이요. 음… 뭐라고 하지. 도자기 예술가? 뭐라고 불리든지 간에 어쨌든 난 세계적인 항아리 예술가는 될 수 없다고요. 그게 내 말의 요점이에요." 나는 계속 말을 이었다. "그렇다고 내가 실력이 형편없다는 뜻은 아니고."

"그럼 언제쯤 우리가 네 노력의 결실을 볼 수 있는 거니?" 아빠가 포크로 감자를 한 움큼 퍼서 입에 넣으며 물었다.

엄마가 눈썹을 올리며 나를 바라보았다.

"다음 주요." 나는 당당하게 대답했다.

"오늘 밤은 아니고?" 아빠가 물었다.

"오늘은 안 되죠. 준비된 게 없어요. 다음 주에 집에 가져올게요."

"알겠다. 뭘 가지고 올 건데?"

"깜짝 놀랄걸요." 나는 자신감 있게 말했다.

진실을 안다면 깜짝 놀라는 정도가 아닐 거다. 그런데, 도대체 뭘 보여줘야 하지?

그리고 보니 지구라트도 만들어야 하네. 왜 나는 자꾸 일을 키우는 걸까?

10월 12일

어제저녁 뜨개질 수업에서 우리는 조금 복잡한 것을 배웠다. 유감스럽지만 나는 애를 좀 먹었다. 후퍼 아주머니가 우리에게 준 건 '차 주전자 덮개' 패턴이었고, 보기에는 간단해 보였다. 문제는 내가 하는 방식이었다. 차분하게 한 코씩 뜨는 것은 내 스타일이 아니었다. 먼저 전체 모양을 머릿속에 완전히 숙지하고 작업에 들어가는 것이 내 방식이었는데, 어쩐 일인지 주전자 덮개 패턴은 그게 되지 않았다.

차 주둥이가 나올 공간과 손잡이, 바닥과 뚜껑이 드러날 공간을 고려해야 했는데 제 각각 크기도 달랐다. 여기에 스트랜디드 배색뜨기가 포함되었다. 이 역시 내가 어려워하는 부분이었으니... 모든 게 영 마음에 들지 않았다.

"그냥 패턴만 따라가." 후퍼 아주머니가 내게 말했다. "구멍을 미리 생각하니까 머리가 복잡해지는 거야."

아주머니는 쉽게 말할 수 있겠지. 하지만 어려움은 닥치기 전에 미리 생각해야 하는 것이다. 적어도 내게는 그렇다. 그래야 미리 준비할 수 있다.

10월 15일

나는 두 시간 동안 햄프턴의 자선 가게를 훑었다. 적당한 도자기 그릇을 찾아서 아빠에게 내가 만든 작품이라고 보여주고 위기를 모면할 생각이었지만 시간 낭비였다. 하나 같이 쓸모가 없었다. 이가 나가 있거나 너무 촌스럽거나 '메이드 인 스토크'라는 도장이 찍혀 있었다.

내게 필요한 것은 최근에 만든 것 같으면서도 아마추어 같은 것이었다. 엄마는 수공예품 전시회에 가보라고 했지만 그러려면 일요일까지 기다려야 했다. 내가 아빠에게 내 작품을 보여주기로 약속한 것은 목요일 수업이 끝나고 나서다.

끔찍하고 멍청한 거짓말들이 거미줄처럼 엉켜버렸다... 혹은 뜨개질처럼.

10월 16일

오늘 '니트 위트' 팟캐스트를 듣던 중, 현재 미국의 뜨개질 모임에서 '오션 스프레이 스웨터'가 크게 유행하고 있다는 것을 알았다. 인터넷으로 확인해 보니 꽤 마음에 들었다.

나는 불법 패턴 공유 사이트에서 그 패턴을 내려받았다. 불법 다운로드를 한 것이 마음에 걸렸지만 합법적으로 다운을 받는 데는 19.99달러나 한다. 약 12.50파운드이다.

미친 가격이다. 그 돈이면 맥케이즈에서 스웨터를 살 수도 있다. 오션 스프레이만큼 좋지는 않겠지만 그래도 비싼 것은 비싼 것이다.

어쨌든, 패턴은 좀 복잡해 보이는데, 한번 해볼 만 할 거 같다.

10월 18일

나는 천재다. 복잡한 문제들을 단순한 답으로 풀어버렸다. 일단 문제는 다음 네 가지이다.

아빠는 내가 도예를 배우고 있다고 생각하신다.

그래서 아빠를 믿게 할 증거물이 필요하다.

스왈로 선생님은 도예 수업을 맡고 있다.

그런데 스왈로 선생님은 남자 친구를 위한 탱크 탑이 필요하다.

자, 이제 이 네 가지를 내 천재적인 머리에 집어 넣어보자. 그리고 과감하게 섞어서, 한 시간 동안 끓여보자. 그리고 적당한 양념으로 간을 맞추고 바삭한 빵과 함께 내놓으면, 짜잔!

"선생님, 저랑 거래하실래요?" 나는 스왈로 선생님에게 말했다. 나는 아침 일찍 도예 실습실에 도착했고, 다른 학생들이 오기 전에 교실에 불쑥 들렀다. 그녀는 머리를 뒤로 묶고 있었는데, 왼쪽 관자놀이에 점토가 묻은 것이 보였다. 그 얼룩을 닦아주고 싶은 충동을 누르려고 두 손을 꽉 쥐어야 했다.

"무슨 거래?" 그녀는 매끈하게 잘린 갈색 점토 덩어리를 책상마다 놓으며 말했다.

"곧 엄마 생일이라서 선물을 할까 하는데요. 예쁜 수제 머그컵 세트가 좋을 것 같거든요."

"아! 알겠다. 탱크 탑을 머그컵과 교환하고 싶다는 거지?" 그녀는 하던 일을 멈추고 나에게 미소를 지었다.

나는 고개를 끄덕였다.

"하지만 네가 만든 탱크 탑은 정말 예쁘잖아. 못생긴 머그잔 세트랑 바꾸는 것은 공평하지 않은 것 같은데."

"저는 선생님의 것...이 정말 멋지다고 생각해요. 엣시에 올리신 상품들을 봤거든요. 정말 끝내줬어요!"

"그렇게 말해주면 내가 고맙지. 그래도 머그컵 네 개와 바꾸는 것은 양심에 찔러. 내가 화분 하나 더 만들어 주면 어떨까?"

"그럼 그렇게 해주세요." 계약 완료!

"이건 지구라트에 필요해서요." 나는 약간의 점토를 챙기면서 말했다. 교실을 나오면서 점토를 사악하게 두 손에 문질렀다.

그리고 오늘 뜨개질 수업에서 드디어 멍청하기 짝이 없는 차 주전자 덮개 패턴을 마무리했다. 정말 재미없었지만, 어쨌든 완성은 했다. 다시는 이걸 만들지 않을 거다. 분명 내 취향은 아니다!

10월 19일

최종 결과! 오늘 학교에서 스왈로 선생님이 내게 머그컵 세트와 화분을 주셨다. 화분은 창고 뒤에 있는 낡은 방수포 밑에 숨겼다. 이건 나중에 쓸 생각이다. 이제 다음 주 수업이 끝난 후 머그컵 세트를 아빠에게 선물로 드리면 모든 게 끝난다.

나는 역시 머리가 좋다. 천재다!

다른 소식도 있다. 오늘 드디어 배관공이 집에 와서 아빠에게 배관이 막혔다고 확실하게 말했다. 아주 좋다. 내가 지금까지 아빠에게 얼마나 했던 말인가. 게다가 물에서 뭔가가 나온 것이 밝혀졌다! 그래서 기관에 연락을 취했다고 한다. 내 이럴 줄 알았다. 그래서 내가 마르고 수염도 안 난 거다. 나는 천천히 독에 중독되었던 게 분명하다. 이제 물통을 가져가서 학교에서 물을 채워야겠다. 한 달이면 체격도 건장해지고 수염도 덥수룩하게 자라겠지.

오늘 밤 파티에 입고 갈 적당한 옷이 없다. 이제 와서 떨리고 긴장되다니. 메건을 위한 게 아니라면, 내가 그곳에 갈 일도 없었을 거다. 제발 친구들이 나를 쪽팔리게 하지 않기를 바랄 뿐이다.

그리고 나 또한 그렇게 만들지 않기를.

10월 20일

그래. 파티.

이보다 더 좋아질 순 없고, 이보다 더 나쁠 수도 없을 거다.

젝스와 나는 조즈를 만났다. 그는 자전거를 타고 있었고, 우리는 걸어서 프레야의 집으로 향했다. 집은 새로운 주택 개발 단지에 있없는데, 크고 화려했다. 집으로 들어가기 전, 젝스가 가방에서 술을 꺼내서 모두에게 한 병씩 주었다. 내가 받은 것은 마티니 루소였다.

"너 장난하냐?" 나는 술병을 보며 말했다.

"그게 너에게 어울린다고 생각했는데, 아니냐?" 녀석은 조금 놀란 듯 말했다.

"정말로 나하고 마티니 루소가 어울린다고 생각하냐, 넌?"

"그럼 뭐가 어울리는데?" 프레디가 물었다.

"그러게. 그럼 도대체 뭐가 어울리는데?" 젝스가 똑같이 되물었다.

"나도 잘 모르겠어. 하지만 이것은 진짜 아니야."

"야, 그냥 파티에 들어가려고 준 거야. 넌 숙맥이라서 어차피 마실 것도 아니잖아."

"나는 숙맥이 아니야. 그러니까 내 말은, 나도 남자라고. 하지만 취해서 아무 곳에나 토해 놓아야 멋진 파티는 아니잖아." 내가 반박했다.

"아무렴 어때. 빙구야!" 젝스가 한숨을 내쉬며 말했다.

첫 번째 안 좋은 예감은 브리아나 무어가 문을 열어줬는데, 우리를 알아보지 못했을 때였다.

"ID 보여줘." 그녀가 미심쩍어하며 말했다.

"브리아나... 우리야." 내가 말했다. "우리 같은 학교에 다니잖아."

"그런가...?" 그녀가 이마를 찡그리며 우리를 살펴봤다.

"그럼 들여보내 주는 거지?" 조즈가 물었다.

"파티에 대해선 도대체 어떻게 알고 찾아온 거야?" 그녀는 조즈의 말을 무시한 채, 계속 질문을 이어갔다. "페이스북에도 안 올려났는데."

"프레야가 초대했어." 젝스가 아무렇게나 둘러댔다. "걔가 우릴 다 초대했다고."

"식스 폼 애들만 초대 했는데." 브리아나가 말했다.

"우리 모두 식스 폼이야. 너하고 난 작년에 지리학 수업도 같이 들었잖아. 기억 안 나?" 내가 말했다.

"너하고 내가?" 그녀가 나를 살피며 말했다.

"그래, 너하고 나. 네가 바로 내 뒷좌석에 앉았다고." 나는 그녀가 나를 기억하지 못한다는 것에 놀랐다.

"네가 무슨. 내 앞자리는 검은 머리칼에 좀 모자라 보이는 애였는데."

"그게 나야!" 나는 뒤로 돌아 그녀에게 내 뒷머리를 보여주었다.

다행히 이때 마침, 프레야와 그녀의 친구 재스민이 문으로 와서는 우리를 들여보내 줬다.

프레야는 위층에 아빠가 있고, 지금 두통과 함께 5번 아이언 골프채를 들고 있으니까 살고 싶으면 얼씬거리지 말라고 경고했다.

일단 안으로 들어가 보니, 아주 평범한 파티였다. 모두들 칵테일에 취한 채 음악 소리와 목청껏 싸워가며 짝을 이뤄 대화를 하고 있었다. 우리가 오기 전에 이미 이런 분위기로 오랜 시간을 지났던 것이 분명하다. 우리가 집 안에 서둘러 들어서자마자 프레디가 누군가의 토사물을 밟아서 거의 넘어질 뻔했었으니까.

"우리도 술을 섞어보자!" 프레디가 말했다.

우리는 우리끼리 가져온 다양한 술을 부어주고 마시며(나를 포함해서 누구도 마티니 루소를 마시고 싶어 하지 않았다), 부엌에 어색하게 서 있었다. 나는 계속 메건이 어디에 있는지 살펴보았지만 보이지 않았다. 그녀는 내가 녀석들과 이 파티에 온 단 하나의 이유였다.

"네가 항상 취해 있다고 생각해 봐." 프레디가 말했다.

"카터 씨처럼 말이지?" 조즈가 물었다.

"그게 아니라 세상 모든 사람들이 항상 취해 있다고 생각해봐. 마치 그게 정상인 것처럼. 그럼 술을 한 모금 마셔야만 우리는 제정신인 거지."

우리 모두 나름 녀석의 말을 이해하느라 잠시 아무 말도 하지 않았다.

"그래!" 젝스가 말했다. "그럼 사람들은 아침에 일어나서 이렇게 말하겠네. '나는 더블 보드카와 뮤즐리가 없으면 하루를 시작할 수도 없어.' 마치 지금의 차나 커피를 찾듯이 말이야."

"그렇지. 그럼 축구 선수들은 중요한 시합 48시간 전부터 음주를 해야 하는 거야. 최고의 컨디션을 유지해야 하니까." 프레디가 말했다. "그러면 학교생활은 좀 더 재밌어질 거고." 녀석이 계속 떠들어 댔다.

"생각해 볼만 하네." 조즈가 말했다.

"확실히 그러네." 젝스가 위스키와 진저에일을 홀짝거리며 말했다.

"너희가 말하는 그거, 이미 설명하는 용어가 있어." 내가 말했다.

"정말로?" 조즈가 물었다.

"응. 알코올 중독이라고 하지."

고맙게도 이쯤에서 프레야와 재스민이 우리 쪽으로 와서 말을 걸어줬다. 말을 나누다 보니 둘 다 좋은 아이들이었다. 프레야는 평범하게 생겼지만, 재스민은 검고 큰 눈을 가진 예쁜 외모에 얼굴에서 계속 웃음이 떠나지 않았다. 여자는 사악한 종이라는 조즈 조차 잠시 입을 다물었다. 젝스는 프레야에게 한 마디도 하지 않았다. 이건 상대에게 자기가 호감이 있다는 것을 표현하는 녀석만의 방식이다. 프레디는 재스민에게 자신의 필살기를 시전했는데, 그건 그녀에게 약물을 주겠다는 수작을 부리는 것이었다. 사실 녀석은 그런 것을 가지고 있지도 않고 구할 수도 없었다. 잠시 후, 여자애들은 자리를 떴는데 재스민이 슬쩍 돌아와 젝스에게 쪽지를 건넸다.

젝스가 그것을 보다가 프레디에게 읽으라고 넘겼다. 젝스는 필기체를 잘 읽지 못한다.

"프레야가 너를 만나고 싶다는데. 11시에 자기 방에서." 프레디가 말했다. "방은 맨 위층 왼쪽에서 두 번째래. 그런데 그 전에 아빠가 있는 방을 지나가야 하니 조심해야 한대. 그래서 뭔가 아빠의 주의를 끌어서 아래층에 내려오시게 만들면 그때 네가 슬그머니 올라오면 된다네."

"좋아. 뭔가 주의를 분산시켜야겠어." 잭스가 자신의 계획을 말하기 시작했다. 여기에서, 이야기를 더 진행시키기 전에 꼭 일러두고 싶은 것이 있다. 나는 녀석의 생각에 유일하게 반대표를 던졌다는 사실이다. 녀석의 계획은 너무 위험했고 제대로 될 리가 없었다. 하지만 늘 그렇듯이 나의 반대표는 나머지 놈들의 찬성으로 있으나 마나였다. 그래서 11시가 되기 전에 조즈와 프레디가 밖으로 나갔다. 2분 후 조즈가 초인종을 눌렀고, 대기하던 내가 문을 열어주자 프레디가 BMX 자전거를 타고 집안으로 전속력으로 들어와서는 집안을 휘젓고 뒤쪽에 있는 온실 문밖으로 나가버렸다.

집은 아비규환이 되어서 여자들은 비명을 지르고, 남자들은 프레디에게 물건을 집어 던졌다. 누군가는 변호사를 찾았고, 긴급전화망이 피해자들을 위해 설치되었으며, 정부는 비상사태를 선포했다. 그만큼 정신이 없었다는 뜻이다. 아무튼 이 소란에 프레야의 아빠가 뛰쳐나와서, 정원으로 달아난 프레디 뒤를 골프채를 휘두르며 쫓아다녔다. 이 틈을 타 잭스가 위층으로 서둘러 올라갔다. 언제나 그렇듯 조즈는 사라지고 없었다. 나는 혼자 부엌으로 갔다. 그곳은 텅 비어있었는데 모두들 프레야의 아빠가 침입자의 뒤를 쫓아 달리며 골프채로 때리는 모습을 구경하러 갔기 때문이다. 나중에 안 사실이지만 프레야의 아빠는 불쌍한 프레디를 끝까지 쫓아갔다고 한다. 결국 프레디는 영화 〈대탈주〉의 마지막 장면처럼 BMX를 탄 채 수로로 뛰어들 수밖에 없었다. 녀석은 다음 날 아침에야 다시 가서 자전거를 건져냈다고 한다.

나는 부엌에서 아직 아무도 손을 대지 않은 나의 마티니 루소를 찾았다.

"그거 마실 생각이야?" 뒤에서 부드러운 목소리가 들렸다.

메건이었다.

그녀는 무척 아름다웠다. 화장을 좀 진하게 해서 그녀의 모습은 만화로 그려진 거 같기도 하고, 마치 그녀의 아바타가 내 앞에 서 있는 것 같았다.

"물론." 나는 갑자기 긴장되었다. 나는 뚜껑을 열고는 플라스틱 컵 두 개를 잡았다.

"너 그거랑 뭐가 잘 어울리는 줄 알아?" 그녀가 물었다. 나는 고개를 저었다.

"사과주스." 그녀가 눈썹을 한 번 치켜올리며 대답하더니 냉장고로 사과주스를 가지러 갔다.

그녀 말이 맞았다. 마티니 루소와 사과주스는 궁합이 잘 맞았다. 알코올 맛이 전혀 느껴지지도 않았다. 그녀가 빠르게 잔을 비우더니 한 잔 더 달라며 컵을 내밀었다.

"이걸 뭐라고 불러야 하지?" 내가 물었다. "애플소?"

"루소플은 어때?" 그녀가 대답했다.

여자하고 무슨 대화를 하면 좋지? 여자애들은 〈쉴드〉나 〈데이브〉 같은 드라마는 안보겠지. 내가 뜨개질을 시작한 것을 이야기해도 될까? 안 돼, 정신 차려, 벤! 나는 속으로 생각했다. 그건 너무 막나가는 거다. 내가 그녀에게 그녀의 엄마를 좋아한다고 말하는 것과 같은 것이다.

무슨 말을 해야 할지 모르는 위기의 상황에서 나를 구한 것은 위층에서 들린 비명소리였다. 우리가 다급히 거실로 나가자 계단을 한 번에 세 개씩 건너뛰며 내려오는 젝스가 보였다. 녀석은 반쯤 넋이 나간 표정이었다. 그 뒤를 헝클어진 머리에 잠옷을 입은 한 여자가 뒤를 쫓았는데, 프레야의 엄마인 듯했다.

"방 번호가 잘못되었어!" 녀석이 거실을 지나면서 소리쳤다. "망할 방 번호가 틀렸다고!" 그렇게 현관 밖으로 달려 나간 녀석은 거리의 어둠 속으로 사라졌다.

사람들이 하나둘씩 돌아와서 TV를 보기 시작했다. 메건이 사람들을 피해서 응접실로 가자고 내게 말했다.

"여기는 들어가면 안 될 것 같은데. 문도 잠겨 있잖아. 프레야가 그러는데 새로 산 흰색 카펫이 깔려 있다고 했거든." 내가 말했다.

"내가 들어갈 수 있는 다른 길을 알고 있어. 자주 와 봐서 이곳은 눈감고도 알아." 그녀가 말했다.

그녀는 나를 다용도실을 지나 비어 있는 어두운 응접실 안으로 나를 이끌었다.

"너 진심이야?" 나는 진짜로 이 방에 있을 생각인지를 물은 것인데, "응, 진심이야."라며 그녀는 내게 키스를 했다.

솔직히 나는 깜짝 놀랐다. 지금까지 제대로 된 키스를 정말 단 한 번도 해 본 적이 없었다. 그래서 어떻게 묘사를 해야 할지도 모르겠다. 뭐랄까... 육감적이었다고 해야 할까. 메건이 나의 입술을 거의 씹다시피 했다. 멈추지 않고 나도 내 뒤의 탁자에 술병을 내려놓고 그녀의 입술을 깨물었다.

그때 응접실의 문이 열리며 빛이 안으로 들어왔다. 프레야의 엄마였다. "이게 무슨..." 그녀가 방의 불을 켜며 말했다. 메건이 몸을 돌려 그녀를 보았고 나는 문을 향해 서 있었다.

"그게 뭐야?" 프레야의 엄마가 손으로 내 가랑이 쪽을 가리키며 비명을 질렀다.

메건도 몸을 돌려 쳐다보더니 기겁을 했다. "엄마야!"

뭐라고? 나는 당황했다. 내 가랑이에 무슨 일이 일어났길래? 하지만 그녀들의 시선이 향한 곳은 내 가랑이가 아니었다. 나는 휙 뒤돌아보았다. 망할 마티니 루소가 탁자에서 떨어져 새로 산 프레야네 흰색 카펫 위로 선명한 붉은 액체를 콸콸 쏟아내고 있었다. 그녀들이 비명을 지른 것이 내 가랑이 쪽 문제 때문이 아닌 것을 알고는 조금 마음이 놓였다. 하지만 지금 벌어진 상황은 거의 그것 만큼이나 나빴다.

말하기 부끄럽지만 우리는 그 난장판에서 그냥 도망쳤다. 거실의 사람들 무리 어딘가에서 나는 메건의 손을 놓쳤고 그것으로 나의 파티도 끝났다. 그래도 앞서나가지 못한다면 적어도 동점으로 마무리되는 것이 더 낫다는 생각을 했다. 카펫에 마티니 루소를 엎지른 것 때문에 프레야의 엄마에게서 전화가 걸려 오지 않을까 걱정이 되었다. 하지만 이런 걱정도 메건이 내게 키스를 했다는 생각을 하면 씻은 듯이 사라졌다.

이제는 분명 내 친구 요청을 받아주겠지? 메건이 페이스북에 빠져서 사는 것 같지는 않지만, 언젠간 확인해보지 않겠어? 그럼 이제는 아마도 거절하지는 않을 거다. 그렇겠지? 하지만 그날의 경험이 그녀의 마음을 망설이게 만드는 것은 아닐지 조금 걱정이 됐다.

어쨌든 다음 날 아침, 우리는 프레디의 집 밖 햇살 아래 둘러앉았다. 우리는 말을 하지 않으려는 젝스를 구슬려서 어젯밤 이야기의 퍼즐을 맞췄다. 녀석은 계획대로 어두운 침실에 들어가는 데 성공했다. 거기서 한 여자가 침대에 누워있는 것을 본 녀석은 프레야가 미리 준비를 끝냈다고 판단하고 '야호!'를 외치며 아무런 의심 없이 침대 위로 몸을 날렸다. 하지만 그 침대 위에 누워 있었던 것은 프레야가 아니라 그녀의 엄마였던 것이다.

"뇌는 장식으로 가지고 다니냐? 멍청아." 프레디가 숨도 제대로 못 쉬며 웃어댔다.

"네가 왼쪽에서 세 번째라고 그랬잖아! 아니야?" 젝스가 화를 내며 말했다.

"뭔 소리냐! 나는 분명히 왼쪽에서 두 번째라고 했어. 내가 왜 세 번째라고 말하냐?" 프레디가 말했다.

"이 멍청아. 너 분명히 세 번째라고 했거든. 그렇지? 애가 세 번째라고 했지?" 젝스가 나를 보며 물었다.

"솔직히 기억이 안 난다." 나는 어깨를 으쓱하며 말했다. 내 정신은 이미 다른 곳에 있었다. 어젯밤 키스가 머리에서 떠나지 않았다. 그리고 프레야의 엄마가 부모님께 전화를 걸지 않을까 하는 걱정이 계속해서 나를 괴롭혔다. 녀석들에게 메건과 키스한 이야기는 털어놓지 않았다. 어떤 19금 이야기를 쏟아낼지 눈에 선했다.

"망했어. 어젯밤은 완전히 나가리야!" 프레디가 말했다.

"우리 모두 망한 것은 아니야." 조즈가 목에 난 선명한 키스 마크를 보여주며 말했다.

우리는 녀석을 경이로운 눈으로 바라봤다.

"재스민과 계단 아래에서." 녀석이 말했다.

이런. 생각지도 못한 반전이었다.

이제 녀석의 〈그레이엄의 50가지 그림자〉를 진지하게 읽어야겠다.

10월 22일

프렌샴 아주머니와의 관계에 희망이 보이기 시작했다. 오늘 우리는 대화를 나누었다. 아주머니는 내게 차를 내왔다. 그녀는 잠시 우두커니 서서 내가 차를 마시는 것을 뚫어지게 보았다. 차에 청산가리라도 탄 것일까? 내가 순진한 아이처럼 끝까지 잔을 비우는 것을 직접 보고 싶은 것 같았다. 아주머니는 아무 말도 하지 않았다. 손에는 차를 들고 있었으나, 정작 입에도 대지 않았다.

"아주머니는 햄프턴에서 태어나셨나요?" 어색한 분위기를 깨려고 내가 먼저 말을 걸었다.

"포츠머스." 그녀가 짧게 대답했다.

"다른 가족 분들도 여기 함께 사세요?" 잠시 후, 나는 그녀가 가져다준 이요르 캐릭터가 그려진 이가 나간 머그컵에 입을 대면서 물었다.

"가족이라…" 그녀가 내뱉듯이 말했다. 목소리의 분위기로 봐서는, 가족들을 먼저 청산가리 차로 보내버린 것이 아닐까 하는 생각이 들었다.

"가족들과 연락하고 지내지 않으세요?" 나는 안타까운 목소리로 물었다.

"그딴 것은 해서 뭐하게?" 그녀가 말했다.

"그래도 가끔씩은 대화가 도움이 되기도 하죠." 나는 어깨를 으쓱하며 말했다.

"사람들은 말이 너무 많아. 그냥 내버려 둔 것은 그냥 두는 게 제일이야. 왜 굳이 다 들쑤셔 버리는 거지?"

"저도 모르죠. 토니 로빈슨(*영국의 코미디언 배우이자 TV 프로그램 진행자)이나 알겠죠."

아주머니는 집 안으로 돌아갈 기색이 없어 보였다. 잠시 후 그녀가 말했다. "나는 싫다. 가족이."

"다들 그렇죠." 나는 그녀가 이제 차 좀 마셔줬으면 했다. 차에 독이 없다고 안심할 수 있도록.

"그래도 조카딸은 착해. 종종 나에게 연락해서 근황도 물어보고 그래."

"그 외엔 연락하고 지내는 사람은 없어요?"

"없어." 그녀가 대답하고는, 드디어 차를 한 모금 마셨다. 나는 그제야 안도의 한숨을 쉬었다. "내 어머니가 돌아가셨을 때, 어머니의 결혼반지를 두고 다툼이 좀 있었어."

"그때가 언제인데요?"

"1969년."

나는 마시던 차를 뿜었다.

"1969년이요? 그때가 몇 살이셨는데요?"

"내 여동생이 나에게서 어머니 반지를 가로채려고 했다는 것을 알만큼은 먹었다." 그녀가 말했다. "그때부터 점점 사이가 멀어졌어."

"그래도 조카분과는 사이가 좋아서 다행이네요."

"그 아이도 뭔가 이상한 면이 있어." 그녀는 잠시 아무 말도 없었다. "아기 이름을 스팩터(*여기에서 이름은 Spector이지만 같은 발음의 specter는 유령, 요괴라는 뜻이다)라고 지었더라고."

"정말요?"

"정말로. 바보 같은 이름이지."

"어차피 미래에는 다들 바보 같은 이름을 가지게 될 거예요."

여기까지다. 프렌샵 아주머니와 나눈 이상한 대화는. 왠지 그녀는 프레디의 선문답 같은 이야기와 어울릴 것 같았다. 다음에 녀석의 선문답을 아주머니에게 들려주는 것도 좋지 않을까.

내일 건터 씨에게 전화해서 오늘 있었던 일을 이야기 해줘야겠다. 전화 이야기를 하니 생각난 게 있다. 오늘 학교에서 메건을 찾았으나 그녀는 아파서 결석했다고 한다. 여전히 그녀는 나의 친구 요청을 승낙하지 않고 있다. 대신 재스민을 보았는데, 그녀는 메건과도 친구인 걸로 알고 있다. 재스민은 스카프를 매고 있었는데, 짐작컨대 목에 키스 마크가 생긴 게 조즈만은 아닌 것 같다.

"안녕, 재스민!" 나는 자연스럽게 인사를 건넸다.

"안녕, 벤." 그녀가 조금 경계하며 말했다.

"메건 전화번호 알고 있어?"

"어."

"나 좀 알려줄래?"

"메건 전화번호는 왜 알려고 하는데?"

"문자 좀 보내려고. 토요일 밤에 고마웠다고…"

"왜? 토요일 밤에 무슨 일이 있었는데?"

나는 당황해서 잠시 머뭇거렸다. "메건이… 아무 말도 안 했어?"

"무슨 말?"

여자들은 왜 이런 상황에서 서로를 보호해주려고 하는 걸까? 여자들에게 세상의 모든 남자는 먹잇감의 주위를 도는 상어와 같은 존재인가 보다. 여자들은 난파된 배에서 탈출해 한 곳에 모여 떨고 있는 선원들이고 말이다. 메건의 친구라면 이럴 때 나와 메건을 하나로 이어줘야 하는 것이다. 하지만 그녀는 나와 메건 사이에 방어벽을 쌓고, 내 눈에 작살총을 쏠 기세다.

"나에 관해서." 내가 말했다.

"아니. 너에 관해서 메건은 아무 말도 한 게 없어. 걔는 그날 완전히 술에 취해서 파티에서의 일은 전혀 기억이 없어."

재스민은 내가 그녀에게 음흉한 제안이라도 한 것처럼 경멸하는 눈빛으로 나를 쳐다보고는 자리에서 일어나 가버렸다.

"키스 마크 근사하네." 나는 떠난 그녀에게 짜증을 내뱉었다.

재스민의 말을 믿어도 되는 걸까? 메건과 만났었을 때 그녀는 이미 약간 취한 듯 보이긴 했다. 그리고 두어 잔을 더 마셨다. 그녀가 그날 취했던 거라면 왜 나를 피하는지도 명확히 설명이 된다. 그럼 이게 무슨 의미이지? 그녀는 나를 좋아하는 것이 아니었나? 단지 술에 취한 대화였던 건가? 아니면 단지 그날 마신 루소플이 그녀가 억압해 왔던 육체의 갈증과 욕망을 드러내게 한 것일까?

젠장! 〈그레이엄의 50가지 그림자〉를 너무 많이 읽었나보다. 그러고 보니 조즈가 새 원고 여섯 일곱 쪽을 내게 줘서 편집을 해야 한다. 이야기는 조금씩 좋아지고 있다. 이야기는 흐르고 흘러 그레이엄과 데이지는 거대한 비즈니스의 세계에 끼어들게 되었다. 그리고 갖가지 유혹과 도덕적 딜레마가 얽혀있다. 원고는 침대 밑에 숨겨둔 비밀 상자에 보관했다. 상자 안에는 점토, 〈월간 뜨개질〉 세 권이 들어 있다. 그리고 상자의 바닥에는 내가 실제로 뜨개질 한 것들과 야한 잡지도 몇 권 있다. 사실 요즘 그 잡지들엔 좀처럼 눈이 가지 않는다.

10월 23일

오늘 학교에서 드디어 메건을 보았다. 그녀는 프레야 포터와 함께 교정을 걷고 있었다. 내 모습이 보이지 않게 거리를 두고 그녀의 뒤를 따르며 단 둘이 이야기를 할 기회를 엿보았다. 드디어 기회가 왔다. 프레야가 화장실에 가고 메건이 밖에서 기다릴 모양이다. 그런데 갑자기 프레야가 메건에게 뭐라고 말했다. 화장실에 같이 가자고 하는 게 분명했다. 여자들은 왜 화장실에 함께 가는 것일까? 도대체 그곳에서 같이 할 일이 뭐가 있는 거지? 산파 같은 것일까? 서로의 손을 잡아주며 '힘내라고' 응원이라도 해주는 걸까? 달래기라도 하는 걸까?

수업 종이 울리기 직전이 되어서야 둘은 서로 떨어졌다. 나는 재빨리 달려서 과학실 근처를 지나는 그녀 앞에 섰다.

"오, 안녕?" 나는 놀란 척하며 말했다. 급하게 달려서인지 숨이 찼다.

"우릴 따라온 거야?" 그녀가 물었다.

"뭐? 따라왔냐고?"

메건은 계속 걸었다. 우리는 몇 분 내에 교실에 들어가야 했다.

"나하고 프레야 말이야. 어디를 가도 네가 보이던데. 클레어 발딩 (＊영국의 언론인이자 TV 프로그램 진행자)처럼."

"그냥 우연이겠지." 나는 별거 아닌 듯 말했다. "지난 토요일 파티는 재밌었어. 그렇지?"

그녀는 눈을 굴렸다. "나는 기억이 하나도 안 나. 너무 많이 취했었나 봐. 근데 너도 이쪽으로 가니?"

"응." 거짓말이다. 사실 나는 반대쪽으로 가야 한다. "정말 아무것도 기억이 안나?"

"진짜 아무것도. 프레디가 BMX 자전거로 집을 휘젓고 다녔다는 이야기는 들었어."

"그래, 그랬지." 나는 좀 과하게 웃어서 뜻하지 않게 돼지 소리가 났다. "혹시 그밖에 다른 거는...?"

"프레야네 아빠가 골프채를 들고 젝스를 잡으러 다녔다며?"

"맞아. 그거 진짜 웃겼어." 나는 점점 조바심이 났다. 이제 그녀의 교실까지 얼마 남지 않았다. "그런데 정말 다른 기억은 없어? 그이후에 있었던 일 같은 거라든지?"

그녀가 돌아서서 나를 보며 미소를 지었다. 아! 나를 놀리고 있는 거구나. 기억하고 있다, 그녀는.

"아니. 진짜로 아무것도 기억 안 나." 그녀가 말했다.

그녀는 교실로 걸어갔다. 그녀의 모습을 지켜보는 나의 마음은 돌덩이 같았다. 어떻게 기억하지 못할 수 있지?

바로 그때, 그녀가 돌아봤다. 내가 계속 자신을 지켜보는지 확인하려는 듯이. 그리고 그녀는 웃으며 말했다. "어. 아무것도 기어이 안 나. 우리가 키스했다는 것 빼고."

그 후 그녀는 곧 교실로 쏟아져 들어가는 학생들 속으로 사라졌다.

나는 웃음이 나왔다. 몸을 돌려 그로버 선생님의 지리학 수업을 향해 내달렸다.

10월 24일

엘레베이터의 문이 닫히고 우리는 위로 올라가기 시작했다.

갑자기 내가 반응할 새도 없이 데이지는 내게 몸을 붙이고 입술에 키스를 했다. 그녀는 안경을 쓰고 검은 머리칼을 뒤로 묶고 있었다. 그녀는 몸에 달라붙는 짧은 스커트와 솟아오른 가슴에 딱 붙는 블라우스를 입고 있었다. 그녀는 금방이라도 터질 것 같은 다이너마이트처럼 보였다.

"지금 뭐 하는 거야? 필드 양! 지금 우리를 백만장자로 만들어줄 중요한 회의에 참석하러 가는 중인 것 몰라?" 내가 말했다.

"나는 돈에는 관심 없어." 그녀가 뾰족한 구두 힐로 엘리베이터의 빨간색 버튼을 치며 말했다. 엘리베이터가 흔들리면서 멈춰 섰다. "지금 내게 꼭 필요한 것은 당신뿐이야." 그녀가 블라우스를 벗었고 검은색 브래지어가 드러났다. 내가 그녀의 스물한 번째 생일에 선물로 사준 것이다.

나는 그녀의 모습을 보며 씨익 웃었다.

"당신도 절대 거절 못할 거라는 것 알아. 중요한 회의에 들어가기 전에 당신의 욕정을 풀어주려는 거야. 그래야 회의에 집중할 수 있잖아." 그녀가 말했다.

그녀의 브래지어가 엘리베이터 바닥에 떨어졌다. 그녀가 몸을 밀착시키며 내 귀에 부드럽게 속삭였다.

"어떤 회의든 시작하기 전에 제대로 준비를 하고 가야지. 안 그래?" 그녀가 말했다.

"그럼 준비해. 필드 양." 나는 혁대를 풀면서 말했다.

20분 후에 나는 바지를 다시 입고 데이지의 스커트 지퍼를 올려주었다. 그때 사람들이 우리를 쳐다보고 있다는 것을 깨달았다.

"흠..." 나는 얼굴을 찡그리며 말했다. "유리로 된 엘리베이터를 타고 있다는 것을 깜박했군."

데이지도 그제야 몸을 돌려 반대편 건물에서 열댓 명의 사무직원들이 박수를 치며 환호하고 있는 것을 보았다.

"나는 하나도 부끄럽지 않아." 그녀가 그들을 향해 손을 흔들면서 말했다. 그러곤 몸을 돌려 나의 바지의 일부분을 움켜잡았다.

"그리고 당신도..."

데이지와 그레이엄의 욕망이 이제 막 시작한 그들의 사업을 좌초시킬 것인가? 그들의 사업에 대한 욕망과 또 다른 욕망이 서로를 더 키우는 관계인 것일까? 나는 앞으로 이야기가 어떻게 흐를지 감도

잡을 수 없다. 그리고 솔직히 어느 쪽이든 별로 관심도 없다.

10월 25일

방과 후 저녁에 아빠에게 머그컵을 드렸다. 정말 놀라신 것 같았다. 나는 스스로가 조금 자랑스러웠다. 그 머그컵은 내가 직접 만든 것도 아니고 내 인생이 거짓말투성이라는 것이 기억나기 전까지는.

아빠는 그 머그컵에 차를 따라서 드시면서, 내게 활짝 웃으셨다. 엄지척과 함께.

"다음에는 또 뭘 만들 거니?" 아빠가 물었다.

"화분이요." 나는 또 거짓말을 했다. 솔직해질 수 있는 또 한 번의 기회를 무시하면서.

나는 지옥에 갈 거다.

10월 26일

지난번 뜨개질 수업에서 후퍼 아주머니는 패턴을 디자인 하는 방법과 그것을 다른 사람들이 따라 할 수 있게 기호로 표시하는 방법을 가르쳐주었다. 패턴은 마치 프로그래밍 언어인 기계 코드와 같았다. 아주머니는 우리에게 스카프와 같이 간단한 패턴부터 기호로 표시해 보라고 했다. 그 후 좀 더 복잡한 세로 뜨개질과 가로 뜨개질의 표시는 어떻게 해야 하는지 보여주었다. 코 마무리 표시 등등, 뜨개질 패턴은 기호학이었다. 나는 아주 매료되었지만 몇몇 여성은 전혀 이해하지 못하고 있었다. 지금 생각해보면 그녀들이 나만큼 빠져들지 못한 것은 그녀들이 여자이기 때문이라서가 아니라, 그녀들이 나만큼 오타쿠가 아니기 때문인 것 같다.

후퍼 아주머니는 우리가 제출해야 하는 과제 중 하나가 자신만의 패턴을 생각해 내는 것임을 상기시켰다.

"복잡하고 어려운 것을 생각할 필요는 없습니다." 그녀가 친절히 설명을 이어갔다. "평범한 스웨터 정도면 충분해요. 소매 끝을 좁게 하거나 넓게 만드는 것 정도는 추가할 수 있겠죠. 아니면 일반적인 것보다 더 길게 만들 수도 있고요. 그게 어떤 것이든 여러분들이 생각한 것을 보여주려면 표준 패턴에 변형한 것을 포함시키는 방법을 이해하고 있어야 해요."

아주머니는 우리에게 10분 동안 작업해 보라고 했고, 나는 금세 뜨개질 코드에 빠져버렸다. 머릿속으로 온갖 다양한 패턴들과 엉뚱한 디자인들이 떠올랐다. 팔이 세 개 달린 스웨터나 날개가 달린 우주복 같은 것들이다. 나의 원본 패턴인 Mk1은 새로 떠오른 패턴으로 빠르게 교체되었다. 나는 패턴 Mk2를 만들기로 마음을 굳혔다. 이름하여, 2Patz!

"벤?" 그때 누군가 나를 불렀다. "벤?"

나타샤였다.

"미안해요."

"무슨 생각을 그렇게 해?" 그녀가 웃으며 물었다. "여자 친구 생각?"

"저 여자 친구 없어요."

"사귀고 싶어 하는 여자들이 줄을 설 것 같은데."

"자존감을 높여줘서 고마워요. 하지만 없어요." 나는 웃었다.

월요일에 학교에서 메건이 내게 한 말이 기억났지만, 아직 공식적으로 우린 아무 사이도 아니다. 나타샤에게 수줍게 웃고는 다시 패턴으로 관심을 돌렸다.

뜨개질 수업의 사람들은 다 이렇게 용기를 준다.

스왈로 선생님에게 조금씩 얻어 모아둔 점토를 침대 밑 비밀 상자에 숨겨두었다. 굳지 않게 축축한 신문지로 감싸뒀지만, 어서 지구라트를 만드는 것을 시작해야 할 것 같다. 아빠가 발견하고 이것들이 다 뭐냐고 묻는다면 큰일이다.

결국 오늘 밤 숙제는 끝내지 못했다. 온종일 노트에 끄적거리며 나만의 멋진 패턴을 생각해 내려고 시간을 보냈지만 허사였다. 그렇다고 평범한 패턴을 제출하고 싶지는 않다. 인터넷에서 팔아도 될 만한 그럴듯한 것을 만들고 싶다.

2Partz가 아마도 그렇게 될 거다.

10월 28일

결국 랜스 암스트롱이 약물을 사용한 것으로 드러났다.

"그는 안 돼! 도대체 영웅이 남아 있기는 한 거야?" 아빠가 말했다.

"프랭크 램파드가 남았잖아요." 내가 말했다.

"보리스 존슨(＊영국 총리)은 어때요?" 엄마도 한 명을 생각해 냈다.

"해리 포터도!" 동생 몰리도 거들었다.

아빠가 어깨를 으쓱하며 말했다. "그래. 어쩌면… 그런데 그들도 시간문제일 수도 있어. 물건을 훔치다가, 바람을 피우다가 아니면 거짓말을 하다가 들켜서, 나를 실망시킬지도 모르는 일이지." 아빠가 마지막 말을 할 때, 잠깐 나를 쳐다본 것도 같았다. 가슴이 철렁했다.

아빠는 혹시 알고 있는 것일까? 이런 거 정말 싫다. 빨리 모든 것을 털어놔야겠다.

11월 2일

오늘 건터 씨와 나눈 대화는 정말 이상했다. 우연히 나의 보호관찰 판결문을 다시 읽게 되었는데 뭐가 깔끔하게 이해되지 않는 곳이 있었다. 나는 이메일보다는 직접 그녀에게 전화하는 것이 좋겠다고 판단했다.

"안녕하세요. 건터 씨. 저 벤 플레처예요."

"안녕, 벤. 전화한 것이 너라서 다행이다." 그녀의 목소리에 기운이 없었다.

"정말요?"

"정말이야. 너도 내가 하는 일을 알잖아. 온종일 전화가 오는데, 또 그게 전부 사건 사고잖아. 너는 뭔가 사고를 쳐서 전화한 것은 아닐 테니까. 그렇지?" 마지막 말에 조심스러운 걱정이 느껴졌다.

"그럼요. 사고는 아니에요." 나는 한 손에 든 서류를 보며 계속 말을 이어갔다. "이 보호관찰 서류에 따르면 건터 씨와 제가 보호관찰 기간 중 대면 상담을 하게 되어 있어서요. 그것도 자택에서 하게 되어 있는데, 혹시 이거 알고 계신 건가 해서요."

잠시 침묵이 흘렀다.

"그럼, 벤. 걱정하지 마. 곧 하려고 하던 참이었어. 혹시 네가 생각하기에... 지금 급하게 상담하지 않으면 안 될... 그런 일이 일어난 거니?"

"아니에요. 그런 거." 내가 대답했다.

"할머니 집에서 다시 공성전을 벌였다든지 하는?"

"죽을 때까지 그런 일은 절대로 없을 거예요."

"그럼 다행이다. 그 말을 들으니까 정말 안도가 된다. 벤, 사실은 네가 현재 내 유일한 성공 사례거든."

"아." 나는 무슨 말을 해야 할지 몰랐다. 내가 유일한 성공 사례인 세상도 있다니. "속상하시겠어요."

"여기도 계속 인원을 줄여서. 지금 여기에서 이런 일을 담당하는 직원이 세 명밖에 없어. 한 사람이 담당해야 하는 게 이백 건이 넘어."

"그 와플 살인자는 어떻게 되었어요?"

"누구? 아, 그 사람! 다시 감옥에 갔어. 무서운 일이야. 보호관찰 규칙을 위반했거든."

"또 먹었어요? 사람 신장을?"

"아니야." 그녀가 웃었다.

"그럼 간? 아니면 비장?"

"아니야, 아니야. 꼭 알고 싶다면, 힌트를 줄게. 원래 그 사람은 아이스크림 트럭으로부터 100미터 이내에 있지 못하도록 접근금지 명령을 받았어."

"알겠어요. 99 플레이크(*아이스크림 이름이다. 100미터 이내 접근 금지명령을 어긴 것을 숫자에 빗대어 농담한 것)를 먹다가 체포된 거군요."

"더 끔찍해! 그 사람이 그 망할 아이스크림을 들고 내 사무실로 찾아왔거든." 우리는 함께 웃었다. 그러다 나는 갑자기 그녀의 웃음소리가 흐느끼는 소리로 바뀐 것에 놀랐다.

"미안하구나, 벤." 그녀가 말했다. "내가 정말 프로답지 못하네."

"괜찮아요." 나는 무슨 말을 해야 할지 몰랐다.

"정말 근시안적이야. 정부는 여기 보호관찰 담당자를 몇 명 잘라서 돈을 절약할 수 있다고 생각하나 봐. 보호관찰 업무가 줄어들면 더 많은 사람이 다시 감옥에 가고 더 많은 범죄자가 생겨날 텐데. 우리 인건비는 그래서 발생하는 비용에 비교하면 새 발의 피라고!"

"그 생각을 정부에 잘 전달해 보세요." 내가 말했다.

"그렇게 했어. 나뿐만이 아니라 여기에 있는 우리 모두가. 내무성에 이번 주에 서한을 보내서 우리가 어떤 좋은 일들을 하고 있는지 알렸어." 그녀가 코를 훌쩍거리며 말했다.

"그것 잘하셨네요. 분명히 정부도 알아줄 거예요."

"그런데 문제는 요즘 하는 일이 제대로 풀리는 게 없거든." 그녀가 말했다.

"너무 많은 일에 치여서 그럴 거예요."

"그래, 맞아. 그리고 사실 내가 상대하는 사람은 하나같이 범죄자이거나 미치광이뿐이니까."

"저 빼고요." 나는 그녀의 말을 정정했다.

"그래, 벤. 너는 빼고." 그녀가 말했다.

11월 3일

어제 나는 드디어 결심을 굳혔다.

"좋아요. 저 할게요!"

"뭘?" 후퍼 아주머니는 무심하게 대답했다.

그녀는 뜨개질바늘을 굵기 별로 분류하느라 정신이 없었다. 나는 그녀의 가녀린 손가락이 민첩하게 얇은 막대들을 분류하고 옮기며 모든 것을 깔끔하게 정리하는 모습에 감탄했다. 혼돈이 질서로 변하는 순간이다.

"대회에 참가하려고요. 뜨개질 대회요."

"영국 뜨개질 챔피언십 대회를 말하는 거지? 잘했어! 잘 결정했어." 그녀는 활짝 웃으며 말했다. 그녀가 흥분하며 너무 기뻐서 혹시 나를 껴안는 건 아닐까 생각했지만 그런 일은 일어나지 않았다.

"대신 한 가지 조건이 있어요." 나의 말에 그녀가 눈을 깜빡거렸다.

"아무에게도 말하시면 안돼요. 물론 수업을 같이 듣는 분들은 제외하고요. 저는 아직 이 사실을 밝힐 마음의 준비가 안 되어 있거든요."

그녀가 웃음을 참으며 말했다. "그래, 밴. 내가 약속할게."

"안내 책자를 보니까 작품하고 원본 패턴을 함께 제출해야 한다고 하던데요."

"작품은 네가 만든 스웨터면 충분해. 그리고 이미 넌 너만의 멋진 패턴 디자인도 완성했고. 그냥 대회 자체만 신경 쓰면 되겠네." 그녀가 말했다.

패턴 Mk1을 말하시는 것 같은데, 나는 그 패턴에 확신이 들지 않는다. 조금 어려운 것을 시도해보고 싶었다. 2Partz가 어떨까 생각 중인데 아직 준비가 덜 되어 있다. 지금은 그 얘기를 꺼낼 때는 아닌 것 같다. 내 정신 상태를 중계 방송할 필요는 없으니까.

"그런데 날짜가 언제죠? 책자에 지역 예선 일정은 안 나와 있어서요."

"12월 15일이야." 그녀가 대답했다.

"달랑 6주밖에 안 남았잖아요!" 나는 소리쳤다.

"걱정할 것 없어. 넌 잘해낼 거야. 그 정도면 연습할 시간은 충분해."

"무엇을 연습해야 할까요?" 내가 물었다.

"간단한 패턴의 작은 것으로 연습해. 스카프나 비니같이 너무 크지 않은 것이 좋아. 네 뜨개질을 더 멋지고 단단하게 만드는 데 도움이 될 거야."

"그럼, 대회 때 무슨 패턴이 나올지는 모르시는 거예요?" 내가 물었다. "대회에서 도대체 뭘 하게 되는 거죠?"

그녀가 고개를 저었다.

"그건 일급비밀이야. 대회 당일 시합 시작 30분 전까지는 알 수 없어. 그래도 이상한 것이 나오지는 않아."

"스트랜디드 배색뜨기는 아니길 바라야겠네요. 왠지 모르겠지만 스트랜디드 배색뜨기와 저는 상극이에요." 나는 신경이 쓰인다는 듯 말했다.

"걱정할 필요 없어." 그녀가 웃으며 말했다. "넌 괜찮을 거야."

걱정하지 말라고? 그녀는 나에게 걱정할 필요가 없다고 했다. 아주머니는 나를 잘 모르는 게 분명하다.

수업에 들어온 나타샤에게도 말해주었다.

"우와. 정말 끝내주는 소식이다, 벤." 그녀가 나를 한껏 안으며 말했다. 나타샤는 사람과의 스킨십을 좋아한다. 자주 내 어깨에 팔을 얹거나 팔로 내 몸을 감싸곤 한다. 내가 어린 동생처럼 보이나 보다.

"너만 괜찮으면 꼭 보러 갈게. 괜찮지?" 그녀가 물었다.

"네, 저야 좋죠." 어차피 다른 누가 보러 올 사람도 없다. 어쩌면 엄마가 올지도 모르겠다. 때가 맞아 이곳에 계시게 된다면. 아빠에게 둘러댈 말도 생각해 두었다. 하느님은 이미 알고 계실 거다. 12월 15일은 일요일이고 나는 교회에 간다고 말할 참이니까.

아빠가 탐탁하게 여길 리가 없지만 뜨개질 대회에 간다고 말하는 것보다는 백배 나을 테니까.

11월 5일

방과 후 나타샤가 일하고 있는 풀링거스에 들러 털실도 좀 사고 그녀와 잡담도 했다. 뜨개질에 관해서 말할 상대가 있다는 것이 좋다. 그녀에게 오션 스프레이 스웨터를 시도할 생각이라고 귀띔해줬다.

"우와, 멋지다!" 그녀가 감탄하며 말했다. "나도 들어본 적 있어. 넌 새로운 것에 도전하는 것을 좋아하는구나. 분명 그럴 거야."

"새로운 것에 도전하는 것은 늘 좋죠." 나는 조금 들뜬 목소리로 대답했다.

"지금 뜨개질 이야기하는 것 맞지? 아니면... 네 연애 이야기로 넘어간 거야?" 그녀가 물었다.

"연애는 무슨! 그건 포기했어요. 내 인생에 여자 친구는 없을 것 같아요. 가까워져서 뭔가 잘될 것 같으면 매번 꼭 운명처럼 어긋나 버려요. 영화 〈아이스 에이지〉에 나오는 다람쥐 있잖아요? 내가 꼭 그 다람쥐 같아요. 아무리 도토리를 손에 넣으려고 해도 결국 잡을 수 없는 그 녀석과 똑같아요."

"나는 네게 여자 친구가 생길 것 같은데. 너는 자신이 얼마나 특별한 아이인지 모르는 것 같아." 나타샤가 말했다.

"다들 그렇게 생각하진 않을 거 같네요." 내가 말했다.

"오르지 못할 나무를 보고 있는 건가?"

"어쩌면요." 나는 웃으며 대답했고, 얼굴이 빨개졌다.

"메건이야?"

"글쎄요, 걔도 그렇긴 하지만, 좋아하는 사람은 다른 사람이에요. 연상이에요."

"진짜? 혹시 내가 아는 사람이야?" 그녀가 자기 머리카락을 만지 작거리며 말했다.

"그건 비밀이에요." 나는 다시 얼굴이 빨개졌다. 이 많은 질문은 뭘까?

"그렇구나, 미안." 그녀가 내게 윙크를 하며 말했다. "이제 가서 실 좀 둘러보자."

내가 고른 것은 사랑스러운 짙은 회색 염소 털을 부드러운 섬유로 처리해 만든 것이었다. 그 감촉이 너무 좋았다. 프렌샴 아주머니 집에 가는 내내 자꾸만 종이봉투 안에 손을 넣어서 실을 쓰다듬고 또 쓰다듬었다.

내가 드디어 미친 게 분명하다.

11월 6일

나는 곤혹스러운 상황에 있다. 도덕적 딜레마. 오늘 아침 '니트 위트'를 들으며 학교에 가는 중이었다. 그런데 오늘 그들이 나누는 대화는 니트 패턴의 불법 다운로드에 관한 것이었다. 확실히 미국에서는 큰 이슈가 될 만하다. 해적 뜨개질 사이트들이 있어서 거기서 거의 모든 패턴을 공짜로 내려받는 것이 가능하다. 원본이든 짝퉁이든지 간에 말이다. 다른 사람이 만든 디자인을 마음대로 수정하고 추가하고 변형해도 괜찮고 모든 것은 무료로 제공되어야 한다고 주장하는 '오픈 소스 패턴'이라는 곳이다. 도덕적으로 정말 애매하다.

최악인 것은 '니트 위트'의 진행자들이 오션 스프레이 패턴을 언급한 것이다. 나도 그 사이트에서 패턴을 내려받았었다.

"불법 다운로드는 이 나라의 뜨개질 산업을 좀 먹는 행위라고요." 마리가 다소 흥분한 듯 말했다.

"도둑질이죠." 알라나가 말했다. "너무나 명백해요. 차라면 훔치겠어요? 아니죠. 샌드위치라면 훔치겠어요? 아니죠."

"핫도그라면 훔치시겠어요?" 마리가 물었다.

"아니죠. 나는…" 알라나가 말했다.

"감자 칩이라면 훔치시겠어요?" 마리가 알라나의 말을 자르며 물었다.

"아니죠. 제 생각에는…"

"베이컨이라면 훔치시겠어요?"

"그 정도면 예는 충분히 든 것 같네요." 알라나가 말했다. "핵심은, 이 패턴들은 다른 누군가가 자신의 시간과 노력을 들여서 만든 것입니다. 그들은 그 대가를 받을 자격이 있다는 것입니다."

지당하신 말씀이다. 내가 어떻게 반박할 수 있겠는가? 나는 집에 도착하자마자 하드디스크에 저장된 패턴들을 모두 삭제했다. 하지만 이제 어떻게 해야 하지? 합법적으로 다운로드를 받을 돈은 내게 없다. 이미 털실을 사는 데 다 써버렸다.

나는 정말 대책 없이 귀가 얇다.

11월 7일

"그런데 당신은 어떻게 크레이그 레벨 호우드가 섹시하다고 생각하는 거지?" 아빠가 말도 안 된다는 듯이 엄마에게 물었다. 나는 살며시 거실을 지나 위층으로 올라갔다. 평소 때라면 나도 텔레비전을 함께 보았겠지만, 요즘은 텔레비전에 흥미를 잃었다. 머릿속이 온통 뜨개질로 가득 차 있다.

하루 종일 조즈의 집에서 엑스박스를 했다. 하지만 뜨개질의 금단증상을 이기지 못해 집으로 돌아온 것이다. 그래서 이 시간에 살며시 숨어들어와 까치발로 거실을 지나치고 있는 것이다. 내가 집에 있는 줄 모르실 테니 한두 시간은 스웨터 작업을 할 수 있을 것이다.

이제 오션 스프레이 패턴이 없는 것에 대처할 방법을 생각해 냈다. 패턴 없이 그냥 뜨개질을 하는 것이다. 단지 기억에 의존해서. 정신력을 강화시키는 데도 효과가 있을 것 같다. 훈련이 되면 머릿속에 의류 전체를 넣어두고 뜨개질을 할 수 있을 것이다. 다음 단을 어떻게 떠야 하는지 계속 확인하지 않고서도 말이다. 이것이 디자인을 베끼는 것에 속하는 것인지는 모르겠지만, 꽈배기 무늬의 회색 스웨터에는 저작권이 있는 게 아니지 않나?

오션 스프레이 디자인과 너무 비슷하지 않도록 신경 쓸 거다. 저작권을 침해하지 않는 방식으로 나만의 디자인을 만들 것이다.

11월 8일

내가 아빠가 얼마나 더러운지 이야기했었나? 아빠는 늘 좀 지저분하지만, 엄마가 안 계실 땐 그 증상이 심해진다. 하지만 그 지저분함의 총체를 글로 다 옮길 자신이 없다. 특히 아빠는 매주 더러운 습관을 하나씩 새로 만들어 내기 때문이다. 지난번은 온종일 트림을 해댔다. 보통 사람들처럼 역겹게 큰 소리를 내는 트림은 아니다. 아빠는 입을 절대 열지 않는다. 그래서 두꺼비처럼 턱밑이 부풀어 오르면 아주 천천히 바람 빠지는 소리를 내면서 트림을 한다. 그러곤 '아, 미안.'이라고 덧붙이신다. 아빠는 이게 에티켓이라고 생각하시는 듯하다.

그런데 이번 주는 더 끔찍했다. 금속 꼬챙이로 귀를 집착하며 파셨다. 아빠는 꼬챙이가 귀 안쪽을 긁으면 개운하다고 한다.

"귀가 간지럽네." 아빠가 아침을 먹으며 말했다. "간지러워 미치겠다. 이럴 땐 후벼 파는 것밖에 답이 없어."

"아빠가 때로는 지구인 같지 않을 때가 있는 것 알아요? 그러지 말고 담당의를 좀 만나보는 것은 어때요?" 내가 말했다. 몰리가 옆에서 아빠를 외계 생명체를 쳐다보듯 바라보았다. 동생조차 아빠가 정상인과 다르다는 것을 눈치챘다는 것은 정말 심각한 것이다.

"담당의 누구? 길 홀리 선생?" 아빠가 당치않다는 듯 말을 뱉었다. "면봉을 사용하라고나 하겠지."

"또 누가 알아요? 제대로 된 약을 처방해 줄지도 모르잖아요. 그거 감염일 수도 있다고요."

아빠는 내 말을 계속 무시하며 귀를 후볐다. 그러곤 만족스러운 한숨을 뱉었다.

나는 토할 것 같은 기분에 자리를 떴다.

아빠를 사랑하지만, 날로 심해지는 저 더러움은 참기가 어렵다.

11월 9일

이제껏 프렌샵 아주머니의 헛간을 치웠더니 2제곱미터 정도의 공간이 확보되었다. 아니, 공간으로 따지자면 2세제곱미터가 맞는 거겠지. 잡동사니를 치우던 중 오래된 나무 의자 하나를 찾아냈다. 이제 확보된 공간에 의자를 놓고 앉아 비를 피할 수도 있고 핸드폰으로 라디오를 듣거나 아이팟으로 뜨개질 팟캐스트를 들으면서 종이와 잡동사니들을 분류해도 좋겠다. 어제 한 무더기의 서류를 정리했는데, 대부분이 오래된 소득 신고서였다. 하지만 노란색 서류철에 담긴 편지들은 사적인 것으로 보여서 한쪽에 따로 보관해 두었다. 또 종이 더미 속에 짓눌려 있던 골판지 상자를 하나 찾아내서 열어보았다. 그 안에 무엇이 들어 있었는지 짐작도 못 할 거다.

뜨개질 관련 물건들이 가득 담겨 있었다. 실몽당이들과 노랗게 색이 바래가는 뜨개질 패턴들이 있었다. 일부는 쥐가 조금 갉아 먹은 흔적도 보였다. 그리고 60여 개의 각종 뜨개질바늘이 있었다. 게다가 싸구려도 아니었다. 나는 상자를 들고 나무 의자에 앉아서 고요함 속에서 천천히 그것들을 살펴보았다.

그렇다. 프렌샴 아주머니도 '니터'였던 것이다. 아니면 예전에 그랬던 것인지도. 현재도 뜨개질을 하고 있다면 뜨개질바늘을 이런 상태로 방치하지는 않으셨을 테니까.

잠시 후 프렌샴 아주머니가 차를 가지고 오셨다. 그녀에게 편지들을 보여주었더니 고개를 끄덕이더니 내 손에서 낚아채듯 가져갔다. 아주머니에게 뜨개질 상자 안에 있는 물건들을 보여줬다. 그것을 본 아주머니는 어깨가 처지고 기운이 없어 보였다.

"괜찮으세요?" 뜨개질 상자의 물건들이 혹시 어떤 우울한 기억들을 끄집어낸 것일까?

"괜찮지, 그럼." 그녀가 조금 퉁명스럽게 대답했다. "내가 괜찮지 않을 이유가 뭐가 있겠어?"

굳이 더 캐묻지 않는 것이 나을 거 같았다. "그럼 이것들은 어떻게 할까요?" 나는 상자를 가리키며 물었다.

"다 버려라. 쓸모도 없는 것들이니."

"쓸모없지는 않아요. 그러니까 제 말은... 실은 좀 오래되었고 패턴도 옛날 것이긴 한데요... 여기 '니트 프로'에서 만든 아크릴 바늘들은 달라요. 그리고 여기 이쪽 바늘은 '포니'에서 만든 거라 품질이 뛰어나죠."

그녀가 궁금해하며 물었다. "너 뭐 잘못 먹었니? 아니면 머리를 어디에 세게 부딪치기라도 한 거야? 뜨개질에 대해서 어떻게 그렇게 잘 알고 있니?"

나는 그녀에게 사실을 말해도 괜찮을지 잠시 머리를 굴려보았다.

그녀는 나의 친구들을 전혀 모른다. 만약 한곳에 있다고 해도 녀석들과 내 취미에 관한 이야기를 할 일은 없을 것이다. 그 전에 아주머니가 커다란 롤리팝을 휘둘러 녀석들을 기절시킬 테니까.

"저 뜨개질하는 거 좋아해요. 칼리지에서 매주 목요일마다 수업도 듣고요." 나는 확실하게 말해버렸다.

"뜨개질을 하는 불량배라니. 오래 살다 보니 별 이야기를 다 듣는구나."

"저 진짜 불량배 같은 거 아녜요." 나는 화난 목소리로 말했다.

"가지고 싶으면 가져가. 바늘." 그녀는 그렇게 말하곤 가려고 몸을 돌렸다.

"아주머니는 안 필요하세요?" 나는 아주머니에게 물었다.

그녀가 몸을 돌려 나를 보았다.

"내가 그 쓸모없는 낡은 바늘들이 왜 필요하겠냐?" 아주머니가 으르렁대듯 말했다. "그리고 뜨개질은 여자애들이나 하는 거야." 아주머니는 모진 말을 던지고는 거친 발소리를 내면서 다시 집 안으로 들어가 버렸다.

조금 기분이 상했지만, 뜨개질 도구들을 조심해서 다시 상자에 담았다. 아주머니의 말에 상처를 받지는 않았다. 다만 뭔가 사연이 있는 물건인 것 같아서 썩 내키지 않기는 했다. 그렇다고 이 귀한 것들을 버릴 수는 없었다.

11월 10일

"그레이엄. 평생 그렇게 큰 것은 처음 봐." 데이지가 숨을 가쁘게 몰아쉬었다.

나는 달걀 거품기를 내려놓으며 거칠게 웃었다.

"이것은 나중에 써야겠어." 나는 당구대 위에 누운 데이지를 향해 말했다. 그녀는 더는 못 참겠다는 듯 신음을 냈다. 그녀의 풍만한 가슴이 나를 향해 성난 듯 들썩거렸다. 그녀는 뭔가가 애타게 필요한 듯 보였다. 그것도 빨리.

나는 그녀에게 다가가 그녀를 묶은 실크 스카프가 여전히 단단히 고정되어 있는지 확인했다.

"키스해줘!" 그녀는 내게 애원했다. 나는 큐대에 초크를 바르면서 그녀를 좀 더 기다리게 두었다. 이번에는 핑크색 공을 넣어야겠다고 생각했다.

나는 도대체 '작가'가 무슨 말을 하고 싶은 것인지 이해가 되지 않았다. 어쩌면 페미니스트 관점에서 접근하고 있는 것 같기도 한데, 당구대가 무엇을 은유하는지는 전혀 감이 안 잡힌다. 당구대 위에 올라간 데이지의 위치가 여성의 사회적 지위의 상승을 나타내는 것일까? 그레이엄이 실제로 큐대에 초크를 바른 것인가? 카뮈의 작품 같은 포스트모더니즘적인 언급인가? 답을 찾기 위해서 계속 읽어봐야겠다.

11월 11일

어느 시점에, 아빠에게 내 비밀을 털어놔야 한다는 것을 나도 안다. 아빠는 그걸 좋게 생각하실 리가 없겠지. 특히나 그렇게 오랫동안 아빠를 속였다는 사실에. 그렇다고 이렇게 계속 감출 수만은 없다. 오늘 밤엔 정말 꼼짝 없이 들킬 뻔했다. 나는 침대에 앉아 뜨개질바늘을 손에 들고 스웨터를 뜨는 데 몰두해 있었고, 사방에 실이 널려 있었다.

꽈배기 무늬 만들기가 너무 복잡해서 좀 더 간단한 것을 택했으면 좋았을 거라고 후회가 되었다. 차라리 지금이라도 돈을 내고 패턴을 사버릴까 하는 생각도 했다. 어쨌든 내가 하는 작업에는 크기가 각기 다른 바늘 세 개가 필요했다. 일이 좀처럼 진행이 되지 않는데, 머릿속에는 수학 공부도 해야 한다는 생각에 마음이 자꾸 조급해졌다.

그러다 바늘까지 잃어버렸다. 3.5짜리 대바늘! 내가 아끼는 바늘 중 하나인데, 온데간데없이 사라져 버렸다.

"널 갖게 된 지 얼마 되지도 않았는데!"라고 말하며 나는 침대 밑도 살피고 이불도 들어 올려 보았다.

"누구를 최근에 가진 건데?" 방에 들어온 아빠가 등 뒤에서 물었다. 심장마비가 오는 줄 알았다. 나는 재빨리 침대 위에 있던 카디건을 이불로 덮어서 숨겼다.

"네 방에 지금 여자가 숨어 있지?" 아빠가 웃으며 물었다.

"각도기를... 잃어버려서요." 말도 되지 않는 말을 내뱉었지만 아빠는 내 말은 듣고 있지도 않았다.

아빠가 내 왼쪽 귀 너머 쪽을 바라보았다. 아빠가 무엇을 보고 있는지 확인하려고 고개를 돌렸지만 거기에는 원소주기율 포스터밖에 없었다. 나는 다시 고개를 돌렸다.

"너 귀에 있는 게 뭐냐?" 아빠가 물으면서 손을 뻗어서 내 귀에 꽂혀 있는 3.5짜리 뜨개질바늘을 낚아챘다. 내가 바늘을 거기에 꽂아두었던 것이다. 이러니 뒤져도 보일 리가 없지!

"이게 뭐지. 벤?" 아빠가 물었다.

"글쎄요. 잘 모르겠어요." 나는 작은 소리로 대답했다.

"이건 뜨개질바늘이잖아." 아빠는 너무나 당연한 걸 말하면서도 혼란스러워 보였다.

"아마 프렌샴 아주머니의 바늘인가 봐요. 오늘 아주머니가 그걸

버렸거든요."

"그래서 네가 챙겼다는 거야? 뭐 하러?" 아빠가 물었다.

"그건... 아무래도 유용하게 쓰일 거 같은데..."

아빠가 나를 뚫어지게 쳐다보고 있었다. 난 이제껏 그렇게 걱정스러운 아빠의 눈빛을 본 적이 없었다.

"지구라트의 깃대로 쓰려고요." 나는 말을 끝마쳤다.

"깃대?"

"네."

"지구라트에 깃대가 있었나?"

"그래서 구글에 검색을 해봤어요."

"그랬더니?"

"아니더라고요."

"어, 그래?"

"깃대는 없었어요."

"알았다." 아빠는 유심히 뜨개질바늘을 살펴보더니 나를 보았다. "그럼 이건 너한테 필요 없겠네?"

"그럼요!" 나는 코웃음 치며 대답했다. "제가 뜨개질바늘을 어디다 쓰겠어요?"

아빠가 고개를 끄덕였다. "그럼 내가 가져가도 되지?"

"음... 그러세요." 나는 최대한 밝게 대답했다.

그건 그저 내가 가장 아끼는 바늘일 뿐이다. 니켈로 만든 US 사이즈는 구하기가 아주 어렵고 품질이 뛰어나다. '아디' 제품이다. 다시 말해서, 대체가 불가능한 바늘일 뿐이다. 그런데 바로 내 방 그것도 내 앞에서 아빠는 나의 소중한 '아디 터보 니켈 US 사이즈 3.5'의 한쪽 끝을 더러운 귀에 넣고는 후비기 시작했다.

"오오오. 이거 끝내준다." 아빠가 신음을 내며 말했다. "정말 완벽해!"

"잘 되었네요. 도움이 되어서." 나는 구역질이 올라오는 것을 참으며 말했다.

아빠가 귀 파는 작업을 마치고 바늘 끝을 살피면서 만족스러운 미소를 지었다.

더럽다. 소독을 할 거다. 다시 손에 넣을 수만 있다면.

11월 12일

우리 집 물의 수질을 테스트하려고 기관에서 사람이 찾아왔다. 검사 후 그는 물에 아연이 너무 많다고 했다. 그래서 탄산수 제조기가 작동하지 않았던 것일까? 내 방 벽에 붙은 원소주기율표에는 아무런 설명이 없다. 나중에 구글에 검색해 봐야지.

11월 13일

오션 스프레이가 아닌 스웨터를 마침내 끝냈다. 실제 뜨개질에 걸린 시간은 22시간 30분. 내가 생각해도 정말 빨리 끝냈다. 스웨터를 침대 위에 펼쳐 놓고 살펴보았다. 한쪽 팔이 다른 쪽보다 조금 더 길다. 분명히 양쪽 모두 같은 단으로 떴다고 생각했는데, 왜 이렇게 된 건지 의문이다. 게다가 몇 군데 뜨개코가 빠진 부분도 보였다. 엄마 아빠가 외출한 날 밤에, 드라마 〈댈러스〉를 보면서 뜬 것이 문제가 된 것 같다. 크리스토퍼와 존 로스가 부딪히는 극적인 장면에서 한눈을 판 것이다.

스웨터에 백 점을 줄 수는 없지만, 앞쪽의 꽈배기 무늬는 깔끔하게 나온 것 같다. 그리고 중간에 갑자기 떠오른 문양도 한두 개 넣어 보았는데 꽤 괜찮은 것 같다. 아무래도 내일 수업 시간에 후퍼 아주머니에게 '건설적인 조언'을 좀 구하는 게 좋겠다.

11월 14일

구글에서 아연을 검색해 보았다. 역시 내 짐작대로다. 과다한 아연은 무기력증과 운동실조증을 일으킬 수 있다. 내가 이래서 축구를 잘 못했던 거다. 그래도 좋은 점도 있다. 이젠 아빠에게 뭐라고 해도 된다는 거. 화장실과 부엌 수도관을 설치할 때 싸구려 아연 파이프를 산 것은 아빠였다. 아빠의 어떤 반론도 구글 앞에서는 무용지물이다.

만약 내 AS 레벨 시험을 망친다면, 그 책임이 누구에게 있는지는 자명해졌다.

11월 15일

후퍼 아주머니는 스웨터를 무척 마음에 들어 했다.

"이거 정말 놀라운데!" 아주머니가 스웨터를 살펴보며 말했다.

"〈댈러스〉보다가 몇 코 빠트렸어요." 나는 변명조로 말했다.

수업 전이어서 교실에 들어오는 사람들이 나의 작품을 보고는 하나같이 후퍼 아주머니처럼 감탄을 했다. 조금 뿌듯해졌다.

"이 꽈배기 무늬는 원래 패턴에 있던 거야?" 나타샤가 물었다.

나는 조금 부끄러워하며 고개를 저었다. "뜨개질하다가 도중에 생각나서 한번 해봤어요. 스웨터 자체는 오션 스프레이 디자인에서 아이디어를 얻었어요."

"그런 것 같네. 정말 멋진데." 그녀가 눈을 빛내며 말했다.

"그런데 한쪽 팔이 더 길어요. 아무래도 제가 단을 잘못 세웠나 봐요." 나는 실수한 것을 말했다.

"어쩌면 한 쪽을 다른 쪽보다 좀 크게 떠서 그럴 수도 있어. 처음 배울 때 흔히 있는 실수야. 손에 익으면 괜찮아질 거야."

그녀의 설명에 안심이 되었다. 나는 계산을 잘못하는 것을 극도로 싫어한다. 그래서 그게 계속 신경이 쓰였었다.

"다음엔 뭘 만들 생각이야?" 후퍼 아주머니가 흥미로운 듯 물었다.

나는 어깨를 으쓱 들어 올렸다. 정말 다음에 뭘 만들지 생각한 게 없었다.

"서점에 한번 들러봐. 서점엔 상당히 다양한 패턴들이 많이 있거든. 이제 더 복잡한 것도 거뜬히 할 것 같은데."

"정말요?" 내가 물었다.

"그럼. 당연하지!" 후퍼 아주머니가 말했다.

모두들 나를 보며 흐뭇하게 웃어주었다. 잠시지만 아주 기분이 좋았다.

11월 19일

헛간을 거의 다 치웠다. 이렇게 보니 제법 넓은 공간이다. 아늑했다. 예전에 프렌샴 아저씨가 이곳에서 많은 시간을 보낸 이유를 알 것 같았다. 때로는 아주머니를 피해서 휴식을 취하고 생각을 가다듬기에 아주 좋은 곳이었을 거다. 또한, 이곳은 앉아서 평화롭게 뜨개질을 하기에도 아주 좋은 장소다.

프렌샵 아주머니가 차를 내오면서 라디오도 함께 가지고 왔다. 팟캐스트 '니트 위트'를 듣고 있던 나는 아이팟을 멈추고 그녀를 보고 웃었다.

"상자에서 이걸 찾았다." 그녀가 퉁명스럽게 말했다. "그 작은 걸로 듣지 말고, 이걸로 들어보던지." 아주머니가 내 아이팟을 가리키며 말했다. 아주머니는 이게 휴대용 라디오로 보였나보다.

"저는 이걸로 팟캐스트를 듣고 있었어요. 뜨개질에 관해서요." 내가 말했다.

"뭔 캐스트라고?"

"팟캐스트요. 라디오 프로그램 같은 거예요. 인터넷에서 내려받아서 아이팟 같은 곳에 저장해서 들을 수 있어요."

"라디오는 뒀다 뭐하고?" 그녀가 물었다.

"음... 라디오에서는 듣고 싶은 프로그램만 항상 들을 수는 없으니까요."

"그럼 채널을 바꾸면 되잖아. 듣고 싶은 프로그램이 뭔데?"

"'니트 위트'요! 여자 둘이서 뜨개질에 관한 많은 이야기를 하는 프로그램이에요."

아주머니는 눈곱이 낀 눈으로 나를 잠시 이상하다는 듯이 바라봤다.

"넌 참 별종이구나. 그렇지?" 그녀가 말했다.

11월 20일

〈어프렌티스〉라는 미국 TV 프로그램이 있다. 그 프로그램에서 한 참가자는 능숙하게 잠재 고객과 잡담하고, 온갖 그럴듯한 설을 풀었다. 하지만 결국은 어떤 계약도 성사시키지 못했고, 이사회에서 엄청난 비난을 받았다. 그런데 내가 바로 그 사람 꼴이다. 메건 후퍼와 많은 대화를 하고, 직접 얼굴을 마주할 때도 많았지만 결국 '계약 성사 0건'. 아무런 진전이 없다. 아직까지는.

오늘 일만 해도 그렇다. 점심 때 도서관에 가는 그녀를 보았다. 나는 그로버 선생님을 만나러 교무실로 가고 있었다. 우리는 마주쳤고 서로를 보며 웃었다. 먼저 '안녕.'이라고 인사를 했고, 그녀도 '안녕.'하고 대답해주었다. 그런데 그다음에 뭐라고 말해야 할지 모르겠는 거다. 그래서 '또 보자.'라고 말했고, 그녀도 똑같이 말했다. 그리고 다시 서로에게 미소를 지었다. 그런데 여기까지다.

내가 제대로 하고 있지 않은 것은 분명한데, 메건이 주도적으로 해주면 안 되는 걸까? 어쩌면 정말 그녀는 내게 관심이 없는지도 모른다. 그리고 우리가 했던 키스는 그녀에게는 단지 실패로 끝난 실험 같은 것일지도. 어쩌면 재스민이 메긴의 전화번호를 알려주지 않은 것도 그녀가 그렇게 해달라고 시킨 게 아닐까? 학교에서도 왠지 메건이 나를 일부러 피하는 것 같은 것 같은 느낌이 들기도 한다.

그런데도 내가 희망을 완전히 포기하지 못하는 것은 분명히 그녀의 행동이 뭔가 이상하기 때문이다. 그리고 그건 누가 봐도 좋은 신호이다. 우리가 단지 친구라면, 복도를 지나치다 마주쳐도 서로 잠시 이야기를 나누거나 아니면 그냥 놀리는 얼굴을 해 보이면 그만이다. 나를 쳐다보는 것이 포크로 눈을 찌르는 것 같이 싫다면, 그냥 나를 무시하거나 아니면 달아나면 될 일이다. 다른 여자애들처럼.

하지만 그녀는 뭔가 다르다. 그건 그냥 아는 거다. 우리 사이에는 분명 뭔가가 있다. 바로 그것이 우리가 자연스럽게 대화하지 못하게 만들고, 나를 신발 끈에 걸려 넘어지게 하고 그녀가 책을 떨어뜨리게 한다. 우리 둘의 행동을 조금 이상하게 만들어 버리는 뭔가가 분명히 있다.

아니면 그저 나만의 망상인 걸까?

11월 22일

나만의 망상인 게 분명하다.

오늘은 거지 같은 날이었다. 로이드 매닝 녀석과 또 문제가 있었다. 거기에 더해 이제는 메건이 단지 나를 피하고 있는 것이 아니라 일부러 무시하는 것 같다. 나의 '상호 어색한 행동 가설'로는 설명이 안 된다. 그녀에게 접근할 기회조차 없다. 메건은 언제나 친구들과 모여 다니며 이차 방정식 문제를 서로 도와주거나 한다. 아니면 그러는 척을 하거나. 잠시 서성거려도 봤는데 나만 바보가 된 기분이다. 나에게 다가오거나 말을 걸어주기는커녕 쳐다보지도 않는다. 나는 포기하고 도서관으로 갔는데 거기서 사이코 매닝을 만나버렸다. 나는 앉아서 로그함수 책을 보고 있었는데 매닝이 지나가면서 책상 위의 내 책들을 쓸어서 바닥에 떨어트렸다.

"쉿!" 도서관 직원인 카터 씨가 내게 조용히 하라는 신호를 보냈다.

"죄송해요." 나는 소리를 내지 않고 입 모양으로 대답했다. 그리고 몸을 돌려 재미있어 미치겠다는 표정을 짓고 있는 매닝을 노려보았다.

도대체 저 자식은 여기서 무엇을 하는 것일까? 녀석은 글도 못 읽는다. 녀석이 도서관 문턱을 넘는 것은 상상도 할 수 없는 일이다. 그것은 마치 뱀파이어가 성당에 들어가는 것과 같은 것이다.

나는 마음을 가다듬고 다시 책에 집중했는데, 녀석이 또 다시 내 옆을 지나치면서 이번에는 내 노트를 낚아채서 걸어 나갔다.

"야!" 나는 녀석을 황급히 뒤쫓으며 소리쳤다.

"쉿!" 또 다시 카터 씨가 주의를 줬다.

나는 그 말을 무시한 채 서둘러 녀석을 따라갔다. 매닝은 재빠르게 도서관을 나와 학교 안뜰을 가로질러 갔다. 나도 그 뒤를 계속 쫓았다. 오늘은 바람이 심하게 불어 나뭇잎들이 이리저리 휘날렸다.

나는 화가 머리 꼭대기까지 치솟아 온 힘을 다해 녀석을 쫓았다. 따라잡아서 어떻게 해야 할지는 머릿속에 없었다. 다만 이대로 물러설 수는 없다는 것은 분명했다.

그리고 그때 녀석의 똘마니 두 명이 내 쪽으로 다가오는 것이 보였다.

매닝은 녀석들에게 다가가면서 속도를 늦추고는 나를 향해 돌아보았다.

"왜? 뭐 문제라도 있냐? 빙구야!" 녀석이 말했다.

"그거 돌려줘!" 이제 녀석들은 셋이 되었고 나는 믿을 구석도 없었지만, 여전히 화가 나서 흥분이 가라앉지 않았다.

"뭐? 이거 말하는 거야?" 녀석이 내 노트를 쳐다보며 말했다.

녀석이 노트를 휘리릭 넘기며 훑어보았다. 나는 그제야 노트에 내가 그린 패턴이 있다는 것을 깨달았다. 수정한 패턴 2Patz.

"오, 제법인데. 빙구 새끼가 그림도 그릴 줄 아네. 여기 예쁘장한 카디건이 있네. 여기 좀 봐. 후드도 있고... 소매까지 그려 넣었네. 아주 예쁘다. 이 게이 새끼야!"

똘마니 저메인과 또 한 녀석이 매닝의 어깨너머로 그림을 보면서 낄낄대며 속닥거렸다. 난 얼굴이 달아올랐다.

"그건 미술 과제야." 나는 거짓말을 했다. 난 미술 수업을 듣지 않았지만 녀석들이 그걸 알리는 없었다.

"도움이 필요해? 벤?" 그때 내 등 뒤에서 익숙한 목소리가 들렸다. 뒤를 돌아보니 젝스였다. 그 옆에는 약간 긴장한 모습의 조즈도 있었다.

"정학 먹고 조용히 지내는 것 아니었냐?" 매닝이 젝스에게 투덜거리며 말했다.

"아니. 정학은 끝났지. 아마도... 그럴 걸?" 젝스가 말했다.

녀석들이 젝스의 말을 듣고는 웃음을 터트렸다.

"그 노트 벤에게 돌려줘라." 젝스는 상황에 전혀 아랑곳하지 않고 강하게 말했다.

"안 그러면 어쩔 건데?" 매닝이 이제 웃음기 없이 말했다. 세 놈들이 우리에게 다가왔다. 매닝이 젝스와 코를 맞대고 섰다. 젝스는 조금도 움찔하지 않았다.

"됐어, 젝스. 그냥 쓸모없는 노트 쪼가리일 뿐이야." 내가 말했다. 지금 내가 가장 피하고 싶은 건 바로 싸움이다. 단지 내가 겁이 많아서가 아니다. 그러면 보호관찰 규정을 어기게 되기 때문이다. 그리고 젝스도 싸우다 걸린다면 또 정학이다. 그것도 젝스가 정학 기간이 이미 끝난 게 맞다고 가정했을 때 그렇다. 녀석은 예전에도 정학 기간 중인 것을 잊은 적이 있었다.

"그래." 매닝이 젝스의 눈을 똑바로 노려보면서 말했다. "이건 그냥 쓸모없는 노트 쪼가리라고."

"어쨌든 네 건 아니지." 젝스가 받아쳤다. "내 친구 것이지."

점심시간의 끝을 알리는 벨이 울렸다. 나는 지리학 수업을 들으러 가야 했다. 마음이 급해졌다.

"네 친구라고? 빙구가 네 남자 친구인 거냐?" 매닝이 말했다. "그래서 저 녀석이 계집애 같은 카디건을 그린 거야? 너한테 선물해 주려고?"

"젝스, 이제 그만하고..." 내 말이 채 끝나기도 전에 젝스와 매닝은 손발이 엉킨 채 바닥에 뒹굴고 있었다. 매닝의 똘마니들도 그 둘 위로 덮쳐서 함께 다 뒹굴었다. 서로 마구잡이로 휘두르는 주먹이 정신없이 오고갔다. 조즈와 나는 '망했다'는 표정으로 서로를 쳐다보고는 엉켜서 싸우고 있는 녀석들을 떼어놓기 위해서 달려들었다.

"거기, 너희들!" 바로 그때 도서관의 카터 씨가 나타났다.

그가 달려와서 저메인을 젝스에게서 떼어 놓았다. 곧 파울러 선생님이 헐떡이며 뛰어왔다. "내가 다 봤는데, 이 학생이 먼저 시작했어요." 그녀가 젝스를 가리키며 말했다.

"아니에요! 먼저 시작한 것은 매닝이라고요, 선생님!" 내가 크게 소리쳤다.

매닝이 나를 매섭게 쳐다봤다. 오늘의 '고자질'로 녀석은 나를 패줘야 하는 이유 하나가 늘었을 것이다.

"너하고 너! 둘은 교실로 돌아가." 그녀가 나와 조즈를 가리키며 말했다.

"하지만..." 내가 다시 말을 꺼냈다.

"지금 당장!" 그녀가 단호하게 말했다. 나는 젝스에게 미안한 표정을 지으며 자리를 떴다.

솔직히 젝스는 전혀 개의치 않는 것 같았다. 식스폼을 마치는 것은 애당초 녀석의 관심 밖이었다. 젝스는 학교를 때려치우고 디제이를 하고 싶어 했지만, 그의 부모님이 결사반대하며 학교를 그만두면 집에서 내쫓겠다고 했고, 녀석은 집이 아니면 갈 곳이 없었다.

나는 학교가 끝나자마자 젝스에게 곧장 전화를 했다. 녀석은 다시 또 정학을 당했다.

"미안해, 친구. 나 때문에…"

"내 할 일을 한 거야."

"아니야. 넌 그럴 필요 없었어. 그건 그냥 노트일 뿐이잖아."

"그 새끼들이 널 괴롭혔잖아." 젝스가 말했다.

"맞아. 하지만 지금 정학은 누가 당했는데? 매닝은 아니잖아. 나도 거의 당할 뻔했고. 나 지금 보호관찰 기간이라고. 잊었어?"

"내 것을 지키려면 싸워야 하는 거라고. 뭔 말인지 알아?"

"나한테 그런 개똥철학 이야기할 거면 그만둬." 내가 말했다. "나를 도와준 것은 정말 고마워. 하지만 그래도 오늘 네가 한 일은 정말 바보 같은 짓이었어."

"네가 약해 빠져서 당하고만 있으니까. 그래서 내가 대신 나선 거잖아. 안 그래?"

"난 너에게 도와달라고 부탁한 적 없어." 나는 딱딱하게 말했다.

"그럼 다음부터는 신경 안 쓸게." 젝스가 콧방귀를 뀌며 말했다.

"그래. 제발 그래 줘. 난 감옥 가기 싫으니까. 알겠어?"

젝스가 웃었다. "네가 감옥? 그런 일은 없을 거다."

"아니. 갈지도 몰라. 보호관찰 규정을 어긴다면 말야." 이젠 나도 화가 났다. "내 편에 서줘서 고마워. 진심이야. 하지만 다음번에는 내가 처리하게 그냥 내버려 둬."

"그러시던지."

왜 녀석은 내 입장에서 보지 못하는 걸까? 나는 문제를 일으켜서는 안 된다. 그건 녀석을 위해서도 마찬가지다.

이 끔찍한 하루를 견딜 수 있게 해준 것은 단 한 가지였다. 저녁에 뜨개질 수업이 있다는 것. 슬프게 들리는 말일까?

뜨개질 수업에서는 누구도 나를 함부로 판단하지 않는다. 최소한 나에게 비판적이지는 않다. 우리는 서로의 문제에 관심을 가지고 돕는다. 뜨개질과 관련한 이야기만을 말하는 것이 아니다. 심슨 아주머니는 고양이 때문에 고민이다. 고양이가 새를 잡아서 부엌 바닥에 찢어 놓기 때문이다. 아멜리아는 데이트 사이트에서 자신에게 적합한 남자 친구를 찾고 있는데 뜻대로 되지 않는다. 그리고 그리썸 아주머니는 정확한 것은 모르겠지만, 무슨 물이 새는 문제로 고민 중이다. 그녀는 마치 암호처럼 말하는데, 나를 제외한 모든 여자들은 다 알아듣는 것 같았다. 처음에 나는 정말 그녀의 집 수도 배관이 문제인 줄 알았다. 그래서 나도 같은 문제로 고생하고 있고 아연이 자꾸 쌓여서 큰일이라고 했더니 모두들 나를 웃겨 죽겠다는 듯 쳐다보았다.

나는 로이드 매닝과 내 괴짜 친구들에 관한 이야기는 되도록 피하고 싶었다. 대신 내가 메건의 마음을 사로잡기 위해서 얼마나 고생하고 있는지는 이야기했다. 물론 절대 실명을 말하지는 않는다. 때로는 그냥 '여자애' 또는 'X양'이라고 말한다. 지금은 'X양'이 더 입에 붙는다.

이런 뜨개질과 수다가 함께하는 시간은 내 마음을 편하게 해준다. 마치 '니트 위트'를 진행하는 여자들 같다. 뜨개질은 사람들과 함께하면 더 재밌다. 그리고 사람과의 만남도 뜨개질이 있으면 더 즐겁다.

11월 24일

아빠와 나는 오늘 밤 녹화해 둔 〈그레이트 브리티시 베이크 오프〉(＊영국의 베이킹 대회 TV 프로그램)를 보고 있었다. 배경 화면 중 한 참가자가 남성용 손가방을 들고 있는 장면이 나왔다.

"계집애 같은 놈." 아빠가 말했다.

"왜요? 손가방을 들고 있어서요?" 내가 물었다.

"그것뿐만이 아니야. 저 뾰족한 구두 좀 봐라. 너 제레미 클락슨이나 제임스 메이(＊둘 다 영국의 자동차 TV프로그램 탑기어의 진행자)가 저런 것 신고 다니는 것 본 적 있니?"

"리처드 해먼드(＊탑기어의 진행자)는 그럴지도요." 내가 말했다.

"네 말이 맞다. 화장하는 남자 같은 놈이지." 아빠가 조롱했다.

"화장하는 남자가 어때서요?" 나는 말했다. "지기를 꾸밀 줄 아는 남자들인데요. 뭐랄까. 자신 안에 있는 여성적인 면을 부끄러워하지 않는다고 할까요."

"자신 안의 여성적인 면을 부끄러워하지 않는 것과 또 다른 여성적인 놈하고 부둥켜안는 것은 전혀 다른 얘기라고." 아빠가 말했다.

"지금 리처드 해먼드가 게이라는 말이세요?"

"뭐라고? 아니야! 음... 그건 모르겠다."

"프랭크 램파드도 아마 뾰족구두 신을걸요." 내가 말했다.

"무슨 개풀 뜯어 먹는 소리냐!" 아빠가 소리쳤다.

"아빠는 동성애 혐오자 같아요."

"난 그런 빌어먹을 놈이 아니다." 아빠가 화를 내며 대답했다. "난 놈들이 침실에서 뭔 짓을 하던지 관심 없어. 단지 여자애들처럼 구는 게 정말 싫다고."

"그게 무슨 말이에요?"

"그거 있잖아. 굽이 있는 신, 핸드백, 발레 같은 것 말이야. 그리고 그 망할 바느질도 그렇고. 그런 게 남자가 할 짓은 아니지!"

나는 현명하게 그저 고개를 끄덕이며 속으로 생각했다.

아빠는 평생 가도 아들이 어떤 사람인지 모르실 거다.

11월 30일

엄마가 또 집을 비우셨다. 아빠도 엄마 없이 지내느라 분투 중이다. 오늘 아침 식기세척기에 넣을 세제가 다 떨어졌다. 아빠는 임시 방편으로 소금과 린스 그리고 세탁용 세제를 섞어서 사용했다. 방과 후 집에 돌아왔을 때 주방은 비눗방울 천지였다. 가끔은 내가 패딩 턴 베어와 살고 있는 것 같다.

12월 2일

엄마가 돌아왔다! 오늘 밤 돌아온 엄마는 무척 지쳐 보였다. 엄마는 팔걸이의자에 털썩하고 주저앉았다. 어느새 동생이 달려와 엄마의 무릎 위에 앉아서 텔레비전을 봤다. 아빠가 엄마가 돌아온 기념으로 우리 모두를 위해 뭔가 근사한 식사를 준비해 보겠다고 했다. 부엌에서 쨍그랑 거리는 소리가 들렸다. 아빠는 잠시 우리 쪽으로 고개를 내밀었다.

"마실 것 줄까?" 아빠가 엄마에게 물었다.

"위스키하고 소다 부탁해." 엄마가 만족스럽다는 듯 숨을 내쉬며 말했다.

"진짜 강한 놈으로 줄까?"

"고맙지만 그냥 마실 것이면 돼."

우리는 다시 나란히 붙어 앉았고, 난 엄마에게 이번 순회공연이 어땠는지 물어보았다.

"대체로 좋았어. 그런데 크루에서 공연할 때는 좀 어이없는 일이 있었어. 마술을 도울 사람을 관중에서 한 명 골라서 무대 위로 불러냈는데, 그 여자가 하필 완전 꽐라였던 거야."

"엄마, 꽐라가 뭐예요?" 몰리가 엄마에게 물었다.

"이런. 네가 여기 있는 걸 깜빡했네. 그건 술을 너무 많이 마셨다는 뜻이에요, 공주님. 아무튼 그 여자가 무대 위에서 이리저리 비틀거리고 난리가 났지. 사람들은 웃어대고. 어떻게 간신히 옷장에다 집어넣었어. 그리고 다시 옷장 문을 열었는데 여자가 감쪽같이 사라지고 없는 거야."

"그래서요? 원래 없어져야 하는 것이 아니에요?" 내가 물었다.

"아니야. 원래 계획은 옷장에서 사라지는 게 아니라 드레스 색깔이 바뀌는 거였어. 관중들의 예상을 완전히 깨는 정교한 심리 마술이지."

"그런데 엄마 예상만 완전히 깬 거네요."

"내 말이. 엄마가 얼마나 놀랐겠니."

"그래서 그 여자분은 어디로 간 건데요?"

"나도 모르겠더라고. 쇼가 다 끝나고 그 여자 남편이 달려와서 따져대는데 정말 돌아버리는 줄 알았다. 결국 위층 술집에서 찾았어."

"우와! 정말 멋진 트릭이네요."

"내가 어떻게 한 건지 알면 그렇겠지만." 엄마가 심각한 거라는 듯 얼굴을 찡그렸다.

나는 웃음을 터트렸다. 엄마가 돌아와서 정말 좋다.

"너 아빠에게 말했니?" 엄마가 조용한 소리로 물었다.

"네?"

"아빠에게 말했냐고, 네가 하는 그거."

나는 고개를 저었고, 엄마는 나를 쳐다보았다.

"할 거예요. 아빠에게 말할 거예요."

"좋아."

잠시 후 아빠가 왔는데, 얼굴에 걱정이 가득했다.

"수잔. 내가 방금 스튜에 초콜릿 바를 빠트렸어."

"알겠어. 헤스턴!" 엄마가 몰리를 무릎에서 내리고 자리에서 일어섰다. "아무것도 건드리지 마. 내가 건져 올릴 테니까 당신은 가서 와인 좀 따 줘."

아연이 함유된 물을 마시고 아빠의 요리를 먹고도 내가 열일곱 살이 되도록 살아 있는 것이 기적이다.

12월 3일

프렌샴 아주머니 집에서 막 돌아왔다. 엄마는 저녁 식사를 준비 중이다. 물론 엄마가 요리를 하면 시간이 많이 걸리긴 하지만 신경 쓸 일은 없다. 엄마의 요리는 늘 적절히니까. 오늘 밤은 스파게티와 값비싼 세인즈버리의 마늘빵이다. 엄마가 없을 때는 보통 그냥 달걀과 베이컨을 넣은 토스트나 소시지와 통조림 콩을 먹는다. 아빠는 이걸 영국식 카술레(*고기와 콩을 넣어 끓인 프랑스 요리)라고 불렀다.

오늘 프렌샴 아주머니의 행동은 어딘가 좀 이상했다. 나를 보고는 미소를 지었다. 마치 나를 봐서 반갑기라도 한 것처럼. 헛간에 들어서자 난 뜨개질 상자가 사라진 것을 알았다. 아주머니가 버린 것인지 궁금했다. 아주머니가 차를 내오셨는데, 바로 집안으로 돌아가지 않았다. 무슨 할 말이 있는 것처럼 아주머니는 잠시 서 계시더니, 나에게 오늘은 뭐를 찾았는지 물었는데 정작 내 대답에는 관심이 없는 것 같았다. 내가 의자를 권했지만 아주머니는 고개를 저었다.

"아직 서 있을 수 있을 때 서 있어야지."

"그러세요." 나는 비스킷을 한입 물어 씹으면서 아주머니를 수상쩍게 바라보았다. 뭔가 적당한 대화거리가 없을지 생각해 보았다. 치질은 좀 괜찮으신지 물어봐도 되려나?

그녀가 결국 말을 꺼냈다. "뜨개질 한 지는 얼마나 되었니?"

"음... 몇 달 됐어요."

"맘에 드나 보구나. 그렇지?"

나는 고개를 끄덕였다. "네. 진짜 좋아해요. 마음을 편하게 해줘요."

"그래. 뜨개질에 그런 면이 있지." 그녀의 무표정한 얼굴에 살며시 미소가 보였다가 사라졌다.

"예전에 뜨개질을 하셨던 거죠?" 내가 물었다.

"한 때는 아주 푹 빠졌었지." 아주머니의 얼굴을 보니 옛일을 회상하는 것 같았다.

"그때는 뭐가 손에 쥐어지든 다 뜰 수 있었어. 털실이 없으면 실로도 했지."

"배급으로 받았었나요?" 내가 물었다.

"배급이라니 그게 무슨 소리냐?" 회상에 잠겼던 아주머니가 화들짝 놀라며 톡 쏘아붙였다. "도대체 나를 몇 살로 생각하는 거니?"

"글쎄요. 한 여든?" 나는 어깨를 으쓱하며 말했다.

아주머니가 나를 빤히 쳐다보는데, 턱이 조금 처져 보였다. "나는 육십 하나야! 배급은 내가 세 살 때 끝났을 게다."

"죄송해요." 나는 얼굴을 붉혔다. "뜨개질을 시작하고부터 눈이 좀 침침해졌어요..."

"남편이 살아 있을 때까지도 뜨개질을 많이 했었어." 그녀가 말을 이었다.

"결혼을 막 하자마자 처음으로 아기 옷들을 떴지. 아기 신발이나 털모자 같은 것들 말이야."

나는 아까의 실수를 만회하려고 고개를 크게 끄덕였다.

"그런데 끝내 아이가 생기지 않더구나."

"아... 저런." 나는 어색하게 말했다. 아주머니의 눈가가 살며시 젖기 시작했다.

"그래서 남편을 위해서 뜨개질을 했지. 스카프, 양말, 방한용 비니 같은 것들이었지. 내가 뜨개질 하나를 끝낼 때마다 키스를 해주며 멋지고 대단하다고 말해줬단다."

"정말 좋으신 분이네요."

"그랬지. 그 사람은..." 한 줄기의 눈물이 아주머니의 뺨을 타고 흘러 내렸다. 이럴 땐 안아드려야 하는 건가? 아니면 아주머니의 저 커다란 어깨에 손이라도 올려 다독여야 하나? 겉으론 곰도 때려잡을 것 같은 분이 안으로 저런 상처와 외로움과 슬픔을 가지고 있을 것이라고는 생각도 못 했다. 어쩌면 모든 어른들이 속으론 조금씩 실밥이 터지고 있는지도 모른다. 겉으로는 멀쩡해 보이는 옷들도 빠진 뜨개코가 한두 개쯤 있는 것처럼. 꼭 어른들만의 이야기는 아니다. 나도 때때로 내 안 어딘가에서 실밥이 터지는 것을 느끼니까.

"나중에 남편의 여동생이 그러더구나. 그 사람은 원래 털옷이 살에 닿는 것을 어려서부터 아주 싫어했다고 말이다. 알고 보니 남편은 인조 섬유를 좋아했었어."

"인조 섬유요...?" 나는 고개를 저었다. 아주머니가 느꼈을 심정이 십분 이해되었다.

"그래, 인조 섬유." 그녀가 대답했다.

"그런데 아저씨는 한 번도 말을 안 하셨던 거네요? 아주머니 마음을 다치게 하고 싶지 않아서요."

"그래, 맞아. 파리 한 마리 못 죽이는 사람이었으니까." 그녀가 고개를 끄덕이며 말했다.

"그럼요." 나는 부드럽게 동의했다.

"뭐, 한 번은 집에 들어온 강도 녀석을 공기총으로 쏜 적은 있지만."

"그거야 정당방위니까요." 내가 말했다.

아주머니는 추억에 잠겼는지 그 이후로 잠시 더 머물러 서 있었다. 나는 어색하게 같이 서서 그냥 기다렸다. 그녀가 내가 어떻게 하기를 원하는 지 전혀 알 수가 없었다.

우리는 결국 서로를 바라보며 미소를 지었다. 그 후 아주머니는 머그잔과 비스킷을 들고 집으로 돌아갔다. 그녀와 대화를 나눈 10분이 편하지는 않았다. 하지만 그녀가 대화를 나눌 누군가가 필요했던 오늘, 내가 옆에 있어 줄 수 있어서 다행이었다. 그리고 터진 실밥을 발견해 꿰맬 수 있었던 것이 기뻤다. 다시 생각해보니 오늘 하루는 그렇게 나쁘지 않은 것 같다.

12월 7일

건터 씨에게

지금 어떻게 지내고 있는지 알려드리고 애써주신 것에 감사도 드려야 할 것 같아 이메일을 드려요. 프렌샵 아주머니네 헛간을 치우는 일은 거의 마무리가 되어가요. 그래서 이제는 헛간 보수 프로젝트의 2단계 작업에 들어갑니다. 문에 페인트칠을 하는 일이에요. 사실 기대도 됩니다. 프렌샵 아주머니와는 잘 지내고 있어요. 얼마나 친해졌는지 알면 깜짝 놀라실 걸요. 아주머니와의 과격했던 첫 만남을 생각하면 더욱 그런 것 같아요. 지금은 오셔서 함께 차도 마시곤 해요. 그리고 우리의 티타임은 점점 길어지고 있고요. 서로 온갖 것에 관해서 이야기를 해요. 라디오, 텔레비전, 오늘날의 젊은이들에 대해, 그리고 뜨개질에 대해서도요. 아주머니도 예전에 뜨개질을 하셨더라고요, 오래전에 손을 완전히 놓으셨는데 제가 아주머니 마음에 다시 불을 붙인 게 분명해요. 얼마 전 뜨개질 소품을 담은 오래된 상자를 찾아냈는데, 아주머니는 버릴 것들을 모아놓은 곳에 두라고 말했지만, 월요일에 보니까 거실에 옮겨두셨더라고요. 안에서 물건들도 꺼내놓으시고요. 어쩌면 다시 뜨개질을 시작하실 것 같아요. 꼭 그랬으면 좋겠어요. 그리고 제가 이미 읽은 뜨개질 관련 잡지들도 아주머니가 볼 수 있게 가져다드렸어요.

아주머니에게 뜨개질 수업에서 제가 만난 사람들과 제 친구들 이야기도 하곤 했어요. 이제는 제 친구들인 잭스, 조즈, 프레디가 '부서진 영국'(*영국의 사회적 붕괴상태를 설명할 때 쓰는 용어)의 상징이 아니라 실존 인물인 것을 깨닫기 시작하셨어요.

아주머니가 '롤리팝 안내원' 일의 고충을 이야기해줬어요. 미친 운전자와 정신 나간 자전거 이용자(에헴...) 그리고 무례한 아이들까지. 왜 아주머니가 '눈을 부라리는 여전사'라고 불리는지 알 것 같았어요. 그런 힘든 일을 하려면 강해져야 하니까요. 또 조금은 미친 사람이 되어야 하는지도 모르죠.

어쨌든 건터 씨가 하는 일들이 잘 진행되었으면 좋겠어요. 내무성과의 일은 어떻게 되어가나요?

행운을 빌어요.

벤

12월 8일

오늘 2Patz의 견본을 만드는 데 필요한 털실을 사러 나왔다. 나타샤는 상점에 없었다. 대신에 다른 여자가 있었는데, 그것도 나는 괜찮았다. 나타샤를 좋아하지만 그녀와 대화를 하면 좀처럼 끝이 나지 않았다. 지금 나는 빨리 돌아가서 연습을 할 시간이 필요했다.

집에 돌아왔을 때, 무심코 앞문을 이용하는 실수를 저질렀다. 아빠가 내가 들어오는 소리를 들었다.

"벤! 이리 와서 후반전 같이 볼래?" 내가 거실을 지나칠 때 아빠가 소리쳤다. 나는 걸음을 멈췄다. 망했다.

"저도 그랬으면 좋겠는데, 해야 할 숙제가 너무 많아서요." 나는 문 옆으로 머리만 내밀며 말했다. 이건 사실이다. 물론 숙제를 할 생각은 없지만.

"어, 그렇구나." 아빠가 실망한 듯 말했다.

"그 사람들은 어때요... 그러니까... 첼시는 잘하고 있어요?"

"지금 2대 1로 지고 있는데, 그래도 볼 점유율은 우리가 많이 앞선다."

"우리 팀 골은 램파드가 넣었나요?" 나는 희망적으로 물었다.

"아니. 크로스바만 몇 번 맞췄다." 아빠가 말했다.

"괜찮아요. 축구는 종료 휘슬이 울리기 전까지는 아무도 모르는 거니까요."

"그래, 네 말이 맞아!" 아빠가 맥주병을 들고 나를 가리키며 말했다. 나는 슬며시 빠져서 위층으로 올라갔다. 손에 바늘을 들고 있어서 긴장했었다.

뜨개질은 마약과 같다.

잠깐. 바늘과 마약이라? 왜 이전까지 그 유사성을 못 알아챈 걸까?

12월 11일

당황스러운 속보다!

아빠와 남자 대 남자로 대화를 했다. 엄마가 지난 주말부터 집을 비운 상태고 그런 이유로 아빠가 엄마의 역할을 대신 다 하고 있다. 모든 곳을 치우고 닦고 식기들도 반듯하게 세척기에 넣었다. 무슨 이유 때문인지 알 수 없었지만, 내가 학교에서 집에 돌아왔을 때 아빠가 나를 거실로 불렀다. 아빠는 아주 엄한 표정을 짓고 있었다. 사실 아빠의 근엄한 모습은 많이 어색하다. 마치 루이 월시(*오디션 프로그램의 심사위원)가 무서운 표정을 짓는 것 같았다. 그래도 나는 갑자기 긴장이 되었다. 아빠에게 말하지 않은 것들이 마음에 걸렸다.

"여기 앉아라. 벤. 할 이야기가 있다." 아빠가 말했다.

'할 이야기가 있다'는 말은 세상의 어떤 용자도 주눅 들게 만드는 힘이 있다. 천하의 다스베이더도 아빠가 갑자기 방에 들어와 저 말을 했다면 심장이 잔뜩 쪼그라들 것이다. 불쌍한 다스베이더는 그렇잖아도 가쁜 숨을 더 거칠게 쉬며 머릿속으로 생각할 거다. 아빠가 도대체 왜 그러시지? 내가 파괴한 행성 때문일까? 아니면 내 아들 루크의 팔을 잘랐다고 저러시는 것일까? 아니면 데스 스타에 타이어 자국을 남겨서일까?

"내가 오늘 아침에 네 방을 좀 치웠다." 아빠가 말했다.

이런, 제발 침대 밑을 봤다고 말하지 말아주세요.

"내가 잡지를 한 권 찾았다."

한 권이라고? 그러면 침대 밑은 아닌 게 분명하다.

"이거 말이다." 아빠가 한 손에 〈월간 뜨개질 11월호〉를 들고 말했다.

"네." 이건 더 상황이 안 좋다. 이걸 어떻게 둘러대야 하지?

"이러고도 나한테 할 말 없니?" 아빠가 물었다.

"무슨 말이요?" 나는 시간을 벌고 있었다.

"내가 바보인 줄 아니? 이건 네 것이 아닌 게 분명해. 엄마 것도 아니지. 엄마는 뜨개질에서 손 뗀 지 오래되있으니까."

"네, 맞아요." 나의 대답에 갑자기 아빠가 능글맞은 미소를 지으셨다.

"너, 네 방에 여자 친구 데리고 왔었지?"

"음..."

"괜찮아, 아들! 아빠도 네 나이 때 다 그랬으니까. 하지만 우리 사이에 뭐 숨기는 것은 없기다! 알았지?"

"아... 네. 그럼요."

"언제 소개 좀 시켜줘. 여자 친구!" 아빠가 격려하듯 고개를 끄덕였다.

"엄마하고 아빠한테. 어때? 좀 이상한 애는 아니지?"

"내가 왜 이상한 애랑 사귀겠어요, 아녜요." 나는 조심스럽게 대답했다.

"그럼 됐다." 아빠가 일어나며 내게 잡지를 건네주었다.

"그럼 곧 여자 친구 소개시켜주는 걸 고대하마. 아, 참. 그리고 아들?"

"네?"

"할 땐 망치지 말고 잘해라. 알겠지?" 아빠가 크게 웃고는 방을 나갔다.

다음 주에 이 잡지는 프렌샵 아주머니에게 갖다 드려야겠다. 앞으로 모든 잡지는 그녀의 헛간에 보관하는 게 좋겠다. 뜨개질과 관련한 잡지를 말한 거다. 다른 잡지는 그대로 침대 밑에 숨겨 두고.

12월 12일

어떻게 벌써 또 수요일이 된 거지? 늘 수요일이다. 나는 수요일이 싫다. 엄마와 아빠가 함께 외출하는 날이다. 엄마 아빠는 이걸 '밤데이트'라고 부른다. 두 분이 그렇게 부르기로 정해서라는 것은 알겠다. 하지만 내가 한 번은 아빠에게 지적을 한 적이 있다. 엄마가 일로 다른 지역에 가 있을 때도 아빠는 여전히 혼자 외출을 하는데, 그걸 어떻게 '밤 데이트'라고 부를 수 있느냐고. 물론 늘 그렇듯 아빠는 가볍게 나의 말을 무시했다. 내가 이 날을 싫어하는 가장 큰 이유는 내 동생 몰리 때문이다. 내가 온갖 시중을 들어야 하는데 내 동생은 아주 까다롭다. 엄마가 하는 요리가 아니라면 내 동생이 먹는 것은 단 세 가지뿐이다. 세인즈버리에서 파는 잘게 썬 살구와 저지방 우유, 통조림 소시지와 구운 콩을 얹은 토스트, 소스를 넣지 않은 튜브 모양의 파스타와 작은 닭튀김 조각이다.

문제는 몰리는 내가 이 음식들을 준비해도 먹기 싫어한다는 것이다. 아빠가 만드는 방식 그대로 똑같이 만들어도 전혀 입에 대지 않는다. 그런데 수요일에는 몰리도 선택권이 없다. 소리를 지르고 문을 세게 닫고 대치를 하면서 오랜 실랑이가 끝나면 몰리도 결국은 포기하고 먹는다. 먹으면서도 얼굴 한가득 잔뜩 반감과 저항을 드러내고 계속해서 구역질을 해댄다. 그것이 내 요리에 대한 칭찬이 아닌 것은 분명하다. 오늘 밤은 몰리가 반쯤 씹던 콩을 식탁 위에 뱉었다.

정말 예의가 없다. 〈마스터 셰프〉에 나오는 심사위원도 아무리 화가 나도 이렇게 하지는 않는다.

나는 식탁을 치우고 동생에게 요구르트를 먹을 것인지 물어봤다. 이건 우리 집안 대대로 이어져 온 법률에 의거해 내가 해야만 하는 의무사항이다.

"싫어." 몰리가 말했다.

"싫어가 뭔데?" 내가 물었다.

"싫어는 싫어야."

"싫어는 싫어가 뭔데?"

"싫어는 싫어고 싫어야."

"그래, 이제 씻자." 내가 포기했다.

어쨌든 동생은 지금 침대에서 자고 있고, 나는 삼십 분 공부를 하고 뜨개질바늘을 들었다. 2Patz를 더 해 볼 생각이다.

지금은 정말로 너무나 조용하다. 평화롭기까지 하다. 어쩌면 수요일이 그렇게 나쁜 것만은 아닐지도.

12월 13일

"나, 비밀이 있어." 데이지가 말했다. *그녀는 화가 나 보였다. 내가 그녀 곁을 떠날 때면 언제나 그랬다.*

"내가 모르는 당신의 비밀은 없어." 나는 유리잔에 방금 따른 값비싼 보드카를 한 번에 들이키고 다시 술병으로 손을 뻗었다. "당신은 나에게 아무것도 숨길 수 없다고."

나는 창가로 가서 베이징의 스카이라인을 바라보았다.

술잔에 비친 그녀는 실크로 된 얇은 슬립 하나만 걸치고 있었다. 그건 그녀의 22번째 생일에 내가 선물로 준 거였다. 그녀를 보지 않으려고 노력했다. 나는 그녀의 백옥 같은 피부를 이겨낼 자신이 없었다.

"당신은 화가 나 있어." 그녀가 말했다.

"그래." 인정했다.

"내가 당신 변호사와 침대에 함께 있던 일 때문이야?"

"아니야."

"그럼 당신 회계사랑?"

"그것도 아니야."

"그럼 부동산 중개업자?"

"그 놈 일은 화가 났기는 했지. 그 녀석은 내 동생이잖아. 하지만, 데이지. 정말 모르겠어? 내가 왜 이러는지?"

"모르겠어. 그레이엄. 정말 모르겠다고."

"그럼 이제 끝이군, 데이지. 오늘 밤에 나는 뉴욕 행 비행기를 탈거야. 그리고 다시는 돌아오지 않을 거야."

이 긴박감은 다 뭐지? 조즈는 크리스마스가 끝날 때까지 더 줄 원고는 없다고 했다. 뒷이야기가 너무 궁금해서 애가 탔다. 도대체 그레이엄이 왜 그러는지는 나도 알 수가 없다. 지금으로선 데이지에게 더 공감이 간다. 그레이엄은 지금까지 그녀의 외도를 잘 이해해주었다. 그렇다면 대체 그녀가 무슨 짓을 했기에 그가 떠나기로 결심한 걸까?

12월 14일

내일 저녁, 드디어 '영국 뜨개질 챔피언십 대회'의 지역 예선이 있다. 아빠는 베이싱스토크에서 열리는 햄프턴의 축구 경기를 보러 가서 늦게까지 돌아오지 않을 거다. 난 그 사이에 지역 예선을 치르고 돌아오면 된다. 아빠는 자전거가 없어 불편하다는 나의 끈질긴 불평에 질려서 어제 자전거를 집으로 가져왔다. 체인도 새로 갈고 기어도 재조정했다. 기분 좋은 일이긴 한데, 아빠가 이렇게 내게 잘해줄 때마다 아빠를 속이고 있다는 죄책감이 점점 커져간다. 조만간 아빠에게 모든 것을 털어놔야겠다. 그래야겠지? 하지만 한편으론 이런 생각도 든다. 내가 예선에서 탈락한다면 굳이 말할 필요가 없지 않을까? 나도 모르겠다. 이것 말고도 지금 내가 걱정해야 할 것들이 너무 많다. 오늘 로이드 매닝이 계단에서 내 발을 걸었다. 나는 넘어지면서 앞에 있던 야스민 텐치의 가슴에 손이 닿았다. 그녀가 비명을 질렀고 늘 그렇듯 다 내 책임이 되어버렸다. 영장이 발부되어 수사가 진행되고 공식적인 사건 기록으로 남고, 목격자들은 경찰의 신변 보호를 받게 되겠지. 로이드 매닝 놈이 정말 싫다. 녀석의 머리 뚜껑을 열어 안에 든 내용물을 박박 긁어서 오소리에게 먹이로 주는 상상을 했다. 오소리는 단백질 보충을 하게 돼서 좋을 거다. 양은 많이 모자라겠지만. 물론 그런다고 내 모든 문제들이 해결되지는 않겠지만, 적어도 문제 하나는 사라질 것이다.

그나저나 내일 대회에 어떤 패턴이 문제로 나올지 조금 걱정이 된다. 만약 스트랜디드 배색뜨기면 어떻게 하지? 나도 내가 그것을 하지 못할 이유가 전혀 없다는 건 안다. 하지만 난 스트랜디드 배색뜨기에 대해서 이해할 수 없는 공포가 있다. 나타샤에게 이것을 이야기했지만 그녀는 잘 이해하지 못했다. 뜨개질이 원래 그런 것이다. 설명할 수는 없지만 어떤 것은 그냥 싫다. 어쩌면 문제는 나에게 있는지도 모른다.

12월 16일

어젯밤은 일기를 쓸 시간이 없었다. 아주 늦게야 집에 도착했다. 아빠도 아직 귀가 전이셨다. 그래서 다행히 늦은 이유를 꾸며낼 필요가 없었다. 엄마는 여전히 나의 거짓말을 함께 해주고는 있지만, 이제 아빠에게 뜨개질에 대해 고백해야 할 때라고 좀 더 강하게 말씀하셨다.

이제, 지역 예선 이야기를 해보자. 솔직히 아트 센터에는 하품하며 어슬렁거리는 백수들이나 있을 것으로 생각했었다. 하지만 아트 센터는 꽤 넓고, 사람들로 붐볐다. 도착하자마자 일이 너무 커져 버린 걸 깨달았고, 바로 집으로 돌아가고 싶은 마음이 굴뚝같았다. 하지만 돌아가기에는 너무 멀리 와버렸다. 이젠 어쩔 수 없다.

대회는 크게 둘로 나뉜다. 주니어부와 시니어부. 시니어부 참가자들의 실력은 주니어부에 비할 바가 아니다. 실제로 시니어부 참가자 몇 명은 관중들과 잡담을 하면서 동시에 뜨개질을 하고 있었다. 단순하고 반복적인 작업을 하는 동안은 나도 곧잘 잡담을 나눈다. 하지만 이 숙녀 분들이 하고 있는 작업은 꽈배기 뜨기, 실험적인 셀비지를 포함한 복잡하고 정교한 작업이다. 그런 작업을 하면서 아무렇지도 않게 주위 사람과 이야기를 나누고 있는 것이다. 내가 저런 복잡하고 정교한 작업을 할 때면, 바로 대화를 멈추고 일에만 집중해야 한다. 한참 몰두해 있을 때면, 나도 모르게 혀가 입 밖으로 나와 있곤 한다.

작은 규모의 뜨개질 박람회도 동시에 열리고 있었다. 직물회사, 방적회사, 기계 설계자 등등이 곳곳에 부스를 두고 홍보 활동이 한창이었다. 심지어 울타리까지 설치하고 시선을 사로잡는 염소도 네 마리나 있었다. 그 옆에 앙골라 토끼들이 제 세상인 냥 뛰어 다녔다. 그밖에 워크숍, 강연, 세미나 등도 여기저기서 진행 중이었다.

정말 '쿨(＊영단어 cool의 뜻(시원한, 멋진)을 사용해 표현한 것이다)' 하다는 감탄이 나왔다. 하지만 뜨개질 박람회는 '쿨'하다는 표현과는 전혀 어울리지 않는 곳이라는 걸 깨달았다. 사실 '낫 쿨not cool'이 제대로 된 감탄사가 아닐까. 뭐 아무렴 어떻겠나. 사방이 나 같은 뜨개질쟁이로 가득했고 나는 내가 있어야 할 곳에 있는 것 같아서 기분이 좋았다.

그렇게 잠시 거기 서서 주위의 볼거리에 마음을 빼앗겨 눈을 이리저리 돌렸다. 순간 내 시야에 예상치 못한 누군가가 들어왔고 가슴이 철렁 내려앉았다.

메건 후퍼다.

결국 그녀가 알게 되는 것은 피할 수 없는 것일 거였다. 대회가 열리는 방에 들어섰을 때, 메건은 후퍼 아주머니 옆에 서 있었다. 그녀가 고개를 들어 나를 봤고 나는 탈출구가 없음을 깨달았다. 이제 다 끝났다. 뭐. 어차피 이게 아니었더라고 그녀와 사귈 가능성은 제로였으니까. 그래도 내가 메건과 잘 되지 못한 것은 내가 이성 문제에 젬병이라서가 아니라, 그녀가 뜨개질에 대한 편견이 있기 때문이라고 위안을 삼을 수는 있지 않을까.

"벤, 안녕? 네가 여기 웬일이야?" 메건이 놀라서 눈을 깜박였다.

"어, 안녕, 메건."

"네가 여기 어쩐 일이야?" 그녀가 다시 물었다. 그녀의 어깨 너머로 후퍼 아주머니가 내게 미안하다는 표정을 짓고 있었다. 나는 어깨를 으쓱했다.

"뜨개질하러 왔어."

"그러셔?" 메건은 웃었다. "그런데, 진짜 무슨 일로 온 거야?"

나는 그녀의 눈을 똑바로 쳐다봤다. 그래. 지금은 남자다워야 할 때다. "정말 뜨개질하러 왔어. 네 엄마의 수업에 참여한 지 몇 달 됐어. 나는 주니어 부문에 출전해."

잠시, 머릿속에 지금까지의 내 인생이 주마등처럼 스쳐 갔다. 그리고 다시 그녀의 얼굴을 자세히 들여다봤다. 메건의 눈은 정말 아름답다. 옅은 갈색에 스며든 초록빛이다. 지금 저 아름다운 눈에 담긴 건 무엇일까? 충격일까? 아니면 배신감 같은 거?

"그... 그거 멋... 지네." 그녀가 결국 한마디를 내뱉었다. "그래, 아마... 음... 보통은... 주위에서 뜨개질하는 남자애는... 별로 못 보긴 했어."

"세계적으로 유명한 남자 니터들이 얼마나 많은데." 후퍼 아주머니가 메건의 말을 바로잡았다.

"그래, 벤. 좋은 결과 있기를 바라." 메건이 무표정하게 말했다. "응원할게."

날 놀리는 것일까? 나는 아무 말도 할 수 없었다.

"메건, 엄마가 벤하고 잠시 할 이야기가 있어서 실례 좀 할게." 후퍼 아주머니가 내 손을 강하게 끌며 자리를 피하게 했다.

아주머니의 팔에 끌려가며, 망했다는 걸 느꼈다. 방금 나는 메건과 잘될 가능성을 제로로 만들었다. 그냥 좀 더 내가 충동적으로 행동했으면 좋았을 거다. 그녀의 팔을 잡고, 남자답게 당당하게 말했었어야 했다. '이봐 메건! 너는 여자고, 나는 남자야. 이제 밀당은 그

만하고 나랑 사귀자.'

그러나 이미 기회는 지나갔다. 내가 방금 날려버렸다. 그 기회를 관속에 넣고 못질을 해버렸다.

"정말 미안해. 재를 데리고 올 생각은 없었는데. 메건이 공부하다가 머리를 좀 식히고 싶다고 따라오겠다고 고집을 부려서 어쩔 수가 없었어." 후퍼 아주머니가 속삭이며 말했다.

"괜찮아요. 신경 쓰지 마세요, 후퍼 아주머니." 한숨이 나왔다.

"편하게 나오미라고 이름 불러도 돼."

"알겠어요. 나오미 씨! 그렇잖아도 이제는 사람들한테 용기를 내서 말해야 될 때라고 생각했었어요. 뜨개질이 부끄러운 일은 전혀 아니잖아요."

"그럼." 아주머니가 고개를 흔들며 내 말에 동의를 표했다. "전혀 부끄러워할 일이 아니야. 넌 뜨개질에 놀라운 재능이 있어."

"고마워요."

"이제 무대로 나가서 우승을 해버려. 알았지?"

"패턴은 뭐가 나왔어요?"

"아... 그게 말이지... 음..."

"스트랜디드 배색뜨기죠? 그렇죠?"

"그래."

정말 너무들 한다. 도대체 제대로 풀리는 것이 단 하나도 없다. 여기서 힘을 내본다고 뭐가 달라질까?

영국 뜨개질 챔피언십 대회 햄프셔 지역 예선전의 주니어 부문에 참가한 경쟁자들은 다들 조금 이상해 보였다. 예상대로 남자는 나 하나였다. 모두 나보다 나이가 많아 보였다. 내가 미심쩍어 하자, 후퍼 아주머니가 출전 자격 기준을 보여주었다. 주니어 부문에 출전 가능한 나이는 23세까지였다.

표정이 하나같이 다들 뚱했다. 나는 교실에서 늘 뜨개질하면서 수다를 떨었다. 혹은 수다를 떨면서 뜨개질을 하던가. 나는 참가자가 모두 자리에 앉으면 대화를 시작할 생각을 했다.

"처음 출전하시는 거죠?" 나는 옆자리에 앉은 여자에게 물었다.

그녀는 깡마르고 피부는 건조해 보였는데, 각진 얼굴에 날카로운 모양의 테가 있는 안경을 썼다.

"아니." 그녀가 짧게 대답했다.

"저는 이번이 처음 참가하는 거예요." 나는 모두를 향해 말했다. 한 여자가 살짝 웃어 보였지만, 나머지는 못 들은 척 했다. 나는 그제야 모두가 이 대회에 진지하다는 것을 눈치챘다. 마치 윔블던 결승전 같다고 할까. 경기 시작 직전 로저 페더러가 라파엘 나달에게 그 머리 어느 헤어숍에서 했냐고 물어보지는 않을 테니까.

나는 내 자리로 돌아 앉아 책상에 준비된 도구들을 점검했다. 질 좋은 각종 바늘과 고리가 놓여 있었고, 각각 여섯 개의 녹색과 붉은 색 실뭉당이도 함께 있었는데 전부 그 무게가 달랐다.

이름표를 단 한 땅딸막한 여성이 손에 종이 다발을 들고 앞에 섰다. 이름표의 이름은 어려워서 읽을 수도 없었다.

"여기에 패턴이 있습니다!" 그 여성이 크게 소리치자 참가자들이 일순간 흥분하며 웅성거렸다.

"오오!" 물론 나도 마찬가지다.

그 여성이 참가자들 사이를 지나가며 종이를 뒤집어 내용이 안 보이게 책상마다 놓아두었다.

"이제 패턴을 뒤집어도 좋습니다!" 그 여성이 큰 소리로 외쳤다.

내 것을 뒤집어 확인했다. '넥 워머'다. 속으로 '끙'하는 신음소리가 나왔다. 간단했지만 장미 문양이 있고, 라운드를 스트랜디드 배색뜨기로 처리해야 했다. 걱정했던 가장 최악의 시나리오가 현실이 되었다. 아니지, 정정! 그나마 차 주전자 덮개를 만들라고 한 것은 아니니까.

고개를 드니 아까 그 깡마른 여자가 나를 주의 깊게 쳐다보고 있었다. 내 얼굴에서 낙담을 보았겠지.

"스트랜디드 배색뜨기도 할 줄 알고, 라운드 뜨기도 문제없어요." 나는 그녀에게 말했다. "근데 그 둘을 함께하는 것은 전혀 다른 문제라는 거 알죠? 그것들을 머릿속에서 한꺼번에 그려내기가 쉽지 않거든요. 골치가 아프네요."

깡마른 여자는 가볍게 고개를 끄덕이더니 자신의 실을 점검하기 시작했다.

"결승전 진출권은 단 한 장뿐입니다." 땅딸막한 여자가 계속 이어서 말했다. "다시 말해 우승자도 오직 한 명뿐입니다."

"영화 〈헝거 게임〉 같네요." 깡마른 여자에게 조용히 말했다. 이번에는 그녀가 내 말을 완전히 무시했다. 좋아, 그렇게 나오시겠다면. 나는 속으로 생각했다. 게임은 이미 시작된 것이다.

"참가자 여러분!" 사회자가 소리쳤다. "여러분에게 90분의 시간이 주어집니다. 그 시간 동안 여러분이 할 수 있는 최대한으로 패턴을 만들면 됩니다. 꼭 작품을 완성해야 하는 깃은 이닙니다. 물론 완성품에는 가산점이 부여되지만, 더 중요한 심사 포인트는 깔끔함, 정밀성, 기술입니다. 우리 감독관들이 여러분이 작업을 하는 동안 돌아다니며 여러분 각각의 기술을 평가할 것입니다."

사회자가 자신의 시계를 바라보며 저녁 7시 30분이 되기까지 카운트를 시작했다. 나는 고개를 들어 관중석을 바라보았다. 후퍼 아주머니와 메건이 보였다. 아주머니는 나를 향해 엄지를 치켜세웠다. 메건은 먼 곳을 보고 있었는데, 한 눈에 보기에도 벌써 지루한 듯했다. 곧 나타샤와 아멜리아가 통로에서 사람들을 헤집고 들어와 후퍼 모녀 옆에 앉는 것이 보였다. 나타샤는 착석 후, 나와 눈이 마주치자 손을 흔들어 보였다. 나도 가볍게 미소로 답례했지만 긴장했는지 속이 울렁거렸다.

"참가자 여러분! 경기 시작합니다!" 사회자가 말했다.

참가자들이 저마다 자신이 원하는 바늘을 고르느라 한꺼번에 딸깍거리는 소음이 많이 났고, 곧 모두 작업을 시작했다. 나도 길게 심호흡을 한 번 하고 머릿속을 정리하려고 노력했다. 그리고 바늘 두 개를 골랐다.

내가 라운드 뜨기와 스트랜디드 배색뜨기의 조합을 싫어하는 이유는 내 작업 스타일 때문이다.

나는 내가 만드는 작품의 전체적인 모습과 작업 시간별 과정을 머릿속에 먼저 그린다. 그래야 전체의 모습에서 내가 작업을 끝낸 부분은 어디고, 지금 내가 어느 부분을 뜨고 있고, 앞으로 어디를 떠야 할 지 알 수 있다. 이것은 3차원 입체 형상으로 구현해야 한다. 그렇지 않으면 헷갈려서 실수를 하게 된다. 내가 아는 다른 사람들은 나와는 전혀 다르게 한 번에 한 가지에만 집중한다. 코를 만들고 안 뜨기를 하고 한 단을 완성하고, 그것이 끝나면 그다음 무엇을 해야 할지 생각한다. 나는 그렇게 할 수가 없다. 첫 시작을 하기 전에 이미 모든 것이 끝나 있어야 한다. 머릿속으로 모든 작업 과정을 그리면서 완성을 한 다음 시작을 하면, 그때부터는 손이 알아서 자동으로 움직인다.

그래서 나는 다른 참가자들과 달리 바로 패턴을 보고 뜨개질을 시작할 수 없다. 먼저 집중해서 머리로 작업을 끝내고, 손이 움직이는 내내 그 형상을 머릿속에 떠올려야 한다. 그래서 나는 자리에 앉은 후 눈을 감고 사오 분에 걸쳐 머릿속으로 시각화하는 작업을 해야 했다. 눈을 감자 관중석에서 속닥거리는 소리, 경기장 밖 박람회에서 들리는 왁자지껄한 소음들, 심지어 염소들의 울음소리까지 들려왔다. 마음속으로 이런 소음들을 차단하고 오직 패턴만을 생각했다.

60코에 50단이니 총 3,000콧수 작업이다. 그중 798코가 적색, 나머지는 모두 녹색이다. 라운드 뜨기를 진행한다. 작업 완료. 스트랜디드 배색뜨기를 진행한다. 작업 완료. 직물의 전체적인 형상과 크기를 체크한다. 작업 완료. 총 예상 소요 시간은? 77분.

나는 눈을 뜨고 작업을 시작했다.

나는 모든 소음과 잡념으로부터 완전히 분리되었다. 학교도, 로이드 매닝도, 나의 친구들과 메건과 프렌샵 아주머니도 지금 이 순간 나에게 존재하지 않는다. 내 생각을 온전히 지배하는 것은 오직 패턴뿐!

겉뜨기, 안뜨기 그리고 다시 겉뜨기... 바늘들은 완벽하고, 비단 같이 부드러운 실은 움직임에 맞추어 쉽게 풀렸다. 한 코도 빠트리지 않고 첫 번째 원형 고리를 마치고, 그다음 두 번째, 세 번째로 이어졌다. 시계도 보지 않았다. 그저 계속 진행했다. 현란한 손동작이 튕기고 뒤틀며 춤을 추고, 바늘이 날아다니는 사이, 넥 워머는 그 형태를 조금씩 갖추기 시작했다. 고리의 사이즈는 완벽했다. 너무 느슨하면 온기를 가둘 수가 없고, 너무 조이면 직물이 그 폭신한 촉감을 잃어버린다.

모든 것이 순조롭게 진행되었다. 아주 순조롭게.

사실 뭐, 늘 그렇듯 아무 일 없이 순조롭게 이대로 끝날 리가 없다. 내가 35단을 마무리하고 다른 색의 실로 바꾸려는 찰나, 왼편에서 커다란 굉음이 났다. 나는 너무 놀라서 하마터면 펄쩍 뛸 뻔했다.

옆자리의 깡마른 여자가 책상 위의 바늘 더미를 바닥에 쏟은 것이다.

"미안." 그 여자는 입 모양으로 말했다.

"괜찮아요?" 사회자가 다가와서 떨어진 바늘들을 정리해주며 내게 물었다. 나는 사회자에게 고개를 끄덕이고 괜찮다는 표시로 엄지를 세워 보여줬다.

"난 괜찮아요." 그리고 깡마른 여자에게도 입 모양으로 대답해줬다. 바로 그때, 뭔가 이상하다는 것을 알았다. 그녀가 슬며시 미소를 짓는 것이 아닌가. 일종의 암시를 보내는 그런 은밀하고도 교활한 웃음. 뭔가 나쁜 짓을 하고 나서 보란 듯이 짓는 그런 미소였다.

그녀는 분명히 일부러 바늘을 떨어뜨린 것이다. 나의 집중을 흐트러뜨리기 위해서. 이런 여우 같은 여자! 재빨리 그녀의 넥 워머를 훑어봤다. 괜찮았다. 고리 크기도 좋았고 가로뜨기도 단단해 보였다. 하지만 이제 20단 정도를 완성한 상태였다. 그건 당시 다른 모든 경쟁자들보다 앞선 것이었다. 나를 제외하고. 나는 훨씬 앞서 있었다. 그녀가 고의로 방해해서 나의 집중력을 흐트러 놓지만 않았어도 계속 그랬을 것이다. 하지만 이제 다른 경쟁자들도 나를 따라잡기 위해 필사적으로 손을 움직이고 있었다.

이 비겁한 수에 나는 크게 흔들렸다. 차마 메건을 쳐다볼 수가 없었다. 나는 다시 뜨개질 집중 모드로 들어가야 했다. 집중해, 벤! 집중해!

이번에는 더 오랜 시간이 걸렸다. 머릿속에 담았던 형상은 이미 깨끗이 지워지고 없었다. 그래서 다시 재구성해야만 했지만, 작업이 30퍼센트 이상 진행된 상태에서 그렇게 하는 것은 더 어려운 일이었다. 거기에다 이 깡마른 여자가 또 다른 비겁한 수를 구사하지 않을까 하는 걱정이 자꾸 들었다. 그녀기 이렇게 이기게 놔둘 수는 없었다. 원래 우승 같은 것은 생각하지도 않았다. 망신당하지만 않기를 바란 것이 전부였다. 하지만 이제 모든 것이 달라졌다. 그녀가 도전을 걸어왔고, 나는 그것을 피할 생각이 없다.

나는 눈을 감고, 다시 한번 깊게 숨을 들이켰다. 그때 순간 '핑!' 하는 작은 소리와 함께 머릿속에 사라졌던 이미지가 다시 나타났다. 이미 내가 작업을 끝낸 부분은 굵은 선으로 표시가 되어 있고, 아직 작업하지 못한 부분들은 회색 선으로 표시되어 있다. 내가 여기 단까지 완성시켰으니, 다음 색으로 넘어가야 했었군.

나는 다시 손을 움직였다. 하지만 움직임이 이전처럼 빠르지도 매끄럽지도 않았다. 여기저기 코를 빠뜨렸다. 하지만 내 의지는 확고했다. 머릿속에 남은 형상을 입체적으로 천천히 돌려 보았다. 조금씩 색들이 입혀지기 시작했다. 처음에 선명한 붉은 색이 나타나 첫 번째 단을 채웠다. 그리고 그 붉은 색은 점점 커져서 다음 단, 그 다음 단, 그리고 다시 세 단 더…

그때 옆자리의 깡마른 그녀가 갑자기 기침을 하기 시작했다. 아주 크게. 헛기침이 분명했다.

"여기 물 좀 주시겠어요?" 그녀가 큰 소리로 꺽꺽대며 말했다. 나는 정면을 응시한 채, 그녀를 머릿속에서 몰아내려고 노력했지만 손은 느려졌고 다시 실마리를 놓쳤다. 하는 수 없이 나는 동작을 멈추고 그녀의 이 소동이 지나가기를 기다렸다.

사회자가 다가와서 그녀에게 물을 건네고 돌아가자 나의 천적이 고개를 돌려 나를 보았다. 맹세컨대, 순간 그녀의 눈에서 사악한 빛이 뿜어져 나오는 것을 보았다. 어쩌면 머리 위의 조명이 그녀의 안경에 반사되었을 수도 있지만.

"네 말이 맞아. 이건 〈헝거 게임〉 같은 거야. 그리고 캣니스는 나 야!" 그녀가 내게 냉소적으로 말했다. 그러더니 그녀는 다시 뜨개질로 돌아가 속도를 높이기 시작했다. 아니면 내가 느려진 것일지도. 이제 그녀는 몇 단 안으로 나를 바짝 쫓아왔고 나는 입이 마르고 목이 타들어 가는 것 같았다. 그녀가 남긴 물이라도 마시고 싶다는 생각을 하며, 마른침을 꿀꺽 삼켰다.

다시 한번 눈을 감고 머릿속의 이미지를 생각해내려고 노력했다. 어렵게 다시 떠올릴 수 있었지만, 집중이 흩어졌고 자신감을 잃어버렸다. 집중력이 떨어지자 코를 빠트리는 실수가 더 잦아졌다. 한 단은 너무 엉망이었고 욕설이 절로 나왔다. 여우 같은 년! 나쁜 년!

결국 종료 시간이 되었고 나는 끝마치지 못했다. 두 번의 사악한 방해 공작이 없었다면 주어진 시간 안에 충분히 완성할 수 있었다. 감독관이 아무 말 없이 내 작품을 회수하면서 내 이름이 적인 표를 작품에 붙였다. 내 옆자리의 사악한 깡마른 여자의 것도 똑같이 걷어갔다. 부아가 치밀어 오른 나는 그 여자를 쳐다보지도 않았다.

"심사 시간은 약 30분 정도 걸릴 예정입니다. 결과를 기다리시는 동안 나가서서 박람회라도 둘러보시면 좋을 것 같습니다. 간단한 음료와 간식은 매점과 카페를 이용하시면 됩니다. 그럼 밤 9시에 이 자리에서 다시 뵙겠습니다." 사회자가 큰 소리로 말했다.

나는 나의 천적이 나가고 나서야 발을 끌며 중잉 홀로 나갔다. 후퍼 아주머니와 뜨개질 수업의 동료들이 나를 기다리고 있었다.

"너 정말 대단했어!" 나타샤가 포옹을 하며 말했다.

"네 옆에 앉은 참가자, 완전 나쁜 년이야." 아멜리아가 말했다. "우리가 분명히 봤다니까. 네가 얼마가 빠른지 계속 곁눈질 하면서 보더라고. 작정하고 방해한 거야."

"그래, 맞아. 그 여자 틀림없이 바늘 더미를 일부러 떨어뜨린 거야." 메건도 옆에서 거들었다. 말하는 것을 보면, 그녀가 생각했던 것보다 뜨개질 대회가 더 흥미진진했던 모양이다.

"확실히 그러긴 했어요. 집중을 다 흐트러트렸죠." 내가 말했다. 그 깡마른 여자가 홀 건너편에서 염소를 유심히 쳐다보는 모습이 보였다. 혹시 모를 일이다. 오늘 승리에 대한 감사의 표시로 자신이 섬기는 신에게 염소를 제물로 바칠 계획인지도.

"네가 그 여자보다 뜨개질을 훨씬 잘하더라. 나도 깜짝 놀랐어. 어찌나 네 손이 빠른지. 바늘이 움직이는 것도 보이지 않더라니까." 후퍼 아주머니가 말했다.

"고마워요." 기분이 조금 풀렸다.

"가서 차라도 마시자. 너 배고프니?" 아주머니가 물었다.

식욕의 고삐가 풀려버렸다. 후퍼 아주머니가 나를 위해 사 온 참치 샌드위치와 감자 칩을 순식간에 먹어 치웠다. 아주머니는 심사가 어떻게 진행되는지 보고 온다고 자리를 뜨셨고, 아멜리아는 방적기를 넣을 놓고 보더니 어디론가 사라져버렸다. 그렇게 나는 나타샤와 메건과 함께 남겨졌다. 어색한 정적이 흘렀고, 나는 남은 샌드위치를 입 안에 밀어 넣었다.

"네가 바로 그 메건이구나?" 내가 샌드위치를 씹느라 분주할 때, 나타샤가 먼저 입을 열었다.

메건은 놀란 눈으로 나타샤를 쳐다보면서 고개를 끄덕였다.

"벤이 네 이야기를 얼마나 했다고." 나타샤가 말했다.

"제가요?" 나는 얼른 입에 있는 것을 삼키고 물었다.

"벤이 그랬어요?" 메건이 물었다.

나타샤가 머리를 끄덕이며 말했다. "넌 뜨개질 수업 내내 계속 메건 이야기만 하잖아."

오늘 최악의 창피는 뜨개질 대회가 아니라 바로 이 순간이었다. 나타샤의 말은 이런 셈이다. 안녕, 메건. 네 옆에 앉은 빙구 벤은 약골에 뜨개질이나 하는 못난 놈인데, 너에 대한 집착이 장난이 아니야. 하필 막 입안에 남은 샌드위치를 밀어 넣은 상황이라 변변한 방어도 할 수 없었다.

"벤과 함께 뜨개질 수업 듣고 있어요?" 메건이 엷은 미소를 띠면서 나타샤에게 물었다.

"응. 아주 사교적인 수업이야." 나타샤가 고개를 끄덕였다.

"그럼 뜨개질하면서 계속 서로 수다를?" 메건의 목소리 톤이 조금 올라간 듯 들렸다.

"그럼. 우리가 얼마나 말이 잘 통하는데. 그렇지, 벤?"

나는 억지웃음을 지으며 고개를 끄덕였다. 아! 차라리 아빠와 〈탑 기어〉를 보던 때가 좋았다.

다행히 마침 후퍼 아주머니가 오셔서, 심사가 끝나서 곧 우승자를 발표할 거라고 말씀해주셨다. 내가 상의의 부스러기를 털고 일어섰을 때, 메건이 내 손을 꽉 잡아 쥐었다. 마치 헤어지는 마지막 인사처럼 느껴졌다.

"행운을 빌어. 벤." 메건이 말했다.

"고마워." 나는 당황하며 대답했다.

시합이 펼쳐졌던 장소의 뜨개질 책상들은 이미 치워지고 없었다. 우승자 발표를 듣기 위해 우리는 중앙으로 모였지만, 나는 이미 수상에 대한 기대는 버렸다.

제발 우승자가 다른 사람이기를. 깡마른 여자만 아니기를 간절히 바랐다. 그녀는 캣니스가 아니다.

"신사 한 분과 숙녀 여러분!" 사회자의 농담이 점점 늘고 있는 것 같다. "감독관들로부터 기술적인 측면에 대한 보고서를 받았으며, 심사위원들은 참가자의 작품 하나하나를 꼼꼼히 살펴보았습니다."

사회자가 긴장을 고조시키려는 듯 잠시 말을 멈췄다. "최근 수년간의 예선전 중 오늘이 가장 치열한 경쟁이었습니다." 그녀가 계속 말을 이었다. "저희는 원래 제한된 시간 안에 작품을 완성할 사람이 있을 것이라고는 기대하지 않았습니다. 하지만 한 참가자는 거의 완성된 작품을 제출했습니다."

후퍼 아주머니가 내 옆에 서서 응원을 하려는 듯 나를 향해 미소를 지었다. 메건이 한 쪽에 멀찌감치 떨어져서 지켜보고 있었다.

"이번 대회 우승자 선정에는 심사의원들이 고심을 거듭할 정도로 결정에 어려움이 많았습니다."

어느새 나타샤가 내 옆으로 슬그머니 다가왔다. 나는 고개를 돌려 그녀에게 미소를 지어 보였다.

"우승자는 오직 한 명뿐입니다. 하지만 1위부터 3위까지의 입상자에게도 소정의 선물이 준비되어 있습니다."

깡마른 여자가 앞쪽에 서 있는 것이 보였다. 두 손을 앞으로 내밀어 꼭 쥐고 있었는데 마치 곧 기도를 하려는 것처럼 보였다. 혹시 내가 입상자에 들어갈 수도 있을까?

"3위는... 야스민 고어!"

야스민이 귀가 찢어질 듯한 고음의 소리를 질렀다. 사람들이 곧 박수를 쳐주며 축하해주었다.

목청 좋은 그녀는 빨간 카디건을 입고 있었다.

사회자를 보조하는 행사 진행자가 사람들 속으로 들어와 야스민에게 뜨개질 용품이 가득 든 종이 봉지를 전달했다. 나는 상품이 뭔지 자세히 보려고 목을 길게 뺐다. 내가 본 게 앙고라 털실이 맞나?

"2위는... 데니스 핸콕입니다!" 사회자가 소리쳤다. 이번에도 높은 고음의 비명이 들렸고, 사람들이 더 우렁찬 박수로 축하해주었다. 이걸로 내 실낱같은 기대도 사라졌다. 데니스의 작품은 내가 이길 수 있을 거라고 생각했었다. 깡마른 여자도 같은 판단을 했었는지, 몸을 돌려 데니스를 바라보며 히죽히죽 웃으면서 느긋하게 박수를 쳤다. 정말 저 여자가 꼴 보기 싫다! 이번에도 보조 진행자가 관중들을 뚫고 입상자에게 부상을 전달하고는 다시 자리로 돌아갔다.

"이제 1위는 바로..."

우리 모두 숨을 죽인 채 사회자의 다음 말을 기다렸다. 나타샤가 내 손을 꽉 움켜쥐었다. 그녀도 긴장했나보다.

"자넷 페어뱅크스!" 심장이 덜컥 내려앉았다.

이번엔 아무런 비명도 들리지 않았다. 사람들도 자넷을 찾느라 고개를 두리번거렸다.

"자넷 씨 여기 없으신가요?" 사회자가 물었다.

"그냥 갔나 봐요!" 누군가 소리쳤다.

그때 나는 너무나도 기분 좋은 광경을 보았다. 이리저리 움직이는 사람들 속에서 화가 잔뜩 난 깡마른 여자의 모습이 보였다. 결국, 그녀는 캣니스가 아니라 그냥 자넷이었다. 나는 만족스러운 웃음을 지었다.

"자넷 페어..."

"내가 자넷 페어뱅크스예요!" 그녀가 사회자의 말을 자르며 소리쳤다. 그녀는 낚아채듯이 부상이 든 선물을 받고는 곧바로 사람들 속으로 사라졌다. 나와 눈이 마주치는 것을 피하려는 것처럼 보였다.

후퍼 아주머니가 내게 윙크를 했다. 나도 미소로 답했다. 결국 나는 아무 상품도 받지 못하게 되었다. 하지만 반칙왕 자넷도 우승을 놓쳤으니 응당한 벌을 받은 셈이다.

"자, 이제 마지막으로 햄프셔 지역 예선 주니어 부문 우승자입니다. 그 주인공은..."

마치 TV 오디션 프로그램처럼 사회자는 충분히 뜸을 들이며 긴

230

장을 고조시켰다. 그리고 소리쳤다.

"벤 플레처!"

물 속으로 잠수했다가 물 밖으로 나오면 귀가 멍멍해지는 경험을 다들 해봤을 것이다. 그때 내가 그랬다.

이게 정말 현실일까?

그제야 나는 경기장 전체가 엄청난 함성으로 울리고 있다는 것을 깨달았다. 후퍼 아주머니가 내 등을 철썩 때렸다.

"잘했어, 벤!" 아멜리아가 내 팔을 붙들고 소리쳤다.

"우후~~!!" 아멜리아가 계속해서 찢어질 듯 소리를 질러댔고 나는 놀라서 눈만 껌뻑거리고 있었다.

그때 나타샤가 내 몸을 잡아 끌어 돌리면서 크게 포옹을 했다. 그녀의 어깨너머로 메건이 보였다. 메건이 축하를 해주려는지 내 쪽으로 다가왔는데, 그 순간 나타샤가 갑자기 뒤로 물러서면서, 메건의 발을 밟았다. 약간 화가 난 표정으로 비틀거리던 메건은 이내 사람들 속에 파묻혔다.

그리고 나타샤가 내게 키스를 했다.

12월 17일

말했듯이 어젯밤은 정말 이상했다. 감정이 너무 고조되었다. 정말 멋진 시간이었고, 우승을 하게 되어 기뻤지만, 도대체 뭐가 어떻게 된 것인지를 이해하려고 머리가 복잡했다. 어쩌면 처음부터 내 착각이었을지도 모를 미스터리를 풀려고 노력하면서.

메건의 행동이 그렇다. 결과가 발표된 후 그녀는 어디로 가버렸는지 보이지 않았다. 뭔가가 자꾸 마음에 걸렸다. 아무리 뜨개질 대회가 재미가 없었어도 나를 축하해주러 잠깐이라도 와줄 수는 있는 거 아닌가. 우리는 친구조차 될 수 없는 건가?

남은 사람들과 함께 우리는 축하 기념으로 컵케이크를 먹으러 카페에 갔다. 후퍼 아주머니는 메건을 찾으러 갔다가 돌아와서는 메건의 몸이 좀 안 좋은 것 같다며 집에 데려줘야 할 거 같다고 했다. 내일 학교에서 메건을 찾아가 봐야 할 것 같다. 뜨개질 한다는 것이 너무 부끄러워서 말하지 못했다고 설명할 것이다. 그녀도 이해해주겠지. 그랬으면 좋겠다. 하지만 그녀가 다른 사람에게 내 비밀을 이야기하지는 않을까 걱정이 되는 것도 사실이다.

두 번째는, 나타샤의 키스다. 그녀의 키스는... 조금 촉촉했다. 축하의 표시로 가볍게 볼에 하는 뽀뽀 같은 것이 아니었다. 하지만 그녀는 원래 스킨십을 좋아하는 편이니까. 혹시 그녀가 나를 마음에 두고 있는 건가? 연하인 남자를 좋아하나? 설마 아니겠지.

세 번째로 신경이 쓰이는 것은 내가 영국 뜨개질 챔피언십 대회 지역 예선 주니어 부문에서 덜컥 우승을 해버렸다는 거다. 즉, 런던에서 열리는 최종 본선에 출전해야 한다는 거다. 처음 든 생각은 수상을 거부하는 거였다. 수상을 하면 내가 뜨개질을 한다는 사실을 비밀로 하는 것은 불가능하다. 하지만 그렇다고 진짜 내려놓을 수도 없지 않은가? 그건 후퍼 아주머니와 나를 응원하고 축하해준 모든 사람들을 실망시키는 것이다. 그리고 무엇보다 가장 싫은 것은, 그러면 나 대신 깡마르고 못된 자넷 페어뱅크스가 본선에 나가게 되는 거다.

내가 그 꼴은 못 보지. 안 그래?

12월 18일

'니트 위트'의 팟캐스터들에겐 우울한 날이다. 알라나는 록키 코스트 카디건을 뜨고 싶어서 안달이 나 있다. 인터넷으로 확인해 봤는데 정말 인상적이었다. 그녀는 10.5사이즈의 적당한 바늘도 이미 가지고 있다. 문제는 어떤 실을 사용할지 아직 결정을 못했다는 것이다. 패턴에는 중간 굵기의 실이 적절하다. 마침 그녀는 홑실로 된 유기농 알파카를 포함해 충분한 양의 실을 가지고 있는데, 하필이면 네이비블루만 남아 있다고 한다. 바로 그 점이 문제인 것이다. 알라나는 네이비 색은 절대 입지 않는다고 한다. 아무리 아름다운 카디건이라도 입지 못한다면 그렇게 정성을 다해 뜨개질해야 할 이유가 있을까? 게다가 어두운 색은 멋진 꽈배기 무늬를 잘 드러내지 못한다. 대신에 그녀가 가지고 있는 연한 파랑색의 말라브리고 실은 카디건에 아주 잘 어울리는 색이다. 정말 멋진 카디건이 될 것이다. 다만 보풀이 장난 아니게 뭉치겠지만.

알라나, 내가 전문가는 아니지만 그게 홑실을 사용하면 발생하는 문제라고요.

마리는 늘 그렇듯이, 해결책을 찾는 데는 전혀 도움이 안 된다. 게다가 그녀는 말을 많이 하지 않는다. 그리고 그녀는 실에 관해서 잘난 척 까다롭게 군다. 유기농 실이어야 하고, 특이해야 한다.

그녀에게 평범한 메리노 실은 자격 미달이다. 가끔 내가 '니트 위트'의 알라나의 파트너에 더 잘 맞을 것 같다는 생각을 한다. 만약 결승전에서 우승을 한다면 마리를 밀어내고 게스트 자리를 꿰찰 수 있을까? 알라나는 목소리도 꽤 귀엽다. 갑자기 그녀의 나이가 궁금해졌다.

12월 19일

오늘 학교에서 메건을 찾았는데 어디에도 보이지 않았다. 재스민과 마주쳐서, 그녀에게 메건을 보았는지 물어 보았다. 그녀는 또 그 표정이다.

"아니." 그녀가 쏘아붙이듯 말했다.

"혹시 메건이 날 피하는 거야?" 내가 물었다.

"메건이 널 왜 피하는데?"

"그건... 나도 모르지."

"그럼 이만."

"잠깐만, 혹시 메건 보면 내가 미안하다고 전해줄래?"

"뭐가 미안한데?" 재스민이 히죽거리며 되물었다. 가슴에 서늘한 기운이 느껴졌다. 메건이 그녀에게 뭔가 말한 것이 분명하다. 그녀는 어디까지 알고 있을까?

"메건이 너에게 뭔 말했어?" 나는 떠보듯 물었다.

"뭔 말?"

"아무것도 아니야." 나는 그녀에게 등을 돌리고 자리를 떴다.

12월 20일

오늘 저녁 뜨개질 수업에서 후퍼 아주머니에게 말했다. 스왈로 선생님이 남자 친구에게 줄 탱크 탑을 하나 만들어 달라고 부탁한 사실과 그 값을 치르고 싶어 한다는 것도.

"그거 좋은 소식이네. 그리고 사실 말해두려고 했는데, 이제 너는 지역 예선 우승자야. 그걸 너를 위해서 잘 활용해 봐."

"어떻게요?" 내가 물었다.

"엣시 사이트를 들어 본 적 있니?"

"네. 언제가 스왈로 선생님이 이야기 한 적이 있어요."

"그럼 네가 원하면 그곳에 공급업자로 등록할 수가 있어. 너는 주니어 부문 결승 진출자니까 많은 주문을 받을 수 있을 거야."

아주머니의 말에 생각이 들었다. 뜨개질로 정말 돈을 벌 수 있을까? 집에 돌아와서 사이트를 살펴봤다. 나만의 페이지를 만드는 것은 아주 간단했다. 댓글들을 읽어보니 실제로 이것을 주업으로 삼는 사람도 있었다. 판매하려고 올린 상품들을 살펴보니 조악한 것도 꽤 많았다. 내가 훨씬 더 잘 만들 자신이 있었다.

조금 번거로운 일이 있기는 하다. 웹사이트에 등록할 때 내가 만든 직물을 착용한 사진 몇 장을 같이 등록해야 한다. 내 옷을 입어줄 모델을 도대체 어디서 구하지?

12월 21일

크리스마스 연휴 전 마지막으로 학교에 가는 날이다. 나는 학교의 메건의 사물함 위에 크리스마스카드와 초콜릿이 든 작은 상자를 올려놓았다. 하지만 그녀에게 말할 기회가 없었다.

오늘 스왈로 선생님에게 탱크 탑을 선물했다. 카드와 함께. 그녀는 너무 좋아하며 포옹까지 해줬다. 학교에서. 그것도 교무실 바로 밖에서. 사람들이 볼 수 있는 그런 곳에서 말이다. 그녀에게서 희미

한 레몬 향이 났다. 이전에는 레몬이 그렇게 섹시한 과일인지 몰랐었는데.

나타샤에 이어서 스왈로 선생님까지? 나는 마치 매력남이 된 것 같다. 물론 모두에게 통하는 매력남은 아니다. 특히 내가 좋아하는 사람에게는 통하지 않는다. 나는 연상에게만 인기가 있는 것일까?

"이거 정말 멋지다. 고마워, 벤."

"스왈로 선생님?" 그녀가 가려고 할 때 내가 말했다.

"응?"

"선생님 혹시... 이 탱크 탑을 입은 선생님 남자 친구 사진을 하나 얻을 수 있을까요?"

"어, 그래. 그런데 왜?" 그녀가 어리둥절해하며 물었다.

"제가 남자 모델이 필요해서요. 아, 그러니까 제 웹 사이트에 남자가 착용한 사진을 올려야 해서요. 광고용으로요. 익명을 원하시면, 제가 얼굴은 잘라내고 올릴게요."

그녀는 잠시 생각하는 듯 보였다.

"그에게 물어볼게. 그런데 왜 직접 입어서 올리지 않고?"

나는 웃었다. "제가 몸이 좀... 작아서요. 옷이 잘 드러날 수 있는 다부진 상체의 모델이 필요해요."

그녀가 나에게 미묘한 웃음을 지어 보였다.

"알았어. 벤." 그녀가 말했다.

내가 자리를 떠나는데 뒤에서 그녀가 소리쳤다.

"그래도 명심해, 벤! 남자는 다부진 상체가 전부는 아니란다."

맞아요, 선생님. 저도 그렇게 생각하고 싶네요.

크리스마스 당일

[오후 3시 34분]

아주 즐거운 크리스마스 저녁 식사였다. 몰리는 정말 신이 났다. 엄마가 크리스마스 크래커(＊두 사람이 양쪽 끝을 잡고 당기면 터지는 튜브 모양의 긴 선물 꾸러미로 크리스마스 파티 때 쓴다)에 실제 마술에서도 사용하는 작은 마술 세트를 넣어 두었다. 그러곤 엄마만의 멋진 마술들도 보여주셨다. 얼마나 많은 곳에 숨겨놨는지 엄마가 손을 대는 곳마다 방울양배추가 불쑥불쑥 나타났다. 아빠가 큰 새에 자신의 특제 소시지 속을 넣고 싶다는 중의적인 농담을 했을 때조차도 나는 웃어주었다. 부모님께서 내게는 새 핸드폰을 선물로 주셨다. 멋진 날이다.

"그래서 올해 마지막 날에는 뭘 할 생각이야?" 디저트를 먹으면서 엄마가 물었다.

"아무것도 안 해요."

"정말? 친구들 만나러 밖에 안 나가고?"

"안 나갈 거예요. 만나면 늘 사고만 터지는데요. 집에 있다가 잠이나 일찍 잘래요. 밀린 공부도 좀 하고요."

"그럼 집에서 함께 연말 퀴즈 프로그램이나 볼까?"

"좋은 생각이에요, 엄마." 사실 내가 정말 하고 싶은 것은 물론 뜨개질이었다. 하지만, 아빠가 함께 있는 자리에서 그렇게 말할 수는 없다.

"원하면 친구들을 집으로 초대해도 좋아."

절대 안 된다. 녀석들은 사고뭉치다. 녀석들하고 좀 떨어져 있는 것이 모두를 위해서 좋을 것 같다. 특히 젝스와는.

[오후 11시 38분]

방금 오렌지 맛 초콜릿 절반을 해치웠다. 조금 물린다.

온 가족이 〈오리엔트 특급 살인〉을 보느라 늦게까지 깨어있었다. 엄마가 제일 좋아하는 영화다. 아빠는 살인자가 누군지 기억이 나지 않는단다. 모두가 기가 막혀서 아빠를 쳐다봤다. 하지만 아빠는 늘 그랬다. 본 영화도 읽은 책도 제대로 기억하는 것이 없었다. 물론 신기하게도 제2차 세계대전은 예외다. 제2차 세계대전이 화제에 오르면 시시콜콜 끝나지 않는 설명에 지루해 죽을 지경이다.

아빠는 영화가 끝나기 20분 전에 잠이 들었다가, 방금 침실로 가셨다. 이런 식이면 범인이 누구인지는 영원히 모르실 거다.

남은 오렌지 맛 초콜릿을 마저 먹을까 생각하고 몸을 일으키는데, 새 핸드폰에서 코믹한 벨 소리가 울렸다.

메건에게서 온 메시지였다.

메리 크리스마스, 벤. 카드와 초콜릿 고마워.

지난주 우승을 축하해줄 기회를 놓쳐서 아쉬워. 내일 집에 있어? 잠시 들러서 선물 전해줄게.

그렇다면 그녀가 나를 일부러 피한 것은 아니란 거네? 내일 집에 있을 거라고 바로 답장을 보냈다. 혹시 그녀는 나타샤가 내 여자 친구라고 오해하고 있는 것일까? 아마도 그녀에게 그런 것은 아무래도 상관없는 것이겠지만. 문자의 분위기가 확실히 친근하게 느껴졌다. 그것은 그동안 그녀가 내게 가진 감정이 무엇이었던지 간에 이젠 잘 정리된 것을 뜻하는 거겠지. 하지만 키스는 안 된다. 잠깐, 키스가 안 된다니 그게 무슨 소리야. 친구 사이라도 키스는 할 수 있지 않나?

어느 쪽이든 그녀가 내일 나를 찾아와 선물을 준다는 사실에 신이 났다. 젠장! 지금 생각해 보니 내일 뭘 입어야 하지? 지금 나는 크리스마스를 위해 구입한 눈사람을 모티브로 한 털북숭이 스웨터를 입고, 몰리가 크리스마스 선물이라고 준 우스꽝스러운 괴물 슬리퍼를 신고 있는데.

12월 26일

메건이 선물을 주려고 아침에 찾아왔다. 나는 스키니 진에 GAP 브랜드 후드티를 입었는데, 나쁘지 않은 조합이라고 생각했다. 머리에 여전히 사슴뿔을 쓰고 있었다는 사실을 알기 전까지는. 그게 오히려 내가 옷차림에 별로 신경 쓰지 않는 것처럼 보였을 것이다. 그녀는 산타 모자를 쓰고 있었는데, 그녀에게는 조금 커 보였다. 그래서 더 귀여워 보였다. 사랑스러운 큰 두 눈과 긴 속눈썹의 메간 후퍼! 나는 속으로 탄식했다.

"네가 뜨개질을 좋아하니까." 그녀가 말했다. "맘에 들었으면 좋겠다."

"정말 마음에 들어." 그녀가 먼저 말해줘서 정말 다행이다. 하마터면 아빠 앞에서 열어볼 뻔했다. 나중에 열어보니 짙은 홍색의 두 겹으로 꼬아진 메리노 실이었다. 역시 그녀는 센스가 좋다.

"잠시 집에 들어올래?"

"아니야. 할머니네서 점심 먹기로 했어."

"그렇구나, 메건. 있잖아." 내가 말을 꺼냈다.

그녀가 잠시 서서, 뭔가를 기대하는 듯이 나를 보았다.

"미안해. 그 있잖아. 요전 날 밤 일."

"무슨 일을 말하는 거야?" 그녀가 물었다.

"오, 그러지 마. 너도 재스민처럼 말하는구나. 나는 단지 너한테는 분명히 충격이었을 거 같아서 하는 얘기야."

"그래, 조금." 그녀가 잠시 뜸을 들였다가 말했다. "나한테 말도 없었던 것이 놀랍긴 했지."

"다른 사람에게 이야기하지는 않았지?"

그녀가 어깨를 으쓱했다. "재스민에게는 말했어."

그럴 줄 알았다.

"왜? 그게 비밀이야?" 그녀가 코를 훌쩍이며 물었다.

"응. 그렇지."

"하지만…"

"절대로 퍼져선 안 될 비밀이야." 나는 분명한 어조로 말했다.

"알았어. 재스민에게 입 꼭 잠그라고 말해둘게." 그녀가 갑자기 차갑게 말했다. "메리 크리스마스." 그러곤 그녀는 뒤돌아 가버렸다. 도대체 왜 그녀는 나에게 화를 냈던 거지? 내가 무슨 말을 해주기를 기대한 걸까?

12월 27일

내 심적 상태는 여전히 그대로다. 방금 스왈로 선생님으로부터 이메일을 받았다.

안녕 벤.

여기 조의 사진을 몇 장 보내. 한껏 가슴 근육에 힘준 모습이야. 물론 탱크 탑 때문에 보이지는 않겠지만 말이야. 네 마음에 들었으면 좋겠다.(근육 말고 사진이.) 조도 니트웨어 모델로서의 새로운 역할에 아주 만족하고 있어. 그리고 너를 위해 기꺼이 얼굴을 공개해도 좋다고 했어.

웹사이트가 대박 나기를 바라!

Jx가.

추신: 지구라트는 잘 되고 있어?

이제 제시카 스왈로 선생님의 이메일 주소를 알게 되었다. 아니면 J의 이메일 주소를 알게 되었다고 해야 할까? 이제 그녀는 나에게 Jx일 뿐이다. 나는 그녀에게 B겠지. 아니면 Bx던가. 그녀가 이메일에 키스 이모티콘을 넣어 보냈다. 나도 응해야 할까? 그렇다면 나도 같은 키스 이모티콘을 보내야 할까? 키스에 뭘 더 추가하는 것이 좋을까? 웃는 얼굴? 아니다. 이메일이나 문자에 키스 같은 이모티콘들을 쓰는 것은 여자들이나 하는 것이다. 아빠라면 '그건 사내자식이 할 만한 일이 아니야'라고 하시겠지.

나는 일단 한 시간을 기다렸다. 너무 일찍 답변하면 안달하는 것 같을 테니까. 그 후에 난 7분을 더 기다렸다. 정확히 한 시간 이후 답변을 하면 일부러 기다린 티가 날 테니까.

안녕하세요.

고마워요! 모든 사진이 다 멋져요.

B가.

좋았어! 티 안 나게 잘 썼다. 아주 사언스럽다.

12월 28일

조의 사진을 내 엣시 페이지에 올렸다. 모든 것이 멋져 보였다. 물론 조도 그렇다. 내가 만든 탱크 탑을 입고 있으니까. 나는 사진 밑에 설명을 붙였다. '햄프턴 FC 스트라이커 조 보일이 입은 네 겹의 메리노 실로 만든 네이비 색상의 클래식 탱크 탑.'

어쩌면 햄프턴 FC 팬들로부터 '좋아요'를 좀 받을지도 모르겠다.

12월 29일

그렇게 젝스한테서 벗어나 지낸 3일이 끝이 났다. 나는 영화 〈대부〉의 마이클과 같은 처지다. 아무리 발버둥을 쳐도 조직을 벗어날 수 없다. 녀석들은 언제나 나를 다시 조직 속으로 끌어들인다.

오늘 조즈와 함께 자전거를 타고 공원을 돌다가 망가진 그네 옆에서 노닥거리고 있는 젝스와 프레디를 보았다. 애들이 우리를 불렀다. 젝스의 얼굴을 보자마자 녀석이 또 뭔가 엉뚱한 짓을 계획하고 있다는 것을 알 수 있었다. 젝스는 잔뜩 사악한 표정을 하고는 주의를 끊임없이 살펴보았다. 녀석에게 둥글게 말린 콧수염이 있다면 영화 속의 한 장면이 절로 떠오를 것이다. 철로 위에 묶여 비명을 지르고 있는 금발의 여자와 그녀를 바라보며 킬킬 웃어대는 사악한 악당!

"뭔데?" 나는 방비 태세를 갖추고 물었다.

"너희들 올해 마지막 날 뭐하냐?" 그가 우리에게 물었다.

"아무 계획 없는데." 조즈는 즉각 대답했다.

나는 망설였다. 나는 마지막 날을 집에서 엄마와 함께 보낼 생각이다. 그러다 슬며시 올라가 뜨개질을 할 것이다. 나는 이전 수업 시간에 후퍼 아주머니가 말해준 복잡한 목선 패턴 작업을 하고 있었는데, 이것을 2Patz에 적용해 볼 생각이었다. 하지만 이런 이야기를 녀석에게 할 수는 없다. 사실 최근 기존 구성에 대대적인 수정을 했기 때문에 더 이상 2Patz라 부를 수 없었다. 이제는 3Patz인 것이다.

"좋았어! 그럼 너희들도 우리랑 같이 '위키드'에 가자." 젝스가 말했다.

"뮤지컬 말하는 거야? 나 그거 이미 봤는데." 내가 대답했다.

녀석들이 한심하다는 듯 나를 쳐다봤다. 순간 무슨 말인지 이해가 되었다.

"아, 헤슬미어 번화가에 있는 나이트클럽을 말하는 거구나?"

"그래. 클럽에 가자는 말이야." 프레디가 말했다.

"나는 못 가. 나는 클럽을 좋아하지도 않고 아직 미성년자라 입장도 불가라고. 게다가 나는 지금 보호관..."

"그 놈의 보호관찰 얘기 좀 작작 해." 젝스가 내 말을 잘랐다. "그 곳엔 여자들이 바글바글 하다고."

"나는 '되갚기' 프로그램을 해야 하거든..." 나는 빠져나갈 구멍을 찾았다.

"햄프턴의 숙녀분들에게 '되갚기'를 한다고 생각하면 되겠네." 조즈가 말했다.

"내가 그 여자들에게 뭘 되돌려 주는데?" 내가 물었다.

"빨랫줄에서 훔친 속바지를 돌려주는 건 어떠냐?" 젝스가 말했다.

모두의 정신없는 웃음이 잦아들자 프레디가 그제서야 자기 친구인 바즈가 위키드에서 일해서 우리를 들여보내줄 수 있다고 말했다.

"그 놈이 그러는데 신년 맞이 날에는 여자는 무료입장이고 남자들만 유료라서 여자들이 훨씬 많이 있다는 거야. 그럼 남자들이 모자라니까 여자들이 안달이 날 수 밖에 없겠지. 안 그래? 섹시 댄스를 막 출 텐데 몸이 달아오르지 않겠어. 여자끼리 키스하는 것도 구경할 수 있을 거야. 그러다 시간이 자정을 향해 달리면 여자들이 바지 입은 놈이면 잡지 못해 안달날 거란 말이지. 빙구 같은 너한테도 달려들 거다. 벤."

"기 살려줘서 참 고맙다." 내가 말했다.

"바즈가 그러는데 여자들이 주머니에 전화번호를 꽂아주고 난리도 아니래." 젝스가 눈이 한껏 커져서는 말을 이었다. "온종일 더듬어 대고 천국에 있는 것 같다더라."

"젝스! 바즈가 거기서 일하는 건 나이가 18세가 넘었으니까 그렇지. 우리는 원래 입장도 못하는 나이인데 그런 일이 있겠어? 바깥에서 신호를 주기만 기다릴 거야?" 내가 말했다.

"우리는 클럽 직원으로 변장할 거야." 젝스가 자신의 기발한 계획이 뿌듯한지 눈을 반짝이며 말했다. "클럽 직원 티셔츠를 입고 있는데 누가 신분증을 보자고 하겠냐?"

"그 티셔츠는 어디서 구할 생각인데?" 내가 물었다.

"바즈가 낡은 티셔츠를 몇 벌 가져다줄 거야. 다음 주까지 우리가 세탁해서 돌려주면 감쪽같이 아무도 모르고 넘어갈 수 있어."

"도대체 바즈가 왜 우리를 도우려고 하는데?" 나는 미심쩍은 말투로 물었다.

"그 자식이 이미 클럽에서 잘렸기 때문이지. 알아듣겠어? 이제 겁나는 게 없거든." 젝스가 말했다.

"걔는 왜 해고되었는데?"

"여자 화장실에서 여자랑 키스하다가 딱 걸렸거든."

"걔는 정말 전설이다." 프레디가 말했다.

"그래서 어떻게 할래? 낄 거지?" 젝스가 물었다.

"난 빠질래."

"왜?" 젝스는 내 대답에 놀란 것 같았다.

"우선 그 계획이 통할 리가 없어. 어떻게 해서 걸리거나 체포되지 않고 안에 들어갔다고 치자. 하지만 거기서 여자들을 만나서 잡담하며 돌아다닌다고? 그럴 리도 없지만 그랬다간 바로 눈에 띄어서 쫓겨나겠지. 아마 우린 그냥 끝날 때까지 내내 술만 퍼마실걸."

"그래도 거긴 어둡잖아." 젝스가 약간 풀이 죽어 말했다. "그리고 엄청 시끄럽다고. 신년 맞이 밤에는 모두가 다이어트 중인 발레리나 같은 마음이라고. 뷔페가 눈앞에 있는데 우리 신분을 누가 알아차리겠니? 또 알아챘다고 해도 입장 불가인 줄 몰랐다고 우기면 되잖아."

"그럼 입고 있는 유니폼은 뭐라고 변명할 건데?"

"이 빙구 놈은 아까부터 계속 질문만 하네." 젝스가 씩씩대며 말했다. "문제만 보려고 하지 말고, 기회를 보라고!"

"벤, 너 그날 거기에 누가 오는 줄 알아?" 프레디가 음흉한 표정으로 나를 보며 물었다.

"누가 오는데?"

"선생님."

"그로버 선생님이 오냐?" 나는 사실 프레디가 누구를 말하는지 완벽하게 알고 있었다.

"자신의 뜨거운 오븐에 묵직한 것을 거칠게 넣는 것을 좋아하는 선생님이지."

"됐다, 됐어. 중의법은 관둬라. 집에서 신물 나게 듣는다고. 스왈로 선생님이 거기 간다는 거잖아. 그게 뭐? 핵심이 뭔데?"

프레디가 드디어 폭탄을 투하했다.

"조하고 헤어졌대. 그러니 지금 그녀는 싱글이라는 얘기지. 그게 핵심이야."

뭐 이런 개뼈다귀 같은 소리를!!

12월 30일

둘이 헤어진 날은 분명 금요일쯤이었을 거다. 프레디가 말하길 조가 다른 가족들과 함께 프레디네 집에 방문했었다고 한다. 조는 계속 기분이 좋지 않았으며 거기서 스왈로 선생님과 헤어졌다는 이야기를 했다고 한다.

"왜 헤어졌는데?" 나는 프레디에게 물었다.

"나도 모르지." 그가 어깨를 으쓱하며 대답했다.

"안 물어 봤어?"

"조가 엄마한테 한 말인데, 나는 게임하고 있어서 제대로 안 들었어." 프레디는 지금 이 대화가 지루하다는 듯 대답했다.

"프레디, 야, 임마. 이건 정말 중요한 얘기라고." 나는 약간 신경질적으로 말했다. "조가 바람피운 거래? 아니면 그냥 자연스럽게 서로 멀어진 거? 선생님은 지금 괜찮은 거야? 상처를 많이 입은 것 같아? 그래서 모든 남자를 증오한대? 아니면 복수를 생각하거나 다시 조하고 잘해볼 생각은 없고?"

"클럽에 같이 가자. 그럼 알 수 있겠네." 젝스가 말했다.

"생각해 볼게." 나는 아무렇지 않은 척 말했다.

망할 자식! 망할 자식!

1월 1일

어젯밤 일은 어디서부터 이야기를 시작해야 할지 모르겠다. 일단, 집을 나가는 것부터 난관이었다. 스왈로 선생님과 나이트클럽에서 마주치게 된다는 생각을 하니 긴장이 되었다. 혹시 그녀와 벌어질 수도 있는 상황을 대비해 준비하느라 많은 시간이 걸렸다. 먼저 애프터셰이브 스킨을 발랐다. 너무 많았는지 일부가 목을 넘어가 캑캑거렸다. 하루가 지나도록 그 느낌이 목 끝에서 없어지지 않았다.

나는 단정하게 흰 티셔츠와 스키니 진을 입고 적당한 신발을 신었다. 젝스가 알려준 대로다. 그런데 문제는 제대로 적당한 신발이라는 것이 할머니 장례식에서 신으라고 엄마가 사준 구두가 전부라는 것이다. 클럽에 신고 가기엔 너무 과해 보였다. "컨버스 운동화는 절대 안 돼!"라고 젝스가 말했으니까 남은 것은 학교에 신고 다니는 신발 밖에는 없었다. 그래서 아빠의 투톤 구두를 빌리기로 했는데, 이건 아빠가 엄마와 길퍼드에 있는 '80년대 학교로 돌아가는 밤'이라는 디스코장에 갈 때 신는 거였다. 내가 신발에 문외한이긴 하지만 누가 봐도 댄싱 슈즈였다. 도대체 엄마 아빠는 이런 신발에 뭘 입고 그 밤에 가는지 알고 싶지 않겠지만, 레그 워머와 마블 워싱된 청바지 등 정도만 말해둔다.

"그런 신발을 신고 어디 가니?" 내가 덜거덕 소리를 내며 계단을 내려왔을 때 엄마가 물었다.

"밖에요. 젝스네 집에 가요." 그건 사실이다. 물론 클럽에 가기 전에 거기서 모이기 위해서지만.

"저녁은 집에서 함께 보내는 것이 아니었어? 엄마는 내일이면 또 다른 지역으로 떠나야 하는데."

"미안해요, 엄마. 오래전에 약속해 놓은 것이라서 어쩔 수가 없어요."

"네가 그랬잖아. 집에 있을 거라고."

"제가요?"

"그래. 젝스네 집에 가서 뭐 하려고?"

생각을 하느라 머리가 바쁘게 돌아갔다. 왜 이 예상 질문에 대한 답을 미리 생각해 두지 않았을까?

"텔레비전을 보러?" 엄마가 물었다. "아니면 게임? 공부? 마약?"

"네, 전부 다요. 이것저것. 마약만 빼고."

"네가 젝스랑 공부를 한다고?"

"네, 그것도 빼고요. 공부와 마약은 빼고."

"올해 AS 레벨 시험 있는 것 알고 있지?" 엄마가 나에게 상기시켰다.

"알고 있어요, 엄마. 하지만 오늘은 올해 마지막 날이잖아요?"

엄마가 이마를 찡그렸다. "알았어. 잘 다녀와. 우리는 모여 앉아서 연말 퀴즈 프로그램이나 봐야겠다. 너만 빼고."

"녹화해 주실 거죠?"

"이미 하고 있어."

"고마워요, 엄마."

엄마가 자리에서 일어나서 내게 다가왔다. "내 아들 벤은 엄마가 잘 알지." 엄마는 내 신발을 내려다보고 나의 헤어스타일을 살폈다. 엄마의 코가 나의 애프터셰이브 향을 감지하고 킁킁 냄새를 맡는 것이 느껴졌다.

"그거야 저도 잘 알죠." 나는 대답을 하며 부자연스럽게 몸을 슬쩍 피했다.

엄마가 손바닥을 펼쳐서 내게 내밀었다.

"이 위에 네 손을 얹어봐." 나는 엄마가 시키는 대로 했다.

엄마가 자신의 손바닥과 내 손바닥이 밀착되게 꾹 누르더니 우리의 손을 휙 뒤집어서 내 손이 아래로 오게끔 했다. 그리고 엄마가 손을 떼자 내 손바닥 위에 20파운드 지폐가 놓여 있었다.

"이게 뭐예요?"

"만약을 위해서. 맘에 드는 여자애한테 마실 것 한 잔 사고 싶을 때, 아니면 맥플러리를 사주든 통화 요금으로 쓰든. 무엇이든 네 또래들이 이성에게 마음을 표현해야 할 때 요긴하게 써."

나는 웃었다. "고마워요. 엄마."

나는 곧 달아나듯 집을 나와 언덕을 내달려 포스터 스트리트를 따라 젝스의 집에 다다랐다. 젝스는 너저분한 오래된 주택 거리에 산다. 그의 아버지가 일거리를 찾지 못한지 꽤 되었다. 젝스네 집 앞마당엔 언제나 매트리스가 밖에 놓여 있었다. 이상한 것은 매트리스가 매번 다르다는 것이다. 도대체 어떻게 된 영문인지 알 수가 없다. 누가 매트리스를 내놓는 것일까? 그리고 누가 오래된 매트리스를 가지고 가는 것일까? 누가 시기와 방식 이 모든 것을 결정하는 것일까? 궁금하지만 물어보는 것 자체가 무섭다.

내가 도착했을 때 녀석들은 이미 집 앞에서 기다리고 있었다. 젝스와 프레디는 젝스의 자동차 보닛 위에, 조즈는 낮은 정원 울타리 위에 앉아 있었다. 프레디는 담배를 피우고 있었다.

"어디 있다 이제 오냐?" 젝스가 물었다.

"그리고 왜 볼링화를 신고 있는 건데?" 조즈가 덧붙였다.

"이건 댄싱 슈즈야." 내가 대답했다.

"너는 춤을 어디서 추는 거냐? 카바레?" 프레디가 물었다.

"아무렴 어때. 거기서 누가 신발을 쳐다본다고. 빨리 가자!" 젝스가 말했다.

그가 우리에게 클럽 위키드의 로고가 새겨진 골프 셔츠를 나눠줬다. 우리는 그걸 입고 그의 차에 올라탔다. 솔직히 조금 겁이 났다. 나도 우리가 체포되거나 하지는 않는다는 것을 안다. 하지만 분명 걸려서 밖으로 쫓겨날 게 뻔하다. 그걸 누가 보고 소문이라도 나면 어떻게 하지? 만약 엄마가 안다면? 내게 실망하겠지. 만약 후퍼 아주머니가 아시게 된다면? 그건 훨씬 끔찍하다. 만약 클라우디아 건터 씨가 안다면? 내가 그녀의 유일한 모범 케이스일 텐데. 다른 녀석들은 걸려도 상관없을 거다. 실망할 사람이 없을 테니까. 이미 요주의 인물들이다. 적어도 젝스는 그렇다. 걸린다면 나도 그렇게 될 거다.

1월 2일

클럽 이야기를 어제 다 끝내지 못했다. 내가 원래 의도했던 것보다 이야기가 더 길어졌다. 엄마가 중간에 들어와 3주 후 수학 모의시험이 있다는 것을 상기시켰다. 그래서 어젯밤에 공부를 좀 했고 오늘도 좀 더 해야만 한다. 그래도 아직 기억이 생생할 때 쓰는 것이 좋을 것 같다.

프레디가 차 안에서 '심사숙고'에 들어갔다. 녀석이 '심사숙고'에 들어가면 오랜 시간 조용히 뭔가 거대한 개념에 대해 집중한다. 그러곤 갑자기 뭔가를 화두처럼 툭 던진다. 뭔가 심오한 생각인 듯 천천히 이야기하지만, 따지고 보면 전부 쓸데없는 생각이다. 우리는 말 그대로 시골길을 질주하고 있었다. 젝스가 일부러 고속도로를 피해서 이 길을 선택했다. 이 길에는 카메라가 전혀 없다는 것이 녀석의 주장이다.

"괜찮겠어? 점점 속도를 내는 것 같은데?" 나는 긴장하지 않은 척 물었지만 이미 문손잡이를 붙들고 있었다. "너 면허도 한 번 잃었었잖아." 젝스는 열여덟 살이다. 면허를 따고 3주도 안되어 6개월간 정지되었다. "너 안전운전 코스에서 배운 것들 기억나지?" 내가 물었다.

"상급자 운전 코스였다고. 안전운전 코스가 아니라. 난 상급자 운전 코스의 73퍼센트를 마쳤어." 젝스가 말했다.

"네가 점수를 못 얻은 27퍼센트의 상황과 마주치면 어떻게 하려고?" 내가 묻는 순간, 우리 차가 도로의 자전거 주행자를 거의 스치듯 지나갔다. 목을 뻗어 백미러로 뒤를 보니 목숨을 건진 주행자가 우리를 향해 주먹을 흔드는 것이 보였다.

"야, 너 때문에 늦어서 그런 거라고. 교대 시간이 10분 전에 시작되었어!" 젝스가 말했다.

"우리가 실제로 교대하는 것은 아니잖아. 진짜로 고용된 것도 아니고. 그냥 언제든 가면 되는 거잖아." 내가 말했다.

"레고 랜드에 사는 생쥐는 자신이 거대하다고 생각할까?" 프레디가 뜬금없이 말을 꺼냈다.

잠시 차 안에 침묵이 흘렀다. 모두들 프레디가 던진 화두를 곱씹고 있었다.

"그럴 수도 있겠다." 조즈가 오랜 침묵을 깨고 말했다. 프레디가 이런 짓을 할 때는 적당히 장단을 맞춰주는 것이 가장 좋다.

"레고 랜드에서는 많은 동물들이 혼란을 느낄 것 같은데?" 나도 좀 거들었다.

"그래. 네 말이 맞아. 랜고 랜드 위를 나는 새는 '와, 나는 정말 높이 날아!'라고 생각할 걸." 프레디가 대답했다.

젝스가 적색 신호를 무시하고 빠른 속력으로 지나쳤다. 또 다른 자전거 주행자와 거의 부딪칠 뻔하면서.

"망할 자전거! 사방이 자전거야. 여기가 북경이냐." 젝스가 내뱉듯 한마디 했다.

"그래도 이번에는 네가 자전거를 알아보기는 했네." 내가 말했다.

젝스가 툴툴거렸다.

"넌 스왈로 씨를 어떻게 공략할 계획이야?" 조즈가 나에게 물었다.

"난 아무 계획도 없어. 내가 그녀에게 같이 춤을 추겠느냐고 물어보면 당연히 싫다고 하겠지. 그러니까 아무 일도 없을 거야. 뻔하지." 내가 말했다.

"뻔하네." 프레디가 말했다.

우리는 '교대 시간'에 20분 늦었다. 그래도 살아서 도착했다. 젝스가 우리를 입구로 데리고 갔다. 두 명의 경비원이 신분증을 확인하고 있었다. 젝스는 아무렇지도 않게 통행을 막아 둔 빨간 줄을 풀고는 안으로 걸어 들어갔다. 경비원들이 쳐다보더니 그중 한 명이 말했다.

"넌 누구냐?" 그는 거대했다. 키도 몸집도 컸다. 피터 크라우지와 슈렉이 순간 이동 장치인 텔레포트를 함께 탔는데 실수로 하나로 합쳐졌다고 상상해봐라. 그러면 그 경비원의 모습이 짐작이 갈 것이다.

"마이크가 다른 클럽에 있는 우리를 여기로 불렀어요." 젝스가 태연하게 말했다. "지금 일손이 부족하다고 그랬잖아요."

"처음 듣는 이야기인데." 피터 슈렉이 말했다.

줄을 서 있는 많은 사람들은 대부분은 여자들이었는데 우리를 수상하게 쳐다봤다. 뭔가 냄새를 맡은 것일까?

젝스는 어깨를 으쓱하더니 계속 경비원을 바라보면서 거기 서 있었다. 녀석의 배짱 하나는 알아줘야 한다. 나는 그저 도망치고 싶은 마음뿐이었다.

결국 그 괴물이 커다란 머리로 정문을 가리키며 말했다. "그럼 들어가 봐. 일 잘 해 봐."

그렇게 우리는 안으로 들어왔다. 곧장 화장실로 가서 모두들 셔츠를 벗어버리고 다시 무대 쪽으로 나왔다. 일단 이렇게 안으로 들어오니 긴장감도 사라지고 의외로 꽤 즐거운 기분이 들었다. 물론 음악은 형편없었지만, 소리가 너무 컸고 무대 위에는 사람들로 가득 차 있어 그런 것은 아무래도 좋았다. 우리는 곧 출렁거리는 군중 속으로 들어가 서로에게 소리를 질러 대며 펄쩍펄쩍 뛰었다. 사람들에게 어떻게 보일지는 신경도 쓸 필요가 없었다. 아무도 내 신발을 보지 않았고 아무도 나를 보지 않았다.

나는 정말로 즐기고 있었다. 그런데 어느 순간 군중들 사이에 틈이 생기면서 잠시 그녀가 보였다. 스왈로 선생님이 눈을 감은 채 춤을 추고 있었다. 혼자 온 것이 분명했다. 마치 무대가 교실처럼 보였다. 시간이 느리게 흘러가는 것 같았고, 귀는 먹먹해져서 음악조차 들리지 않았고, 그녀 외에는 아무것도 보이지 않았다. 그녀는 짧고 헐렁한 회색 상의를 입었는데, 복부가 드러나 보였다. 그리고 내 생각에는... 재질은 앙골라 울이 틀림없다. 뜨개질 코가 느슨하고 틈이 있어서 시스루처럼 속이 비쳐 보였다. 검은색 브라였다. 거기에 아주 타이트한 하얀색 바지를 입었다.

그때 갑자기 그녀가 눈을 뜨고 나를 보았다. 그녀는 춤을 멈추더니 내게 다가왔다. 나는 너무 놀라서 꼼짝도 못하고 서 있었다.

"너 여기서 뭐 해?" 스왈로 선생님이 음악 소리를 뚫고 소리쳤다. "너 여기 오기엔 어리잖아?"

"그렇게 어리지 않거든요." 나는 조금 발끈했다. 나는 그녀의 상의를 보지 않으려고 애썼다. 나의 시선을 빼앗은 상의에 쓰인 실이 무엇인지 알고 싶어서 쳐다봤던 거지만 계속 쳐다보면 그녀가 가슴을 훔쳐보는 걸로 오해할까 봐 걱정이 되었다.

그녀가 의심스럽게 바라봤다. 그 시선이 취한 듯 보였다. 그녀가 어깨를 으쓱하더니 말했다. "뭐, 아무렴 어때. 이리 와. 나랑 같이 춤이나 추자!"

나는 움직이고 싶었지만 놀라서 몸이 말을 듣지 않았다. 패닉 상태였다.

"어서!" 그녀가 고집을 부리며 내 팔을 잡고 엄청난 힘으로 잡아

당겼다. "플레처! 춤 솜씨 좀 볼까."

우리 할머니 표현에 따르면 지금 그녀는 반취 상태가 틀림없다. 하지만 나에게는 결단의 순간이었다. 지금이 아니면 이런 기회는 다시는 없을 것이다.

"정 그러시다면." 나는 웃으며 말했다.

그런데 문제가 있다. 나는 정말 춤을 전혀 출 줄 모른다는 것이다. 게다가 처음 무대에 들어섰을 때 느꼈던 자유로움과 자신감, 어떻게든 되겠지 했던 나의 똥배짱은 거짓말처럼 모두 사라져버렸다. 그녀 앞에서 진정한 몸치가 무엇인지 보여줄 것이 뻔했다.

어떻게든 그녀의 동작을 따라 하려고 해봤지만 내 다리는 각목처럼 뻣뻣했다. 팔은 제대로 굽혀지지도 않았고, 한 손은 돌을 묶어 놓은 것처럼 무거웠고, 다른 한 손은 헬륨 풍선처럼 위로 올라가기만 했다. 내 춤은 고장 난 로봇의 난동으로 보였을 것이 틀림없다.

그래도 성격 좋은 스왈로 선생님은 곡이 다 끝날 때까지 같이 춤을 춰줬다. 그 와중에 내 신발에 눈이 간 선생님은 두 번이나 씩 웃으셨다. 춤이 끝나자 그녀가 내게로 바짝 다가와 몸을 기울였다. 미칠 것 같은 그 잠깐의 순간에 혹시 내게 키스를 하는 것이 아닐까 생각했지만, 역시 그런 일은 일어나지 않았다.

"같이 춤춰줘서 고마워." 선생님이 내 귓가에 큰 소리로 말했다. 그녀의 뜨거운 입김이 내 귀에 느껴졌다. "난 그만 친구들을 찾으러 가봐야겠어."

"그래요!" 나도 그녀의 귀에 큰 소리로 대답했다. 소리가 너무 컸는지 그녀는 얼굴을 살짝 찡그렸다. 선생님이 내게 너무 가까이 붙어 있어서인지, 손으로 그녀의 등을 만지고 싶었다. 단지 잠시 느끼고 싶었기 때문이다. 친밀함의 표현이라는 구실로 저 멋진 실의 감촉을 잠시 느끼고 싶다!

"안녕." 그녀가 입 모양으로 인사를 하고는 사람들 속으로 사라졌다.

"잠깐만요!" 나는 외쳤다. 그녀를 이렇게 보낼 수는 없었다. 최소한 시도는 해봐야 했다.

그녀가 몸을 돌려서 또 알쏭달쏭한 미소를 지었다.

"조하고 헤어졌다고 들었어요. 정말이에요?" 내가 물었다.

그녀가 고개를 끄덕였다. 내가 이 이야기를 꺼낸 것에 화가 난 것 같지는 않았다. 심지어 당황한 기색조차도.

"혹시 탱크 탑 때문이에요?" 내가 다시 물었다.

그녀가 나를 한참 동안 바라보았다. 새로운 음악이 요란하게 울리고 춤꾼들이 우리 주위를 스쳐 지나갔다.

그러다가 갑자기 그녀가 웃음을 터트리며 고개를 저었다.

"아니야, 벤. 그거랑은 아무 관련 없어."

"휴..." 나는 밝게 웃었다.

그녀가 내게 다시 다가와 뺨에 키스를 했다. "너는 정말 좋은 애야. 벤 플레처." 그녀가 말했다. 내가 대답하기도 전에 그녀는 몸을 돌려 사람들 사이로 들어가 사라졌다.

그래, 이렇게 되었다. 나의 기회는 이렇게 사라졌다. 우스꽝스러운 복장과 썰렁한 뜨개질 개그 때문이다. 그래도 뭐, 어쨌든 최소한 시도는 해본 거니까. 무대에서 벗어나서 한쪽 끝에 서 있었다. 거기서 곡이 끝날 때까지 잠시 생각에 잠겼다.

이후 나도 녀석들을 찾아 나섰다. 그건 너무 쉬운 일이었다. 다음 곡이 몸을 들썩거리는 댄스곡이었고, 젝스, 프레디와 조즈가 사람들의 한 가운데서 장기인 '강남 스타일' 댄스를 추고 있었다. 나는 어깨를 으쓱하고는 그들과 함께 했다. 나도 '강남 스타일' 춤이라면 빠지지 않는다. 하기야 누가 이 춤을 못 추겠나?

시간이 쏜살같이 지나갔다. 젝스가 맥주를 가져왔다. 나는 평소 술을 좋아하지 않지만 맥주는 시원했다. 나는 친구들과 함께 들이켰다. 얼굴에 땀이 흐를 때까지 춤을 추며 많이 웃었던 것은 기억에 난다. 즐거웠다. 어떤 면에선 뜨개질과 비슷했다. 잠시 모든 걱정을 잊어버릴 수 있다는 점에선. 나는 얼간이 친구들과 함께 정신없이 위아래로 뛰었다.

자정이 가까워오자 우리 모두 서로 팔짱을 끼고 머리를 맞대고 숫자를 세었다. 우리는 최대한 많은 여자들과 포옹하고 입을 맞추었다. 정말 멋지고 따뜻한 밤이었다. 케이티 페리의 음악을 틀었을 때조차 나는 행복했다.

그리고 그 후 끔찍한 일이 터졌다. 뭔가 일이 순조롭게 풀릴 때면 내게 늘 일어나는 일이다.

내가 케이티 페리의 음악에 맞춰서 정신없이 펄쩍펄쩍 뛰면서 맥주를 바지에 흘리고 있을 때, 조즈가 내 어깨를 두드렸다.

"쟤 메건 후터 아니냐?" 녀석이 내 귀에 대고 소리쳤다.

나는 녀석이 가리키는 곳을 바라봤다. 메건이 여기에 있다고?

메건은 진짜로 거기에 있었다. 담배 자판기 옆에 서 있는 그녀는 매우 짧은 스커트와 반짝거리는 상의를 입고 있있다. 마지막으로 그녀를 본 이후로 그녀는 좀 이상해진 것 같다. 그녀의 얼굴은 어떤 놈의 머리에 가려서 잘 보이지 않았다. 둘은 키스를 하고 있었다.

나는 춤을 멈췄다. 컵을 떨어트렸다.

"저 녀석이 메건을 잡아먹고 있는 거냐?" 조즈가 말했다.

정말 그렇게 보였다.

"쟤는 누구냐?" 내가 물었다. 뒤에서 누군가가 춤을 추다가 내 등에 세차게 부딪쳤다. 즐길 마음이 갑자기 싹 사라졌다. 키스 중인 커플을 제대로 살피기 위해서 우리는 무대 가장자리 쪽으로 자리를 옮겼다.

"나 저 놈 알겠다." 프레디가 말했다. "같이 축구한 적이 있어. 피터스필드 학교에 다녔던 거 같은데. 이름이 숀인가 그랬어."

"숀이라고? 누가 그딴 이름을 쓰냐." 나는 재수 없다는 듯 내뱉었다.

"숀 빈." 조즈가 말했다.

"숀 더 쉽.(＊애니메이션 영화)" 프레디가 말했다.

"숀 오브 더 데드.(＊영화 '새벽의 황당한 저주')" 젝스가 잠시 고심한 후 말했다.

"얼마나 많은데." 조즈가 속을 긁었다.

"너희들 지금 전혀 도움이 안 된다는 것 알지?" 내가 말했다.

"신경 쓰지 마, 빙구야." 젝스가 내 어깨를 찰싹 때리며 말했다. "내가 맥주 한 잔 쏠게."

하지만 우리는 그 맥주를 마시지 못했다. 갑자기 경비원이 나타나 경고도 없이 젝스를 붙잡았다. 젝스와 경비원을 피해 사람들이 흩어져 둥글게 감싼 형국이 되었다. 나는 클럽 매니저가 근처에 서 있는 것을 보았다. 화가 단단히 난 것 같았다.

조즈가 재빠르게 움직였다. 조즈가 그 거인 경비원의 정강이를 날카롭게 걷어찼다. 슈렉이 고통스러운 신음을 내며 젝스를 놓아주었다.

"애들아, 튀어!" 조즈가 빠르게 내뱉었다.

그때 매니저가 성큼성큼 걸어 나를 지나쳐서 프레디를 향해 달려가기 시작했다. 나는 생각할 겨를도 없이 발을 앞으로 쭉 내밀었다. 그는 내 발에 걸려 자빠졌다. 우리는 군중들 사이에 몸을 숨긴 채 재빨리 정문 밖으로 나와 새해의 시원한 공기를 맞았다.

뒤에 아무도 따라오는 사람이 없다는 것을 확인하고 우리는 주차장 구석에 세워둔 젝스의 차 보닛 위에 앉았다. 트렁크에 콜라가 몇 병 있어서 우리는 그걸 마시며 머리를 식혔다.

나는 앉아서 메건에 대해 냉정해지려 애썼다. 우리는 실제로 사귄 것도 아니다. 내가 뜨개질하는 것을 그녀가 알았을 때, 이미 모든 것은 끝난 것이다. 하지만 여전히 마음이 아팠다.

움직임이 눈에 띄어서 쳐다보니 스왈로 선생님이 불안정하게 걸으며 그녀의 차로 다가가고 있었다. 나는 생각할 틈도 없이 그녀를 붙잡기 위해 달려갔다. 설마 음주운전을 하려는 것은 아니겠지?

"스왈로 선생님! 괜찮으세요?" 내가 다가가면서 그녀에게 소리쳤다.

그녀가 놀라며 돌아보았고, 나도 깜짝 놀라서 걸음을 멈췄다. 울었던 것일까? 그녀의 섬세한 얼굴 위로 마스카라가 볼을 타고 흘러내린 자국이 보였다. 그녀의 머리는 헝클어져 있었다. 그녀가 유난히 작고 연약해 보였다.

"나는 괜찮아, 벤." 그녀가 말했다. "나는 괜찮아."

"운전하실 수 있겠어요?"

그녀가 잠시 의아한 표정으로 나를 바라보더니 웃음을 터트렸다.

"나 안 취했어. 내가 취했다고 생각했구나." 그녀가 말했다.

"그럼 됐어요." 내가 말했다. 주차장에 한바탕 바람이 불어 과자 봉지며 플라스틱 컵들이 나뒹굴었다. 추위에 몸이 조금 떨렸다. 그녀 뒤로 불이 덜 꺼진 담배꽁초가 바람에 날아다니며 아스팔트에 튕길 때마다 얕은 불꽃을 냈다.

"밤새 다이어트 콜라만 마셨어." 그녀가 말했다. "생각해보면, 그것도 내게는 빌어먹을 일이긴 하네. 어쨌든... 마을까지 태워줄까?"

"네, 좋아요." 그녀가 내 앞에서 욕을 했다는 것이 무척 짜릿했다. 나를 가깝게 생각하는 것 같아 영광이었다.

그래서 나는 스왈로 선생님의 차를 탔고, 차는 젝스, 프레디, 조즈의 옆을 지나쳐갔다. 녀석들은 입을 벌린 채 고개를 돌려 우리가 사라지는 모습을 바라보았다.

나는 녀석들에게 윙크를 했다.

1월 4일

물론 스왈로 선생님과는 아무 일도 없었다. 알고 보니 역시 선생님은 슬퍼하고 있었다. 남자 친구와의 이별에 그녀는 아무렇지도 않은 듯했지만 그건 그저 강한 척 했던 것이다.

"나는 정말 그를 사랑했었어." 마을로 들어섰을 때 그녀는 차를 천천히 몰며 말을 꺼냈다. 거리는 쥐 죽은 듯 조용했다. 모두들 아직 파티 중이거나 일찍 잠자리에 들었겠지.

"왜 헤어졌어요?" 내가 물었다.

그녀가 어깨를 으쓱했다. "그 사람은 축구선수잖아. 늘 주위에 여자가 많으니까."

그는 컨퍼런스 리그(＊영국 축구의 5부 리그)에 속한 햄프턴에서 뛰는 선수일 뿐이다. 그가 데이비드 베컴은 아니다.

"그 사람은 큰 실수를 했네요." 내가 말했다. "그래도 그렇게 마음이 안 좋으면, 그 사람에게 다시 한번 기회를 주는 것은 어때요?"

"사실 그 사람은 아무렇지도 않은 것 같더라." 그녀가 말했나. "사귈 때도 나에게 그렇게 많은 관심을 가져준 것도 아니었고."

내가 그녀에게 내 집을 가리키자 그녀가 그 앞에 차를 세웠다.

"잠깐 들어와서 지구라트 보고 갈래요?" 나는 농담으로 물었다. 속으로는 정말 그러자고 할까 봐 걱정하면서. 그녀에게 보여줄 만한 지구라트는 없었다.

그녀가 웃었다. "끌리지만, 사양할게."

"주책없이 너한테 내 고민을 쏟아내서 미안해." 내가 차에서 내릴 때 그녀가 말했다. "프로답지 못하게."

"괜찮아요. 학교에 아무 말도 안 할게요. 그러니까 선생님도 제가 나이트클럽에 간 거 보호관찰관에게 이르지 마세요."

"거래 완료!" 그녀가 내게 윙크를 하고는 차를 몰고 사라졌다.

1월 7일

크리스마스 연휴가 끝나고 처음으로 프렌샵 아주머니를 찾았다. 페인트칠이나 사포질을 하기에는 비가 내리는 궂은 날씨였다. 아주머니가 큰 차 주전자와 홉놉스 비스킷, 그리고 자신의 뜨개질 상자를 가지고 나오셨다.

"내가 뭘 가져왔는지 보렴." 아주머니의 주름진 얼굴에서 빛이 났다. 그녀가 박스를 열어서 파스텔 색 메리노 털실의 두툼한 실뭉당이를 보여주었다.

"너무 멋져요!" 나는 중얼거리며 무릎을 꿇었다. 내 모습은 보물 상자를 살피는 해적과 같았다. 정말 좋은 품질의 털실이었다.

"네 겹짜리 털실인가요?" 내가 물었다. 그녀가 고개를 끄덕였다.

"스카프? 아니면 스웨터?"

"방한모를 떠볼까 해. 만드는 방법을 기억하니까."

"언제 시작하실 생각이세요?"

"지금이 딱 좋을 것 같은데."

헛간 개조는 내버려 둔 채, 나와 아주머니는 둘러앉아 뜨개질을 하고 차를 마시고 홉놉스 비스킷을 먹고 지붕에 떨어지는 빗방울 소리를 들었다. 처음에는 Patt3rn를 가져와서 여기서 하면 좋았을 것 같다는 생각도 했지만, 곧 지금은 그럴 때가 아니라는 것을 깨달았다. 프렌샴 아주머니는 뜨개질을 하며 수다 떠는 것을 좋아하셨는데 Patt3rn은 집중이 필요하다.

프렌샴 아주머니에게 바늘과 털실을 빌려서 새로운 탱크 탑을 만들기로 했다. 아주머니는 자신의 직업에 대해서, 그리고 조카와 다른 소원해진 가족에 대해서 이야기했다. 그리고 나에게 학교며 가족이며 그리고 여자애들에 대해서도 물어보았다. 엄마의 직업이 마술사라는 이야기에 아주머니는 큰 관심을 보였다.

헛간에는 낡은 찬장이 하나 있는데, 내가 정리를 하면서 지금은 깨끗하게 비어있었다. 내가 떠날 때가 되자 아주머니는 저 찬장에 뜨개질과 관련한 물건들을 보관하면 이떻겠느냐고 했다. 그리고 다음에 비가 오면 또 꺼내서 뜨개질을 함께 하자고도 했다. 나는 뜨개질 잡지들이 생각났다. 그래서 집에서 읽겠다고 아주머니가 빼놓은 한 권을 빼고는 모두 찬장에 함께 넣었다.

아주머니 집에서 나올 때는 서로가 한결 가까워진 느낌이었다. 문득 이런 생각이 들었다. 뜨개질이 가진 치유의 힘은 내가 생각했던 것보다도 훨씬 큰 게 아닐까 하는.

1월 12일

오늘 아빠와 프레디, 프레디의 아빠와 함께 햄프턴의 경기를 보러 갔다. 몹시 추운 날이었지만 나는 개의치 않았다. 물론 갑자기 스포츠에 관심이 생긴 것은 아니다. 그저 조가 어떤 상태인지 그리고 사이드라인 쪽에서 혹시 새로운 금발의 여자가 그를 응원하고 있을지가 궁금했을 뿐이다.

스왈로 선생님이 응원하던 그 자리엔 아무도 없었다. 그래도 몇몇 호사가들이 그녀의 부재에 관심을 가졌다. '그 바비 인형은 안 보이네?'가 관심이라고 쳐준다면 말이다. 하지만 조는 지쳐 보였다. 평소 같으면 한참 피치를 올릴 때였음에도 그는 뒤처져 있었다. 축구를 잘 알지 못하는 내가 봐도 조의 경기력이 좋지 못하다는 것을 알수 있었다.

"도대체 왜 저러는 거야?" 아빠가 말했다.

"제시카하고 헤어졌잖아. 아니야?" 프레디의 아빠가 대답했다.

"그건 몇 주나 지난 일이잖아." 아빠가 말했다.

"잊고 나아가자고, 조!" 프레디의 아빠가 머리를 숙이고 터벅터벅 걸어가는 조를 향해 소리쳤다.

조도 이 소리를 분명히 들었을 것이다. 자기 자리로 돌아가는 조의 모습을 지켜봤다. 그는 걸음을 멈추고 양손에 얼굴을 파묻었는데 꼭 우는 것처럼 보였다.

경기가 끝난 후(햄프턴 대 고딜밍 1 : 4 패배) 나는 아빠에게 사이드라인에 가서 사인을 받아오게 잠시 기다려달라고 부탁했다. 종이를 쥐고 사인을 받으려는 아이들이 줄을 서서 자신의 차례를 기다리고 있었다. 줄은 확연히 평소보다 짧았다. 나는 줄의 맨 뒤에 섰다. 나도 내가 왜 그랬는지 잘 모르겠다. 그저 그를 꼭 한 번 봐야 할 것 같은 마음이 들었다. 스왈로 선생님과의 이별이 그에게 어떤 의미인지 확인하고 싶었다.

내 차례가 되었을 때 그가 나를 올려다보고는 손을 내밀었다. 한눈에도 그의 모습은 형편없었다. 어두운 얼굴에 눈을 충혈 되었고, 몸은 많이 수척해 보였다. 잠시 그의 손을 쳐다보면서 악수를 하자는 뜻인가 고민했지만 곧 깨달았다. 한 손을 코트 주머니에 넣고 뒤적거려 펜을 찾았다. 다른 쪽 주머니에서 노트를 발견하고는 마음이 놓였다. 나는 그것을 주머니에서 꺼내서 사인을 받기 위해 그에게 내밀었다.

그가 펜과 노트를 잡더니 곧 흠칫 놀라며 그것을 바라봤다. 나는 그제야 그것이 노트가 아니라 엄마에게 생일 선물로 주려고 계획 중인 겨울 스커트 패턴이라는 것을 깨달았다.

조 보일은 마치 처음 쳐다보듯이 나를 다시 바라보았다.

"네가 그 아이구나. 뜨개질 소년!" 그가 밀했다.

심장이 덜컥 내려앉았다. 이 지역의 영웅이자 남성미의 상징인 그가 나를 '뜨개질 소년'으로 기억하고 있었다.

"아... 네." 나는 주위를 둘러보며 듣는 사람은 없는지 확인했다.

"제시의 친구. 그렇지?"

"글쎄요. 친구라고 하기는... 제 선생님이에요." 나는 더듬으며 말했다.

"너에 대해서 그녀가 많이 말했었지." 그가 괴로운 듯 말했다.

오, 이런! 설마 나를 질투했던 것은 아니겠지? 헤어진 것을 내 탓이라고 생각하는 걸까? 탱크 탑이 재수 없어서 생긴 일이라고?

"어서 와라. 벤!" 아빠가 소리쳤다. 고개를 돌려 봤더니 모두들 주차장으로 향하고 있었다.

조가 그때 내 쪽으로 몸을 기울였다.

"잠깐 이야기 좀 할 수 있을까?" 그가 물었다.

나는 아빠와 일행들을 다시 한번 보고는 어깨를 으쓱하며 고개를 끄덕였다.

"아빠에게 말만 하고 올게요."

"그럼 나도 금방 샤워를 좀 하고 올게. 여기서 15분 후에 다시 만나자. 내가 집까지 데려다 줄게." 그가 말했다.

아빠에게 조가 집에까지 태워주기로 했다는 말을 했다. 아빠는 놀란 것 같기는 했지만 곧 고개를 끄덕였다. 나는 작은 클럽하우스 밖에서 서성이며 이게 다 무슨 일인지 의아해했다.

"기다려줘서 고마워." 그가 20분 후쯤 나타나며 말했다. 내가 그의 눈부시게 멋진 BMW에 탈 때쯤엔 다른 선수들도 말없이 하나둘씩 떠났다. 차를 타고 보니 의외로 좀 낡았다. 기어봉은 좀 닳았고 다른 장식들도 허름했다.

"문제는 말이야... 참, 이름이 뭐지?" 조가 차를 출발하며 물었다.

"벤이요."

"그래, 벤. 문제는..." 그가 말을 이었다. "내가 큰 실수를 하나 했어."

"네."

"너도 이미 알고 있지? 제시랑 내가 헤어진 거."

"네. 저도 들었어요." 내가 말했다.

"혹시 이유도 알고 있니?"

"음..."

"그래. 이미 알고 있구나. 맞아. 그녀를 두고서 바람을 피웠어. 나도 알아. 내가 나쁜 놈이야."

"큰 실수를 했네요..." 나는 낮은 소리로 말했다. 2주 전 스왈로 선생님의 차를 탔을 때 했던 대화가 떠올렸다.

'그 사람은 아무렇지도 않은 것 같더라.' 그녀는 그렇게 말했었다.

"나는 제시를 사랑해. 그녀를 정말 많이 사랑해. 그녀가 없으면 내 삶은 아무것도 아니야." 그가 말했다. 적색 신호에 그가 차를 멈추고 나를 바라보았다. 그의 눈엔 절망이 가득했다.

"내가 부상을 당했을 때, 폼페이는 계약 연장을 해주지 않았어. 내 인생이 거기서 끝난 것 같았지." 그가 말했다. "2년의 재활훈련을 하면서 여기 굴러온 거야. 프리미어리그에서 이 빌어먹을 촌구석으로! 미안... 이곳을 욕하려는 의도는 없었어." 그가 말했다.

"괜찮아요. 그렇게 안 받아들였어요." 나는 대답을 했고 차는 다시 저메인 스트리트를 향해 출발했다.

"그러다 그녀를 만난 거야. 그녀는 모든 걸 변화시켰지." 그가 계속 말을 이었다. "처음으로 깨달았어. 명성도 돈도 새 차도 그렇게 중요하지 않다는 것을 말이야. 사는 데 지장이 없을 만큼 돈도 있고, 괜찮은 집도 있고 그리고 축구도 다시 할 수 있었으니까. 그리고 그 무엇보다도 내게는 제시가 있었으니까. 난 그걸 최근에야 깨달았어." 그는 잠시 멈췄다 말을 이었다. "나는 행복해. 아니 행복했었어."

"지금 이 마음을 그녀에게 직접 말하세요." 내가 말했다.

"아니. 이미 끝났어. 그녀는 나를 절대 다시 받아주지 않을 테니까. 내 친구 조니가 그녀를 위키드 클럽에서 보았는데 어떤 어린 녀석하고 춤을 추고 있었다고 하더라. 어떻게 그녀를 탓할 수 있겠어? 나 같은 늙다리한테 상처를 입었으니까 내 또래 남자는 쳐다보기도 싫었겠지." 그가 말했다.

나는 조에게 나의 집을 가리켰다.

"그럼 이런 이야기를 왜 나한테 하고 있는데요?" 그가 집 앞에 차를 세우고 시동을 끄자 내가 물었다.

그는 그냥 어깨를 으쓱 하더니 아무 말도 하지 않았다.

"내가 대신 말해주길 원해요?" 내가 물었다.

그는 여전히 아무런 말도 하지 않았고 핸들 아래로 머리를 푹 숙인 채 있었다.

"조?" 난 그의 얼굴을 보려고 몸을 돌리며 말했다. 그때 알았다. 그가 울고 있다는 것을.

"미안." 그가 잠시 후에 말했다.

나는 놀라고 어찌할 바를 몰라 잠시 그대로 앉아 있었다. 속으로 한동안은 그가 벌을 받는 것이 마땅하다고 생각했다. 스왈로 선생님 같은 여신을 저버리다니. 하지만 지금은 그가 이렇게 남자 대 남자로 나를 찾아왔다. 그냥 모른 척 할 수는 없었다.

나는 한숨을 쉬고는 잠시 생각했다.

"좋아요, 조." 나는 잠시 후 말했다. "내게 맡겨 봐요."

그가 코를 훌쩍이며 나를 쳐다보았다. "어떻게 하려고?"

"자세한 것은 몰라도 돼요. 그냥 어떻게든 제가 해볼게요. 알았죠?"

그가 나를 잠시 바라보더니 고개를 끄덕였다. 그에게 손을 내밀었다. 그가 내 손을 잡고 우리는 힘 있게 악수를 했다.

"아. 그리고 한 가지 더요. 뜨개질 말인데요. 그거 아직 비밀이거든요. 친구 녀석들이 안다면…" 나는 말끝을 흐렸다.

그가 진지하게 고개를 끄덕였다. "무슨 말인지 알아. 한 마디도 안 할게. 우리만의 작은 비밀로 하자."

"고마워요."

그 우리만의 작은 비밀을 엄마와 메건네 가족들, 재스민, 프렌샵 아주머니, 스왈로 선생님, 그리고 햄프턴 커뮤니티 칼리지의 사람들 절반 정도가 공유하고 있다.

내가 나의 비밀을 세상으로부터 숨길 수 있다고 믿는다면 그건 분명 망상일 거다.

차에서 내리고 그가 차를 몰고 사라질 때서야 문득 이런 생각이 들었다. 조가 자신의 이야기를 내게 털어놓은 것은 내가 스왈로 선생님을 잘 알고 있어서가 아니라 내가 뜨개질쟁이이기 때문이 아닐까 하는. 그가 지극히 개인적이고 민감한 문제에 대한 이야기를 나눌 사람으로 나를 생각한 것은 자신의 여성적인 측면을 내가 잘 이해해줄 수 있다고 여겨서가 아닐까. 그 생각이 조금 거슬렸지만 한편으로는 이해가 되기도 했다.

1월 14일

며칠 동안 비가 내리지 않아서 프렌샵 아주머니네 헛간 문을 사포로 긁어내고, 새로 페인트칠을 할 준비를 했다. 일이 지겹거나 힘든 것은 아니었지만, 사포질을 하면서도 이런저런 고민으로 머릿속이 복잡했다. 메건과 손에 대해서 생각했고, 수학 성적이 떨어지고 있는 것도 걱정이었다. 그리고 Patt3rn도 걱정되고, 무엇보다 아빠가 내가 그동안 뜨개질에 대해서 속여 왔다는 사실을 아시게 될 것이 걱정되었다. 그밖에 여기 적고 싶지 않은 수많은 고민들도 했다. 하지만 그 모든 고민들 중 가장 최악은 탱크 탑이었다. 뜨개질 찬장에서 탱크 탑을 꺼냈을 때, 홉놉스 비스킷 부스러기가 니트 곳곳에 끼어있는 것을 발견했다. 지난번에는 알아차리지 못했는데, 알았다면 계속 기분이 잡쳤을 것이다. 니트에 낀 부스러기들을 모두 끄집어내는 데 10분 정도 걸렸는데, 옷 전체에 보풀이 일었다. 그냥 버려야겠다고 생각했다.

그런데 30분 후, 구원자처럼 프렌샵 아주머니가 등장했다. 손에는 쟁반을 들고 오셨는데, 거기에는 핫 초콜릿 두 잔과 커스터드 크림을 담은 접시 그리고 뜨개질바늘을 꽂아둔 엉켜진 노란색 실뭉치들이 있었다. 아주머니는 그 실뭉치들을 헛간의 탁자 위에 쏟아놓고는 손짓으로 나를 불렀다.

"네 도움이 필요해. 이걸 좀 정리해줄 수 있을까?" 그녀가 말했다.

나는 그것을 살펴봤다. 아마 스카프 같은 것을 만들려고 시작했었던 것 같은데, 코를 빠뜨린 곳이 너무 많고, 안뜨기도 여기저기 잘못해놔서 사용하고 있는 털실이 복잡하게 엉켜버렸다.

"그러려면 아주머니도 잠깐 앉으셔야 되겠어요." 나는 아주 진지하게 말하고는 나도 다른 의자를 가지고 와서 앉아서 엉킨 실을 풀기 시작했다.

"손을 내밀어 보실래요." 내가 말했다. "시간이 좀 걸릴 거예요." 나는 풀어낸 실을 그녀의 손에 감으며 말했다.

"괜찮다. 계속하렴." 프렌샴 아주머니가 잠시 후 말을 꺼냈다. "무슨 고민을 그렇게 하니?"

나는 그녀를 바라봤다. "그게 티가 나나요?"

아주머니는 조용히 고개를 끄덕였다.

그래서 난 모든 이야기를 하나씩 꺼내 놓기 시작했다. 로이드 매닝에 관해서, 메건과 손에 관해서도, 그리고 친구들로부터 벗어나고 싶은 솔직한 심정과 거기에서 느껴지는 미안함에 대해서도 말했다. 아빠에게 뜨개질한다는 사실을 털어놓지 못한 것도, Patt3rn에 대한 고민, 그리고 실의에 빠진 조의 이야기 등 모든 것들을 이야기했다. 아주머니는 내 이야기를 잘 들어주었다. 간혹 분통을 터트리기는 했지만 내가 이야기를 다 끝날 때까지 별다른 말을 하지 않았다. 그녀의 손에서 말끔하게 정리된 실을 받아서 잘 묶어 놓고, 접시 위의 커스타드 크림을 입에 넣었다.

"그래서, 아주머니의 조언은 뭐예요?" 나는 기대하는 마음으로 그녀에게 미소를 지었다.

"뭘 말이냐?" 그녀가 물었다.

"제 문제들이요."

"어떤 문제?"

"어느 것이든 상관없어요." 내가 말했다.

그녀는 고개를 저었다.

"네가 스스로 방법을 찾을 거다. 넌 똑똑한 녀석이니까."

그렇게 말하곤 아주머니는 자리를 뜨셨다. 뜨개질 거리와 함께. 나는 솔직히 조금 실망했다. 아주머니는 산전수전을 겪은 인생의 대선배가 아닌가. 이 시궁창 같은 사춘기의 늪에서 헤매는 나를 안전하게 안내해줬어야 하는 것 아닌가. 아주머니가 조언 하나 해주지 않을 줄은 정말 몰랐다.

그 후 집에 돌아왔을 때 신기하게도 마음이 조금은 가벼워진 기분이 들었다. 어쩌면 나에게 필요했던 것은 그저 내 이야기를 들어줄 사람이었는지도 모르겠다.

커스터드 크림과 함께.

1월 17일

모의시험 결과가 나왔다. 성적이 조금 떨어졌다.

시험공부가 시급하지만 나는 틈만 나면 미친 듯이 뜨개질을 하고 있다. 게다가 다시 조금 강박적이 된 것 같다. 예전에도 이런 성향이 있었다. 이를테면 문 뒤쪽에 걸어 놓은 실내복의 허리띠 양 끝이 정확히 같은 높이에 있어야 했다. 만약 한 쪽 끝이 더 낮으면 나는 걱정을 하느라 잠을 자지 못했었다. 내가 강박장애를 가지고 있다는 말이 아니다. 그보다는 자폐증에 가까울 거다.

1월 18일

어젯밤 뜨개질 수업에서, 후퍼 아주머니가 소식을 알렸다.

"드디어 영국 뜨개질 챔피언십 대회의 날짜와 장소가 확정되었습니다. 2월 17일 올림피아 전시장에서 열리는 뜨개질 박람회에서 진행될 예정입니다. 여러분 모두 잘 알고 있는 것처럼, 벤이 주니어 부문에서 햄프셔를 대표해서 출전할 겁니다."

사람들이 박수를 쳐주었고 나는 얼굴이 조금 달아올랐다.

"잘했어! 벤." 심슨 아주머니가 말했다.

"멋지다! 벤." 아멜리아가 소리쳤다.

나타샤와는 하이파이브를 했다. 부담감만 더 커지는 것을 느꼈다.

수업이 끝나고 후퍼 아주머니가 내게 서류 봉투에 담긴 신청서를 건넸다. 봉투가 의외로 묵직해서 놀랐다. 봉투를 열자 서류 뭉치가 쏟아져 나왔다. 내 건강 상태를 확인하는 서류도 포함되어 있었다. 야뇨증, 협심증, 노인성 치매 등. 그리고 언론 공개 동의서와 함

께 나의 취미(뜨개질을 제외한), 가장 좋아하는 영화와 음식 등을 묻는
개인 설문지도 있었다. 행사장 가는 법, 다시 집으로 돌아오는 법,
식사하는 곳, 지역 호텔 등에 관한 정보지도 있었다. 그리고 신청서
자체는 무려 12쪽에 달했다. 그것을 훑어보니 내가 지원할 기본적인
실력을 갖추고 있는지 확인하는 내용이었다. 실력을 입증할 것이 필
요한데, 나는 아직 패턴을 제출하지 않았다는 것이 생각났다.

"아주머니도 오시나요?" 후퍼 아주머니에게 물었다.

"그럼, 당연하지. 원래 뜨개질 박람회는 늘 참석했거든. 그리고
내가 이전에 안 갔다고 해도, 네가 참여하는 세기의 이벤트를 놓칠
수는 없지."

자세히 살펴보려고 서류들을 집으로 가지고 갔다. 다행히 아빠는
풋살을 하러 나가서 집에 없었고, 엄마와 함께 서류들을 검토할 수
있었다. 엄마가 가장 먼저 살펴본 것은 대회 날짜였다.

"이런. 나는 그 날 못 갈 수도 있겠는데." 엄마가 말했다.

"네? 왜요?"

"에든버러에 있을 거 같아."

나는 의자 뒤로 몸을 젖히며 한숨을 쉬었다. 에든버러 마술 축제.
맞다. 항상 2월 중순에 일주일간 열렸었다.

"그곳에서 선보일 새로운 쇼를 준비하고 있어. 공중부양 관 마술
이야." 엄마가 설명해줬다.

공중부양 관 마술은 꽤 멋지다. 엄마가 치고에서 내게 시연을 했
을 때는 신발 상자를 사용했다. 실제 관으로 할 만한 공간도 없었다.

살아 있는 사람 대신, 몰리의 브라츠 인형중 하나를 상자에 넣어서 마술을 진행했는데 상자가 전구와 부딪쳐서 인형에 불이 붙었는데, 실제 사람이었다면 아주 끔찍한 화상을 입었을 것이다.

"하루 일찍 끝내고 오실 수는 없어요?" 내가 물었다.

"마지막 날에 '브리튼 갓 매직'이 있어. 거기서 잠깐 쇼를 보여줘야 해. 아마도." 엄마는 내가 실망했다는 것을 알아차렸다. "여기 보면 네가 참여하는 결승전은 오후 5시 30분에 시작한다고 되어 있어. 나는 정오쯤 끝날 테니까 힘껏 밟으면 끝나기 전에 올 수 있을지도 몰라."

"그럼 좋겠네요." 난 웃으며 대답했다. 사실 엄마가 제 시간에 오기 힘들다는 것을 알지만, 엄마의 그 마음만은 좋았다. "그럼 후퍼 아주머니에게 부탁해서 가야겠어요."

엄마가 잠시 뜸을 들였다가 말했다. "아니면 아빠에게 부탁해보는 것은 어떻겠니?"

나는 당황했다. "한번 생각해 볼게요."

"아빠도 자랑스러워하실 거야. 분명히." 엄마가 말했다.

"음..."

"물론 아빠도 처음에는 충격을 받겠지. 하지만 곧 이해하실 거야. 아빠가 네안데르탈인은 아니니까. 안 그래?"

"엄마 말이 맞아요. 그런데 아주 오랫동안 아빠에게 숨겨왔잖아요. 그걸 이제 와서 어떻게 털어놔야 할지 모르겠어요."

엄마가 머리를 끄덕였다. "그래. 무슨 말인지 알겠어. 나도 함께 아빠를 속인 셈이니까 내게도 화가 많이 날거야."

정말 금상첨화다. 이제는 내 덕분에 엄마 아빠가 서로 대판 싸우다 이혼을 하시게 생겼다.

아니면 그저 내가 좀 지나치게 불안해하는 것일까?

1월 24일

후퍼 아주머니께 엄마가 결승전에 못 오실 것 같다고 말씀드렸다. 그녀는 걱정스러운 표정으로 물었다. "그럼 아빠는?"

"아직 제가 뜨개질 한다는 이야기도 못 했어요." 나는 사실대로 말했다.

그녀가 고개를 가로저으며 말했다. "벤, 아빠에게 꼭 말씀드려야 해."

"네. 그럼요. 알아요. 그런데 그게 그렇게 쉽게..." 나는 말끝을 흐렸다.

아주머니는 나를 잠시 쳐다봤다.

"내 차를 타고 같이 가도 괜찮아. 메건 옆에 앉아 가는 게 싫지 않다면."

"메건도 가나요?"

"당연하지. 너 응원하러 간다고 하던데."

나쁠 건 없다. 그래도 메건과 친구는 될 수도 있으니까. 잘하면 아빠에게 말하지 않고 넘어갈 수도 있을 것 같다. 학교에서 박물관 같은 곳에 방문하게 되었다고 둘러대야겠다. 아빠가 그런 것을 확인한 적은 한 번도 없으니까. 이런 생각을 하는 것에 약간 죄책감을 느낀다. 아빠를 속이고, 다른 가족과 함께 간다니. 아직 잘 모르겠다. 좀 더 생각해 봐야겠다.

1월 25일

벤에게.

네가 나쁘게 받아들이지 않았으면 좋겠다. 네가 우리를 격려하는 멋진 편지를 내무성에 보냈단다. 보호관찰의 성공적인 사례인 셈이야. 그들도 네 이야기에 아주 깊은 감명을 받은 것 같았어. 내무성에서도 보호관찰 인원 감축안에 반대하는 사람들이 아직 많이 있나 보더라. 너만 괜찮다면 우리는 너의 이야기를 올해 결산 보고서에 중점적으로 실어보고 싶어. 너의 경우처럼 좋은 영향을 주는 이야기는 결정권을 가진 사람들을 움직이는 데 아주 중요하거든. 그런 사람들은 자신들의 정책에 도움을 받은 사람들의 실제 이야기를 좋아하잖아.

그래서 첫째, 우리가 너의 이야기를 좀 자세히 사용해도 괜찮을까?

내부용으로만 보는 것이라서 신문 등 외부에는 절대 유출되지 않으니까, 네 사생활이 노출될 염려는 하지 않아도 괜찮아.

그리고 너만 괜찮으면 우리가 내무성 사람과 사진기자와 함께 너를 방문해서 이야기를 들을 수 있는 자리를 마련하고 싶은데, 네 생각은 어떠니?

답변을 고대하고 있을게.

너의 모든 일이 뜻대로 되기를 기원하며.

클라우디아 건터
웨스트 메온 보호관찰소

환장하겠다. 건터 씨, 고마워요. 아마도 요즘 내가 받고 있는 심리적 중압감이 부족했었나보다. 이제 클라우디아 건터 씨의 경력은 물론, 웨스트 메온 보호관찰소의 명운이 약해빠진 내 어깨 위에 실렸다.

1월 30일

아래층에서 부모님이 큰 소리로 다투는 소리가 들렸다. 아무것도 집중이 안 된다. 이 모든 게 내 잘못이다.

1월 31일

아빠가 집을 나갔다. 캠프용 벤을 타고는 멕시코 국경을 넘어가셨다. 어쩌면 사우스시 쪽으로 가셨을지도.

"곧 돌아오실 거야, 벤." 아침에 엄마가 확신하듯이 말했지만, 마음이 편하지 않으신 것은 알 수 있었다. 감당하기 힘든 일이 생겼을 때, 아빠가 이번처럼 집을 훌쩍 나가는 것이 처음은 아니다. 아빠만의 단계가 있고 그 단계들이 다 지나면 곧 수그러들 거라고 엄마는 말했다. 하지만 나에게는 그렇게 남자다움을 강조하는 아빠가 지금은 전혀 남자답지 못해 보였다. 아이러니한 일 아닌가?

그래도 이게 거의 내 책임 것에는 변함이 없다.

이 사단이 일어난 것은 어젯밤이었다.

엄마 아빠는 평소처럼 외출을 했다. 길퍼드에 있는 80년대 학교 디스코장에 갈 것이다. 엄마는 이럴 때 입으려고 옛날 학교 교복을 하나 가지고 있다. 개인적으로 나이가 마흔이 넘은 여자가 입기에는 적절하지 않다고 생각하지만, 아빠는 엄마가 25년 전 모습 그대로라고 한다. 이건 칭찬이 아니다. 아빠 말을 곧이곧대로 믿어준다면 엄마는 엄청 노안이었다는 이야기니까. 그리고 곱슬머리와 찢어진 스타킹이 그 시대의 전형적인 의상이라고 좀처럼 믿기지 않았다.

아빠는 셔츠를 바지 밖으로 내놓고 줄무늬 넥타이를 머리에 둘렀다. 예전 록메탈밴드인 AC/DC의 한 멤버를 거인화 시킨 느낌이었다. 아빠는 그들의 모든 앨범을 소장하고 있다. 아빠에겐 영감을 주는 존재인 것이 분명하다.

하지만 정말 저런 교복을 입고 다녔다면 도대체 부모님들은 어떤 학교를 다닌 것일까? 엄마가 입은 교복 치마는 짧아도 너무 짧다. 엄마가 우리 학교에 그 치마를 입고 등교한다면 당장 정학 처분을 받을 것이다. 아빠도 '부적응 아이'로 특별관리 대상이 될 게 분명하다.

어쨌든, 나는 그날 밤 동생을 일찍 자라고 침대에 밀어 넣고는 Patt3rn 삼매경에 빠져 있었다. 과감하고 실험적인 뜨개코를 구상하고 있는데, 제대로 된다면 소매에 고리 모양의 효과를 줄 수 있다. 매우 수학적이고 복잡한 구상이었다. 솔직히 말해서 시간 가는 줄도 몰랐다.

밤 10시 30분에 나는 소매 하나의 확장된 부분을 막 완성했고 그 것을 상의 위로 착용해서 내 방 거울에 비춰보며 스스로를 대견하게 생각하고 있을 때, 문이 벌컥 열렸다. 머리에 넥타이를 맨 아빠가 문 앞에 서 있었다. 아빠가 이 상황을 파악하는 데 잠시 시간이 필요했다. 마치 영화 〈펄프 픽션〉의 한 장면과 같았다. 존 트라볼타가 화장실에서 나왔을 때 브루스 윌리스가 자신에게 기관총을 겨누고 있는 것을 발견한 장면 말이다. 그렇게 우리 둘은 서로 어찌 된 영문인지 파악하기 위해 서 있었다.

먼저 상황 파악이 끝난 것은 아빠였다.

"계속 뭔가 수상하더니 내가 이럴 줄 알았어!" 아빠가 소리쳤다. 서랍과 찬장을 열어젖히고 침대 밑에서 나의 비밀 상자를 찾아냈다.

아빠는 거기서 반쯤 짜다 만 탱크 탑과 패턴 뭉치들을 손에 움켜잡더니 그것들을 내게 집어 던졌다.

"이 사기꾼 녀석!!" 아빠가 소리쳤다.

엄마가 곤혹스러운 표정을 하고서 방에 들어왔다.

갑자기 나는 맞받아쳤다.

"맞아요! 나 뜨개질해요. 그게 어때서요?" 난 고함을 질렀다.

"그러면서 나를 속인 거야!" 아빠의 목소리엔 노기가 가득했다.

"아빠가 이해해 줄 리 없다고 생각했으니까요..."

"내가 이해해 줄 리가 없다고?" 아빠가 믿을 수 없다는 듯이 소리쳤다. "내가 다 참아 줬잖아. 안 그래? 네가 롤리팝 안내원을 죽일 뻔했을 때, 내가 너에게 뭐라고 한 적 있니?"

"아, 네. 그래서 지금 그 이야기를 다시 꺼내시는군요."

"그리고 웨이트로즈에서 물건도 훔쳤지." 아빠는 믿을 수 없다는 듯이 고개를 저으며 말했다. "웨이트로즈에서!"

"여보, 진정 좀 해봐." 엄마가 말했다.

"그리고 당신! 당신도 이걸 내게 비밀로 했잖아." 아빠가 엄마에게로 몸을 돌렸다. "얼마나 오랫동안 날 속인 거야?"

"내가 안 거는 지난 9월부터야." 엄마가 조용히 대답했다.

"뭐라..." 아빠가 말을 멈추더니 나를 의심스러운 눈으로 바라봤다.

"그러고 보니 너 정말 도예 수업하는 것 맞아?"

나는 고개를 저었다.

"그럼 뜨개질 수업을 들었겠군." 아빠가 경멸조로 말했다.

"내 수업은 못 듣겠다면서 핑계로 댄 '이해 상충'이니 뭐니 하는 것도 다 거짓말이겠구나?"

나는 아빠를 바라봤다. "네. 그래요. 일종의 거짓말이죠. 아니, 거짓말 맞아요."

아빠의 표정이 무섭게 일그러졌다.

"여보..." 엄마가 말했다.

"나서지 마." 아빠가 손을 들어 엄마의 말을 막았다.

"너는 나랑 있는 시간이 너무 싫은 거지? 아니야?" 아빠가 내게 물었다. "나랑 시간을 보내느니 수다스러운 여자들 사이에 앉아 있는 것이 백배 나은 거지? 아니야?"

"아니에요. 그건." 나는 한숨을 쉬며 대답했다. "아빠 때문이 아니에요."

"그럼 뭔데?"

난 크게 숨을 들이쉬고 아빠에게 말했다.

"나는 차가 싫어요." 나는 이어 말했다. "나는 차도 싫고요. 제레미 클락슨도 싫어요. 제임스 메이는 연쇄 살인범처럼 생겼고요. 그리고 프랭크 램파드가 왜 아직까지 잉글랜드 대표팀에 있는 지도 모르겠어요."

아빠는 충격을 받은 듯 거친 숨을 쉬었다.

"그 말 취소해!" 아빠가 낮은 소리로 쏘아붙였다.

"차는 볼마다 항상 골대를 넘기잖아요!" 내가 소리쳤다. "도대체 왜 그러는 건데요?"

"그는 골대 가장자리를 노리는 거라고!" 아빠도 큰소리로 반박했다. "골키퍼가 막을 수 없는 곳으로!"

"결국 안 들어가잖아요!" 나도 지지 않았다.

"그래서 넌 계집애 같은 놈이냐?" 아빠가 소리를 질렀다. 나의 프랭크 램파드에 대한 공격이 아빠의 마음을 크게 상하게 한 게 분명했다. "아니면 호모니? 사내놈이 차도 싫고, 램파드도 이해를 못하고. 하지만 뜨개질은 좋다는 거지! 그렇지? 그래서 다음은 뭐냐? 발레? 꽃꽂이? 아니면 남자용 핸드백?"

"당신! 이제 그만해!" 엄마가 화를 내며 말했다.

이제 잠에서 깬 몰리도 울기 시작했다. 엄마가 아빠를 끌고서 내 방에서 나갔다. 내게 미안하다는 표정을 지으면서. 아빠는 쿵쾅거리며 계단을 내려가 문을 세차게 닫았다. 평화 회담은 깨졌고 그것은 당연히 아래층에서 엄마와 아빠 사이의 세계전쟁으로 이어졌다.

오늘 아침 일어났을 때, 아빠는 이미 집에 없었다.

2월 1일

어젯밤 뜨개질 수업 전에, 스왈로 선생님을 보려고 잠시 들렀다. 점토가 더 필요한 척을 했지만, 사실 점토는 이미 차고도 넘쳤다. 비밀 상자 안에 둔 점토는 말라가고 있었다.

"괜찮으세요?" 나의 질문에 그녀가 아무렇지도 않다는 듯이 웃었다.

"보다시피. 죽지는 않아."

"지난주에 조를 봤어요. 축구 경기장에서요."

"진짜?" 그녀가 물었다. "그 사람은... 어때 보였어?"

"골은 못 넣었어요."

"양심은 있나 보네." 그녀가 코웃음 치며 말했다.

"경기가 끝나고 조하고 이야기도 했어요."

"조하고 이야기를?"

"선생님을 많이 그리워하더라고요." 내가 말했다.

"참 특이한 방식으로 표현을 하는구나." 그녀가 말했다. "처음에는 그 사람이 좀 노력이라도 할 줄 알았어. 꽃을 들고 나타난다거나 아니면 편지라도 보낸다거나."

나는 어깨를 으쓱했다. "소용없다고 생각했대요. 선생님이 자신을 싫어한다면서."

"그래, 나는 조가 싫어." 그녀가 말했다. "그리고 그를 사랑해."

"조도 선생님을 사랑해요." 내가 그녀에게 말했다.

"그러면 그 마음을 내게 보여줘야지." 그녀는 그렇게 말하고 돌아섰다.

나중에 나는 후퍼 아주머니에게 런던에 갈 때 스왈로 선생님도 함께 갈 명단에 넣어달라고 말했다.

"그래, 알았다. 그런데 아빠에게는 아직 못 털어놨니?" 그녀가 말했다.

"사실은, 말했어요. 그런데 아빠가 받아들이는 데 시간이 좀 필요한 것 같아요."

"이런…" 그녀가 말했다. 그녀가 나의 얼굴을 보면서 한 마디 덧붙였다. "너 괜찮은 거니?"

나는 고개를 끄덕였다. 그러곤 다시 고개를 저었다.

"아빠는 받아들이기 힘드신가 봐요."

"그래도 이제는 더 이상 마음속에 진실을 담아두지 않아도 되잖니." 그녀가 말했다.

"네. 마음이 한결 편하네요." 나도 모르게 조금 냉소적으로 말했다.

수업 내내 집중을 할 수가 없었다. 뜨개질도 제대로 되지 않았다. 후퍼 아주머니에게 Patt3rn의 작업을 해도 되는지 물어 허락을 받았다. 하지만 Patt3rn 작업도 좀처럼 진전이 없었다. 소매를 고리 모양으로 만들려는 시도는 마음처럼 되지 않았다. 추가적인 작업이 필요한 것은 분명했지만 아무 생각도 떠오르지 않았다. 어쩌면 Patt3rn을 포기하고 Mk4 패턴으로 넘어가야 할지도 모르겠다. 지금은 그걸 뭐라고 불러야 할지 모르겠다. 하지만 분명한 것은 Mk4 패턴은 아주 멋져야만 한다. 나의 많은 문제를 한 방에 해결할 수 패턴 Mk4의 아이디어가 떠올랐다.

2월 2일

조즈가 〈그레이엄의 50가지 그림자〉의 추가 원고를 내게 건네줬다. 지금 내게 절실히 필요한 건 이보다는 코미디 같은 요소였지만, 막상 읽기 시작하자 또 빠져들기 시작했다. 불쌍한 데이지는 힘든 시간을 보내고 있었다. 정말 그레이엄이 그녀를 행복하게 해줄 수 있을까? 그녀는 그레이엄을 따라 뉴욕에 갔지만, 그가 다른 여자와 껴안고 있는 모습을 보게 된다. 드디어 데이지는 그레이엄에게 이 문제를 추궁하기로 하는데... 한번 읽어 보자.

"어젯밤 당신이 그 여자와 함께 있는 것을 봤어." 데이지가 흐느꼈다. 그녀는 내게 꽃병을 던졌다. 꽃병은 벽에 맞아 산산조각이 났지만 나는 꿈쩍도 하지 않았다.

"그 여자는 내 동생이야." 나는 그녀에게 말했다.

"그럼 왜 그 여자 입에 당신 혀를 집어넣었는데?" 그녀가 내게 소리를 질렀다.

"뭐라고? 아, 그 여자를 말하는 거구나. 그래. 그랬지. 하지만 그건 네가 나를 사랑하지 않는다고 느꼈기 때문이야. 나는 충격을 받았고, 화가 났어."

왜 그녀는 이해하지 못하는 걸까?

"내가 하녀 복장을 하지 않겠다고 한 것 때문에 당신을 사랑하지 않는다고 생각한 거야?"

"그 뿐만이 아니야." 나는 한숨을 쉬었다. "당신은 내게 전화 한 통도 하지 않았잖아. 나는 우리가 멀어지고 있다고 느꼈다고."

그녀가 이글거리는 눈빛으로 나를 쳐다보았다. 그리고 아무 말 없이 옷을 벗어던지고 내게 달려들어 침대로 나를 넘어트렸다.

2월 3일

조와 그의 문제가 머릿속에서 떠나질 않았다. 그를 도울 내 생각이 구체화되고 있고, 그건 뜨개질과도 밀접하게 관련되어 있다.

이미 말했던 것처럼 나는 Patt3rn을 밤낮 없이 고민하며 생각을 거듭했고, 드디어 묘수를 찾아냈다. 침대에 앉아 한 시간째 패턴을 만지작거리며 생각에 잠겨있었지만, 그러면 그럴수록 더 괴롭기만 했다. 그때 퍼뜩 한 가지 생각이 떠올랐다. 내가 지금까지 문제를 해결하지 못했던 것은 남녀 모두가 입을 수 있는 남녀공용에 너무 집착했기 때문이었다. 그러다 보니 결과물은 남녀 모두에게 적합하지 않은 어중간한 중간 지점이 되고 말았다. 그 순간 이것을 깨달은 것이다.

그렇다! 꼭 남자와 여자가 같이 입을 수 있게 디자인해야 할 이유 따위는 없다. 간단하게 생각하자. 그냥 여자들에게 어필할 수 있는 옷이면 어떨까? 그리고 특별한 한 사람! 나의 뜨개질 여신. 제시카 스왈로 선생님.

나는 침대에 누워 계속 생각을 이어갔다. 옷의 크기는 약간 작게, 길이는 짧게 만들어야 할 것 같다. '가슴 공간'을 남겨둬야 할까? 그러면 '가슴 공간'은 얼마나 남겨둬야 할까? 그런데 '가슴 공간'이 기술적 용어가 맞기는 한 걸까? 나의 뜨개질 여신. 제시카 스왈로. 나는 눈을 감았다. 그녀의 몸매를 기억에서 찾아내서 떠올리는 것은 아주 쉽다. 그녀가 지난번 축구장에 입고 온 목이 헐렁한 상의가 떠올랐다. 그리고 그녀와 춤을 췄던 신년의 밤, 그녀가 입었던 느슨한 코로짜인 시스루 상의도 생생히 기억한다. 그 옷들에서 생각을 발전시켜 Patt3rn과 연결시켜 보았다. 그러자 그녀가 Patt3rn을 입은 모습이 선명하게 그려졌다. 왜 진작 이렇게 할 생각을 못했을까?

이런 과정이 좀 소름 끼치게 느껴지나? 어쩌면 조금 그럴 수도. 하지만 모든 위대한 예술가들에게는 자신만의 여신이 있다. 창조의 과정에서는 약간의 사악함이 용납된다.

어쨌든 이렇게 해서 Patt3rn은 완전히 폐기됐다. 이 새로운 패턴엔 새로운 이름이 필요하다. Patt.r.n이 좋겠다.

이제는 이 아이디어에 너무 흥분해서 잠을 못 잘 이유가 또 하나 늘었다. 내일 일찍 풀링거스에 들러 더 두꺼운 바늘 몇 개와 유기농 털실을 좀 사야겠다.

2월 4일

아빠는 여전히 돌아오지 않는다. 아빠는 자신이 아직 살아 있다는 것을 알리려는 듯 엄마에게 간단한 문자 메시지만 남겼다. 하지만 어디에 머물고 있는지는 알리지 않았다.

"지금은 아빠를 잠시 혼자 있게 두는 게 최선이야. 뭘 해도 좋을 게 없으니까. 마음의 준비가 되면 그때 아빠는 다시 돌아올 거야." 엄마가 말했다.

"그다음에는 어떻게 되는데요?" 나는 되물었다.

지리학 수업이 거의 끝나서 점심을 알리는 종이 울리기 직전, 교실로 메모가 하나 전달되었다. 그로버 선생님이 그것을 눈으로 읽어 보더니 나를 바라보았다. 심장이 덜컥 내려앉았다. 혹시 아빠에게 무슨 일이 생긴 것이 아닐까?

"벤, 수업 끝나면 잠시 좀 보자." 그로버 선생님이 내게 말했다. 나는 고개를 끄덕였다. 떨림이 멈추지 않았다.

그 이후로 수업 종이 울릴 때까지 아무 생각도 할 수 없었다. 어서 모든 사람이 나가기를 기다렸다. 교실을 떠나면서 메건이 무슨 일인지 궁금한 표정으로 나를 바라보았다. 나는 애써 그녀에게 윙크를 했다. 마치 별일 아니라는 듯.

"교장 선생님이 너를 좀 보자고 하신다." 그로버 선생님이 말했다. 더 자세한 설명은 없었다. 늘 필요한 말 이상을 하지 않는 분이니까.

교장실로 향하며 도대체 무슨 일인지 생각했다. 계단을 절반쯤 올랐을 때 나는 잠시 앉아서 심호흡을 했다. 확실히 요즘 나는 신경이 곤두서 있다. 교장실 안내를 담당하는 루시에 아주머니가 나를 보고 미소를 지으며 곧장 들어가라고 말했다.

노크를 하자 타일러 교장 선생님이 내게 들어오라고 했다. 나는 교장 선생님을 꽤 좋아한다. 그녀는 항상 복잡하게 채워야 하는 상의를 입는다. 버클, 고리, 끈 등등. 저 많은 것을 제대로 입고 있는 것인지도 늘 의문이었다. 그녀는 큰 원목 책상 뒤에서 미소를 지으며 앉아있었고, 그 모습에 조금은 마음이 놓였다.

나는 그제야 방에 다른 사람도 있다는 것을 알아챘다. 정장 차림의 마른 남자였다. 마치 회계사처럼 보였다.

"와 줘서 고마워, 벤." 교장 선생님이 말했다. "여기 이 분은 비릴리아에서 오신 홀리스 씨야." 교장 선생님이 말했다.

"아... 네." 내가 대답을 하자 그 남자가 서서 내게 손을 내밀었다. 나도 손을 내밀어 악수를 했다. 내 손이 축축하다고 생각하시지 않을까 조금 신경이 쓰였다. "스크린을 설치해주신 분들이군요." 내가 말했다.

그러자 그는 밝게 미소를 지으며 말했다. "맞아요. 우리는 사람에게 투자를 합니다."

홀리스 씨는 모든 면에서 단정하고 분명한 사람 같았다. 그의 모든 것이 그가 잘 정돈되고 체계적임을 말하고 있었다. 나는 그에게 바로 호감을 느꼈다.

"비릴리아에서는 스크린 설치 말고도 우리 학교를 위해서 많은 일을 하고 있단다." 교장 선생님이 조금 서두르며 말했다. "자리에 앉으렴."

우리 모두 자리에 앉자 홀리스 씨가 비릴리아가 후원하는 젊은 경영자 상에 대해 설명하기 시작했다.

"우리는 제2의 앨런 슈가(*영국의 성공한 기업가)를 찾고 있습니다." 그가 말했다.

솔직히 말해서 나는 그가 잘못 찾아온 것이 아닐까 하는 생각을 했다. 모교를 욕되게 하고 싶지는 않지만, 햄프턴 아카데미의 학생들이 특별히 진취적이라고 생각하진 않으니까. 홀리 오스먼은 빼고.

"좋은 일이네요. 잘되셨으면 좋겠어요." 내가 말했다.

"그래서 내가 오늘 너를 여기에 부른 거야." 교장 선생님이 계속해서 말을 이었다. "최근에 네가 시작한 작은 사업이 우리의 관심을 끌었거든."

나는 얼어붙었다. 그녀가 계속 설명을 했고, 나는 놀란 마음을 숨길 수 없었다.

"스왈로 선생님이 네가 자신의 남자 친구를 위해 탱크 탑을 만들었다면서 보여줬어. 그녀가 너한테 주문을 더했다고 그러던데?"

"그리고 멋진 온라인 숍도 운영하더군요." 홀리스 씨가 말을 덧붙였다.

"그걸 어떻게 아셨어요?" 나는 천천히 물었다.

"인터넷은 전 세계에 연결되어 있는 것 아닌가요, 젊은 사장님." 그가 웃으면서 대답했다. "구글로 당신을 검색해 봤더니 사이트 주소가 바로 나오더군요."

"정말 멋지네요. 믿고 쓰는 구글이군요." 나는 조용히 대답했다.

홀리스 씨가 내 쪽으로 몸을 기울여 목소리를 낮춰 마치 비밀정보를 전달해 주는 것처럼 말했다. "전자 상거래가 미래입니다. 안타깝지만 번화가에서 물건을 사고파는 것은 다 옛말이 될 겁니다, 벤. 앞으로 모든 거래는 다 온라인으로 이루어질 거예요. 당신은 이미 그 선두에 서 있는 것이고요."

나는 바로 폴링거스가 생각이 났다. 우직하게 따옴표와 대문자 P를 고집하는 오래된 상점 말이다. 온라인이 실을 만져보고 둘러보는 경험을 대신할 수 있을까? 컴퓨터 화면의 섬유는 만져볼 수 없고, 아이패드 화면의 뜨개질바늘은 손으로 돌려볼 수도 없다. 하지만 나는 미소를 지으며 머리를 끄덕였다. 미래가 분명히 그렇게 될 것이라고 확신하는 사람에게 달리 무슨 말을 하겠는가?

"어쨌든, 벤." 교장 선생님이 말했다. "그래서 우리는 벤이 비릴리아의 '학기선 프로그램'에 참여했으면 해." 교장 선생님이 말했다.

"죄송합니다만, 그게 뭐죠?" 내가 말했다.

"학생 기업가 선정을 말합니다. 줄여서 학기선." 홀리스 씨가 다시 잘 설명해 줬다.

"아... 그렇군요. 아주 기발하네요." 나는 잘못 걸렸다고 생각했다. 이야기가 원하지 않는 방향으로 전개되는 느낌이 들었다.

"네가 하는 사업에도 좋은 홍보가 될 거야." 교장 선생님이 내게 윙크를 하며 말했다.

그래, 내가 걱정하는 것이 바로 그거다. 인터넷의 익명의 사람에게 탱크 탑을 파는 것과 가족은 말할 것 없이 학교 전체에 나의 뜨개질 솜씨를 알리는 것은 전혀 다른 이야기다.

교장 선생님은 내가 망설이는 것처럼 보였는지 말을 덧붙였다. "다른 좋은 혜택도 많단다. 상금이 나오거든."

나는 눈이 번쩍 떠졌다. 사실 하려고 한다면 두 가지를 병행하는 것은 어렵지 않다.

"그리고 내 생각에는, 네가 선정될 확률이 아주 높다고 생각해." 그녀가 덧붙였다.

"정말요?" 자존감이 부풀어 올랐다.

"그래. 경쟁이 그렇게 치열하지는 않거든."

"아, 그렇군요." 자존감에서 바람이 빠지는 소리가 들렸다. "그럼 우리 학교 내 학생들 중에서 선정하는 건가요?" 내가 물었다.

"비릴리아가 지원하는 모든 학교가 대상입니다." 홀리스 씨가 대답했다.

"얼마나 많은 학교가 있는데요?"

"셋입니다."

"나머지 두 학교는 지금 특별 관리 대상이야." 교장 선생님이 말했다. 홀리스 씨는 이 이야기를 듣고 침울한 표정을 지었다. 나는 정말로 그를 돕고 싶었다. 그는 괜찮은 사람 같았다. 그리고 매우 단정하다.

"생각할 시간을 주실래요?"

"많이는 못 준다." 교장 선생님이 말했다.

2월 5일

오늘, 아빠에게서 연락이 왔다. 아빠는 엄마와 전화로 간단한 대화를 나눴다. 물론 나는 엄마가 말하는 반쪽짜리 대화만 들을 수 있었다.

'지금 어디에 있어?'

─

'진짜로? 거기는 왜 갔는데?'

─

'당신 물고기도 안 좋아하면서.'

─

'그건 그렇고. 나 이번 주말에 브리스톨에 가는 거 알지?'

ㅡ

'안 돼. 엄마 집에 보낼 수는 없어. 요즘 더 상태가 안 좋아지신 것 같아. 얼마 전에는 나를 콜린이라고 부르셨어.'

ㅡ

'글쎄. 벤이 동생을 돌볼 수는 있겠지. 하지만 그 애 올해 AS 레벨 시험 있어. 그건 좀 그렇잖아.'

ㅡ

'됐어. 그냥 내가 알아서 어떻게 할게. 거기서 당신은 마음 정리 잘 해.'

ㅡ

엄마가 내게 전화기를 건넸다. "아빠가 너한테 할 말이 있대."

나는 엄마에게 전화기를 건네받아 긴장한 채 부엌으로 걸어 들어 갔다.

"여보세요?" 내가 말했다.

"그래, 벤. 아빠가 저번에 소리 질러서 미안하다."

"저도 아빠를 속여서 미안해요."

"네가 왜 말을 못했는지 알 것도 같다. 하지만 우리 사이에 더 이 상 비밀은 없기다. 알았지?"

"지금 곧 집으로 오세요?"

"조만간 돌아갈게. 지금은 콘월에 있어. 낚시도 좀 하면서."

"네, 알았어요."

어려운 상황이 닥쳤을 때 아빠처럼 이렇게 달아나는 것도 속 편한 방법일지 모르겠다. 나도 아빠처럼 그렇게 해봤으면 좋겠다고 속으로 생각했지만, 아빠에게 이야기하지는 않았다.

"그리고 말이다. 내가 표 두 장 구해 놨다. 스템포드 브릿지 경기장. 일요일 경기로!"

역시 아빠다. 여전히 눈치가 없다. 그리고 여전히 노력 중이다. 아빠만의 방법으로.

"정말요? 빨리 보고 싶네요." 또 거짓말을 했다.

전화를 끊고 나서야 생각이 났다. 그 주 일요일은 영국 뜨개질 챔피언십 대회 결선이 있는 날이다.

2월 6일

오늘 조에게서 문자 메시지를 받았다.

안녕 벤. 그냥 제시에게 이야기를 했는지 궁금해서.

바로 답장을 보냈다.

모든 것이 계획대로 되고 있어요. 토요일에 시합 끝나고 봐요.

2월 7일

끔찍한 날이다. 메건과 관련한 일이다. 지난 크리스마스에 잠깐 본 이후로 그녀를 거의 볼 수가 없었는데, 오늘 학교에서 집으로 가는 길에 그녀를 우연히 만났다.

"안녕?" 내가 먼저 말했다.

"안녕. 요즘 통 안보이더라." 그녀가 퉁명스럽게 말했다.

"그동안 너무 바빴어." 이건 사실이다. 엣시에서 탱크 탑 세 개를 주문 받았다. 실이 다 떨어져 가는데 풀링거스에 가서 사는 것을 미루고 있었다. 나타샤와 있었던 일들로 그녀의 얼굴을 대하기가 어색했기 때문이다. 게다가 Patt.r.n 작업이 또 다른 난관에 봉착했고 지구라트 만드는 일에 예상보다 많은 시간이 빼앗겼다. 내 손으로 직접 하는 중이라서 간단하면서도 실용적으로 처리할 수가 없었다. 영화 〈아포칼립토〉에서 인간 제물을 바치는 장면을 모델로 삼기로 했다. 피라미드 제단 위에서 포로들이 희생되고, 제단 아래에서 수천 명의 마야 사람들이 춤을 추며 소리를 질러대는 장면이었다. 붉은색 유약을 위에서부터 부어서 마치 피가 피라미드 아래까지 적신 것 같은 효과를 냈다.

그런데 만들고 보니 제단 위에서 가슴을 드러낸 여자 포로 중 하나가 스왈로 선생님을 쏙 빼닮았다. 선생님에게 보여드리기 전에 좀 찌그러뜨리거나 아니면 뭔가 걸쳐놔야겠다.

어쨌든, 이런 모든 일뿐만 아니라 학교 공부도 해야만 했다. 그래서 거의 매일같이 점심시간에는 학교 휴게실에서, 방과 후에는 도서관에서 한 시간씩 책에 코를 파묻고 공부에 몰두했다. 내가 공부를 할 수 있는 곳은 뜨개질과 지구라트와 전혀 관련이 없는 곳뿐이었다.

"나타샤는 잘 지내?" 메건이 같이 걸으며 물었다.

"뭐, 잘 지내겠지." 어색한 침묵이 흘렀다. 나는 메건의 질문에 담긴 진짜 의도를 생각했다.

"나타샤는 내 여자 친구가 아니야." 내가 침묵을 깨고 말을 덧붙였다.

"그래." 메건이 혼잣말하듯 말했다. "하지만 나타샤는 너를 좋아하지."

"무슨 말이야. 그런 생각은 해본 적도 없어." 솔직히 말하자면, 요즘 혹시 그녀가 나를 좋아하는 것이 아닐까 생각해 본 적이 있다. "그리고 나보다도 훨씬 나이가 많은데."

"벤." 메건이 걸음을 멈추고 몸을 돌려 나를 정면으로 마주 보았다. "내 말 믿어. 그녀는 널 좋아해."

지금 내가 나타샤에게 정말로 이성적인 감정을 가진 것은 아니다. 하지만 나를 좋아한다는 말에 기분이 나쁘지는 않았나. 그 생각에 괜히 어깨가 으쓱해지고 쑥스러워졌다. 나는 내 얼굴이 붉어지는 것을 메건이 알아차리지 못하게 다시 걷기 시작했다.

"그러니까 한번 잘해 봐." 메건이 내 뒤를 따라 걸으며 말했다. "둘은 관심사도 같으니까."

나는 약간 어리둥절하게 그녀를 쳐다보았다. "너 지금 뜨개질을 말하는 거야?"

"그래. 같이하면 좋은 거 아니야?"

이제 알았다. 메건은 지금 천연덕스럽게 빈정대며 나를 비꼬고 있는 거다.

"너 왜 이러는 거야? 나는 네가 내 편인 줄 알았는데." 내가 물었다.

"네 편이야." 그녀가 시선을 피하며 대답했다. 이때쯤 그녀의 집에 거의 다 왔다.

"아니. 넌 지금 빈정대고 있잖아. 내가 큰 웃음거리인 것처럼."

그녀가 웃었다. "말도 안 되는 소리 하지 마."

"지금 내가 여자 같다는 거잖아. 뜨개질 한다고."

"벤! 이런 걸로 너랑 말싸움하기 싫어. 그러니까 뜨개질 재밌게 하고, 나이 많은 여자하고도 신나게 놀아. 잘 있어. 나 간다."

그러곤 정말 가버렸다.

잔인한 여자!

2월 8일

오늘 나는 이불을 뒤집어쓰고 펑펑 울고 싶었다. 그리고 보리스 존슨이 총리가 될 때까지 나오고 싶지 않았다.

사건은 학교 조회 시간에 벌어졌다. 나는 집중하고 있지 않았다. 교장 선생님은 불경기와 회복의 조짐에 대해서 이야기했고, 리더십과 사업가 정신에 관해서도 일장 연설을 하고 있었다. 하지만 내 머릿속은 온통 Patt.r.n 생각으로 가득했다. 그래서 교장 선생님이 내 이름을 언급했을 때도 나는 반쯤 딴 세상에 있었다.

"벤 플레처는 햄프셔를 대표해서 다음 주 일요일에 런던의 올림피아 전시장에서 열리는 영국 뜨개질 챔피언십 대회 주니어 부문에 출전합니다."

강당 안 모든 사람들의 입이 동시에 벌어지며 400개의 눈이 나를 향하며 들썩였다.

도대체 교장 선생님은 무슨 생각으로 이런 짓을 한 것일까? 내가 숨을 곳을 아예 없애버리려는 것일까? 그렇게 퇴로를 차단해서 홀리스 씨의 프로그램에 참여할 수밖에 없도록. 정말 그렇게까지 치사한 생각을 한 것일까?

웃으려고 안간힘을 썼다. 나는 그냥 자리에서 벌떡 일어나 달리고 싶었다. 출입구로 달려 나가고 싶었고, 도망가고 싶었다. 차 아래로 뛰어들고 싶었다. 그러나 니는 자리에 앉아 수치심과 굴욕감에 흠뻑 적셔지고 있었다. 누구는 속닥거리고 또 누구는 낄낄거리는 소리가 들렸다.

뜨개질바늘이 딸깍거리는 소리처럼 속삭이는 소리가 들렸다. 빙구는 거기도 실뭉치처럼 되어있는 거 아니냐고. 얼마 남아 있지도 않은 내 작은 평판조차 바닥에 떨어지다 못해 땅을 뚫고 지하로 내려가는 것 같았다. 몇 줄 앞에 앉은 로이드 매닝이 결정타를 날렸다. 녀석은 뒤를 돌아 경멸하는 표정으로 나를 보면서 손으로 내 성기를 자르는 시늉을 했다. 나는 울고 싶었다. 그래, 녀석이 맞다. 나 자신이 너무 싫었다. 녀석이 이겼다. 그리고 다른 모든 사람이 이겼다. 나는 패배자다. 나는 정말 빙구 벤이다.

"벤은 영국 전역에서 유일하게 뜨개질 결승전에 진출한 남성입니다." 교장 선생님의 확인 사살은 계속되었다. "게다가 벤은 뜨개질에 대한 열정을 사업으로 바꿀 아이디어도 가지고 있습니다. 도전적인 사업가의 모습이란 이런 것이겠죠. 우리 모두 이 달 17일에 열릴 결승전에서 벤이 좋은 결과를 거둘 수 있도록 우렁찬 박수로 응원해 줍시다!"

박수는 엄청났다. 귀가 떨어져 나갈 것 같은 함성이 이어졌다. 반어적 박수가 있다면 이런 것일 것이다. 요란한 함성 속에 일부는 휘파람을 불어대기도 했다. 내 얼굴은 새빨개져서 피부가 안으로 뒤집혀진 것처럼 보일 정도였다.

"뜨개질이라고?" 젝스가 머리를 흔들며 말했다. 우리는 축구장 구석에 있는 오크나무 아래에 있었다. 조회가 끝나고 내게 쏟아지는 뜨개질 농담과 비웃음을 피해서 이곳으로 대피한 거다.

"그래, 맞아. 뜨개질." 나는 한숨을 쉬었다. "보호관찰 프로그램 때문에 듣게 된 수업이야. 의무적으로 이수해야 하는 단계야."

"하지만... 뜨개질을?" 조즈가 말했다.

"선택의 여지가 많지 않았다고." 나는 항변했다.

"그래. 하지만 그렇다고 뜨개질을?" 프레디가 믿을 수 없다는 듯이 말했다.

"너희들까지 나를 힘들게 해야겠어? 미리 말하지 않아서 미안해. 그래도 지금은 너희들 지지가 너무 필요해."

"어이! 뜨개질 머저리!" 누군가 축구장 건너편에서 나를 향해 소리를 질렀다.

"걱정하지 마. 우리는 네 편이니까." 젝스가 내 어깨를 두드리며 말했다. 프레디와 조즈도 얼버무리듯 동의했다.

"고맙다." 녀석들이 정말 고마웠다. 우리는 거기 잠시 아무 말 없이 앉아 있었다. 나는 깊게 숨을 들어 마셨다. 어려울 때 이런 친구들이 있다는 것이 큰 힘이 되었다.

"오. 이런." 프레디가 갑자기 한 마디 했다. "내 양말에 구멍이 났네. 벤, 당신의 뜨개질 솜씨로 고쳐주실 수 있으실까요?"

"그래. 아주 재밌다." 내가 대답했다. "그런데 양말은 꿰매는 거야. 뜨개질로 하는 게 아니라고."

"벤, 못에 걸려서 내 팬티가 찢어졌어. 이건 뜨개질로 어떻게 안 되겠나?" 이빈에는 젝스가 놀려댔다.

"아주 웃겼다. 그런데 팬티는 면으로 만들어졌거든. 일반 바늘과

307

실을 사용하는 거라서 뜨개질과는 상관이 없어."

잠시 후, 이번에는 조즈가 한 마디 했다. "벤, 나한테 비니 하나 떠줄래? 글씨를 새겼으면 하는데, '뜨개질 머저리'라고 써줘. 친구에게 선물하려고."

나는 한숨을 쉬고 아무런 대꾸도 하지 않았다. 머저리보단 내가 더 나으니까.

"그래서, 우리도 코바늘 스맥다운인가 하는 거기에 가도 되는 거냐? 아까 교장이 거기 갈 수 있는 표가 몇 장 남았다던데." 젝스가 물었다.

"너희들한테는 정말 재미없을 거야." 나는 서둘러 대답했다.

"재미있을 것 같은데. 덕분에 런던 구경도 하고." 조즈가 말했다.

"글쎄, 잘 모르겠다…" 나는 어떻게 하면 녀석들을 못 오게 할지 생각하며 말했다. 나는 일단 화제를 바꾸기로 했다.

"내 평판은 어떻게 하지? 계속 이렇게 살 수는 없잖아?" 내가 물었다.

"친구. 솔직히 말해서 원래 평판도 어차피 완전 바닥이었어." 프레디가 야속하게 말했다.

"아니야. 앞으로 힘들 거야. 모두가 쉴 새 없이 바늘로 찔러대겠지." 조즈가 말했다.

나는 그를 보며 크게 헛웃음을 터트렸다.

"방금 그 말은 꼭 글로 써 놔라. 진짜로 웃겼으니까. 어떻게 교장 선생님이 나한테 이럴 수가 있는 거지?" 내가 말했다.

"그러게. 너를 완전히 꿰매버렸지." 젝스가 말했다. 정말 웃긴 놈!

"이거나 떠 봐. 빙구야!" 축구장 맞은편에서 로이드 매닝이 자신의 가랑이를 손으로 잡고 크게 소리쳤다. 나는 속이 부글거렸다.

"이건 진지하게 하는 말인데, 모든 것은 시간이 지나면 다 잦아들게 돼 있어." 조즈가 말했다. "지금이야 모두 너를 놀리느라고 정신이 없고 한동안 너에겐 힘든 시간이겠지만 곧 다른 일이 터지고 다음 등신이 나타날 거라고. 그럼 너는 잊어버리고 다 그 놈 이야기만 할 거야."

"정말 그럴까?" 내가 물었다. 친구로부터 실낱같은 위안이라도 얻고 싶었다.

"물론이지. 이런 일은 항상 뜨개질처럼 패턴을 따르기 마련이야." 녀석이 의기양양하게 말을 마쳤다. 모두들 배를 잡고 웃으며 대굴대굴 굴렀다.

"더 이상은 못 듣고 있겠다." 나는 뒤를 돌아 걷기 시작했다.

"이봐, 벤. 뭘 이걸 가지고 그래. 그냥 농담인데." 젝스가 등 뒤에서 소리쳤다.

나는 돌아섰다. 화가 머리끝까지 치밀었다.

"너는 언제나 그냥 단지 농담을 하는 거겠지, 젝스." 나는 소리쳤다. "너희들은 나의 친구잖아. 나를 지지해줘야 하는 것 아니야? 하지만 너희들이 하는 것은 언제나 나를 놀리는 것뿐이지. 나를 빙구라고 부르면서, 정작 사고를 치면 뒷수습은 내가 하지. 나도 이제 그만 하겠어. 머저리 짓!"

나는 거친 발걸음으로 그곳을 벗어나 도서관 뒷자리에 숨었다. 눈은 화학책을 바라보고 있었지만 아무것도 머릿속으로 들어오지 않았다.

이제 나에게 남은 것이라고는 결승전 밖에 없다.

2월 9일

드디어 해냈다. 패배의 문턱에서 승리를 쟁취했다. 어젯밤 집에 도착했을 때 기분은 바닥을 헤매고 있었다. 도리토스 한 봉지를 들고 내 방에 틀어박혀서 새벽 3시까지 Patt.r.n의 시제품을 완성했다. 내가 만든 첫 번째 '후피'다. 정말 근사하고 완벽해 보였다. 이렇게 빨리 완성할 수 있었던 것은 뜨개코가 커서이기도 했지만, 패턴이 내 머릿속에 다 들어가 있었기에 가능했다.

오늘 햄프턴 FC에 갔다. 내 의지로 축구장을 찾은 것은 이번이 처음이자 마지막일 거다. 내가 경기장에 들어섰을 때는 후반전이었다. 십여 명의 햄프턴 팬들이 세미프로처럼 자신 없는 플레이를 하는 햄프턴 선수들을 지켜보고 있었다. 조가 사람들 속의 나를 발견하고는 손을 흔들어 보였다. 관람석에서 구경하는 사람들이 호기심 어린 눈빛으로 나를 쳐다봤다. 내가 전문가는 아니지만 후반 추가 시간 동안 조가 햄프턴의 유일한 골을 기록한 것은 내 덕도 있는 것 같다. 경기 종료 휘슬이 울리자마자 조는 나를 보러 바로 달려왔다. 나는 그에게 소포를 건넸다.

"이게 뭐니?" 그가 물었다.

"밸런타인데이에 스왈로 선생님에게 줄 선물이요." 너무 추운 날이어서 말하는 것에도 이가 덜덜 떨렸다.

"이걸 스왈로 선생님 집 문 앞에 두세요. 당신이 그녀를 얼마나 사랑하는지를 담은 편지와 함께요. 밑져야 본전이죠."

"안에 뭐가 들었어?" 내가 준 상자가 언약궤라도 되는 것처럼 그는 조심스럽게 받쳐 들고 물었다. 상자는 지난밤에 재활용 통에서 찾은 갈색 종이로 포장했다.

"좀 개인적인 거예요. 진심이 담긴." 나는 수수께끼 같은 대답을 했다.

그가 환하게 웃으며 말했다. "고마워. 벤."

"행운을 빌어요."

햄프턴 대 해번트의 경기는 1 대 3으로 종료. 패배이지만 좋은 결과다. 햄프턴이 강등을 피하려면 조의 경기력이 되살아나야 한다.

지금 내가 뭐라고 한 거지? 내가 왜 햄프턴 FC의 운에 관심을 가지는 거지? 내가 미쳐가고 있는 게 분명하다.

2월 10일

오늘 아빠에게 전화를 걸어, 다음 주에 있는 첼시의 경기는 볼 수 없을 것 같다고 했다.

"그것참 안타깝네. 무슨 일이라도 생겼니?" 아빠의 목소리에서 실망감이 느껴졌다.

"그날 영국 뜨개질 챔피언십 대회 결승전이 있어요. 제가 햄프셔 대표로 참가해요."

잠시 우리는 아무 말도 없었다. "그래, 알았다." 아빠가 말했다.

"미안해요. 아빠."

"괜찮아." 아빠가 조금 무뚝뚝하게 말했다. "그럼 다음번에는 함께 갈 거지?"

"당연하죠." 나는 또 마음에 없는 소리를 했다.

나는 정말 심각한 걱정거리가 생기면, 포장도로에 생긴 균열에 대해 이상한 집착이 생긴다. 말하자면, 만약 내 오른발이 도로의 갈라진 틈을 밟으면 다음 왼발도 마찬가지로 갈라진 틈을 밟아야 한다. 만약에 근처에 갈라진 틈이 없다면, 갈라진 틈을 찾을 때까지 왼발은 든 채로 오른발로만 한 발 뛰기를 해야 한다. 내가 밟는 도로의 갈라진 틈의 크기가 양발 모두 비슷해야 걸어 나갈 수 있다. 한쪽 발이 밟은 갈라진 틈이 다른 한쪽 발이 밟은 것보다 훨씬 크지 않은 한, 발로 밟고 있는 갈라진 틈보다 약간 작은 갈라신 틈을 찾아시 크기의 균형을 맞춰나가야만 한다. 그러나 종종 두 번째로 밟는 갈라진 틈이 좀 클 때가 있고, 그러면 다시 첫걸음을 시작할 작은 갈라진 틈을 찾아야만 한다. 뭐 이런 식이다...

어쨌든 지금 내가 이 상태이다. 이런 식으로 어딘가 이동을 하려면 꽤 오랜 시간이 걸린다. 하지만, 이런 모든 뜀박질이 마음의 안정까지는 아니더라도 내 엉덩이 근육과 코어 근육을 잡아주는 데는 좋을 것이라고 확신한다.

2월 11일

"주최 측에서 망할 소형 버스까지 준비했대요." 갑자기 홉놉스 비스킷 반쪽이 날아와 내 머리를 치고 튕겨 나갔다. 나는 말을 멈추고 물었다. "왜 그러시는 거죠?"

"고운 말!" 프렌샴 아주머니가 지적했다.

"죄송해요. 주최 측이 소형 버스로 가족들과 응원하러 가는 사람들을 태워서 결승전이 열리는 런던까지 데려다준다고 하네요. 교장 선생님 말로는 가고 싶은 사람들에게 줄 표도 열두 장이 있다더라고요."

"그거 좋구나. 너 아주 신나겠구나."

"하늘을 날아갈 것 같네요." 나는 무미건조한 대답을 했다.

내가 좋아하는 여자와 단둘이 갈 수 있다면 나도 신이 났겠지. 하지만 현실은 학교에서 사람들이 무더기로 몰려오고 정작 내가 좋아하는 여자는 숀과 있게 되었다.

프렌샴 아주머니는 지그시 내 눈을 바라보더니 내 마음을 읽기라도 한 듯 말했다.

"다 잘 될 거야. 결국 모든 게 순리대로 잘 풀릴 테니까."

"얽힌 실뭉치가 풀리듯요?" 나는 침울하게 고개를 끄덕이며 물었다.

"그래... 그렇게." 그녀가 말했다.

헛간 문 안쪽의 페인트칠을 끝냈을 때 갑자기 비가 내리기 시작해서 바깥쪽은 작업을 할 수가 없었다. 프렌샴 아주머니가 뜨개질거리를 들고나왔다. 차와 비스킷을 먹고 나면 작업을 시작하게 되겠지. 그 끔찍한 날에서 시간이 흐르자 조금씩 마음의 안정을 찾아갔다. 지금은 프렌샴 아주머니네 오는 날이 가장 마음이 편하다. 목요일 밤의 뜨개질 수업도 여전히 즐겁지만, 신경이 쓰이는 일들이 생겼다. 나타샤와 어색한 것도 그렇고 Patt.r.n에 대한 부담감도 있다. 그리고 스왈로 선생님을 일부러 피하고 있는 것도 스트레스였다. 그녀가 내 뜨개질 이야기를 교장 선생님에게 말한 이후 대화를 하고 싶지 않았고, 지구라트에 관해 물어볼 것도 부담이 되었다. 지난주에 동생 몰리가 마야 문명을 파괴한 스페인 침략자들처럼 지구라트를 책상 밖으로 내동댕이쳤기 때문이다.

2월 12일

오늘 마침내 사이코 매닝과 마주쳤다. 나는 지난 며칠 동안 녀석을 피하려고 엄청 조심했었다. 살다 보니 조즈가 한 말이 맞을 때도 다 있다. '뜨개질 머저리'라고 놀리는 것이 드물어졌다. 복도에서 마주치면 키득거리며 지나가는 아이들도 눈에 띄게 줄었다. 오토 윌슨이 홀리 오스먼과 프레디가 내게 말해줬던 15파운드짜리 화장실 거래를 하다가 걸렸다. 아마 이 새로운 사건에 내 이야기는 관심에서 밀려났는지도 모르겠다.

그러나 그렇게 내가 조금 마음을 놓고 방심한 때에 매닝과 그의 똘마니들이 도서관 뒤쪽 자리에 있던 나를 찾아낸 것이다.

"뜨개질 빙구!" 녀석이 책상 위의 내 책들을 바닥에 내동댕이쳤다. "네 짝궁들은 어디에 있냐?"

"이제 이 새끼 혼자야. 그놈들도 쪽팔려서 뜨개질 게이하고 같이 다니겠냐." 저메인이 말했다.

참을 만큼 참았다. 나는 자리에서 일어나 저메인을 노려봤다.

"너 방금 나보고 뭐라고 했어?" 내가 물었다.

"뜨개질 게이라고 했다!"

"게이 중에서도 왕 게이 새끼지!" 매닝이 옆에서 거들며 말했다.

나는 매닝의 급소를 걷어찼다.

저메인이 내게 달려들었고 녀석과 나는 바닥에 넘어졌다. 우리 둘이 바닥에서 씨름을 하는 사이에 매닝은 고통에 신음하며 데굴데굴 뒹굴었다. 그때 또 다른 녀석(난 아직까지도 이 놈 이름을 모른다)이 나를 붙잡았다. 저메인이 내 얼굴에 주먹을 퍼부었다. 그때 누군가가 그를 내게서 떼어냈고, 도서관 직원인 카터 씨가 우리 모두를 교장실로 보냈다.

내가 저지른 행동이 실망스러웠지만, 한편으로는 스스로가 매우 기특하기도 했다. 아연을 과다 복용한 사람치고는 나쁘지 않은 활약이었다. 다른 사람이 놀려대는 것처럼 나는 계집애 같지는 않다. 아빠도 알았다면 자랑스러워하셨을 것이다.

타일러 교장 선생님은 우리를 한 명씩 따로 상담했다. 내가 들어갔을 때 그녀는 자초지종을 물었고 나는 사실내로 모든 것을 털어놨다. 그녀가 안타깝다는 듯 머리를 흔들었다.

"나는 네 말을 믿어, 벤. 지금 일어난 일은 네 책임이 아닌 것 같구나. 그래도 나는 사건보고서를 작성할 수밖에 없어. 그럼 너를 담당하는 보호관찰관에게도 전달이 되겠지."

나는 힘없이 고개를 끄덕였다. 예상했던 대로다.

"하지만 네가 심한 괴롭힘을 당해서 우발적으로 발생한 일이고, 다른 행동에서는 나무랄 바 없이 모범적이었다고 내가 보고서에 써줄 수는 있어. 그게 내가 해줄 수 있는 최선이야."

"고맙습니다."

"그런데, 벤." 내가 일어나자 그녀가 덧붙여 말했다. "학기선 프로그램에 들어가는 것은 생각해 봤니?"

나는 멈춰서 그녀를 바라봤다. 입이 벌어졌다.

교장 선생님의 얼굴에도 미안해하는 표정이 역력했다. "부탁해." 그녀가 말했다.

교장 선생님이 나를 협박할 거라고는 상상도 못했다. 이건 선택의 여지조차 없는 것이라는 걸 알았다. 하긴 뭐 이미 내가 뜨개질을 한다는 사실은 만천하에 공개된 상황이고 여기서 프로그램에 참여했다고 더 망신당할 일도 없다. 또 누가 아는가? 내가 상을 받아 돈을 벌게 될지. 그러면 버뮤다로 도망가서 이름을 페드로로 바꾸고 새 출발을 해야겠다.

"제가 학교를 대표하게 되어 영광입니다." 나는 한숨을 쉬었다. "제 이름을 후보자에 넣어주세요."

"고마워, 벤. 당장 홀리스 씨에게 그렇게 전할게." 그녀는 크게 안도한 모습이었다.

교장실에서 나오면서 로이드 매닝을 지나쳤다.

"야. 조심히 다녀라. 우리 아직 볼일이 남았다." 지나치는 나에게 녀석이 매섭게 말했다.

그렇겠지. 그냥 넘어갈 리가 있나.

2월 14일

밸런타인데이 카드를 세 통이나 받았다. 세 통이나! 그중 하나는 엄마가 분명하다. 중요한 것은 나머지 두 개의 카드다. 메건은 아니다. 그럼 나타샤? 하지만 그녀와는 지역 예선전에서의 기습 키스 이후로 서로 한마디도 못 하고 있다. 아마 그녀도 당황했을 것 같다. 이들이 아니라면 내게 카드를 보낼만한 여자가 누가 남아 있을까? 건터 씨가 보내지는 않았을 테고, 그렇다면 스왈로 선생님? 만약 그랬다면 동정심에 보냈을 거다. 다른 학교 여자애들이 보낸 건가? 희박하지만 가능성은 있다.

아니면, 엄마가 세 통 다 보냈을까? 아들 힘나게 해주려고?

아마 이게 가능성이 가장 높아 보인다.

2월 15일

안녕 벤.

일전에 논의했듯이 우리가 너희 집을 방문하거나 다른 적절한 장소에서 만남이 이루어질 수 있게 조정을 하려고 해. 이번 만남은 네 보호관찰의 공식적인 평가의 한 부분이라는 것을 알아줬으면 해. 그리고 역시 언급했듯이 너의 성공스토리를 긍정적으로 보고하기 위해서 사진사와 더불어 내무성의 공무원이 방문하게 될 거야.

그리고 런던에서 열리는 이번 영국 뜨개질 챔피언십 대회 결승 진출이 너의 성공스토리에 더해진다면 이보다 멋진 보고서는 없을 거야. 그래서 말인데, 이해해줄 것이라고 믿고 내가 이미 결승전 티켓을 몇 장 구매했어. 내무성의 청소년 담당 비서관 파울러 씨와 사진사가 동행할 예정이야. 거기서 너와 잠시 만나서 너의 발전에 대해서 간략하게 이야기를 나누게 될 거야. 이건 단지 형식적인 절차니까 부담 가질 필요 없어. 내무성 직원이 네게 몇 가지 간단한 질문을 하고 촬영 기사가 그것을 영상으로 담게 될 거야. 그리고 네가 우승할 것이라는 희망을 가지고 우승자 발표 장면도 촬영할 계획이란다.

그래서 우린 이번 주 일요일 대회에 참석해서 너를 응원할 거고 기분 좋은 소식과 그와 관련한 멋진 사진들을 얻게 되면 좋을 거 같아. 예산권을 쥐고 있는 장관님의 마음을 움직이기에 이보다 더 좋은 것은 없을 거야. 우리는 보호관찰소의 역할을 가시적으로 보여줄 수 있는 기회이고 그에겐 유권자의 표로 이어질 기회가 될 테니까. 그렇다고 네가 이것 때문에 부담을 느끼지는 않기를 바라. 그리고 너를 완전히 신뢰하지 않는다면 이렇게 묻지도 않았겠지만, 상기한 내용대로 일을 진행해도 괜찮겠니?

미리 너무 고맙다는 말을 하고 싶구나.

클라우디아 건터

"건터 씨, 이런 이야기를 이제야 한다고요?" 나는 혼잣말로 중얼 거렸다. "하지만 내가 로이드 매닝의 고환을 걷어찼다는 보고를 듣고서도 이렇게 열정적일 수 있을까요? 장관님에게 좋은 인상을 줄 것 같지는 않은데요. 그렇죠?" 그렇다고 그녀의 제안을 차마 거절할 수는 없다. 교장 선생님이 사건보고서를 늦게 작성하거나 아니면 건터 씨가 보고서를 슬쩍 누락하기를 기대하는 수밖에 없겠다.

어림없는 이야기지.

2월 16일

주말에 혼자 있게 되었다. 동생 몰리는 사우샘프턴에 있는 사촌집에 가 있고, 엄마는 이제 에든버러로 떠나셨다. 아빠는 여전히 콘월에 있다. 가족이 모두 뿔뿔이 흩어졌다. 나는 엄마가 차에 짐 싣는 것을 도왔다. 비둘기 새장을 집어넣느라 혹시나 엄마의 마술 모자를 찌그러트린 게 아닐까 걱정되었다.

"너무 걱정하지 마. 모든 게 다 잘 풀릴 거야." 엄마가 말했다.

"엄마도요."

"결승전에 갈 수 있게 노력해 볼게. 하지만 약속은 못 하겠어. 아빠가 정말 못마땅해. 여기 있었어야 했는데."

"괜찮아요. 내가 아빠를 실망시켰잖아요."

"글쎄... 내가 볼 때, 손바닥 하나로 소리가 나지는 않아."

"정말 그러네요." 엄마에게 웃어 보였다. 엄마는 내 편이다. 단지 내 앞에서 아빠를 비난할 수는 없었던 거다.

"이런, 벤. 가끔 너를 보면 세상 모든 고민을 다 짊어진 사람 같아." 엄마가 말했다.

"생각할 게 너무 많아요. 아빠 일뿐만 아니라 학교 문제도 있고, 결승전도 그렇고 또 다른 것들... 너무 많아요."

엄마가 내 눈을 보며 말했다. "벤, 사람은 누구나 걱정을 해. 그건 자연스러운 거야. 하지만 너는 그 많은 걱정을 한꺼번에 하잖아. 한 번에 하나씩! 걱정은 그렇게 하는 거야. 나머지는 나중을 위해 남겨 두고."

"내 머리는 그렇게 작동하지 않는가 봐요. 모든 고민을 전체적으로 접근하게 돼요."

"그럼 이제부터라도 새롭게 배워 봐. 한 번에 하나씩 집중하는 걸로. 나머지는 전부 무시하는 거야. 그 한 가지를 먼저 제대로 처리하는 거지. 그렇게 그 고민을 해결하고 나면, 그것에 대해서는 걱정할 일도 사라지는 거고, 다음 문제로 넘어갈 수 있잖아."

엄마 말이 백번 옳다. 뜨개질을 할 때, 나는 그렇게 했다. 모든 고민을 멈추고 나는 오직 다음 뜨개코만을 생각한다. 그런데 그때에도 내 마음 안에는 이미 완성된 패턴이 있었다. 그래, 지금 내게 필요한 것은 내 안에 패턴이 있음을 깨닫는 것이다.

2월 17일 일요일

[오전 8시 27분]

드디어 결전의 날이다. 속이 좀 메슥거린다. 어젯밤은 정말 끔찍했다. 집은 너무 춥고, 아무도 없었다. 혼자인 게 허전해서 〈마스터셰프〉를 조금 봤다. 엄마가 전화를 해서 내가 혼자 잘 있는지 물었다. 엄마는 항상 날 생각해 준다. 하지만 마음이 이렇게 긴장될 때, 혼자 잘 있을 리가 없다. 내일 있을 중요한 대회를 생각해서 숙면을 취하려고 일찍 잠자리에 들었지만, 잠이 오지 않았다. 자야 한다고 생각할수록 더 잠이 오지 않았다.

너무 많은 걱정거리로 머리가 터질 것 같았다. 도움이 될까 하는 마음에, 일어나서 머릿속 잡념들을 하나씩 적어 보았다. 두서없이 적어보니 나의 걱정거리는 대략 이렇다.

아빠는 집에 돌아오시기는 하는 걸까? 만약 끝내 돌아오시지 않는다면, 그건 나의 여성성 때문이겠지?

건터 씨가 내 사건보고서를 읽고 나에게 화를 내지는 않을까?

내무성 비서관이 내 사건보고서를 읽고 나를 감옥에 처넣지는 않을까?

비릴리아의 홀리스 씨가 나의 사업적 재능이 형편없다는 것을 알고는 학교에 대한 지원을 중단하지는 않을까?

스왈로 선생님이 내가 지구라트를 만든다고 거짓말한 것을 알아차리지는 않을까?

내 친구들이 나타나서 뜨개질 박람회를 난장판으로 만들지 않을까?

로이드 매닝에게 잡혀서 정말로 거세를 당하지는 않을까?

공부 부족으로 AS 레벨 시험을 망치지는 않을까?

내게 여자 친구가 생기기는 하는 걸까?

고민들을 쓰는 것은 기대와 달리 아무런 도움이 되지 못했다. 효과가 있었던 것은 역시 뜨개질이었다. 탱크 탑을 뜨기 시작했다. 쉽고 반복적이어서, 곧 피곤해져서 새벽 3시 30분 쯤 잠이 들었다. 그리고 꿈을 꾸었는데, 난데없이 내가 첼시 팀의 일원으로 컵 대회 경기를 뛰고 있는 것이 아닌가. 나는 내가 축구선수가 아니고, 축구는 전혀 못한다고 말했다. 하지만 사람들은 웃으며 내 말을 농담으로 받아들이는 것이다. 그리고 경기장에서는 발이 전혀 움직이지 않았다. 그때 하필 공이 내게로 왔고, 프랭크 램파드가 골을 넣기 좋은 위치를 잡고는 패스해달라고 소리쳤다. 완벽한 찬스 상황이었다.

관중석에 앉아 있던 아빠가 내게 소리쳤다.

"빨리 패스해! 프랭크에게 패스하라고!"

우리 편 수비수 하나가 나의 공을 뺏으러 왔다. 가까이 나가오니 다름 아닌 존 테리였다. 그는 배신자처럼 갑자기 상대방 유니폼으로 갈아입고는 상대 팀을 위해서 뛰기 시작했다. 나는 여전히 발이 움직여지지 않았다.

"골대가 비어 있어. 어서 내게 패스해!" 프랭크 램퍼드가 소리쳤다.

"프랭크에게 패스하라고!" 아빠는 거의 절규했다.

그러나 아무 소용도 없었다. 존 테리가 비웃으며 내 공을 가로챘다. 그리고 내게 소리쳤다. "네 말이 맞아. 너는 축구를 더럽게 못해!"

최악이다. 램퍼드에게 패스도 못했고, 아빠를 실망시킨 것도 모자라, 존 테리가 나를 비웃었다. 그게 가장 끔찍했다.

나는 생각했다. 본때를 보여주겠다고. 본때를 보여주고 말겠다고!

[오전 9시 31분]

나는 지금 버스에 있다. 차는 사람들로 거의 찼다. 믿을 수가 없는 일이다. 차에 제일 먼저 도착한 것은 나였다. 운전기사인 롭 아저씨에게 내 소개를 했다. 아저씨는 좋은 사람 같았다.

"네가 뜨개질한다는 그 애로구나?" 내가 뜨개질 한다는 사실을 알면 모든 사람들이 짓는 표정이 있다. 아저씨는 바로 그 표정으로 날 보며 물었다. 나는 이미 그런 표정에 익숙해 있었다.

"네. 제가 바로 그 뜨개질하는 아이예요."

"오늘, 행운을 빈다!" 아저씨의 진심이 느껴졌다.

"고마워요, 아저씨."

잠시 후, 끈도 묶지 않은 운동화를 끌며 조즈가 나타났다. 녀석이 와줘서 기뻤다.

"괜찮냐?" 그가 말했다.

"와줘서 고마워."

"뭐, 그냥. 오늘 TV 볼 만한 것도 없고..." 녀석은 코를 훌쩍거리며 말했다.

다음으로 온 사람은 프렌샴 아주머니였다. 그녀는 내 뒤에 숨은 조즈를 한 번 노려보고는 내게 윙크를 했다. 그리고 좌석에 앉아서 아무 말 없이 뜨개질 거리를 꺼내서 뜨기 시작했다. 그리고 뜨개질 수업을 듣는 심슨 아주머니와 그리섬 아주머니가 도착했다. 딱딱한 사탕이 잔뜩 든 커다란 가방을 들고 왔는데, 둘 다 뭔가 들뜨고 신이 나 있었다.

나타샤와 아멜리아가 곧이어 도착했다. 나타샤가 내 뺨에 키스를 하며 말했다.

"너무 오랜만에 보는 것 같은데 우리? 그동안 통 제대로 보지 못했어."

"그러게요." 나는 어색하게 대답했다.

"이쪽은 너의 친구니?" 아멜리아가 물었다. 조즈가 긴장하는 것이 보였다.

"네. 이 친구는 조즈라고 해요. 작가죠."

그리고 차 출발 시간이 거의 다 될 때까지, 한 동안 책 이야기도 하며 수다를 떨었다. 이제 더 이상 올 사람이 없나보다 생각했을 때, 젝스와 프레디가 나타났다. 솔직히 조즈보다는 덜 반가웠지만, 녀석들이 와줘서 고마웠다.

"음... 학교에서 공짜 표를 준다기에 우리 셋이 마지막 표를 얻었어." 젝스가 바닥을 쳐다보면서 말했다. "저번에는 놀려서 미안하다."

"그래, 미안해." 프레디가 말했다.

"나도 미안." 내 뒤의 조즈도 한 마디 했다. "아까 말한다는 걸 까먹었네."

분명 녀석들은 이 문제로 이야기를 나누고, 함께 사과하기로 결정한 것 같다. 그 마음이 고마웠다.

"고마워." 나는 덤덤하게 대답했다.

우리는 그렇게 잠시 아무 말 없이 서로의 신발만 쳐다봤다.

우리가 버스에 타고 차가 출발하려고 하는 순간, 두 사람이 급하게 달려왔다. 롭 아저씨가 문을 열어주었다. 스왈로 선생님이 차에 올라탔다. 뛰어오느라 얼굴이 빨개졌지만, 여전히 아름다웠다. 선생님은 '후피'를 입고 있었다. 조가 머리를 숙이며 그녀 뒤로 올라탔다. 그는 나와 눈이 마주치고는 씨익 웃어 보였다. 스왈로 선생님이 내 자리에서 잠시 멈춰서더니 내게 상체를 숙였다. 조즈가 그녀의 상의 안을 보고는 눈이 커지는 게 보였다.

"고마워." 그녀가 내게 속삭였다.

"아니죠! 제가 더 고맙죠." 조즈가 대답했다.

"천만에요. 스왈로 선생님." 나는 팔꿈치로 조즈의 옆구리를 찌르며 말했다.

조가 뒤쪽에 두 자리를 잡으려 지나가면서 나의 어깨를 툭 쳤다.

그래. 이 정도면 나쁘지 않은 결말이다.

[오전 11시 44분]

올림피아 전시장 안에 있는 작은 카페에 있다. 모든 것이 시작되기 전에 잠시 적는 것이다.

여기까지 오는 데 정말 오랜 시간이 걸렸다. 런던까지 내달리던 버스는 시내에 들어오자마자 점점 느려지더니 기어가기 시작했다. 일요일인데, 런던에는 차들이 왜 이렇게 많을까? 다들 어디로 가는 거지? 이 중 일부는 분명 첼시 경기를 보러 가는 것이다. 갑자기 아빠가 어디에 있을지 궁금해졌다. 혹시 지금 킹스 로드(＊런던 첼시 지역의 대표 거리) 어딘가에 캠핑 밴을 주차하려고 고생하시고 있을까? 그럴 리는 없을 거다.

아빠에 대해 생각하니 약간 통증이 느껴졌다.

나는 도대체 누가 표를 다 가져간 것인지에 대해 계속 생각 중이었다. 조즈, 젝스, 프레디. 이렇게 세 녀석들과 스왈로 선생님과 조. 타일러 교장 선생님은 홀리스 씨와 함께 오고 있다. 버스 기사 아저씨 롭과 나를 포함하면 총 아홉 장이다. 뜨개질 수업의 사람들은 이와는 별개로 표를 가지고 있다. 젝스가 분명히 학교에 주어진 열두 장의 표가 모두 나갔다고 했다. 그럼 나머지 표는 누가 가져간 것일까? 그것이 자꾸 신경이 쓰인다.

게다가 여기 도착한 이후로 조즈, 젝스, 프레디의 모습이 보이지 않는다. 녀석들에게 뭔가 꿍꿍이가 있는 것 같은 불길한 예감이 든다. 분명히 오늘 녀석들이 여기를 따라온 이유가 있을 것이다. 하지만 그것이 뭔지 모르겠다. 녀석들과 버스에 함께 타 있었을 때, 프렌샵 아주머니가 넌지시 내게 다가와 어깨를 툭 치셨다.

"저 녀석들이 뭔가 사고 칠 것 같니?" 아주머니가 옆에 앉은 세 친구들을 머리로 가리키며 물었다.

"아마도요." 조즈를 보면서는 갸우뚱했지만, 젝스를 보면 확신이 들어 고개를 끄덕였다.

"걱정할 필요 없다. 내가 잘 감시하마." 아주머니가 친구들 하나 하나를 차례로 노려보면서 말했다.

젝스조차 그녀의 눈길에 조금 겁을 먹은 것처럼 보였다.

그건 그렇고 엄청난 소식 하나가 있다. '니트 위트'의 팟케스트 진행자들도 여기에 있다. 팬으로서 가슴이 두근거린다. 아까 그들이 다른 사람과 인터뷰하는 것을 보았다. 용기를 내서 다가가 내 소개를 해봐야겠다. 어쩌면 나를 인터뷰해줄 지도 모르는 일이잖아!

[오후 12시 16분]

방금 메건을 보았다. 나는 1층과 2층 사이에 있는 식당에서 이 글을 쓰고 있다. 후퍼 아주머니는 잠시 정신 없는 곳에서 나와 조용한 곳에서 점심을 먹는 것이 좋겠다고 했다. 메건과 후퍼 아주미니, 나

이렇게 단 셋이 전부였다. 원래 나는 후퍼 아주머니를 만나러 갔다. 아주머니가 대회 조직원을 내게 소개시키며 이런저런 세부 사항을 등록할 필요가 있었기 때문이다. 바로 거기서 메건이 서성거리며 있는 것이 보였다.

"여기서 보게 될 줄은 몰랐는데." 내가 말했다.

"쇼핑이나 좀 할까 해서 왔어." 그녀가 쌀쌀맞게 말했다.

"아, 그렇구나."

"그래도 시간 맞춰 대회를 보러 가긴 할 거야." 그녀는 나를 쳐다보지 않고, 손가방 손잡이의 이음새를 만지작거렸다.

"그래. 만약 시간이 남으면. 일부러 맞출 필요는 없고." 내가 말했다. 조금 냉소적으로 들릴 것 같기도 했다. 뭐 할 수 없지.

그 시점에 후퍼 아주머니가 나를 불렀다. 타일러 교장 선생님과 단정한 홀리스 씨가 함께 있는 것이 보였다. 홀리스 씨는 나와 악수를 하면서 관중석에서 응원하겠다고 말했다. 교장 선생님은 좀 긴장되어 보였다. 틈이 나자 그녀가 나를 옆으로 잡아끌었다.

"벤, 너의 우승 가능성은 얼마나 될 것 같니?"

나는 침을 삼켰다. 교장 선생님은 도대체 무슨 말이 듣고 싶은 걸까?

"음… 가능성은 있는 것 같아요."

"좋아. 좋아!" 그녀가 홀리스 씨와 후퍼 아주머니가 대화를 하고 있는 곳을 힐끔 쳐다보면서 말했다. "물론 네가 우승하면 정말 좋을 거야. 학교에는 정말 큰 도움이 되는 일이고. 그건 홀리스 씨도 마찬

가지고."

"어째서요?" 나는 교장 선생님의 목소리에 은근히 깔려 있는 무언의 압력을 애써 모른 척 하면서 물었다.

그녀가 한숨을 쉬더니 나를 똑바로 쳐다보며 말했다.

"있잖아, 벤. 너하고 지금 이런 얘기하면 안 되지만, 지금 비릴리아가 좀 어려운 상황이야. 회사가 매각되었다는 얘기도 있고, 주가가 하락하고 있거든."

"알았어요." 내가 말했다.

"학교를 파는 것도 고려하고 있는 것 같아." 그녀가 말했다.

"그럼 안 좋은 건가요?"

"그건 아주 안 좋은 일이지. 우리는 많은 투자가 필요한 상황이야. 그것도 지금 바로 필요해. 다시 새로운 투자자를 기다릴 여력이 없어."

나는 그녀가 다음 말을 하기를 기다렸다. 그녀는 긴장한 듯 입술에 침을 바르고는 목소리를 낮춰 말했다.

"네가 만약 우승을 한다면, 사실상 학생 기업가 선정에서의 수상은 맡아놓은 것과 같아. 만약 그렇게만 된다면 학교를 파는 일은 없을 거야. 홍보할 수 있는 좋은 기회를 제 발로 걷어차지는 않을 테니까. 홀리스 씨는 우리와 같은 입장이야. 그래서 네 도움이 절실히 필요해."

"알았어요. 최선을 다할게요." 커다란 돌덩어리가 가슴을 천천히 누르는 것 같았다.

"고맙다. 벤! 네가 반드시 해내리라고 믿어." 그녀가 말했다.

교장 선생님은 자리를 뜨면서 홀리스 씨와 함께 강당 쪽으로 걸어갔다.

부담 같은 거 전혀 안 주시네요. 고마워요. 교장 선생님.

후퍼 아주머니가 얼굴이 감자같이 생긴 숙녀분인 줄리를 소개해주었다. 그녀는 주니어 부문 결승전을 준비하는 일을 맡고 있었다. 그녀 뒤로 작고 겁을 먹은 표정의 여자가 있었다. 눈이 엄청 커서 마다가스카르의 여우원숭이를 연상시켰다.

그다음은 신청서를 채워 넣어야 했고, 신분증을 확인하고, 지문을 채취하고 홍채까지 스캔했다. 솔직히 이게 무슨 쓸데없는 짓인지 모르겠다. 내 이름을 명단에 적으면서 다른 참가자들을 빠르게 쭉 훑어보았다. 그중 한 이름이 내 눈을 사로잡았다.

자넷 페어뱅크스 *(서리)*

깡마른 여자! 서리를 대표한다고? 햄프셔에 등록했었는데 어떻게 이럴 수가 있지? 좀 교활하네... 아니, 됐다. 내가 한 번 이겼었다. 또 다시 이기면 된다. 문제없다.

그만 가는 게 좋겠다. 메건과 후퍼 아주머니가 옆에서 헛기침을 하고 있다.

[오후 1시 57분 - 카페]

메건은 근처 켄싱턴 하이 스트리트로 쇼핑을 하러 갔다. 그래서 점심 이후 후퍼 아주머니와 나는 주위를 돌아다녔다. 싱거 재봉틀 전시장 쪽에서 큰 소란이 있는 것 같았다. 서둘러 확인하러 가보니 격분한 젝스가 의심스러워하는 보안요원들에게 심문을 받고 있었다. 젝스는 반쪽짜리 스웨터를 입고 있었다. 양모 가닥들이 사방에 감겨 있어서 애꿎은 싱거 재봉틀 직원들 몇 명이 뒷정리를 하면서 젝스를 째려봤다.

"도대체 무슨 일이야?" 나는 한쪽에서 재미있다는 듯 웃고 있는 프레디에게 물었다.

"이 사람들 말이 저기에 있는 멋진 기계가 15분이면 스웨터 하나를 통으로 짤 수 있다는 거야. 그런데 그새를 못 참고 젝스가 기계가 작업이 끝나지도 않았는데 스웨터를 입으려고 한 거지. 그래서 이 사단이 난 거야." 프레디가 설명해줬다.

"미치겠다, 정말! 나 좀 그만 놀라게 해라, 제발!" 나는 혹시 홀리스 씨가 이 소란을 보지 않았을까 걱정하며 주위를 살폈다. "이러면 나한테도 안 좋고 학교에도 안 좋단 말이야." 내가 말했다.

"네가 언제부터 학교 걱정했다고 그래." 프레디가 물었다.

"체포만 당하지 마. 알았지?" 녀석의 말을 무시하며 재차 당부했다.

"알았어요. 아가씨." 그가 높은 톤으로 말했다. "아가씨는 미안."

"조즈는 또 어디에 있는 거야?" 내가 씩씩대며 물었다.

"아까 어떤 여자를 보더니 뒤 따라갔어."

"돌아버리겠다." 나는 중얼거리듯 말했다. "제발 불법적인 일만 저지르지 않기를 바라는 수밖에."

보안요원에게서 겨우 풀려난 젝스는 프레디와 함께 또 다른 소란을 만들러 자리를 떴다.

나도 이제 뭘 좀 볼까 하며 몸을 돌렸다. 그때 감자처럼 생긴 줄리 씨가 '니트 위트' 셔츠를 입은 두 명의 여성과 대화를 나누고 있는 것을 봤다. 심장이 뛰기 시작했다. 나는 조심히 다가갔다. 이것은 내 일생의 기회일지도 모른다는 생각이 들었다.

"잠시만요." 줄리가 근처에 서 있는 나를 발견하고 그녀들에게 말했다. "이쪽은 벤 플레처라고 해요. 영국 뜨개질 챔피언십 대회 주니어 부문 결승 진출자 중 한 명입니다."

"어머나!" 알라나가 섹시한 중서부 억양으로 소리쳤다. 난 목소리로 그녀가 알라나라는 것을 바로 알아차릴 수 있었다. "뜨개질을 사랑하는 남자가 있다니 대단한데! 귀엽기도 하고."

흥분감에 나는 제대로 서 있기도 힘들었다. 그녀는 전형적인 글래머 스타일의 정말 예쁜 미국 미인이었다.

"제가정말팬이랍니다..." 나는 그녀와 악수를 하며 웅얼거렸다.

"이곳의 환영회는 정말 엄청나더라고." 알라나가 감탄을 쏟아냈다.

"영국에도 우리 방송을 듣는 애청자가 있다는 이야기는 들었지만, 이렇게 모두 너무 잘 대해줄 것은 예상 못했어."

"그리고 알라나 너의 입담이 먹힌다는 것을 우리도 예상 못했지." 마리가 덧붙였다.

"멋지네요!" 나는 그들에게 말했다.

"벤은 햄프셔를 대표해서 출전했어요." 줄리가 말했다.

"에든버러 옆에 있는 곳인가?" 알라나가 물었다.

"베이싱스토크 옆이라고 하는 건 어때요?" 내가 말했다. 알라나가 어깨를 으쓱했다.

"그럼 오늘 행운을 빌어, 벤. 그런데 혹시 잠깐 인터뷰를 할 수 있을까?" 알라나가 물었다.

"지금 여기에서요?"

"그래. 안 될 게 뭐가 있어."

알라나가 자신의 전자 단말기에 연결된 마이크를 꺼냈다.

"이게 없으면 아무것도 못 해." 그녀가 말하면서 마이크를 입으로 가져갔다. "저는 지금 벤 플레처와 함께 있습니다. 영국 뜨개질 챔피언십 대회 주니어 부문 결승 진출자입니다. 안녕, 벤! 이렇게 함께할 수 있어서 반가워."

"감사합니다." 대답을 하고 보니 뭔가 부족하다는 생각이 퍼뜩 들어서 바로 덧붙여 말했다. "저도 팟케스트 애청자입니다."

"고마워. 억양이 아주 귀여워. 뜨개질을 배운지는 얼마나 되었어?"

"오, 사실 얼마 안 돼요. 6개월 가까이 된 거 같은데요."

"정말? 그런데 벌써 영국 뜨개질 챔피언십 대회 결승전에 진출했다고?"

"주니어 부문이에요." 내가 말했다. "그리고 우승을 생각하고 있는 것도 아니고요. 여기 경쟁이 아주 치열하거든요. 마리안 조이스는 실력이 귀신같다고 들었고요. 해리엇 에반스는 15살에 웨일스 지역에서 우승했어요."

"벤도 분명히 잘 해낼 거야." 알라나가 말했다. "그럼 이제, 조금 곤란한 질문을 해야 할 것 같은데, 왜 뜨개질하는 남자가 이렇게 적다고 생각해?"

그러나 나는 그녀의 질문을 도중에 놓쳐버렸다. 온몸의 피가 차갑게 식으면서 소름이 돋았다. 12야드쯤 떨어진 군중 사이에서 로이드 매닝과 그의 패거리들을 본 것이다.

오, 신이시여! 제 인생에서 이보다 더 극심한 스트레스는 있을 수 없다고 생각했었는데, 저 사이코 매닝 삼총사를 보여주심으로 제 생각이 틀렸음을 알려주시는군요. 이제야 나머지 입장권 세 장의 수수께끼가 풀렸다.

"벤?" 알라나가 계속 물었다. "왜 남자들이 뜨개질을 하지 않는다고 생각해?" 나는 공황 상태에 빠진 채 그녀를 바라보았다. 어서 이곳에서 도망치고 싶었다. 갑자기 너무나 큰 압박감을 느꼈다. 도저히 매닝과 똘마니들을 나 혼자 감당할 수는 없었다.

시야가 흐려지고 몸이 뜨거우면서도 동시에 차가웠다. 제발 기절하지 마! 나는 계속해서 되뇌었다. 제발 기절하지 마!

그렇다고 노망칠 수는 없었다. 나는 아빠와는 다르다. 내겐 끝내야 할 인터뷰가 있다. 시야 끝으로 매닝이 그의 패거리들에게 나를 가리키는 것이 보였다. 녀석들은 웃으면서 내 쪽을 향해 거들먹거리며 다가왔다.

나는 큰 숨을 들이 쉬고 알라나를 바라보았다.

"저도 왜 남자들이 뜨개질을 하지 않는지 모르겠어요." 나는 큰 소리로 말했다. "아마도 뜨개질을 여성스러운 거라고 생각해서겠죠. 자신들 아래에 있는 여자들이나 하는 일이라고 말이죠."

나는 매닝과 그의 패거리들이 가까이 서서 나의 말을 듣고 있다는 것을 알 수 있었다.

"하지만 뜨개질은 나에게 많은 것을 뜻해요. 창의성을 표현하는 통로이기도 하고 정신적인 도전이기도 하죠. 혼자서 뜨개질을 할 때는 패턴과 작업에 빠져서 시간 가는 줄 몰라요. 친구들과 함께 뜨개질을 할 때는 소소한 이야기도 나누고, 더 나은 세상에 대한 진지한 고민들을 하기도 해요. 뜨개질을 하는 것이 저를 덜 남성적으로 만들지는 않아요. 목수, 화가, 건축가, 요리사와 다를 게 하나도 없어요. 모두 다 기술과 창의력을 가지고 손을 이용한다는 점에서요. 뜨개질이 그런 오해를 받는 것은 홍보가 부족해서겠죠." 내가 그녀에게 말했다.

"정말 근사한 답변이다." 알라나가 말했다.

고개를 들어보니 매닝이 얼굴에 사악한 웃음을 지으며 한 발짝 앞으로 다가왔다. 설마 인터뷰를 하는 도중에 나에게 달려들지는 않겠지? 하지만 그 의문은 풀 길이 없어졌다. 누군가가 나와 그 녀석

사이에 끼어들었기 때문이다. 세 명의 사람, 정확히 말하자면 젝스, 조즈, 프레디였다. 살면서 이 녀석들이 이렇게 반가워 보기는 처음이었다. 그리고 아마 앞으로도 이렇게 반가워할 일은 없을 것 같다. 드디어 나의 기병대가 도착했다.

"그럼 벤, 지금은 어떤 작업을 하고 있어?" 알라나가 계속 말을 하고 있었다. 나는 녀석들의 대치 상태로부터 눈을 돌려서 다시 인터뷰에 집중했다.

"최근에 오션 스프레이 디자인에서 영감을 얻어 꽤 복잡한 스웨터를 완성했어요. 엣시에서 의류를 판매하는 작은 사업도 하고 있고요. 주로 탱크 탑이고 그래서 이것 때문에 좀 많이 바빠졌어요. 그리고 새로운 스타일의 헐렁한 후드를 디자인 했는데요. 이름을 '후피'라고 붙여봤어요"

그 이후로도 인터뷰는 좀 더 이어졌다. 엣시에 내가 만든 웹페이지와 모델이 되어준 스타 스트라이커 조 보일에 대해서도 이야기했다. 그녀가 홈페이지 주소를 물었고, 제대로 불러 준 것 같다. 무대 밖에서 벌어지고 있는 소란을 애써 무시했다. 동지들이여! 조금만 버텨줘. 앞으로 몇 분만 더!

다행히 인터뷰는 곧 마무리되었다. 알라나는 내게 시간을 내준 것에 대해 감사를 표하고 나중에 결승전을 보겠다고 약속했다. 그리고 그녀는 자리를 떠났다. 나는 급박한 상황을 확인하러 몸을 돌렸다. 매닝이 젝스에게 달려들어 양털이 가득한 한 호주 털실 회사의 부스 안으로 젝스를 던져버렸다.

"오, 맙소사!" 부스 안의 누군가 소리를 질렀다.

그다음 본격적인 난동이 시작되었다. 저메인이 조즈에게 주먹을 휘둘렀고, 프레디가 소리를 지르며 이름이 생각나지 않는 나머지 한 녀석의 등에 올라탔다. 녀석들을 도우려고 움직이려는 찰나, 겨우 부스에서 빠져나와 온몸이 양털투성이가 된 젝스가 내게 소리쳤다.

"빨리 가!" 그가 내게 말했다. "넌 여기 엮이면 안 돼. 반드시 결승전에 진출해야… 으악!"

매닝이 그를 다시 덮치면서 마지막 말이 끊어졌다. 그렇게 그들은 몸이 얽힌 채 통로를 가로질러 뒹굴어 이번에는 남서부 양모 염색협회의 부스 안으로 들어갔다. 선반 위에 있던 염색 통이 천천히 기울어져 젝스와 매닝의 머리 위로 떨어졌다. 그 안에 있던 밝은 녹색의 액체가 녀석들을 완전히 물들여 버렸다. 조즈는 아직 바닥에 누워서 턱을 문지르고 있었다. 저메인이 험악한 표정으로 나를 향해 걸어왔다. 바지를 너무 아래쪽에 걸친 녀석의 걸음걸이는 험악한 표정과는 달리 우스꽝스러웠다. 바지에 똥을 싼 듯한 엉거주춤한 자세로 뒤뚱거렸다. 그 뒤로 세 명의 덩치가 커다란 보안요원이 이쪽으로 달려오고 있었다.

젝스의 말이 맞다. 나는 가야만 한다. 지금은 도망가야 할 때이다.

[오후 3시 43분 - 대회장]

밖이 잠잠해졌다.

338

잭스가 문자 메시지로 내게 소식을 전했다. 일단 보안요원들을 피해 벗어났는데, 자신과 매닝은 녹색 염료를 뒤집어썼고, 그래서 지금 계속 기침이 나온다고. 염료 때문에 보안요원 눈에 띄기 쉬워져서 조용히 몸을 숨기고 있는 중이라고 했다. 그리고 아마 매닝도 같은 상황일 거라고 그는 짐작했다. 매닝과 그의 패거리들이 아직 어딘가에 있다고 생각하니 걱정이 되었다. 하지만 지금 이곳은 안전하다.

대회장으로 대피해 있으면서 처음으로 이곳을 제대로 둘러보았다. 입구 바로 옆에 플라스틱으로 만든 거대한 가짜 실뭉당이와 두 개의 뜨개질바늘이 놓여 있었다. 경기라 열리는 무대는 칸막이들로 둘러싸여 있었는데, 그 바깥으로 관중을 위한 관람석이 더 높은 위치에 자리 잡고 있었다. 결승 진출자들은 무대 위에 마련된 〈마스터마인드〉(＊영국 TV 쇼 프로그램)에서 나오는 거 같은 고급스러운 검은색 가죽으로 된 의자에 앉는다. 각각 좌석 옆에는 바늘과 실이 놓인 작은 테이블이 있었다.

후퍼 아주머니가 결승전의 대회 진행 방식에 대해서 설명해 주셨다. 결승전은 두 가지 부분으로 나뉘어 진행된다. 첫 번째 과제는 주어진 패턴을 뜨개질하는 것이다. 정확성, 속도, 기술을 기준으로 점수가 매겨지는데, 주어진 패턴을 더 멋지게 변형하면 가산점이 주어진다. 하지만 뜨개코를 빠트렸거나 실수를 하는 경우에는 감점된다.

두 번째 과제는 자유 뜨개질이다. 무엇을 뜨개질할 것인지는 참가자의 미음대로다. 복잡하고 화려한 것을 선택해 심사위원을 놀라게 해주고 싶은 충동이 들었다. 하지만 그건 위험부담이 크다. 복잡한 패턴일수록 실수할 가능성이 커지니까. 나는 간단한 패턴을 하기로 했다. 대신에 속도와 정확성에 승부를 걸었다. 스피드는 나의 특기이다. 양말이나 작은 쿠션 커버는 한 시간 안에 완성할 수 있다. 그 정도 속도면 심사위원의 관심을 받기에 충분하겠지. 머릿속에 간단한 패턴을 담아 두고 간다면 깡마른 자넷 뱅크스의 견제에 영향을 받을 가능성도 줄어들 것이다.

잠깐! 누가 다가온다.

[오후 4시 16분 - 카페]

메건이었다.

"안녕." 그녀가 말했다.

"안녕." 내가 답했다.

"오늘 대회… 미리 행운을 빌어주고 싶어서 왔어."

"고마워."

잠시 우리 사이에 침묵이 흘렀다.

"네 친구 젝스가 위장 페인트를 뒤집어쓰고 있던데?"

"염료야." 내가 말했다.

"행동도 SAS 특수부대 요원인 거처럼 하더라."

"녀석은 로이드 매닝이 나타날까 봐 숨어서 나를 지켜주려는 거야." 난 그녀에게 당당하게 말했다.

그녀가 다가와 내 옆에 앉았다. 대회장 바깥의 박람회에서의 왁

자지껄한 소리가 들렸고 양을 가둬둔 우리에서 나는 냄새도 맡을 수 있었다. 메건은 아름다웠다. 옅은 화장에 머리카락은 뜨개질의 이중 안뜨기와 같은 형태로 묶었다.

"네 친구들이 너를 제대로 지키려는 것 같네."

"뭐, 그런가." 나는 어깨를 으쓱하며 말했다.

"우리 모두 너에게 애정이 있어, 벤."

애정이 있다고? 그녀는 나에게 애정이 있다. 우리 할머니가 초콜릿 캐러멜에 애정이 있는 것처럼.

"고마워." 좀 퉁명스럽게 대답했다.

"내가 너의 어떤 점을 제일 좋아하는 지 알아?" 그녀가 물었다.

"나의 뜨개질 솜씨?"

"아니. 너 스스로가 얼마나 대단한지 잘 모른다는 점을 좋아해." 그녀가 수줍게 웃었다.

"여성적인 면에서 그렇다는 거야?" 내가 추측하며 물었다.

"난 네가 여성적이라고 생각하지 않아."

"그럼 왜 내가 지역 예선 우승했을 때 달아났어? 내가 뜨개질한다는 것을 안 이후로 왜 계속 나하고 말도 잘 하지 않은 건데?"

그녀가 혼란스러운지 눈을 가늘게 뜨고 나를 바라보았다.

"그건 네가 뜨개질하는 것과는 아무 상관도 없는 일이야. 난 네가 멋진 재능을 가졌다고 생각해."

"그럼 왜... 왜 나를 차갑게 대하는 건데?"

"다른 여자들과 키스를 한 것은 바로 너잖아!" 그녀가 쏘아붙였다.

"나타샤가 키스를 한 거야. 내가 원했던 게 아니고. 그건 그렇고, 너와 숀은 어떤 건데?" 나는 잠시 생각할 틈도 없이 궁금했던 것을 바로 말해버렸다.

그녀가 슬프게 이마를 찡그렸다. "숀은 그냥 거기 있었어. 넌 신경도 쓰지 않았잖아."

하지만 내게 그녀의 말은 들리지 않았다.

"숀이 네 남자 친구야?"

"나타샤가 네 여자 친구니?"

'아니.'라고 대답하려는 순간 메건의 엄마가 나타났다.

"밖에 난리도 아니야. 염소들이 탈출해서 보안요원들이 잡으러 다니느라고 정신없어."

메건과 나는 같은 생각을 하면서 서로를 바라봤다. 염소를 풀어 놓은 것은 분명 로이드 매닝이다. 녀석은 결승전을 망치려고 혈안이 되어 있다. 그런데 내가 지금 믿을 수 있는 것은 잭스 뿐이다.

그러니까 우리는 망한 거다.

우리는 잠시 박람회를 둘러보았다. 통제 불능의 염소가 사방을 휘젓고 다녔고, 그걸 잡으려는 보안요원들이 정신없이 뒤를 쫓아 다녔다.

"저 분이 보안요원을 지원했을 때는 이런 극한직업인지 몰랐을 거야." 내가 말했다.

드디어 커다란 숫염소를 붙잡은 보안요원이 끙끙대며 사투를 벌이고 있었고, 염소는 그의 무전기를 씹어대기 시작했다.

"다른 곳을 둘러보자." 메건이 말했다. 우리는 귀여운 토끼들도 보았고 전시되어 있는 여러 시대의 베틀도 흥미롭게 구경했다. 메건에게 '할 말'을 꺼내기 위해서 기회를 노렸지만 적당한 틈을 찾지 못했다.

결승전이 열릴 시간이 다가오자 난 점점 초조해졌다. 자꾸 고개가 대회장 쪽으로 돌아갔다. 첫 번째 과제로 주어질 패턴이 뭐가 나올지 계속 걱정되었다.

우연히 스왈로 선생님과 마주쳤다. 선생님은 조와 함께하는 이 시간에 너무 행복해 보였고, 조는 뜨개질 박람회가 별세계인 듯 '여기는 어디? 나는 누구?'와 같은 표정을 짓고 있었다. 젝스, 조즈, 프레디나 로이드 매닝의 모습도 보이지 않았다. 전시 부스 사이의 화분 뒤에 저메인이 몰래 숨어 있는 것을 빼고는.

지금 나는 메건과 함께 한 카페에서 레몬 환타를 하나씩 시켜서 앉아 있고, 나는 이 틈을 이용해 이 글을 생각나는 대로 휘갈겨 쓰고 있다. 이 글을 내일 다시 보고 제대로 마무리 지어야 할 것 같다. 제대로 뭔가를 먹지 못하고 있다. 머핀 반쪽과 음료를 몇 번 홀짝거린 게 전부다. 자꾸 속이 울렁거린다. 오늘 여기에 걸린 것이 너무 많다.

후퍼 아주머니가 방금 그만 노트를 치우라고 말했다. 드디어 시간이 된 것이다.

2월 23일

마지막에 글을 쓴 이후 노트에 다시 적기까지 긴 시간이 걸렸다. 지난 일주일은 아주 이상했다. 지금에야 무슨 일이 벌어졌는지 쓸 수 있게 되었다. 최대한 정확하게 사건을 기술할 필요가 있다고 여겨져 계속해서 기억 속을 더듬었다. 이야기를 쓰면서도 여러 번 다시 읽었다. 머릿속에 입체 형태로 패턴을 만들 듯이. 카페를 나와서 대회장으로 향하는데, 건터 씨에게 문자 메시지를 받았다.

우리는 방금 도착했어. 늦어서 미안해. 잠깐 이야기할 시간 되겠니?

건터 씨가 오기로 한 사실과 내막을 까맣게 잊고 있었다.

후퍼 아주머니는 짧게 끝낸다면 아직 시간 여유가 있다고 말했다. 곧 건터 씨가 촬영 기사와 내무성에서 나온 여성분과 함께 테이블로 왔다.

내무성의 그 여성분과 대화를 할 때 내 머릿속은 복잡한 생각들로 포화 상태여서 내가 그녀의 질문에 뭐라고 답했는지도 기억이 나지 않는다. 결승전, 로이드 매닝, 사건보고서, 메건에 대해서, 그리고 엄마가 제시간에 도착할지와 같은 생각들로 불안하고 초조했다. 하지만 난 보호관찰 기관이 얼마나 큰 도움이 되고 있는지, 프렌샵 아주머니와의 정기적인 만남 그리고 '되갚기 프로그램'에 대해서 이야기를 하려고 노력했다. 그리고 내가 뜨개질로 사업을 시작했다는 사실과 진지하게 뜨개질을 직업으로 삼을 가능성에 대해서도 말했다.

그녀가 내게 물었다. 예전에 범죄를 저지르던 상태로 돌아가고 싶은 유혹을 느낀 적이 있는지. 나는 강하게 고개를 저었다. 건터 씨도 나를 인정하는 거 같았다.

모든 것이 끝나고 그들은 내게 고마움을 표시했다. 건터 씨와 후퍼 아주머니도 내게 미소를 지었다. 좋은 신호다.

이제 결승전을 위해 대회장으로 갈 시간이었다. 가면서 핸드폰을 또 다시 확인했다. 엄마로부터 문자 메시지가 와 있었다.

출발했어. 지금 운전 중이야.

엄마가 메시지를 보낸 시간은 오후 4시 12분이다. 제시간에 도착할 가망은 없다. 그래도 오늘 밤에는 엄마를 볼 수 있을 것이다. 아빠에게선 어떤 메시지도 없었다. 하지만 젝스가 보낸 문자 메시지는 있었다.

매닝은 어딘가에 숨어 있어. 나도 동물을 풀어서 겨우 경비원들을 따돌리는 데 성공했어. 조즈는 지금 여자와 함께 있는데, 관람석에 가서 녀석들이 오는지 지켜보겠다고 했어. 프레디는 '무단이탈' 상황이야.

하지만 걱정하지 마. 우리가 꼭 너를 지켜 줄 테니까.

내가 안심해도 된다고? 음... 한편으로 녀석들이 여기에서 매닝과 그의 패거리들을 감시하고 있다는 사실에 안심이 되기도 한다. 하지만 염소를 푼 것이 바로 젝스라는 사실에 걱정이 되기도 한다. 내가 원하는 것은 앞으로 2시간 동안 그저 아무 일도 일어나지 않는 것이다. 그 이후 모든 것이 난장판이 되더라도 말이다.

칸막이로 따로 분리된 곳에서 다른 참가자들과 만났다. 모두 22명이었고, 그중에는 자넷 페어뱅크스도 있었다. 그녀는 침착하고 여유가 있어 보였다. 나는 가볍게 머리를 끄덕이며 아는 체를 했지만 그녀는 나를 전혀 모르는 척 대했다.

줄리가 중앙의 의자 위에 올라서서 우리에게 경기 안내를 시작했다. 나는 너무 긴장한 나머지 그녀가 하는 말이 귀에 잘 들어오지 않았다. 그래도 요지는 이름이 호명되면 그에 맞춰 한 사람씩 대회장으로 입장한다는 것이었다. 그렇잖아도 잔뜩 긴장했는데 칸막이 뒤로 '여우원숭이'처럼 생긴 그 여자가 고개를 쑥 내밀었다. 그녀의 큰 눈 때문에 나보다 더 놀란 표정처럼 보였다.

오늘 우리가 첫 번째 과제로 만들게 될 패턴은 참가자가 모두 착석한 후에 공개된다. 그리고 사용할 바늘과 실을 고르고 어떻게 패턴에 접근할지를 구상할 시간이 5분간 주어진다. 그 후 한 시간 동안 지정된 패턴을 완성하면 된다. 그리고 10분간 휴식 시간을 가진 다음, 곧 자유 뜨개질을 하는 두 번째 과제에 돌입하게 된다. 난 아직도 자유 뜨개질을 어떻게 진행할지 확신이 없었다. 아마도 그건 첫 번째 과제에서 얼마나 주어진 패턴을 잘 수행하느냐에 달린 것 같다. 첫 번째 과제에서 일이 잘 풀려 자신감이 생긴다면 좀 복잡한 패턴을 시도해 볼 수도 있겠지만, 첫 번째 과제를 망친다면 양말이나 스카프 정도가 될 것이다. 휴식 시간에 화장실에서 내가 손목을 긋지 않는다면 말이다.

그다음 몇 분은 어떻게 지나갔는지도 잘 기억이 나지 않는다. 소음들, 염소 냄새, 머리 위에서 눈을 아프게 비추는 밝은 조명, 그리고 등을 타고 흐르는 땀 정도가 전부다. 나는 자신이 없었다.

그 후 나는 내 이름이 호명되는 것을 들었다. 후퍼 아주머니가 '네 차례야.'라고 말하며 나를 대회장 입구 쪽으로 부드럽게 밀었다. 나는 환한 조명과 조금의 환호 소리 속으로 걸어 들어갔다. 갑자기 카메라 플래시가 번쩍했다. 아마 내무성에서 나온 사진기사겠지. 그리고 나를 지지하는 환호 소리가 들렸다. 나는 비어있는 자리를 향해서 비틀거리며 걸어갔다. 머릿속은 멍했고 시야는 흐릿해졌다.

나는 자리에 앉아서 관중석을 훑어봤다. 처음에는 아는 사람이 하나도 눈에 들어오지 않았다. 흐릿하던 시야가 조금씩 선명해지면서 가장 먼저 나를 뚫어지게 바라보고 있는 건터 씨와 내무성 직원의 모습이 보였다. 그 뒤로 그들과 동행한 사진기사가 모든 것을 카메라에 담고 있었다. 계속 살펴보니 내게 손을 흔드는 메건이 눈에 띄었다. 나도 답례로 손을 흔들었다. 그리고 곧 매혹적인 스왈로 선생님과 그 옆에 앉아서 핸드폰을 쳐다보고 있는 조가 보였다. 그녀도 내게 팔을 흔들며 팔꿈치로 조를 툭 쳤다. 조가 내게 엄지를 치켜세우더니 다시 핸드폰으로 눈을 돌렸다. 그리고 조즈가 보였다. 그 옆에는 아멜리아가 앉아 있었고 바로 그 옆에는 나타샤가 있었다. 그리고 바로 그 앞에는 프렌샵 아주머니가 심통 난 표정으로 팔짱을 끼고 앉아 있었다. 버스 운전기사 롭 아저씨가 그 옆에 앉아 있었다.

갑자기 기분이 훨씬 나아졌다. 모두 이곳에 와 있었다. 나는 행운을 빈다고 말해주려고 옆쪽에 자리한 참가자에게 몸을 돌렸다. 하지만 거기에는 자넷 페어뱅크스가 앉아 있었다. 뜨개질계의 랜스 암스트롱이었다. 그녀는 나를 냉랭하게 쳐다봤다. 왜 내가 자신의 옆자리에 앉는 것을 선택했는지 의아해하는 것 같았다. 나는 심장이 멎는 것 같았다. 자리를 이동할까 하고 생각했지만 이미 너무 늦었다. 마지막 참가자가 좌석에 앉으면서 원이 완성되었다. 뭐 이렇게 된 걸 어쩌겠는가? 이렇게 보는 눈이 많은데 설마 이상한 행동을 하지는 않을 거라며 스스로를 안심시켰다.

"여러분! 이제 종이를 뒤집어서 패턴을 확인해 보세요." 줄리가 소리쳤다. 나는 크게 심호흡하고 앞에 놓인 종이를 돌려서 확인했다. 가슴이 철렁 내려앉았다.

망할 차 주전자 덮개 패턴이었다. 게다가 녹차 잎 문양의 스트랜디드 배색뜨기까지 있는 최악의 조합이었다. 나의 천적이다. 나는 앉아서 앞을 바라보았다. 얼굴에서 모든 색이 다 빠져나간 듯 얼굴이 하얗게 질렸다. 차 주전자 덮개라고? 하필 망할 차 주전자 덮개라니?

나를 제외한 모두가 실 상자를 뒤적거리며 분주하게 움직였다.

뜨개질바늘을 드럼 연주자가 스틱을 돌리듯 휙휙 돌리는 사람도 있었고, 바늘을 유심히 점검하는 이들도 있었다. 나는 망연자실한 채 그냥 앉아만 있었다.

고개를 들어 관중석을 바라보니 후퍼 아주머니가 통로를 따라 메건이 있는 자리로 이동하고 있었다. 그 한참 뒤의 최상층 어두운 곳에서 메리노 양 한 마리가 의자에 앉아서 핸드폰을 만지작거리고 있었다. 기침을 하는 것을 보니 양의 탈을 쓴 잭스가 분명하다. 그리고 프렌샴 아주머니가 내게 엄지를 치켜세웠다. 그래. 이 사람들을 실망시킬 수는 없다. 나는 할 수 있다. 연습 때처럼 머릿속으로 패턴을 시각화해서 확실한 이미지로 고정시키기만 하면 승산은 있었다. 손잡이 구멍, 주둥이 구멍, 바닥 구멍, 그리고 뚜껑이 빠져나갈 구멍까지 생각하고 잎 모양에 사용할 녹색 털실도 머릿속으로 그려보았다. 그래, 불가능한 것은 아니다. 나를 가로막는 한계의 벽을 허물어야 한다. 나 자신을 이겨내야 한다.

"이제 뜨개질을 시작하세요!" 줄리가 소리쳤다. 모두 서둘러 뜨개질을 시작했다. '딸각딸각'하는 바느질 소리가 마치 원숭이가 타자기를 치는 소리처럼 들렸다. 나는 움직이지 않았다.

나는 눈을 감고 심리적 압박에도 성공하는 모습을 상상해보려고 노력했다. 그런데 자꾸 웬일인지 프랭크 램파드가 떠올랐다. 머릿속의 그를 한편으로 몰아내고 육상선수인 모하메드 파라(＊영국의 육상선수이자 올림픽 2연패를 달성한 금메달리스트)를 떠올렸다. 그러고 나서 이제 패턴을 떠올렸다. 굳이 종이에 그려진 패턴을 다시 확인할 필요는 없었다. 이미 필요한 내용은 내 머릿속에 있었다. 내가 해야 하는 일은 우선 머릿속으로 뜨개질의 전 과정을 그리는 것이다.

집중을 방해하는 모든 것들을 하나하나 제거하기 시작했다. 먼저 딸각거리는 바느질 소리, 멀리서 들리는 박람회의 웅성거리는 소음들을 제거했다. 그리고 조명과 냄새를 의식에서 제거하고 오직 패턴에만 집중하기 시작했다.

그러자 머릿속에서 천천히 실들이 서로 엉키기 시작했고, 차 주전자 덮개의 형태가 나타나더니, 천천히 회전을 하면서 점점 그 형태가 자라기 시작했다. 기둥코와 단, 각각의 뜨개코들이 그려졌다. 어디서 단을 늘이고 줄여야 하는지, 어디서 다른 실로 바꿔야 하는지, 어디서 구멍을 추가해야 할지도 분명하게 보였다. 어떤 실과 바늘이 필요한지 나는 알고 있었다. 됐다. 준비는 끝났다.

나는 바늘과 실을 손에 들고 코를 만들었다. 그러자 곧 뜨개질의 세계에 빠져들었다. 점점 확신이 들었다. 지난 몇 주 동안 누리지 못한 차분함과 편안함이 느껴졌다.

그렇게 십분 쯤 작업에 몰두하고 있을 때 갑자기 내 앞에 뭔가가 있는 것 같았고, 관중석에서 웃음이 터져 나왔다. 나의 집중은 바로 깨져버렸다. 나는 혀를 차며 고개를 들었는데, 내 앞에서 염소 한 마리가 나를 쳐다보고 있었다. 염소는 내 앞으로 더 다가오더니 내 실을 먹기 시작했다.

"야! 저리 가!!" 내가 염소에게 발길질을 해대고 있을 때, 보안요원들이 몰려와 염소를 덮쳤다. 녀석은 쿵쾅거리며 끌려 내려가면서 연신 울어댔다.

"소란이 나서 미안해." 줄리가 황급히 달려와서 말했다. "실은 더 가져다줄게."

그녀가 실을 가지고 돌아왔을 때, 내 머릿속의 차 주전자 덮개는 사라진 지 오래였다. 살짝 옆을 보니 깡마른 자넷은 아무 일도 없었다는 듯 손을 바쁘게 움직이고 있었다. 순간 그녀의 각진 얼굴에서 얇은 미소를 본 것 같았는데, 잘못 본 것일까?

나는 한숨을 쉬고는 눈을 감고 형상을 다시 잡기 위해 노력했다. 이번에는 시간이 좀 더 걸렸다. 마음이 진정되지 않았고 화가 났다. 하지만 결국 형상을 떠올렸고 몇 분 후 나도 다시 뜨개질에 집중할 수 있었다. 관중들도 침묵 속으로 빠져들었다. 22명의 참가자들이 원형으로 둘러앉아 뜨개질을 하는 모습에 관중들도 묘하게 빠져들고 있는 듯했다.

바로 그때 누군가의 핸드폰 벨 소리가 울렸다. 엔 더브즈(*영국의 음악 그룹)의 곡이 최대 음량으로 흘러나왔다.

나는 짜증스럽게 고개를 들었다.

"미안해요!" 관중석에 앉은 메리노 양 한 마리가 핸드폰을 더듬대면서 소리쳤다.

깡마른 여자도 혀를 찼다.

"어서 핸드폰을 꺼주세요!" 줄리가 소리쳤다.

"무음... 이제 무음으로 했어요!" 젝스가 소리쳤다.

"신이시여, 제게 힘을 주소서." 내가 조용히 중얼거렸다.

나는 또다시 형상을 머릿속에 그려야 했다. 숨을 고르며 마음을 진정시키고 잠시 후 다시 집중할 수가 있었다. 미친 듯이 손을 움직이기 시작했다. 15분쯤 지나자 속도가 꽤 붙었고, 지금까지 실수도 없었던 것 같았다. 만약 이대로 30분간 계속 작업을 할 수만 있다면, 어쩌면 내가...

쿵!

칸막이가 안쪽으로 쓰러지는 소리에 우리는 깜짝 놀라 모두 펄쩍 뛰어올랐다. 관중석을 받치고 있던 비계가 드러났고, 그 뒤에 웅크리고 있던 세 명의 모습도 나타났다. 그중 한 명은 녹색 염료를 뒤집어쓰고 있었다. 다른 참가자들은 이 갑작스러운 침입에 놀라서 그들을 바라봤다.

"이런, 젠장." 나는 서서 중얼거렸다. "지금은 안 돼."

"뜨개질 머저리!" 매닝 패거리들이 일제히 괴성을 지르며 나를 향해 돌진했다. '여우원숭이'가 비명을 질러댔고, 자넷도 '헉'하는 소리를 냈다.

시간이 느리게 흐르는 것처럼 보인다. 줄리는 어찌할 바를 몰라 입을 벌린 채 그저 서서 지켜볼 뿐이다. 보안요원의 모습은 보이지 않는다. 지금 염소를 우리에 다시 가두느라 한창 씨름 중임이 분명했다. 녀석들이 내게 돌진하고 있었지만 나는 혼자 서 있었다. 로이드 매닝의 얼굴이 나에 대한 증오로 일그러져 있었다.

나는 녀석들과 맞설 각오를 했지만 내 칼은 8밀리미터의 아크릴 바늘이었고, 내 방패는 반쯤 짜다 만 차 주전자 덮개였다. 더 이상

물러설 곳도 없었다. 이 불량배 녀석들과 정면으로 맞설 시간이 다가왔다.

그러나 이 머저리 불량배들은 내가 있는 곳까지 오지 못했다. 대회장 한 쪽에 나의 기병대가 도착했기 때문이다. 조즈가 선두에서 달려오고 있었고, 프레디가 그 뒤를 따랐다. 프레디는 도대체 어디서 갑자기 튀어나온 것인지 알 수 없었다. 그리고 마지막으로 메리노 양이 무겁게 착지하며 등장했다. 녀석은 자신이 입고 있는 양털 옷에 발이 걸려 거의 넘어질 뻔했다. 기병대는 포효하며 달려들었고, 관중들은 함성을 지르며 응원했으며, 이를 본 매닝의 패거리들은 깜짝 놀라 멈춰 섰다.

그렇게 전투가 벌어졌다. 세세한 부분들은 기억이 흐릿하지만 조즈가 매우 특이한 공격을 감행했다. 몸을 말아 떼굴떼굴 굴러서 저 메인의 다리를 가격했다. 프레디는 다른 한 녀석의 목을 잡고 매달렸다. 녀석이 좌우로 몸을 흔들자 프레디는 마치 바다사자를 물고 버티는 강아지처럼 몸이 좌우로 흔들렸다. 매닝과 젝스는 일대일 정면승부였다. 대장 대 대장의 대결이었다. 하지만 막상 싸움이 벌어지자 둘 다 싸움을 더럽게 못했다. 둘은 수없이 잔 펀치를 날리고 수없이 얼굴을 막았다.

"그만해! 다들 그만해!" 줄리가 계속 소리쳤지만 아무 소용이 없었다. '여우원숭이'는 이미 도망가고 없었다.

"보안요원을 불러! 보안요원은 어디 있는 거야?" 누군가가 소리쳤다. 나는 니트를 손에 꼭 쥐고 서서 나도 뛰어들어야 할지 말지를 고민하고 있었다. 하지만 관중석에서 사진기사와 내무성의 직원이 지켜보고 있다. 불행히도 전세는 매닝의 패거리 쪽으로 조금 기운 듯 보였다. 지금 젝스는 바닥에 누워있고 매닝이 그 위에 올라타서 젝스의 머리를 인조 잔디 바닥에 들이박고 있었다. 이름이 기억나지 않는 또 한 명의 패거리 녀석이 등에서 프레디를 떼어내 바닥에 내동댕이쳤다. 겨우 일어선 프레디는 비틀거리며 정신을 못 차리고 있었고 그런 녀석을 향해 이름이 생각나지 않는 그놈이 으르렁거리며 마지막 일격을 가하려고 다가가고 있었다. 그럼 조즈는? 녀석은 저메인의 다리에 기습 공격을 했지만, 정작 자신이 그 충격에서 아직 헤어 나오지 못하고 있었다. 녀석은 창백한 얼굴을 하고 어깨를 감싼 채 바닥에서 몸부림치며 괴로워했다.

저메인이 고개를 들어 나를 보고는 씩 웃었다. 내가 녀석의 다음 먹잇감인 것이 분명했다. 녀석이 내게 두어 걸음 다가왔다.

그때 누군가 내 뒤에서 헛기침을 크게 내는 소리가 들렸다. 저메인이 걸음을 멈췄다. 내 어깨 너머로 무서운 어떤 존재를 본 듯한 표정이었다. 보안요원이 돌아왔다고 생각하며 뒤를 돌아보았다.

보안요원이 아니었다. 그보다 더 강하고 듬직한 존재다. 프렌샴 아주머니가 전쟁의 여신에 빙의된 듯 엄청난 존재감을 내뿜고 있었다. 그녀는 천천히 거대한 뜨개질 모형에 다가가서는 자신에게 걸맞은 무기를 찾은 듯 손에 들었다. 그건 8피트 길이의 뜨개질바늘이었다. 돌격 직전의 기사가 창을 겨누듯 저메인을 겨눈 아주머니는 영국의 수호성인 조지처럼 포효하기 시작했다.

"박살 내버려!" 알라나가 관중석에서 소리쳤다.

저메인의 눈은 휘둥그레졌고 입이 벌어졌다. 매닝은 여전히 젝스의 머리를 인조 잔디 바닥에 처박고 있어서 새로운 전개 상황을 전혀 모르고 있었다. 프렌샴 아주머니 옆에는 새로운 병력도 나타났다. 정신을 차린 조즈가 어느새 그녀의 뒤에 서 있었고, 그녀의 옆에는 버스 기사 롭 아저씨가 험악한 표정을 지으며 서 있었다.

"롤... 롤리팝 안내원이다!" 겨우 입을 뗀 저메인이 비명에 가깝게 소리쳤다. 마치 무서운 것을 본 8살짜리 아이의 외마디처럼 들렸다. "미치광이 프렌샴 아줌마!"

그제야 매닝이 올려다보고는 깜짝 놀라며 벌떡 일어났다. 이제 녀석들은 그렇게 위협적으로 보이지 않았다. 사자들에 둘러싸인 것마냥 녀석들은 대회장의 중앙으로 모였다.

이제 프렌샴 아주머니가 앞으로 돌진했다.

얼어붙은 녀석들은 다리가 움직이지 않는 지 겁에 질린 채 잠시 그 자리에 그대로 서 있었다. 그러다 녀석들은 몸을 돌려 칸막이 사이의 틈으로 냅다 도망치기 시작했다. 그 뒤를 프렌샴 아주머니와 그녀의 용감한 두 명의 기사가 쫓았다.

녀석들이 사라지자 대회장은 갑자기 조용해졌다. 모두들 방금 무슨 일이 일어난 것인지 이해하는 데 시간이 필요한 듯 보였다. 하지만 완벽한 침묵은 아니었다. 바로 내 옆에서 규칙적인 '딸깍딸깍' 소리가 들렸다. 바느질 소리였다. 몸을 돌려 보니 깡마른 자넷 페어뱅크스가 아무 일도 일어나지 않은 것처럼 뜨개질을 하고 있었다. 그녀는 거대한 시계를 힐끗 보고, 나를 슬쩍 보면서 능글맞은 미소를 지었다.

그녀가 저질인 것은 알고 있었지만 설마 이 정도라고? 이 소동을 틈타 다른 경쟁자들과 격차를 벌일 생각을 하다니. 〈헝거 게임〉의 캣니스라면 상상도 못 할 일이다. 나머지 참가자들도 사태 파악이 되었는지 서둘러 작업을 재개했다. 줄리도 처음엔 놀란 듯 보였지만, 곧 마음을 진정시키고 다시 경기를 진행했다. "시간은 여전히 흘러가고 있어요. 작업에 임해주세요."

나도 무거운 마음으로 자리에 앉아서 눈을 감고 다시 시각화를 하려고 노력했다.

2월 24일

어쨌든 첫 번째 과제는 넘어갈 수 있었다. 차 주전자 덮개를 내가 예상한 것보다 더 많이 완성했다. 하지만 자넷 페어뱅크스는 자신의 것을 완벽하게 마무리했다. 작품들을 수거할 때 그녀는 내가 볼 수 있게 그것을 무릎 위에 올려놓았다. 보란 듯이 말이다. 코를 빠트린 게 몇 개 눈에 보였지만, 그것을 제외한다면 완벽해 보였다. 반면내 것은 열두 단 정도 부족했지만 스트랜디드 배색 뜨기는 더 깔끔했고, 잎사귀 모양도 그녀의 것보다 좀 더 생동감 있게 보였다. 적어도 내 생각에는.

하지만 지금은 분명 위기 상황이었다. 다른 참가자들의 작품들 중에서도 몇몇은 내 것보다 더 나아 보였으니까.

휴식 시간에 후퍼 아주머니가 내게 달려와 괜찮은지 물었다.

"별로 좋지 못해요. 그래도 프렌샴 아주머니는 정말 대단하셨어요." 내가 말했다.

"벤, 네가 대단한 거야." 그녀가 내 기분을 풀어주며 말했다. "그래서 많은 친구들이 이렇게 너를 응원하는 거란다."

나는 얼굴이 붉히며 내 발을 쳐다봤다. "죄송해요. 모두에게 트로피를 안길 수는 없을 것 같아요."

"아직 안 끝났어. 너의 차 주전자 덮개는 정말 근사했어. 아주 깔끔했어."

"그래도 끝내지를 못했잖아요."

"그게 유일한 기준은 아니야. 그리고 다음 과제가 아직 남았잖아. 무엇을 할지는 결정해 둔 거지?"

"그냥 무난하고 안전한 걸 하려고요. 여기서 더 실수를 할 수는 없잖아요. 집중력이 또 흐트러진다면..."

"하고 싶은 대로 해. 하지만 네게는 놀라운 재능이 있다는 것을 잊지는 마. 그리고 지금은 그걸 맘껏 보여줄 기회인 거고." 아주머니는 이 말을 남기고 돌아섰다. 그녀 뒤에 메건이 서 있는 것이 보였다.

"둘이 잠시 이야기할 시간을 줄게." 후퍼 아주머니가 자리를 피해 줬다.

"너 괜찮아?" 메건이 물었다.

"글쎄. 어디 보자. 부모님은 나를 버려두고 오지 않았고, 학교는 내가 대회 우승이라는 불가능한 미션을 성공하지 못하면 팔릴 위기에 처해 있고, 영국의 모든 보호관찰소 직원의 명운도 나에게 달려 있어. 그리고 시험이 코앞인데 3주 동안 책 한 번 펼치지 못했어. 로이드 매닝은 내 삶을 끝장내겠다고 난리를 치고 있는데, 정작 나는 다음 과제에서 무엇을 떠야 할지도 모르겠어."

나는 말을 멈췄다. 메건이 내게 다가와 키스를 했기 때문이다.

그녀가 살짝 뒤로 물러나서 나의 눈을 바라보며 말했다. "그 모든 걱정을 한 번에 할 수는 없어."

"우리 엄마처럼 말하는구나." 내가 말했다.

"내 키스도 엄마가 해준 것 같은 느낌이야?"

"아니야. 절대로. 아주 다르지."

"한 코씩 하는 거야. 한 번에 모든 것을 할 수는 없어." 그녀가 말했다.

"그럼 제일 먼저 뭐부터 해야 하지?"

"당연히 내게 키스부터 해야지."

나는 그녀의 말대로 했다. 그다음 한 발짝 물러나 그녀를 보며 웃었다. 그녀도 따라 웃었다.

"한 코씩?" 내가 말했다.

"한 코씩." 그녀가 같은 말로 대답했다.

"고마워." 내가 말했다.

"천만에." 그러곤 그녀는 제자리로 돌아갔다.

나는 다시 대회장 안으로 들어갔다. 이번에는 우레와 같은 함성이 터져 나왔다. 아직 무엇을 떠야 할지 정하질 못했다. 관중의 수도 더 늘어난 것 같았다. 이번 대회가 뜨개질과 격투기를 혼합한 새로운 익스트림 전투 뜨개질이라는 소문이라도 퍼졌나보다. 나는 자리에 앉으면서 관중석을 훑으며 친구들을 찾았다. 농구 경기장에라도 온 것처럼 환호성을 지르고 있는 알라나와 마리가 보였다. 나는 답례로 그녀들에게 손을 흔들었다. 이번에는 깡마른 여자에게서 멀리 떨어져 앉았다.

그때 관중석에서 아빠가 보였다. 맨 뒷줄에서 나를 보고 계셨다. 아빠가 손을 들어 올렸다. 나는 웃으며 아빠에게 손을 흔들었다. 지금쯤 축구 경기장에 있을 줄 알았다. 아니면 스템포드 거리에 있거나, 혹은 그 어느 곳이든 간에 지금 램파드가 헤트트릭을 하는 모습을 지켜보고 있어야 했는데. 아빠는 나를 위해 자신이 너무나도 사랑하는 첼시 팀의 경기를 포기한 것이다. 이 사실을 알게 되자, 나의 가슴 속에서 거대한 자신감이 솟아오르는 것이 느껴졌다. 그 어떤 것도 해낼 수 있을 것 같았다. 이 대회에서 우승을 하려면 뭔가 특단의 조치가 필요하다. 이전까지 시도해보지 않았던 엄청난 것!

그래, 결심했다. 지금이야말로 Patt.r.n을 사용해야 할 때다.

시간 내에 완성하지 못할 수도 있다는 건 알고 있다. 하지만 내가 커다란 바늘을 사용해서 코를 큼지막하게 뜬다면 가능할 수도 있다. 그리고 나에게 유리한 것이 하나 더 있다. 나의 '후피'를 위해서 모델이 되어 줄 사람이 바로 관중 속에 있다. 나의 뜨개질 여신.

나는 주최 측이 준비해둔 바늘 중에서 가장 큰 바늘을 선택했다. 마치 양초처럼 크고 두툼한 나무 바늘이었다. 털실도 은빛이 감도는 진청색의 가장 무거운 것을 골랐다. 실의 양도 두 배로 늘리기로 했다. 원형 무대의 맞은편에서 자넷 페어뱅크스가 의아한 표정으로 나를 바라봤다.

나도 그녀를 쳐다보면서 클린트 이스트우드처럼 눈썹을 올리며 입술을 살짝 비죽거렸다. 그녀는 바로 비웃음을 보냈다.

"신사 숙녀 여러분, 경기를 시작합니다!" 줄리가 외쳤다.

더 이상 방해는 없었다. 자넷 페어뱅크스조차 공정하게 자신의 일에만 집중했다. 우리 모두 고개를 숙이고 그 상태로 미동도 없이 뜨개질을 시작했다. 나는 빠르게 몰입했다. 다음 한 시간이 어떻게 지나갔는지 기억이 나지 않는다. 조즈가 자신의 핸드폰으로 내 모습을 동영상으로 촬영했다. 나중에 그걸 확인했을 때 나는 깜짝 놀랐다. 내가 그 정도로 빠를 줄이야. 내가 뜨개질하는 모습을 본 것은 이것이 처음이었다. 내 얼굴은 마치 최면에 빠져 있는 것처럼 이상해 보였다. 솔직히 말하자면 좀 멍청한 표정이었다. 하지만 내 눈은 한시도 손에서 떠나지 않았다. 손은 너무 빨라서 마치 로봇 같았다. 넣고, 올리고, 걸고, 빼내고, 다시 넣고, 올리고, 걸고, 빼내고를 반복했다. 주어진 두 번째 과제의 시간 동안, 나는 여섯 개의 실뭉당이를 사용해서 성공적으로 Patt.r.n을 완성했다. 후드가 달린 상의를 단 한 시간에 끝낸 것이다. 물론 뜨개코의 크기가 아주 크고, 단지 총

30단으로 짧게 만들어진 것은 인정하지만, 후드를 뜨는 것은 목둘레 부분을 작업하는 것만큼이나 까다롭다.

다른 참가자들이 놀라서 넋을 놓고 나를 바라보고 있었다. 자넷 페어뱅크스는 활과 화살 문양을 주제로 한 쿠션 덮개를 만들었다. 나쁘진 않지만 한쪽 면만 완성했고, 그래봤자 쿠션 덮개일 뿐이다.

마리안 조이스는 아기용 털모자를 만들었다. 예쁘고 시간 내 완성했지만, 그래봤자 모자일 뿐이다. 스코틀랜드에서 온 커스티는 조각보 세 쪽을 완성했지만, 너무 쉽고 단조로웠다.

나는 행복했다. 첫 번째 과제인 차 주전자 덮개를 망쳐버려서 이미 수상은 물 건너갔지만, 그래도 내 힘으로 큰 목표를 달성한 것이다. 고개를 들어 나를 응원하러 온 사람들을 바라봤다. 다들 웃으며 엄지를 치켜세우고 있었다. 아빠를 보았다. 아빠는 고개를 끄덕이며 미소를 지었다. 그러곤 대회장 입구 쪽을 손으로 가리켰다. 몸을 돌려서 보았더니 거기에 엄마가 서서 내게 손을 흔들고 있었다. 마술사 복장 그대로였다. 쇼가 끝나자마자 오느라 옷 갈아입을 시간도 없었나 보다.

세상의 모든 것이 제자리에 있는 것 같다.

[저녁 7시 22분]

우리는 저녁 8시부터 시작할 시니어 부문 대회를 주최 측이 준비를 할 수 있게 빨리 정리를 해야 했다. 심사 결과는 그 바로 직전에 발표될 예정이다. 우리는 카페로 돌아가서 결과 발표를 기다렸다. 나는 배가 너무 고파서 샌드위치를 두 개, 과자 한 통과 머핀을 먹어 치웠다. 우리는 사람이 너무 많아 여섯 테이블에 나눠 앉았다. 모두가 내 어깨를 두드리며 축하해주었다.

조즈는 아직도 안색이 창백했다. 녀석은 어깨가 부러진 것이 아닐까 걱정하는 눈치였다.

"네가 진짜 영웅이다!" 젝스가 조즈에게 말했다.

"꺼져." 조즈가 초록 괴물에게 대답했다.

프렌샴 아주머니가 말해줬는데, 그녀는 매닝 패거리들을 켄싱턴 하이 스트리트까지 쫓아갔다고 한다. 거기서 녀석들은 황급히 버스에 올라타서 도망쳤다. 오늘 밤 녀석들이 귀찮게 할 일은 더는 없을 것 같다.

곧 심사 결과가 나올 시간이었다. 우리는 대회장으로 몰려갔다. 참가자들이 중앙에 서 있고, 응원하러 온 사람들과 뜨개질 애호가들이 그들을 둘러쌌다. 줄리가 의자 위에 올라섰다.

"제 손에 심사위원들의 결과가 들려 있습니다!" 그녀가 손에 흰 봉투를 들고 소리치자 우렁찬 갈채가 터져 나왔다. "먼저 이 말씀부터 드리고 싶습니다. 오늘 밤 이곳에서 우리는 여러분 모두가 만든 매우 수준 높은 작품들에 깊은 인상을 받았습니다. 솔직히 말씀드리자면 주니어 부문에서 이렇게 뛰어난 참가자들이 많았던 적은 없었습니다. 그중에는 뜨개질을 배운지 불과 몇 달 밖에 안 된 참가자도 있었습니다."

이 시점에 누가 내 어깨를 툭 쳤다. 나는 눈으로 자넷 페어뱅크스를 찾았으나 보이지 않았다.

"시간이 얼마 없어서 바로 수상자를 발표하겠습니다. 3등 수상자는..." 줄리가 잠시 뜸을 들였고 모두 숨을 죽였다. 젝스만 빼고. 녀석은 사람들이 조용하라는 표시도 무시하고 전화로 통화를 하고 있었다.

"마리안 조이스!" 줄리아가 호명했다. 사람들이 환호했고 얼굴이 빨개진 조이스가 상을 받기 위해 앞으로 안내되었다.

"마리안 조이스는 〈로얄 얀〉에서 이용할 수 있는 50파운드 상품권, 카페 파셋의 신간 '승리를 뜨다'와 뵈브 클리코 샴페인 한 병을 상으로 받게 됩니다."

나는 솔직히 조금 실망했다. 물론 우승은 진작 포기했지만, 어쩌면 혹시 3등은 가능할지도 모른다는 실낱같은 희망을 가지고 있었다. 이제 그 희망이 사라진 것이다. 내가 자넷을 이길 가망성은 전혀 없고, 커스티를 포함해서 최소한 한 명은 나보다 더 잘했을 테니까.

"다음은 2등 수상자입니다." 마리안이 상을 챙겨서 다시 사람들 속으로 사라지자, 줄리아가 계속해서 말을 이었다. "주인공은..." 이번에는 그녀가 더 길게 시간을 끌었다. 설마 그럴 리가 없겠지...?

"벤 플레처!"

나는 정말 놀랐다. 뭔가 실수가 있는 거라고 생각했다. 친구들과 가족이 나를 둘러쌌다. 다들 내 등을 쳐대면서 난리가 났다. 나타샤가 나를 크게 안더니 빙글 돌렸다. 그녀를 노려보는 메건의 차가운 시선이 느껴졌다.

"장하다, 벤!" 아빠가 어디선가 소리치는 것이 들렸다.

"잘했어!" 젝스가 잠시 통화를 멈추고 소리쳤다.

"벤의 차 주전자 덮개는 전체 22명 참가자 중 14등이었습니다." 줄리아가 사람들의 웅성거리는 소리 너머로 계속 말을 이었다. "하지만 두 번째 과제에서 후드가 있는 상의를 단 하나의 코도 빠트리지 않고 완벽하게 완성했습니다."

누가 나를 앞으로 밀었다. 나는 상품이 담긴 가방을 건네받았다.

"벤에게는 〈로얄 얀〉에서 이용할 수 있는 100파운드 상품권, 저자의 친필 서명이 담긴 카페 파셋의 신간과 샴페인 한 병, 그리고 일식 레스토랑 2인 식사권을 드립니다."

사람들이 다시 한번 뜨겁게 박수를 쳐주었고 나는 전리품을 들고 내 자리로 돌아왔다. 프렌샴 아주머니가 내 머리카락을 헝클어 놓으며 축하해 주었고, 메건은 나타샤를 옆으로 밀치고 들어와 내 볼에 키스를 했다.

"마지막으로 여러분이 기다리는 올해의 영국 뜨개질 챔피언십 대회 주니어 부문 우승자는 바로..." 줄리가 말했다.

"자넷 페어뱅크스." 나는 그 작은 찰나에 입 모양으로 말했다.

"자넷 페어뱅크스입니다!" 줄리가 외쳤다.

"우~" 메건이 조용히 야유를 보냈다.

"아싸!" 자넷 페어뱅크스가 소리를 질러댔다. 그녀가 앞으로 달려나가서는 몸을 돌려 나를 보며 으스대는 표정을 지었는데 순간 내 안의 살기를 느꼈다. 그녀의 우승을 축하해주려고 마음먹었었다. 어쨌든 지난 지역 예선과는 달리 공정한 시합이었으니까. 하지만 저 꼴을 보니 더 이상 상종하고 싶지 않았다.

"축하합니다. 자넷 페어뱅크스 씨! 당신의 차 주전자 덮개는 거의 완벽했고, 쿠션 덮개 또한 단정하고 매력적이었습니다. 심사위원들은 당신의 클래식한 기술과 어떤 상황에서도 집중력을 잃지 않았던 점을 높이 평가했습니다." 줄리가 말했다.

그러고 나서 줄리는 자넷에게 트로피를 건넸다.

"이 트로피에는 당신의 이름이 새겨질 것입니다. 그리고 이 밖에도 자넷에게는 〈로얄 얀〉에서 이용할 수 있는 250파운드 상품권, 저자의 친필 서명이 담긴 카페 파셋의 신간과 샴페인 한 병, 그리고 아마도 이것이 제일 좋은 상이 되지 않을까 싶은데요. 뉴욕 뜨개질 박람회에 참석할 수 있는 입장권 2장입니다. 여기에는 항공료, 호텔 숙박비, 여행 경비 일체가 포함되어 있습니다."

나쁘지 않다. 어쩌면 내년의 주인공은 내가 될 수도 있으니까.

그때 뭔가 이상한 일이 벌어졌다. 눈이 커다란 줄리의 조수가 그녀에게 황급히 다가와서 그녀의 바지를 잡아 당겼다. 의자 위의 올라 선 줄리는 여우원숭이의 귓속말을 들으려 몸을 숙였다.

"너는 진짜 멋진 놈이다. 아들아!" 팔꿈치로 사람들을 밀치며 헤집고 들어온 아빠가 내 어깨를 툭 치며 말했다.

"아빠, 고마워요. 나 때문에 경기 놓쳐서 미안해요."

"아니야, 괜찮아. 어차피 이기지도 못 할 텐데."

"아빠를 보니까 정말 반가워요." 아빠 뒤에서 여전히 마술사 모자를 쓴 엄마가 기다리고 있는 것이 보였다.

"그래, 음. 그렇게 도망쳐서 미안하구나." 아빠가 말했다. "그러지 말았어야 했는데..."

하지만 우리의 재회는 여기서 잠깐 중단됐다.

"신사 숙녀 여러분." 줄리가 소리쳤다. "신사 숙녀 여러분. 잠시 여기를 주목해 주시겠어요." 몇몇 사람들은 자리를 뜨다가 걸음을 멈추고 들었다.

"유감스럽게도 결과에 부정이 있다는 사실이 발견되었습니다. 우승자인 자넷 페어뱅크스 씨가 지역 예선에 두 번 등록한 것으로 드러났습니다. 한 번은 햄프셔에서, 다른 한 번은 서리에서요."

나는 조용히 관중들 속에서 나의 적을 찾았지만 어디에도 그녀의 모습은 보이지 않았다. 설마 벌써 트로피를 들고 달아난 것일까?

"자넷 페어뱅크스 씨 입장에서는 작은 실수였을 것이라고 생각합니다." 줄리가 말했다. "그래도 규칙은 규칙입니다. 유감스럽지만 자넷 페어뱅크스 씨는 결격입니다. 그래서 올해 영국 뜨개질 챔피언십 대회의 우승자는... 벤 플레처입니다!"

잠시 얼어붙은 듯 정적이 흘렀다. 하지만 곧 사람들이 열렬히 환호하기 시작했다. 나의 응원단의 수가 많아서인지, 아니면 극적인 전개 때문인지, 아니면 관중 모두가 그만큼 자넷을 싫어해서인지 그 이유는 모르겠지만, 지금 이 순간 이곳의 모든 사람들이 함성을 지르며 나를 축하해주는 것처럼 느껴졌다. 젝스와 프레디가 나를 들어 어깨에 태웠다. 프렌샵 아주머니는 거대한 뜨개질바늘을 위험하게 이리저리 흔들어댔다. 아빠는 엄마를 껴안았고 엄마는 아빠에게 키스를 했다. 조즈는 아멜리아에게 키스를 했다. 나타샤는 프레디에게 키스를 했다. 젝스는 드디어 통화를 끝냈다. 내무성에서 나온 직원도 기쁜지 환하게 웃었고, 이 모든 장면을 촬영 기사가 카메라에 담고 있었다. 뒤쪽에선 깔끔한 홀리스 씨가 타일러 교장 선생님을 껴안았다. 메건은 연신 박수를 치면서 펄쩍 뛰었다. 입이 귀에 걸린 듯 환하게 웃고 있었다.

줄리까지도 기뻐하는 듯했다. 여우원숭이는 다시 사라져서 보이지 않았는데, 아마 큰 함성에 놀랐는지도 모르겠다.

누군가 자넷과 한바탕 벌여서 트로피를 되찾아 온 것 같다. 트로피가 내 손에 쥐어졌다. 나는 트로피를 든 손을 번쩍 치켜들었고 트로피는 조명을 받아 더 반짝거렸다.

내가 이겼다!

2월 25일

난 지금 프렌샵 아주머니 집에 와 있다. 비가 또 내리기 시작했다. 아주머니는 차를 새로 끓이신다며 가셨다.

이제 결승전 날의 이야기를 마무리 지어야 할 것 같다. 사실 이제 더 쓸 이야기도 별로 없다. 그날 우리는 햄프턴으로 돌아가서 늦은 피자를 먹기로 했다. 우리들은 소형 버스에 몸을 우겨 넣었다. 아빠는 엄마와 함께 엄마의 차를 타고 돌아왔다. 아빠는 캠핑카를 주차할 곳이 없어서 경기장 밖에 그냥 두고 왔었다고 한다. 그런데 그게 주차 단속에 걸려 클램프가 채워졌다. 불쌍한 아빠. 집으로 돌아오는 길에 고생할 아빠가 눈에 훤했다. 엄마 차에는 칼과 새장 등 마술 도구가 가득 실려 있으니까. 나중에 들으니 비좁은 공간에서 꼼짝달싹 못하는 아빠를 비둘기가 계속 쪼았다고 한다. 후퍼 아주머니는 타일러 교장 선생님과 홀리스 씨를 태우고 자신의 차를 운전해서 왔다고 한다.

조즈는 여전히 통증을 호소했는데, 아멜리아가 옆자리에 붙어 앉아 때마침 가지고 있던 진통제로 녀석을 챙겼다. 버스가 고속도로에 들어섰을 때쯤에는 녀석도 많이 좋아져서, 돌아오는 내내 둘이서 키스를 했다.

버스가 주차장을 빠져나와 큰길로 접어들었을 때, 창밖으로 자넷 페어뱅크스가 몹시 화가 난 모습으로 버스정류장에 서 있는 게 보였다. 잘한 짓은 아니지만, 나는 참지 못하고 창밖으로 고개를 쑥 내밀었다.

차가 그녀를 지나칠 때 나는 힘껏 소리쳤다. "내가 캣니스다!!" 그녀는 처음에는 어리둥절했으나 곧 나를 알아보고는 손가락 욕을 했다.

나는 웃으면서 다시 메건의 옆자리에 앉았다. 전화기에서 진동이 느껴졌다. 엄마가 문자 메시지를 보내신 것이다.

방금 라디오에서 들었는데 첼시가 손에 땀을 쥐는 접전 끝에 이겼대. 결승골을 램파드가 넣었어. 아빠는 지금 담담하려고 애쓰는 중이야.

멋있다. 램파드. 늘 응원했지만 오늘 만큼은 골을 못 넣기를 바랐었는데.

"너 아까는 어떻게 한 거야?" 메건이 물었다. "상당히 차분했잖아. 거긴 난장판이었는데."

"때로는 난장판도 괜찮아. 아름다운 것을 만들기 위해선 약간의 역경이 필요한 때도 있으니까. 항상 모든 것을 통제할 수는 없잖아. 어떤 때는 그냥 흘러가는 대로 놔두는 것이 필요해."

"너 지금 뜨개질에 대해서만 말하는 게 아닌 것 같은데?" 메건이 말했다.

"그래. 아까 네가 한 말이 옳아. 한꺼번에 모든 것을 머릿속에 담아둘 수는 없다고. 때로는 한 번에 한 가지만 집중할 필요가 있다고 말이야. 엄마도 같은 말을 했었거든."

"바로 그거야. 그게 보통 사람들이 생각하는 방식이라고." 그녀가 말했다.

"조각보 만들기 같은 거네. 모든 것을 한 번에 만드는 게 아니거든. 한 번에 한 조각씩 만드는 거지. 나중에 그 모든 것을 하나로 꿰매면 비로소 최종 작품이 완성되는 거야."

"네가 왜 모든 것을 뜨개질에 비유하는 건지는 모르겠지만... 그래, 맞는 말이야." 그녀가 말했다.

나는 숨을 내쉬고는 창밖을 보았다. 창밖의 런던 사람들은 하나같이 분주해 보였다. 저 바깥세상은 내 통제 밖에 있다. 그래도 괜찮다. 내 안에 작지만 확실한 무엇이 있기만 하다면야. 그리고 지금 이 순간이 바로 그랬다.

"그래서 지금은 뭐에 집중할 때야?" 메건이 물었다.

"피자." 나는 잠시 생각을 하고 말했다. "지금은 피자나 먹자. 나머지 일은 내일 생각하고."

3월 1일

메건에게 줄 생일 선물은 마무리 작업만이 남았다. 메건에게 저녁 식사 초대를 받아 그녀의 집에 왔다. 부모님들은 모두 외출하셨고, 그녀는 요리를 하는 중이다.

메건에게 뭔가를 사주고 싶었지만, 요즘 나의 주머니 사정이 좋지 못하다.

엣시를 통해 후피의 주문이 쇄도해서 잔뜩 쌓여 있다. 이게 다 스왈로 선생님이 모델을 해주셨기 때문인데, 그 모습이 귀여우면서도 섹시했다. 내 사이트에 올리자마자 수백 개의 '좋아요'를 받았다. 분명 대다수가 우리 학교 사내 녀석들이겠지. 그런데 주문이 꽤 많이 들어온 것을 보면 다 그런 것은 아닌가 보다. 상품권을 이용해서 털실을 제법 샀다. 그래도 계산해보니 모든 주문을 다 마무리하면, 손에 천 파운드는 들어올 것이다. 지금 돈에 쪼들리는 것은 일시적인 문제다.

그러니 그 사이에는, 메건은 내가 만든 스웨터로 만족해야 할 것 같다. 그 진홍색 스웨터는 크리스마스에 그녀가 내게 선물한 실과 오션 스프레이에서 얻은 영감으로 만든 합작품이다. 원래는 후피를 만들어 줄 생각이었는데, 그럼 스왈로 선생님에게 드린 것과 똑같은 것을 메건이 입게 되는 것이다. 아무래도 그건 좀 그렇다.

아, 깜빡할 뻔했다! 단정한 홀리스 씨가 오늘 내게 이메일을 보냈다.

벤에게.

영국 뜨개질 챔피언십 대회 주니어 부문에서 우승한 것을 축하합니다! 그날은 정말 멋진 날이었어요. 염소에게 물린 상처는 점점 낫고 있습니다. 미리 '통보'를 해둘 일이 있어서 이렇게 글을 씁니다. 그건 당신이 비릴리아의 올해의 젊은 기업가 상의 최종 후보가 되었다는 것입니다. 이것도 미리 축하합니다. 시상식에 관한 자세한 사항은 만나서 전해주려고 해요. 그 전에 당신이 후보로 올라가는 것에 동의를 하는지 확인을 하고 싶습니다. 바로 답변에 대한 회신을 해줬으면 합니다.

마지막으로 별개의 건인데, 우리는 비릴리아 본사에서 당신과 만나서 당신의 사업에 대해서 이야기를 나누고 싶습니다. 비릴리아는 사람에게 투자한다고 말했던 것 기억하죠? 우리는 당신에게서 그러한 멋진 기회를 보았습니다.

성공을 기원합니다.

마크 홀리스
투자 책임자

이런, 젠장! 올해 AS 레벨 시험을 치러야 한다. 게다가 아직 처리하지 못한 탱크 탑 주문 다섯 건에, 추가로 후피 여섯 개를 만들어야 한다. 게다가 내 사고뭉치 친구들이 문제를 일으키지 않게 관리해야 하고, 아빠랑 축구도 보러 가야 한다. 그리고 〈그레이엄의 50가지 그림자〉의 마지막 원고 열다섯 쪽도 편집해야 한다.

그래도 좋은 일도 있다. 우선 이제 망할 지구라트 만들 걱정은 하지 않아도 된다는 점. 그리고 내게는 메건이 있다. 그래, 지금 가장 중요한 것은 내 옆에 메건이 있다는 것이다.

나머지 문제는 나중에 생각하자.

한 번에 한 코씩!

뜨개질 소년 Boys don't knit

1판 1쇄 펴냄 2021년 9월 30일

지 은 이 톰 이스턴
옮 긴 이 임현석
펴 낸 이 정현순
디 자 인 이용희

펴 낸 곳 ㈜북핀
등   록 제2016-000041호(2016. 6. 3)
주   소 서울시 광진구 천호대로 109길 59
전   화 02-6401-5510 / 팩스 02-6969-9737

ISBN 979-11-91443-06-6 43840
값 12,000원